绝望夏日

[加] 雪薇·史蒂文斯 著

杨小平 译

天地出版社 | TIANDI PRESS

致派珀，我心爱的女儿

目录

Contents

第一部分　杰　茜　　　　　　　　　| 001 |

第二部分　斯凯拉　　　　　　　　　| 165 |

第三部分　杰米和斯凯拉　　　　　　| 255 |

尾　声　　　　　　　　　　　　　　| 373 |

作者注释　　　　　　　　　　　　　| 379 |

致　谢　　　　　　　　　　　　　　| 380 |

第一部分

杰 茜

一

我们仅仅在路上行驶了一个小时，卡车就几乎没油了。眼前高速公路上的白色标志线变得模糊不清，我整个人昏昏欲睡。现在是凌晨三点，这些天来，我们几乎没有睡过觉。丹妮开着车，她的脸色苍白，双眼直直地盯着前方，长长的、脏兮兮的金发被胡乱地塞在一顶棒球帽下面，一条马马虎虎扎起来的马尾辫随意地甩在背后。她的名字是丹妮尔，不过我们通常叫她丹妮。她就要满十八岁了，是我们几个人中年纪最大的，也是唯一有驾照的。自从我们离开利特菲尔德后，她就几乎没有说过一句话。

坐在我右边的考特尼正凝视着窗外。当车载立体音响里飘出她最喜欢的乡村音乐——南方小鸡①的《无限的空间》时，她关掉了音响，然后再次出神地凝视着窗外的黑夜。她用手擦了擦脸颊，我知道她在哭泣，于是我握住她的手，但她把手抽了回去。她的一头长发垂了下来，一侧头发向前散开，试图遮盖住下颌上那条红色的伤疤。

之前我们从来没有来过离家这么远的地方。我们在五金商店找到了一张地图——我和考特尼负责放风，然后丹妮偷了这

---

①　Dixie Chicks，20世纪90年代美国著名的乡村音乐演唱组合。

份地图——仔细规划了我们前往温哥华的路线。我们判断，如果卡车给力的话，经过八个小时左右的车程，我们就可以到达那里。但是我们不得不先在卡什溪停留一下，从考特尼的前男友那里借点钱。

此时正值七月中旬，酷热难耐，走在大街上，裸露的皮肤仿若被火炙一般。由于家族遗传，我们姐妹的皮肤都呈金褐色，脸上和上臂都长满了雀斑。森林火灾预警在一个月前就已经发布，一些城镇早已被提前疏散。万物干枯，干涸的田地一片昏黄，沟渠里的杂草上落满了灰尘。虽然此刻已是深夜，但即便是空气也弥漫着燥热，身着牛仔短裤和衬衫的我们汗如雨下。

我抚摸着脖子上挂着的相机，思绪万千。相机是母亲在我十岁时送给我的，之后不久她便去世了。丹妮讨厌我给她拍照，考特尼对此却是喜欢至极，可如今已物是人非。我不知道丹妮现在是否依旧讨厌我给她拍照，我匆匆瞥了她一眼，然后又低下头凝视着自己被反复啃咬的指甲。有时我会想象我能看清指甲盖底下流淌的血液，血液就好像渗进地板一样渗进我的皮肤。

"我们得给车加点油了。"丹妮突然说道，吓了我一跳。

考特尼从窗口扭过头来，说道："我们还有多少钱？"

"不多了。"离开小镇之前，我们用油管从邻居家的卡车里吸了点汽油，并竭尽所能带上了所有我们能找到的食物——其中包括从地里摘来的一些水果和蔬菜，从鸡窝里的母鸡身下捡来的几个鸡蛋——并把它们冷藏在车载冰箱中。那时我们的橱柜是空的——我们每天仅仅靠喝汤，吃卡夫晚餐①、米饭以及冰箱里剩下的几磅鹿肉度日，这鹿肉还是那年春天爸爸打猎带回来的雄鹿

---

① 即卡夫食品有限公司生产的食品，该公司主营咖啡、糖果、饼干、乳制品、饮料等。

肉。我们数了数手里所剩的钱——我当临时保姆赚来的几美元，以及丹妮在割干草季节挣的钱，不过为了贴补我们的生活，她已经花了不少。

"咱们可以卖了你的相机换点钱。"她说。

"休想！"

"考特尼都卖了她的吉他了。"

"你知道她卖掉吉他的真正原因。"我说。这下丹妮便默不作声了。我知道我们现在很缺钱，但是我绝不能卖了我的相机，它是我唯一的宝贝了。

"我们这下该怎么办？"我问道。

"我们得偷点汽油了。"丹妮没好气地说。

丹妮总是看起来气呼呼的。其实我并不在意，除非她真的被气疯了。但每次她生气的时候我都会尽量避免招惹她。

她有权利生气，每个人都有。

车子行驶到下一个小镇时我们发现了一个加油站，里面停着一辆老式的雪佛兰，只有两把破旧的加油枪，透过商店窗户能看到有一个孤独的身影在里面。只有他一个工作人员吗？我们把车子掉过头，碎石在车胎的碾压下咯咯作响。丹妮熄了火，我们静悄悄地坐在车上，耳旁传来发动机的余音。我紧紧地抱着自己的照相机。

"杰茜，你过去看看有没有人。"丹妮说道。

我瞥了她一眼，看到她神情严肃。"好的。"我努力表现出赞同她的样子，但以前我们可从来没干过这种事——我们只在店里偷过食物和化妆品，但那些都是不值钱的小东西。当然，这件事应该由我来做。考特尼太漂亮了——虽然她和我们一样有着一头脏兮兮的金发，但她的头发被挑染过，她还继承了父亲的蓝色眼睛，在金褐色皮肤的衬托下显得更加靓丽。现在，她脸上却有了烫伤的疤痕，人们容易记住她。而我不过才十四岁，头发更接近普通的太妃糖色，眼睛是绿色的，这么普通的长相，很少有人会注意到我。

我吱嘎一声推开商店的门，站在柜台后的那个男人抬头看了我一眼。那是个年轻人，二十出头的样子，脸上长了很多痘痘和痤疮。我环顾四周，没有看到其他工作人员。商店空空如也，没有安装摄像头或监控器之类的。我清了清嗓子，问道："能把洗手间钥匙给我用一下吗？"

他隔着柜台把钥匙推过来，然后低头继续看杂志。我扫了一眼货架，然后从商店后面走了出去，那里有一个标志指向洗手间。洗衣房在洗手间旁边，我拉出收币槽，想看看里面是否有零钱——有时候我们会很幸运地找到一些，不过今天没有。在垃圾箱里，我发现了几个罐子和一个装有一些碎饼皮的比萨盒子。这时，我的肚子饿得咕噜咕噜叫了起来，不过我没有拿比萨盒，而是走进了洗手间，用过马桶后洗了洗手。我瞥了一眼镜子，镜子中我的眼睛看起来很大，这把我吓了一跳。头顶上的荧光灯嗡嗡作响，突然间，我觉得这洗手间里空荡而阴森。

我转过脸来，看了看下巴上的瘀伤。脸上的妆已被弄得很脏，于是我用手指擦了擦，让脸上的妆铺得光滑一点。我退后一步，看着镜中自己的影子。我试图眯起眼睛、放平肩膀、拉下帽子，让自己看起来更精神，像丹妮那样。但是这好像没什么用。

我把钥匙还回去，然后走向我们的卡车。

"你发现了什么？"丹妮透过车窗问道。

"柜台那儿只有一个人，正在看一本色情杂志。"

她点了点头。

"现在该怎么办？"我问。

"考特尼，你去跟他聊聊。"

"靠，为什么是我去？"考特尼不满地道。

丹妮看了她一眼。考特尼沮丧地叹了一口气，解开了衬衫最上面的纽扣，然后从卡车上走下来。

"我也去。"我说。

"别，你留在卡车里，杰茜。"

"可是我饿了！"

"哦，上帝。"丹妮一直在唠叨我的饭量大，不过她还是让我跟着去了。

我跟着考特尼进了商店。她靠在柜台上，开始和那个家伙搭讪，他立即放下手里的杂志，转身面对着她。我用眼角向外瞄了一眼，看到丹妮把卡车停到了加油枪旁边。我迅速地沿着走廊走过去，抓了一把巧克力棒和零食放到我的衣兜里。考特尼跟那个家伙聊天的时候时不时向窗外瞥一眼，等待着丹妮的信号。我也一直在留意着丹妮。最后，她抬起帽子擦了擦额头。

我离开商店并迅速地跳上了卡车。考特尼接过那个家伙递过来的钢笔，在一张纸上写了些什么，然后那个家伙哈哈大笑起来。考特尼仿佛正在翻看自己牛仔短裤的口袋，然后摇了摇头，又转向卡车点点头。

接着，她扭着屁股慢吞吞地朝我们走过来。我看到商店里那个家伙目不转睛地盯着她。她上了卡车，装作伸手拿钱包的样子，然后突然"砰"的一声关上车门。同时，丹妮一脚将油门踩到了底。卡车嗖的一下掉转车头，一溜烟地驶上公路，顿时道路两旁尘土飞扬。我看着身后那个家伙惊慌失措而又生气地从加油站跑出来，手里拿着一部电话，他在报警。我们的车牌被泥巴糊上了，而且泥巴已经干了。不过我还是被吓得不轻，心脏一直剧烈地跳个不停。如果我们被抓到了，我们会被带回利特菲尔德，到时候警方会讯问我们——问我们很多问题。

稍微过了一会儿，我转过身去拿出了巧克力棒。在黑暗中，我们吃着巧克力棒，各自沉默不语。

"记得以前每个圣诞节爸爸都会给我们买焦糖巧克力棒吧？"考特尼的声音很小，我们的思绪已经飘向远方。我慢慢地咀嚼着巧克力棒，想起以前的点点滴滴，瞬间泪流满面。爸爸已经好几年没有给我们买过巧克力棒了，自从妈妈去世之后，便再也没有买过。

而现在距离我把他杀死那天，不过才三天而已。

二

利特菲尔德，三天前

这次爸爸已经走了一个月，他在阿尔伯塔省的石油钻塔上工作。在此之前，他主要在城镇周围的建筑工地和我们居住的农场工作。利特菲尔德是阿尔伯塔省边界附近的一个小镇，这里工作机会不多——主要是农业或伐木业。由于这里的工厂都关闭了，所以许多人不得不到卡尔加里找工作，而从利特菲尔德到卡尔加里需要开好几个小时的车。爸爸说他会在阿尔伯塔省赚到更多的钱，也许他的确赚了很多钱，但是我们从来没见到过。通常，他工作三周，然后休息一周。在从钻塔回家的路上，他通常会去几家酒吧，然后在那里一直喝到下次该上班的时间。

不过，我相信这次应该不会这样。因为我的十五岁生日马上要到了，他告诉我他会给我一些特别的东西。整整一周，我都在想着这件事，期待着他给我的礼物。

"他会给你带点什么东西吗？"那天早上丹妮问道。

"他答应过我的。"我说。

"所以呢？"

我没有看她，只是又挖了一勺煎蛋塞进嘴里。在桌子对面，考特尼正在练习吉他和弦，并信手在笔记本上涂鸦。她对我微微一笑。

"我会给你写一首歌，"她说，"庆祝你的生日。"

"那太酷了。"我对她笑了笑。

"杰茜，我只是不想让你失望。"桌子另一端的丹妮说。

"我知道，不过我预感礼物会很不错。我想他会给我带一些相机用的东西——也许是一个新的镜头。"

"你真是个大笨蛋。"丹妮总说我对爸爸寄予了太多的希望，爸爸永远不会改变。但是有时候他也会几个星期都不喝酒。也许有一天他真的会戒酒。

当我往家走的时候，我真的希望在路上看到爸爸的卡车，或者看到爸爸的卡车从我身边呼啸而过，他会看着我被笼罩在飞扬的灰尘中，然后大笑而去。我瞥了一眼身后。我可以听到远处的小牛在哞哞叫，还有一台拖拉机正在田野里劳作。我将镜头瞄准了一只站在围栏上的漂亮的小鸟，然后又对着我们的房子比画了一番。丹妮刚回到家。看她停车的那个样子我就能够判断出她的情绪——车被停在便道上，车窗被摇下，并且车头前的格栅几乎碰到了屋门口的台阶。房子里传出的音乐声震耳欲聋。我放慢了脚步。

我不介意住在农场里，但我希望这是属于我们的地方——银行已经查封了我们的老房子。过去那房子很漂亮，我还记得前院里的秋千，还有迤逦延伸到路边的白色篱笆。爸爸每年都会将它们重漆一遍使它们焕然一新。而这里只是一个养牛的老农场，但我们有很多房间，爸爸还有一个大院子可以用来放东西。我们需要在这里干活儿。在妈妈死后——她被一辆载着干草的卡车迎面撞死了——爸爸失去了工作，几个月前，他才前往卡尔加里工作。妈妈去世时我刚刚十岁，考特尼十一岁半，而丹妮差不多十三岁。最后，我们不得不去了寄养家庭。

他们找不到愿意同时接收我们三个的家庭，所以最后我去了一个已经有六个孩子的家庭，其中两个孩子是残疾人。那个寄养家庭的人似乎永远都吃不饱。常常是我趁着养母没注意，把一些土豆泥或什么东西放到小孩的盘子上，然后摇摇头警告他们不要出声。如果哪个家伙忘了我的警告而大声说"谢谢"，那么养母就会猛地转过身来，结果就是我们什么也吃不到了。住在那里的时候，我曾经逃跑过一次，想去找我的两个姐姐，不过最后还是被警方找到了。后来我发现其他孩子也试图逃跑过几次，但没有一个人成功。

五个月之后，爸爸回来了，他保证以后不再酗酒。

考特尼跟我说了一点关于她的寄养家庭的情况，比如她的养父如何偷窥她洗澡，养母如何在养父不在的时候鞭打她。

丹妮没有怎么谈过她的寄养家庭，只是说他们老了，无法打理他们的农场，因此想要一个帮手。我不知道他们是否对她很刻薄——她也从未提到过。有时我想知道她是否还想生活在那里。"你是不是更喜欢待在那个家里，而不想回来照顾我们？"我问道。她轻轻地拍了一下我的脑袋并说道："别傻了。"

当我走进房子的时候，丹妮正在打扫厨房，我能闻到松香般的清洁剂味道。所有的窗户都打开着。"你到哪儿去了？"她问道，"我刚刚去谷仓里找你。英格丽德需要人帮忙干农活儿。"

上学的时候，我们晚上和周末都在农场打零工，但是夏天里，任何时候只要他们需要帮忙，我们就会过去干活儿。因此，我们的手臂和双腿肌肉发达，手也磨起了疱——考特尼总是在手上涂抹护手霜或者做指甲。如果可以的话，丹妮一整天都会待在田里驾驶拖拉机，干活儿时她的脸上始终带着微笑，头发塞在一项大号牛仔帽下。有些时候，她甚至会在放学后去男朋友家帮忙——旁边那个农场就是他家的。我不介意在田里干活儿，但是我更喜欢和动物待在一起。春天是我最喜欢的季节，这也是一个孕育小生命的季节。不过，我拒绝吃肉这一点让爸爸颇为恼火，为此我还曾挨过几次打。

"爸爸回来之前，我们得把这个地方清理干净。"丹妮说。

"好吧。"我开始洗盘子，这些盘子在桌上放了至少一个星期，上面还残留着风干了的食物残渣。我一边洗盘子一边想象着爸爸到家后的盛大晚餐，而且，我希望他能带我去杂货店买东西。

爸爸把我们从各自的寄养家庭领出来之后，把我们带到了这里，并用了几个月的时间努力让自己振作起来。然而之后，啤酒罐子又开始堆积起来。为此，警察来过几次，问我们是否过得还好，但是我们都不敢提。不过，我们被打得发青的眼睛或者身上的瘀伤却没法掩藏，所以当老师问起来的时候，我们就说是在农场里放马的时候摔伤或者不小心自己弄伤的。如果丹妮听到有人嘲笑我们，她就会和他们打架，这也是我们的强项。不过我没有告诉她，有个小孩说我鞋子上的肥料味道很难闻，还会叫着考特尼的名字大呼小叫，这使我很难堪。我觉得没必要告诉丹妮，否则只会让丹妮感觉更加糟糕。

"考特尼呢？"我问道。

丹妮耸了耸肩："她通常在哪里？"

这么说，她一定是和男孩一起出去了。我很想知道这次这个男孩会是谁。

考特尼回到家的时候，丹妮和我已经把房子都收拾干净了。然后我们在后院里摆了一些啤酒罐子练习射击。爸爸在离开这个镇子的时候给我们留下了一把很古老的库利.22口径半自动来复枪，这是爷爷留给他的。此外，他还给我们留下了足够的子弹。他说他希望我们能够照顾自己。我们没有太多的时间出去玩，不过我们喜欢射击或者垂钓。我眯着眼睛，瞄准啤酒罐，屏住呼吸并扣动扳机，啤酒罐被击飞到空中。

"好枪法！"考特尼沙哑的声音从我背后传来。

我放下枪转过身去。考特尼一边胯骨上架着一箱啤酒，一只手里夹着一支香烟，长发湿漉漉、乱蓬蓬的，棒球帽向后掀去，黑色背心下面穿着一件比基尼。她脸上戴着一副夸张的墨镜，这让她看起来相当的酷。

"她的枪法一直很好。"丹妮说。她很少赞美别人，而她一旦赞美别人，通常都是发自内心的。我喜欢射击，喜欢屏息、凝神、瞄准，以及随后灰飞烟灭的那一刻。这和用我的相机拍照一样，看着镜头对焦，屏住呼吸，然后咔嗒一下按下快门！

"老天，你这穿的是什么短裤啊？"丹妮说。考特尼的牛仔短裤被剪得那么短，甚至可以看到前口袋底部。

考特尼哈哈大笑起来："喜欢吗？我这身装扮能让男孩子们疯狂。"她是唱着说出最后几个字的。考特尼总是要么在笑，要么在唱。妈妈以前说过，考特尼学会说话之前，先学会了唱歌。她还是一名不错的吉他手，曾买了一把二手吉他，并通过听广播自学。

"跟没穿一样，都露出来了。"丹妮穿的也是牛仔短裤。我们的牛仔短裤都是我们自己剪裁的，不过考特尼的总是最短，磨损的漂白裤边和她的金褐色皮肤形成了鲜明对比。我瞥了一眼她的双腿，然后低头看看自己的双腿，心里琢磨着是不是也把我的短裤再剪短一英寸①。

---

① 约2.54厘米。

"先闭嘴，过来喝点啤酒。"考特尼说道。

丹妮咧嘴一笑，走过来拿起一罐啤酒，然后"砰"的一声打开，仰起头喝了一大口。

"天哪，太好喝了。"考特尼递给我一罐。我喝了一口，在这炎热的天气里，享受着冰爽的啤酒沿着干涸的喉咙向下流淌的感觉，真是酷毙了。我喜欢啤酒，它能让一切变得影影绰绰，不过啤酒的麦芽味道总会让我想起爸爸。

"你从哪里拿到的啤酒？"丹妮问道。

"从一个朋友那儿。"

丹妮只是摇了摇头，没有再对考特尼说什么。她做事从来都是随心所欲，丹妮为此很生气，但是她常常会给丹妮一个大大的拥抱，或者给丹妮唱一首民谣摇滚歌曲，再或者是想尽办法让丹妮笑起来。她努力地干活儿，努力地弹吉他，有时候如果丹妮催她去睡觉，她就会说："等我死了之后有的是觉可以睡。"

丹妮指了指香烟，然后考特尼把香烟扔给了她。对于我们来说，香烟是另一种奢侈品。有时候我们会从家里或者农场工人那里偷一些香烟，然后坐在门廊上分享它们。我们现在正坐在石头边上，以前这里是一个环绕着房子的漂亮花园，但是现在只剩下了一些杂草。丹妮一直想在后院种些蔬菜，但爸爸总是开着车驶过她开垦的蔬菜地，使得那些蔬菜也夭折了。

考特尼递给我一根香烟，然后用她抽剩下的烟头帮我点燃。我把枪靠在温暖的石头上，吸了一口烟，看着丹妮抽烟的模样。只见丹妮微微开启双唇，慵懒地吐出长长的一缕烟雾，那样子迷人极了。我也想学学，我向后靠在石头上——这样她便看不到我了，然后学着她的样子吞云吐雾。

时值七月中旬，和我们种的花一样，地上的青草已经枯死了。我们的前院基本上一直都是脏乱不堪，爸爸总是从垃圾场带回一些废弃物，使得院子里到处都是乱七八糟的金属碎片和木头。这房子也不结实了，七扭八歪的——冬天的时候，我们不得不用木板挡住窗户——不过我更喜欢前院杂草丛生的露台。我想问问爸爸是否可以给露台喷喷漆。

我从来没有往家里带过任何朋友，而且在学校也不与其他同学来往。丹妮经常和她的男友科里待在一起——他脖子红红的，皮肤晒得黝黑，拥有一对酒窝和洁白的牙齿，是一个纯正的农场男孩。考特尼则总是跟男孩们一起偷偷溜出去或者在外面游荡，因此其他大多数女孩都不喜欢她。在我们休息的时候，我总是跟着我的两个姐姐，或者在家做家庭作业。和妈妈一样，丹妮总是喜欢把我的成绩单贴在冰箱上。有些时候我也会帮她们做作业。考特尼如果想让我帮忙，她就会直接告诉我，但是丹妮不允许我们这么干。

丹妮走过去坐在她卡车的后挡板上。这辆卡车是一款老式福特，没有锈掉的地方依然是银白色的。因为便宜，所以她从男友爸爸手里买了这辆车，然后做了一些清理。不过，大部分时间里这辆车都处于抛锚状态。她把它清理得干干净净，然后在后视镜上挂了椰子味的空气清新剂，不过这并不能掩盖我们的靴子散发出来的粪肥臭味。因此在上车之前，我总会用靴子踢挡泥板，以便把靴子上的泥土弄掉，否则丹妮就会朝我大声吼叫。

考特尼深深地吸了口烟："一会儿我还要出去一下。"

"你疯了吗？"丹妮说。

"就算他回利特菲尔德来了，他也不会在家待多久的。"

"你并不敢保证。"我说。有时候爸爸会住在他镇上的朋友鲍勃家里，然后和他们一起泡吧，不过有时候他会直接回家。

考特尼抚摸着我的头发说："别担心。"她表现得好像不在乎爸爸曾对她做了什么，不过我知道她害怕爸爸。妈妈是唯一一个能够镇住爸爸的人，但他还是和朋友们一起饮酒作乐，回家后就大嚷大叫，四处乱丢东西，摔盘子摔碗的。在妈妈去世前几个月，妈妈把他赶出了家门。不过后来他在妈妈面前又说了一番甜言蜜语，对天发誓痛改前非等等，最后妈妈又原谅了他。那时妈妈着实高兴了一阵子——我们姐妹们也很开心。直到妈妈去世那晚，爸爸都滴酒未沾。有时候我会想，妈妈要是知道在我们身上发生的这些事情，该多么的伤心欲绝，又该多么的讨厌爸爸。

我又一次看了看公路，脑子里想象着他开着卡车，离家越来越近了。

"你向我保证，你会早点回家的。"我对考特尼说道。上一次爸爸抓到她在外面厮混后偷偷溜回家，她被打到好几天时间都没办法好好地坐下来。

"我保证。"考特尼说。

"他告诉过你，如果你再闯祸的话后果会是什么。"丹妮把烟蒂丢到地上，用脚后跟踩进泥土中，"他警告过你的。"

"天啊，你们简直患有妄想症。"考特尼说，"他甚至都不在城里。"

但是我看到她在拿起来复枪之前瞥了一眼前面的公路。

"来吧，让我们再射一些啤酒罐子。"

三

　　我们一边喝酒一边射击，最后把一整箱啤酒都喝完了。我们把啤酒罐放得更远了一点，这样更具有挑战性。无论是我们中的哪一个在射击，另外两个都会想尽办法分散她的注意力。我们都是射击的好手——这也是爸爸教我们的。在我们小的时候，他喜欢让我们去为他摆啤酒罐子。有一次，在我伸手拿啤酒罐的时候，他突然开枪射中一个，我吓得仰面跌倒，大哭起来，而他却大笑不止。不过自那以后我就再也没有害怕过。

　　在那天下午接下来的时间里，我们把衣服洗了。因为烘干机又坏了，所以我们只能将衣服挂在外面去晒干，接下来便开始做晚饭。我们在土豆汤中加了一些米饭，这样吃起来会更有饱腹感。

　　晚饭后，考特尼径直上楼去为约会做准备了。

　　"想陪我一起去吗？"她问我。

　　考特尼特别不喜欢独处，常常让我和她一起出去闲逛。而我也不介意陪着她。我喜欢坐在浴缸边上，听她谈论她的新男友，欣赏她的新发型和装扮。大部分化妆品都是我们从商店里偷的——我们觉得偷点样品没什么可指责的，也会互相分享我们的战利品。我们也曾经挨过几次揍，大多都是因为考特尼打开了什么东西的盖子，不过通常情况下我们都没事。除非是准备和科里一同出门，否则丹妮一般不会化妆，而我还挺喜欢拿着这些东西玩。

考特尼俯身对着镜子，用一双旧镊子小心翼翼地修着眉毛。我坐在浴缸边上，双腿下的瓷砖传来阵阵凉意。房间的窗户敞开着，徐徐的微风吹动着窗帘来回摆动，但是天气仍旧让人感觉酷热难耐。从窗外斜射进来的阳光炙烤着香柏墙面，墙面散发出的气息与考特尼的发胶和香水味道混合在一起，相当难闻。

"你打算去找谢恩吗？"我问。

她停顿了一下，困惑地看着我。

"就是那个开着一辆蓝色汽车的家伙。"我说。

她做了个鬼脸："呃，不，上周我就把他甩了。"

考特尼谈男朋友总是朝秦暮楚。她唯一一个认真对待的人是特洛伊·杜根，不过杜根已经在五月份搬走了。她说她不在乎，因为她一毕业就要去温哥华。她认为她可以在几年内赚到足够的钱，然后就搬到美国去，比如纳什维尔那样的地方，并成为一名乡村歌手。而我计划着毕业以后和她一起居住在温哥华，我已经迫不及待地想去看看那里的大海了。我们畅想着未来，畅想着我陪她一起巡回演出、给她拍照。想到这里，我立刻就将镜头对准了她，镜头里，敞开的窗户外一片静谧，她金褐色的皮肤沐浴在温暖的夕阳中，一侧面庞呈现出金色的光泽。

然而，实际上我的相机中并没有胶卷，我已经好几个星期没有胶卷可用了。有时候爸爸会给我带回来一卷胶卷，考特尼也会——她会偷到一些，或者让她的男朋友买给她。她喜欢在店员眼皮底下顺走胶卷时的那种快感。丹妮不断地告诫她："你二十岁之前就会被关进监狱，那时你就能停手了。"

考特尼退后一步，拽了拽她的无袖背心裙，使它顺直。其实我们并没有多少衣服，仅有的衣服也都是从二手商店买来的。但考特尼常常花费好几个小时来搭配衣服，试图使自己看起来跟杂志上的模特一样美。丹妮和我通常穿牛仔裤和T恤衫，而考特尼总是很乐意把她的衣服借给我们穿。

考特尼让她的头发蓬松地披在肩上。我笑了笑，又给她"拍"了一张照片。这时我又想起了我们的母亲，我是多么喜欢看她照着镜子梳理长发啊，但是她从来不化妆掩盖脸上的雀斑。在我们被送到寄养家庭之前，我们仍保留着妈妈的一些衣服。我们回来后，爸爸已经把妈妈的遗物统统扔掉了——甚至包括她的结婚戒指。最后我设法保留了几张照片和相机，丹妮保留了她的食谱卡，考特尼则紧紧攥着一只陈旧的香水瓶不放，不过这瓶香水现在已经干了。

"你要去哪里？"我问道。

"出门。"在考特尼看来，能共享的不只是衣服，因此她有可能与不该约会的人约会，比如她朋友的男朋友。过去妈妈会将考特尼唤作她的野姑娘，不过她是带着自豪的语气说这话的。丹妮是妈妈的小工蜂，而我则是妈妈的梦想家。我从来都不觉得妈妈最喜欢我们当中的哪一个，我宁愿相信她喜欢我们每个人不同的方面。妈妈曾经说我们都是她的最爱，如果我们三人中有任何一个出了事，她都会心碎不已。

考特尼对着镜子微笑着："你男朋友在哪里？"

我对她翻了个白眼。考特尼非常清楚，比利并不是我的男朋友——他只是一个住在公路那边的家伙。我们有时候会一起出去逛逛，不过并不是约会什么的，尽管他总有这种想法。我曾经让他亲吻过我一次，我只不过是想体会一下那是什么感觉。那味道尝起来还不错，有点像烤薯条，不过他的皮肤闻起来有汗味。

我没有告诉过考特尼或丹妮这件事，因为我更乐于听她们谈论这些。丹妮只和科里睡过——他们从八年级开始就在一起了——而考特尼到处跟人睡觉，她给我讲了许多性方面的事情，以及男孩子们是如何喜欢做这种事情的。我不确定自己是否也曾想过要亲身体验一下。

*****

考特尼踉踉跄跄地回到家已经是午夜过后了，身上散发出一股古龙香水味和香烟味混合的味道。她在我们的房间里一边换睡衣一边咯咯大笑——从我们还是婴儿的时候起，我们就共用一间卧室。通常情况下我和她会像小狗一样蜷缩着，睡在同一张床上，她的长发总是缠绕在我们身上。在极为寒冷的夜晚，丹妮也愿意跟我们挤在一起。我们曾经谈论过我们的妈妈，我们的梦想，丹妮和她那座数英亩大的农场，考特尼和她的音乐梦，以及大声呼喊她名字的粉丝们。而我只是想拍照，拍什么都可以。我的姐姐们是我最喜欢的拍摄对象，不过我最喜欢的是偷拍她们。比如丹妮漫步在玉米地里，看到西红柿时大呼小叫的样子，以及不修边幅、头发蓬乱并且漫不经心弹奏着吉他的考特尼。

考特尼一把拉过毯子蒙头大睡，我也慢慢地再次进入了梦乡。

几个小时后，楼下传来一阵碰撞声，我惊醒了，猛地坐了起来，摸索着打开床头柜上的灯。

"他妈的，到底怎么回事？"考特尼骂道。

"是他吗？"

"我不知道。你听到他的卡车声没？"

"我睡着了。我只听到楼下有动静。"

这时，丹妮溜进了我们的房间，借着光亮，我看到她满脸焦急。我们三个惊恐地盯着房门，一动不动地侧耳倾听。那是打开冰箱的声音吗？有东西掉在地上，有人在骂骂咧咧着什么。

这时，沉重的脚步声从楼梯上传来。我快速地跳下床，站在丹妮身旁。考特尼也坐了起来，扔掉身上的毯子，一只脚站在地板上，做好了随时往外跑的准备。

这时，爸爸推开了门。他的白色背心汗迹斑斑，胸前斑驳着红点，不知道是血液还是番茄酱；肩膀上是黑色的雀斑和晒伤。

他笑容满面地说道："姑娘们！"

我看着他，等着看他的笑容是否会消失，是否又会像从前一样开始大声地骂我们。爸爸喝酒的时候会很快乐，但这种快乐转瞬即逝。

"好吧，来吧，他妈的，怎么也不来个拥抱？"他还在笑着，但是眼中充满了怒火。

我和丹妮走到他身边，考特尼跟在我们后面。爸爸把我们抱在怀里，啤酒味、汗酸味和香烟味一下子把我们淹没了。最后，他放开了我们，并说道："来吧，我们来玩纸牌。"

"爸爸，已经很晚了。"丹妮说，"沃尔特让我们早点起床，而且——"

"我压根就不在乎沃尔特想干什么。"爸爸说，"我想玩纸牌。"有时候，一提到沃尔特的名字，就能让爸爸尽快安静下来，因为他不想再一次失去住所。但是，今天晚上，他有点失控了，蓝色的眼睛目光呆滞，栗色的头发湿漉漉地粘在额头上。

他的目光集中在考特尼身上。"来吧，考特尼。你总是想玩——是不是，姑娘？"他的声音尖厉起来，好像他知道什么事情似的。考特尼看起来很害怕。

"当然，爸爸。我们一起玩纸牌吧。"

他在对她生气——现在我能够看出点苗头了。她到底做了什么？

考特尼从爸爸身边走过，不过走得非常缓慢，她的身体紧紧地绷着，好像准备随时被爸爸毒打一样。爸爸假装冲向她，她吓得尖叫起来，然后他哈哈大笑，低沉的声音充满了整个房间，令人毛骨悚然。

"你们这些女孩子简直就是贱货。"

我们跟着他走下楼梯，由于他的肩膀过宽，楼梯都被挡住了。他从木头桌子下面拉出一把椅子坐下，用手拍了拍桌子："坐下吧。"

我们在他周围坐下，他对着我露齿笑了笑："你怎么样，小东西？想我没？"

"当然，爸爸。"我感觉我要哭了，我很讨厌他声音里的醉意、带有痰音的咳嗽声以及他的红眼圈。

接着，他从背包里掏出一副纸牌开始洗牌。当我们手里抓满牌的时候，他又从另一个口袋中掏出了一盒烟，抽出一根点着开始吸。顿时他口中弥漫着一股呛人的烟雾，在烟雾中他眯起了一只眼睛。

"我们以香烟为赌注。"他说着，在我们每个人面前扔了几根香烟。

我们相互对望了一下。

"你以为我不知道你们这些小婊子偷我的烟吗？"

丹妮说道："爸爸，我们没有——"

"闭上你的臭嘴。"他看着我，"把冰箱里的啤酒给我拿来。"

我迅速起身，从塑料环中用力一拉，取出一罐啤酒。冰箱里只剩下两罐了。

　　我把啤酒递给他，重新坐下。他"砰"的一声拉开啤酒罐，猛喝了一口，啤酒从他的嘴角流了下来。但是他并没有擦，而是任其流淌。这时，考特尼和丹妮正在看手里的纸牌。丹妮的前额已经渗出细密的汗珠，而考特尼的眼里也充满了恐惧，她的目光瞟了一眼爸爸，然后又回到手里的纸牌上。

　　爸爸注意到了考特尼的目光："你想偷看我的牌？"

　　"没有。"

　　他重重地往桌上捶了一拳，然后将身子俯在桌子上："你他妈的想偷看我的牌？"

　　"没有，爸爸！"她哭了出来。

　　他把身子往后靠去，用怀疑的目光看着她："你以为你很聪明，对不对？"

　　她摇摇头："我一点都不聪明。"

　　他环视着我们："你们全都是废物。我他妈的为你们三个费尽心思地工作，而你们的所作所为完全让我难堪。"

　　"对不起，爸爸。"我不知道我为什么要道歉，但这不重要。

　　他又重新凝视着考特尼："你不觉得抱歉吗？"

　　"对不起，爸爸，我真的很抱歉。"

　　"道歉有屁用。去给我做一个煎蛋三明治。"他讽刺地大笑起来，结果让烟呛了一下，开始咳嗽。

　　考特尼起身打开炉子，在炉子上放了一个平底锅，然后从冰箱里取出几个鸡蛋。

　　"我们没有面包。"丹妮语气平静地说道，但她握着纸牌的手却在轻轻发抖。

听到这儿，爸爸一把将嘴里的香烟拔下："你们没有面包？"

"我们没有钱。"

"我给你们留的钱去哪儿了？"

一百美元。我们三个人曾站在店里，挨个儿察看瓶瓶罐罐上的价签。苹果正在打折，于是我们买了一大袋苹果。

"我们都用完了。"丹妮说，"我们还需要买日用品。"

他不断地摇着头，这是一个缓慢而危险的动作："他妈的，你们这些没用的婊子。连续工作了好几周的男人回到家，连一个体面的煎蛋三明治都吃不上，是吗？"

考特尼僵在了冰箱旁边，等待着。

"爸爸，我可以给你炒鸡蛋。"她说，"我炒的鸡蛋很好吃。"

他转过身去打量着她。"你炒的鸡蛋好吃？"他笑了起来，"至少你还能做点事。"

爸爸看着考特尼用颤抖的手将几个鸡蛋打入碗中。她在他面前一直是这样一副紧张的样子。他又喝了一大口啤酒，几乎是用牙咬着一般狠狠地吸了一口香烟。

"你最好能确定平底锅是好的，而且够热。"

"爸爸，锅很热。"她说。

"真的热？"

"是的。"她又惊恐地看了爸爸一眼。

这时，我的心几乎跳到了嗓子眼，越来越感到恐惧。我有一种不好的预感，不幸的事情即将发生——爸爸脸上的表情，他的手攥着啤酒罐的样子，以及他在桌子底下用靴子敲地的动作，都让我有这种预感。

"这段时间你一直在干什么，考特尼？你一直都在努力工作吗？

"是的，每天都是。"

"每晚呢？考特尼，你每天晚上都在干什么？"

然后，我看到了考特尼脸上满是惊慌。

"只是出去逛逛。"她说。一些鸡蛋从平底锅里溅出来，落到了炉子上，空气中顿时充满了烧煳的鸡蛋味。然后她手忙脚乱地想把炉子上的鸡蛋打扫掉。

我看到爸爸仍盯着考特尼。我等待着爸爸勃然大怒，不过他沉默着，只是又抽了一口烟。考特尼关掉炉子，将鸡蛋盛到盘子中，然后从抽屉中取出了一把叉子。

她走过去，小心翼翼地把盘子放在爸爸面前，然后又回到自己的座位上。我们看着他吃了一口，有几块鸡蛋从叉子上掉落到桌上。他另一只手上夹着的香烟仍在燃烧，烟雾飘进了丹妮的眼睛。但是她没有眯眼睛，也没有咳嗽。

爸爸嘟囔了一声，点了点头，又吃了一口。

我感觉到坐在我身旁的考特尼身体稍微放松了一些，她长长地出了一口气。

过了一会儿，他停止了咀嚼，脸上露出嫌弃、厌恶的神色，然后张开嘴巴，把满嘴的鸡蛋吐到了盘子里。

"这些鸡蛋都他妈的臭了！"

"我们昨天才收来的这些鸡蛋！"考特尼说。

"这是真的！"丹妮说。

"也许你就是臭鸡蛋。"爸爸盯着考特尼，眼睛里满是愤怒，"你碰到的每样东西都像狗屎一样。"他拿起盘子向她身上扔去。她向右躲开，一下子撞到椅子，然后摔倒在了地板上。我们身后的盘子也摔碎了。丹妮和我吓得从椅子上跳了起来。

爸爸朝考特尼迈了一大步，他巨大的身躯笼罩着考特尼。丹妮伸手去拉考特尼，并把我挡在她身后，但是爸爸已经抓住了考特尼的手臂，把她从地板上拖了起来。

考特尼尖叫着，试图摆脱他，但仍被他拖向了炉子。我想追过去，丹妮把我挡在了身后。

"你知道当我听到关于我的小孩做的那些狗屎事情时，是一种什么样的感觉吗？"他大声咆哮着。

考特尼在求饶："我做了什么？"

"我还在营地的时候，鲍勃给我打来电话，说我那个一无是处的女儿正在搞一个已婚男人！"爸爸把考特尼拖向炉子。她大声尖叫着。我抽泣着喊道："爸爸，放开她！"

丹妮放开了我的胳膊，跑过去从沙发底下拖出了那支来复枪，又抓起子弹盒。

这时，爸爸拿起平底锅，举着它靠近考特尼的脸。她四处躲闪着，拼命想逃走。我冲到爸爸身后，狠狠揍他，乱抓他露在外面的肌肉。而他用胳膊肘向后打我，并抓住我的下巴把我摔倒在地板上。

他用一只拳头用力击打考特尼的脸，她的眼睛立马肿了起来。

"丹妮！"我尖叫着。她把枪抵在肩膀上，瞄准了爸爸，但她只是死死地盯着他，苍白的脸上满是愤怒和震惊。

爸爸用平底锅抵住考特尼的下巴。考特尼疼得尖叫起来，她的叫声像针一样刺进我的心里。丹妮站在那里，枪在空中微微颤抖着。

我爬了起来，用力拉扯爸爸的手臂，试图把平底锅拉开。结果他狠狠地往我脸上揍了一拳，我仰面倒地，撞到了桌子上。这时，平底锅从他手中脱落，"砰"的一声掉在地上。

"他妈的婊子！"他攥着考特尼的头发穿过客厅，把她拖进了洗手间。她的后背在硬木地板上滑行，双腿无助地乱蹬乱踢。

我追了上去，双手抓住爸爸的腰带拼命往回拉。他腾出另一只手狠狠地揍我，我就是不放手。但他还是进了洗手间。

"我报了警！"丹妮喊道，"警察正在往这里赶！"

我们的电话两周前就被掐断了。

丹妮在后面追着我们，手里仍拿着那把枪："住手！爸爸，住手！"

爸爸掀起马桶盖，把考特尼的脸靠在抽水马桶上。他把她的头按进去，然后再拽起来让她吸几口气，接着再按下去。

考特尼的双腿乱踢着。我使劲捶着爸爸的后背，捡起垃圾桶使劲砸在他头上，但是他没有住手。丹妮又一次举起了枪。

"闪开！"她喊道。我丢下垃圾桶折回到门口。

"放开她！"她大声尖叫着，"放开她！"

爸爸癫狂地大笑起来。考特尼的脸上不断往下淌着水，她用力抓着他的手，一直在干呕，并大口喘着气。但是爸爸再次把考特尼的头按了下去。时间在一分一秒地流逝着，我死死地盯着他们。丹妮尖叫着，但是她并没有扣动扳机。过了一会儿，考特尼的手缓缓松开了，双腿也不再乱踢了。

我从丹妮手中抢过那把来复枪，瞄准爸爸肩上露出的肉，然后扣动了扳机。

砰——枪声回荡在狭小的空间内。丹妮吓得尖叫起来。爸爸的脖子上立刻出现了一道血淋淋的伤口。

他放开了考特尼，考特尼瘫倒在地板上。爸爸用手紧紧捂住脖子，看了看流出来的鲜血。他转过身，伸出两只手朝我走来，表情由于暴怒而变得非常丑陋。

"我他妈的要杀了你！"

我绝望地哭泣着，再次扣动了扳机。子弹在他前额上击出了一个小洞，他双腿无力地跪下，向前扑倒在地。然后他发出了一阵古怪的声音，从胸腔里呼出一口气，随后便再也没有任何气息。血迅速流到了铺着油毡的地板上，然后汇聚在他的头部周围。

"噢，我的天！"丹妮惊惶地跑过去摸了摸他的脉搏，"他没有呼吸了！"

我的手还在颤抖着，跪倒在地上，望着爸爸的尸体。丹妮已经把爸爸翻了过来，双手捧着他的脸向他嘴里吹气，然后用力捶他的胸膛，但是我知道这一切为时已晚。考特尼从爸爸身边爬过来，她的脸和头发都湿漉漉的。她抱住我，我把枪丢在地上，和她紧紧地抱在一起。最后，丹妮停止了人工呼吸，颓然地跪坐在地上。

"他妈的！他妈的！他妈的！"丹妮转过头来看着我们，"你杀了他！"她颤抖的声音中依然充满了震惊。

我杀了爸爸，我杀了爸爸……我简直不敢相信这一切。我使劲咽了口唾沫。

"我不得不这么做。考特尼快被他淹死了！"

丹妮转开了脸去，她的脸上闪过一丝羞愧。她擦了一下鼻子，又一次看着爸爸的尸体，双手绝望地捧着头。

"我们现在该他妈的怎么办？"

我看着爸爸头部周围的一摊血迹，他双眼大睁着望向天花板。这使我想起了曾经的恐惧——我害怕他会杀掉我们中的某一个，我希望他就此消失，这样我们就不用每天生活在恐惧之中。我原以为我们的生活会好起来，终有一天我们会获得自由。

但是现在，看着爸爸的尸体，我有一种从未有过的恐惧。

四

我们把爸爸的尸体和那支枪放在洗手间，然后关上了门。在厨房里，丹妮用冷水帮考特尼冲洗伤处。考特尼在水槽前弯着腰，哭泣着，浑身瑟瑟发抖，头发和上身的睡衣都湿漉漉的。

"也许她应该去医院。"我忍不住去看考特尼下巴上的烫伤，那里有一条约四英寸长的红色疤痕，看起来很疼很疼。

考特尼摇摇头，水洒得到处都是："他们会把我们送出去寄养。"

丹妮在厨房里踱来踱去，衬衫上满是红色的斑点，脸上和手上也都是一道道鲜红的血迹。过了一会儿，她停下脚步，盯着我的衬衫，显得惴惴不安。我低下头，看到了血。我的嘴唇肿胀，我舔了一下嘴角的鲜血——肯定是爸爸打我的时候裂开的。

丹妮又开始踱步："该死，糟糕，真的糟透了。"

"我们应该把这件事告诉沃尔特和英格丽德吗？也许他们可以帮助我们，或者——"

"不行，我们必须好好考虑一下。"她坐了下来，"你会被逮捕的。也许我们也会，如果他们认为我们是同谋或者什么的。"

"沃尔特可能会找我们核实枪声。"我说。口径.22的枪不会发出太大的声音，但是枪声可能沿着铸铁的浴缸传出去，更何况窗户还是敞开的。我想象着沃尔特已经穿好衣服和靴子，正在到处找他的卡车钥匙。

丹妮点了点头："我们必须尽快解决这个问题。"

"我会告诉警方真相——是我开的枪。"

我的双腿在发抖。我用手扶着双腿，尽量不让它们抖动，也可能是我在撑着不让自己倒下，我不知道。我瞥了一眼卫生间的门。一切都恢复了平静，但周围的空气凝重而又充满了恐怖，我能够闻到一股浓浓的血腥味弥漫在空气中。

丹妮也在盯着卫生间。不知道她是不是在想，为什么刚才她没有扣动扳机。

然后，她忽地转回头看着我们，表情严肃而坚毅："在我们考虑好该怎么做之前，我们应该把他的卡车藏起来。"

"好吧。"我说。我俩一起看着考特尼。

"好吧。"考特尼说。

在考特尼和丹妮更换衣服的时候，我跑了出去。我没有驾照，不过丹妮有时候也会让我练练车。我爬进爸爸的卡车，向前调整了一下座椅。车内散发出一股啤酒的味道和爸爸的古龙香水味——香水是去年圣诞节我们买给他的。我努力不去注意后视镜上悬挂的塑料小牛仔帽，卡车地板上扔着一件他的工作服，空啤酒罐四处滚动着，还有一些空烟盒，锡箔纸的一角向下折了起来。我想到了我小的时候，他常常会用锡箔纸给我折小动物。

然后我注意到座位上有一个塑料袋，露出了一个黄色盒子的一角。我打开了袋子顶部。

其中一个盒子正面有照相机镜头的图案，另一个盒子上则是胶卷。我使劲闭上了双眼。

不要看，也不要去想。

凭着月光和记忆，我把卡车开到了远离房屋的一片密林中。因为担心沃尔特和英格丽德正在向山下走来，所以我不敢开前大灯。我犹豫了一下，随后抓起塑料袋跑回房子里。考特尼正站在前门旁边，穿着一件干净的长款T恤。

"丹妮正在清理房间，你也应该换换衣服，穿上你睡觉时穿的衣服，快点。"她一字一句地说，咬着牙，看起来面部很疼，仿佛每说一个字都异常痛苦。

我洗了把脸，然后换了一件旧睡袍。

楼下，丹妮正用一堆旧毛巾吸爸爸头部周围的血，而考特尼正在打扫厨房。她放好平底锅，扶起被踢翻的椅子，把空的啤酒罐塞到了垃圾桶底部。我则把桌上的扑克牌和香烟收了起来。

我们看到丹妮跪在洗手间地上，目不转睛地望着爸爸的尸体。

"我们做了什么……我们对他做了什么？"我痛苦地说道。

"我不知道。"考特尼站在我身旁，"我们应该把他抬到后面的卧室去吗？"

"那样会留下血迹的。"我说道。

这时，一辆车停在了外面。我们惊慌失措地相互对望了一下。

丹妮站了起来，跑到前面的窗前，透过窗帘向外偷看。

"是警察来了吗？"我低声问道。重重的敲门声传了过来。

"是沃尔特。"丹妮低声道，"假装你正在沏茶。"接着她又转身对考特尼说："不要让他看到你的侧脸——去坐到最暗的沙发角落里，把脸转过去。"

我们蹑手蹑脚地各就各位，丹妮走到门口并打开了门。

"嗨，沃尔特。"

我在厨房里，看不到他，但听到他在问："姑娘们，没事吧？我听到了枪声。"

"是的，壁橱里又有了老鼠——这次我们击中它了。"

"你们这些女孩子用枪的时候要小心点。"

"我们挺小心的——爸爸有告诉过我们。"

"之前我好像听到了你爸爸的卡车声。"我正伸手要去拿一个杯子，听到这句话，我的手顿时僵在了半空中。

"那只是考特尼搭车回来了。"

我深深地吸了一口气。太机智了，丹妮。

"你爸爸什么时候回家？他又拖欠房租了。"

"他应该随时都可能回来。还有什么我们能做的活儿吗？"

"我不知道，丹妮。我已经尽我所能为你们找活儿做了，你知道吗？"沉默片刻之后，他又问道："什么味道？"

该死，难道他闻到了血腥味？

"什么味道？"丹妮的语气听起来还算平静，但是她紧紧地抓住门框，以至于手指关节都发白了。

"就像烧焦了的味道。"

"哦，是杰茜。她在炉子上放了一个平底锅，煎煳了一些鸡蛋。我们都起来了，想做点夜宵，但是杰茜在厨房里简直派不上一点用场。"丹妮大声笑了起来。

我大声喊道："晚上好，沃尔特。"

他回复着："晚上好，杰茜。"然后他对丹妮说："你们这些小孩应该上床睡觉了。明天农场上还有的是活儿等着你们做。"

"好的，先生。"

"那么，就这样吧。你们爸爸回来了告诉我一声。"

"当然，我们肯定会的。"

沃尔特走了，丹妮迅速关上门，浑身瘫软地靠在门上。然后她从侧窗向外张望，直到我们再也听不到他的卡车声。

　　她转过身来对我们说："我们必须把爸爸的尸体处理掉。"

　　我们在车库里找到了一张旧塑料布，接着我们三个合力才把爸爸的尸体抬到了塑料布上面。然后我们把他裹了起来，用胶带缠住他的脚踝并固定好上身。最后我们把带有血迹的毛巾和抹布塞进了垃圾袋。我们三个沉默着，谁都不说话，只是手脚麻利地做着这些事情，但考特尼一直在抽泣，而丹妮则脸色苍白，满眼怒火。

　　在爸爸叫我"小东西"的时候，我一直看着他的笑容，想起他曾经教我们开车以及射击。他没忘记给我买胶卷，还给丹妮带来了各种植物的种子。他教我们女孩子不要依靠男人，教我们更换卡车机油和轮胎，还教给我们修理房屋的本事。爸爸在我们身边的时候，我们不会害怕任何人或者任何事——但我们一直害怕他。我想起我的双腿被他的烟头烫伤过，想起他把考特尼从卡车上扔出去，想起过去他酗酒时眼睛眯成一条缝的样子。我感觉他正透过塑料布盯着我，甚至，我的脑海里还能够听到他的声音：

　　"你们几个他妈的没用的狗东西。"

　　"我们要把他藏到采石场去吗？"丹妮问道。她指的是那座已经被水淹掉了的砾石采石场，距离这里大约半英里①远，水很深，人们都说采石场底部有一些废弃的伐木卡车。

　　考特尼摇摇头："我们必须埋掉他，否则他可能会漂浮起来。"

---

① 约800米。

"得找个没人会去的地方。"丹妮说,"不能在我们的房子附近。"

我们沉默了,都在思考着。

"那养猪场怎么样?"我说,"埋在饲料槽下面。那里的地上全是湿泥——而且这些年来饲料槽一直没被挪动过。"

丹妮点了点头:"这也能掩盖血腥味。"

我有点畏惧,而丹妮将嘴唇抿成了一条线。

我们抬起爸爸的尸体,他太重了,我们三个累得呼哧呼哧喘着气,最后终于把尸体抬到了后门处。然后我们放下尸体,丹妮跑到棚屋里推来一辆独轮手推车。

我们从后楼梯把他抬下来,放在手推车上,又把那一袋破抹布和几把铁锹堆在他的身上。我们轮流着,两个人在后面推,一个人在前面拉。我们必须穿过房子和农场之间的一条小路。通常情况下步行只需要十分钟,但这次我们足足用了二十分钟,到达养猪场时我们已经全身大汗淋漓,气喘吁吁。我们在泥泞的地面上又是搬又是拽地拖开饲料槽,然后开始挖坑。淤泥之下的土是干燥的,等到我们挖出一个足够大的坑时,已是满身泥泞,筋疲力尽了。

我们把独轮车停到坑边,将爸爸的尸体从车上推了下去。他的尸体卡在坑边,我们不得不继续使劲往下推,最后才勉强将他推进了坑里。丹妮将装抹布的口袋也扔了进去,发出"砰"的一声,我们吓得四处张望。好在除了山上农场的一条狗在狂吠,夜色中一片静谧。我只希望沃尔特不要出来查看。

"我们应该说些什么吗?"考特尼低声问。

我们低头看着爸爸的尸体,月光下,黑色的裹尸布闪闪发亮。

“废物……你们都是废物……”

我挖起一锹土扔到坑中，然后再挖一锹，速度越来越快。我边挖边哭，接着我的两个姐姐也哭了起来。

埋完父亲的尸体后，丹妮紧紧地抱着我和考特尼。我们紧紧地抱住彼此，皮肤和呼吸几乎都融合在了一起。

“一切都会好起来的。”丹妮安慰我们道。

拂晓时分，天空已然亮了起来。几个小时后我们就得到农场去干活儿了，但我们还是用旧的破布和漂白剂清洗了洗手间的地板。最后，我们不得不停了下来——我们实在太累，没法继续干了。我们没办法彻底清除所有的血迹——油毡地板的凹槽里仍然留下了锈色的血迹。

我们没有修补我开第一枪时击中的墙壁，只是从客厅中取下一幅油画挡在了弹孔上。在我们想好怎么处理之前，我们只能先把破布扔进垃圾桶，藏了客厅的壁橱中。随后我们关上了楼下洗手间的门并锁上房门，又仔细地关上了所有的窗户。最后我们瘫软在床上，打算休息一下再开始一天的工作，不过我躺在床上辗转反侧，无法入眠。我听到考特尼也在动来动去。她服用了一些布洛芬①，但听着她的呼吸声和偶尔的痛苦呻吟，我就知道她仍然很疼。我下巴上被爸爸肘击的伤口隐隐作痛，牙也跟着痛了起来——不过我们没剩几片止痛药了，于是我把它们都留给了考特尼。当丹妮过来让我们起床干活儿时，我发现她眼圈红红的。

那天我们一直关着窗户。每次回家都觉得家里像地狱一般炎热难耐，但是我们别无选择。在我们彻底打扫干净洗手间并消除

_____
① 一种镇痛药。

漂白剂的味道之前，我们不能冒险打开窗户，因为路过的人可能会闻到异味。

我的嘴唇已经消肿了，但一说话仍会感到刺痛，而且下巴上还有瘀伤。不过我们觉得化化妆也许能够遮盖住伤痕。

我们不确定还有哪些地方会引起更多的怀疑：考特尼不能参加劳动，也不能出门，因为她的烫伤白天看起来更加严重了，皮肤红肿、布满了水疱。丹妮觉得这至少是二级烫伤。但我们不能冒险去医院，医院的人会找我们的爸爸确认。

"我就说这是一场意外。"考特尼说，"我们需要出去赚钱。"

"我们需要的是不被抓起来。"丹妮说。

"我们曾遭遇过不少意外。"我说，"如果我们说她生病了，英格丽德可能会来看望她。即使她没来，几天后他们也会发现考特尼脸上的伤疤，就会意识到我们是在藏着她。"

丹妮点了点头："是啊，你说得没错。最好的办法就是我们表现得一切正常。"

那天，我们在农场上的各个角落干着活儿，不过我们已经商量好了，如果有人问起考特尼的烫伤，她会说是那天早上她弯腰想从下面的橱柜往外拿东西，而我正好拿着一个烧热的平底锅从她身旁经过，然后我不小心烫伤了她的脸。

我努力清扫着马厩，试图把精力集中到手上的活儿上。我清理着每个角落，拿起铁锹往手推车上装土……但我忍不住一直想起蜷缩在手推车上爸爸的尸体，以及他如何滚落到了坑中。"你是个杀人犯。你会被丢进监狱去坐牢的。"我的脑海里一直回荡着这个声音。我的身体感到一阵阵酸痛，眼睛和喉咙干燥不已，双手也起疱了——那天早上我是戴着手套的，但挥舞铁锹的时候水疱还是被磨破了，我的双手感到一阵阵刺痛和灼热。我舔了舔嘴唇上的裂口，尝到了一股血腥味。我的目光游离到了山下的养猪场。

这一切感觉是那样的不真实。我们到底做了什么？我到底做了什么？

"你在这里吗，杰茜？"外面传来英格丽德的声音。

我避开英格丽德的目光，用铁锹清理着角落里的马粪。姐姐们用化妆品帮我掩盖了瘀伤，淡化了伤痕的颜色，但仍能依稀看出我脸上有淡淡的暗影。

"是的，最后一个马厩了。"

英格丽德靠在敞开的大门上，和我聊起了其中一匹马的情况——一名兽医来了，她想让我把这匹马换个地方。在英格丽德说话的时候，我不得不转过身把马粪铲到手推车上。我希望她不要注意到我的脸，但是她突然不说话了。然后我抬起了头。

她正盯着我脸上的瘀伤。这并不是我第一次带着伤来农场干活儿，不过我担心她心里在琢磨昨天晚上的枪声。

"你怎么了？"她问道。英格丽德其实是一个地地道道的农妇。她通常穿着男式牛仔裤和衬衫，把头发绾成一个发髻，可以一边烤着馅饼，一边用奶瓶喂羊羔，还可以像男人一样扔干草捆。

她也不会错过农场里发生的任何事情。

"这个？"我摸了摸下巴，"安格斯弄伤的。"安格斯是一匹克莱兹代尔马，它总是故意用它的大脑袋去撞人。

"我告诉过你离马头远点。"

我勉强挤出一丝笑容："可是马蹄子同样危险。"

她咯咯笑了起来："真是够了。"突然，她的脸色变得严肃起来，瞪大了眼睛，皮革一样的褐色皮肤紧绷着，"沃尔特说你们家里有一些老鼠……"

"我们正在想办法逮住它们。"

"也许是时候用一些老鼠药了。"

"我们不想让死老鼠把墙壁弄臭。"一想到卫生间地板上残留的血迹，装有血迹斑斑的抹布的袋子，以及袋子周围嗡嗡叫着的苍蝇，我顿时感一阵恶心。

"等你们爸爸到家时，我们会和他谈谈这件事。"

"好的，夫人。"

那天晚上，我们吃掉了最后一罐番茄汤。考特尼告诉我们英格丽德已经询问过她的烫伤。

"她相信你说的了吗？"我问道。

"我不知道。她问了一些奇怪的问题，比如为什么是你在做饭而不是丹妮，还问我们有没有去医院看过。她说我们太独立了，这也不好，不过我说爸爸正在回家的路上。"英格丽德爱管闲事，而且，只要有人肯听，她会把所有你的个人私事告诉其他人。或许她已经把我们没有大人照顾的事情告诉给了一些人，那些想要表示邻里友好的人可能会过来探看我们的情况。

考特尼看着丹妮："我们应该尽快离开这里。"

丹妮考虑了很长时间，我忍不住想要朝她嚷嚷。但我越是催促，她就会越无法定夺。她总是喜欢仔细分析事情的各个方面，权衡利弊，但是我觉得此刻她更应该倾听内心的选择。我同意考特尼的意见，不过要是我把我的想法告诉丹妮，她只会让我闭嘴。

"如果我们在枪声响起之后就立刻离开，他们会怀疑的。"最后她说道，"他们甚至有可能报警，让警方追捕我们。现在，我们还是守口如瓶的好。"

　　饭后，我们撕掉了洗手间里的油毡，这块油毡很多地方已经脱落了。我们不知道该怎么处理它，在想出万全的处理办法之前，我们只好先把它扔到了棚屋里。我们从墙壁中挖出了卡在横梁里的子弹，随后在棚屋中找到了一些腻子，修补了墙上的弹孔。然后我们又用一些旧油漆重新粉刷了整个洗手间和三合板地面，这些油漆还是爸爸从他的一个朋友那儿偷来的。

　　大约午夜时分，我们悄悄从背后的小路把爸爸的卡车开到了那个采石场。丹妮负责开车，她戴着一顶爸爸的牛仔帽，穿着一件大外套——如果有人碰巧从我们旁边经过的话，会觉得丹妮的块头很大。考特尼和我弯着身子坐在后排座上。我们开着车在采石场周围绕圈，看看有没有人大半夜跑到这里来夜游。四周静谧一片。观察了一会儿，我们来到最高点，把车挂上空挡，然后把它推进了水里。不过车子并没有立即下沉。

　　"靠！车子不下沉，"我说，"我们应该先打开车窗的。"

　　"再等等。"丹妮说。终于，车子开始移动，并沉到了水面以下，水面上只剩下不断涌起的气泡。

　　"要是有人看到这辆车怎么办？比如有人潜泳下去或是怎么的。"我问道。

　　"不会的。"丹妮说。但是她说话的时候避开了我的目光。

　　我们决定把那堆漂白用的破抹布和扯下来的油毡丢到邻居家。邻居家院子里的垃圾比我们家还多，那个男人比爸爸还邋遢，他家的一个商店的后面堆满了建渣——考特尼曾和他的儿子有过一段，他儿子说这些垃圾已经在那儿堆积了几十年。最好的情况是，如果他要打扫的话，或许他会把我们丢过去的东西一起运到垃圾场去。

我们驾驶着丹妮的卡车，把要扔的东西埋在后车厢里一些其他垃圾的下面，然后把车停在了他的农场尽头，那里是他的机耕道。我们关闭了车前灯，偷偷溜了进去。我们不能把车开得离那里太近，否则他有可能从屋里听到动静，因此我们沿着机耕道步行，每个人怀里都抱满了东西。我们就着月光往前走，考特尼绊了一跤，手里的东西重重地掉在地上。

我们都吓呆了，侧耳倾听是否有人注意到我们。夜色中，周围寂静如水。

我们把这些垃圾分散着丢弃到胶合板、石膏板和废弃金属之间，仔细地把油毡塞到垃圾之间，尽力确保它们都被挡在了垃圾堆后面。因为需要搬动一些很重的废料，所以我们做这些事情并不轻松，而且我们还不能发出太大的声响，因此只能非常缓慢地移动，肌肉也都绷得紧紧的。我们不知道该如何处理那袋破抹布，考特尼和丹妮急促地低声争论着——考特尼认为我们把它们埋起来就行了，丹妮却担心血腥味会引来动物，它们可能会被动物重新从土里翻出来。最后，我们把它们塞进了一个油桶中，然后沿着机耕道跑回了丹妮的卡车。我的两个姐姐走在前面，巨大的黑色身影笼罩着我。

处理完这些之后，我们回到家，点燃了爸爸留下的最后一些香烟，讨论我们接下来该怎么办。

"我们可以找找工作。"考特尼说。

"我们能做什么？"我问，"谁会雇用我们？"

在这个小镇，三个十几岁的女孩不会有很多工作的机会，我们只能在农场干活儿，或者去当服务员，又或者在杂货店打零工。

"你们忽视了最关键的一点。"丹妮说道，"如果没有爸爸，他们不会让我们住在这里——其他人，他的老板和朋友们，都会去找他。如果我们说爸爸又不管我们了，那他们一定会把我们送到寄养家庭去。"

"你快十八岁了，也许他们会让你来照顾我们。"我说。

"我必须证明我有能力抚养你们。"

"如果我们继续在农场干活儿，沃尔特和英格丽德可能会让我们留下来。"

"那也赚不到足够的钱，而且爸爸也不在了。"丹妮说。

"我们可以继续靠福利生活。"我说，"或者，科里的父母会让我们留在那儿？"丹妮与她男朋友的家人关系很不错，他们人很好。

"他们没有多的地方给我们住。"她说，"而且，无论如何我们也没法住在那里。我们也不知道爸爸回家之前是否在那里停留过。或许有人在镇子里见过他。"

"我们今晚就要离开吗？"考特尼问道。

"不，"丹妮说，"如果我们今晚就离开的话，别人会觉得我们根本没在等他回来，就像我们知道某些事情一样。"她说话的样子表明她已经认真思考过了，"几天之后，我们必须说他又一次离开了家，而我们要去投奔亲戚。"

"如果好几年都没有人再见到他，难道不会有人怀疑吗？"我说。

丹妮抽了一大口烟："是的，所以我们需要足够的时间离开这里，在其他地方安顿下来，然后我们要办假身份证。等到有人发现了卡车或者了解了事情的真相，我们已经远走高飞了。"她看着考特尼，"爸爸说的跟你乱搞的那个已婚男人是怎么回事？他不会带来什么麻烦吧？"

"他到底是谁？"我问。

"本·米勒。"考特尼说，"昨天晚上我就和他分手了，我告诉他我不想被爸爸抓到我和他在一起。"

"本·米勒？"我说，"他看起来就像已经三十多岁了。"他是镇上一家建筑公司的老板，他有妻子，还有几个孩子。我不知道考特尼是怎么和他勾搭上的，但难怪爸爸会为此大发雷霆。

"现在没关系了。"考特尼满脸通红，"一切都结束了。"

"科里呢？"我问。爸爸这次回家以后，他来过一次，是和一些朋友一起开着卡车来的，问丹妮想不想去游泳，但是她说她太累了。他很快就会开始怀疑的。

丹妮眨了眨眼，下嘴唇颤抖着，随后她用上嘴唇压住下嘴唇，紧紧地闭上了嘴。我几乎松了一口气——我原以为她会哭出来。我已经好几年没见过她哭了，自从妈妈的葬礼之后，我就再也没有见到她哭过。如果她垮了，我不知道我该怎么办。

"我准备和他分手。"

"不！"我低声叫了出来。

"你确定？"考特尼听起来也很震惊。丹妮自己看起来也很震惊，仿佛无法相信自己刚刚说了什么。我们都以为他们会结婚的。他们在开始约会之前很久就已经是朋友了，我不记得他们还有没在一起的时候。科里就像我和考特尼的大哥哥一样，他教我们驾驶他的卡车，带我们去湖边或者跟着他们去看电影，从来没有因为女朋友的妹妹们在身边而表现出不耐烦。

"难道他不会觉得这很奇怪吗？"考特尼说。

"可能不会。"

"你们吵架了吗？"

丹妮点了点头，然后生气地抽了一口烟，猛地喷了出来。

"你为什么一点都没告诉我们？"考特尼看起来跟我一样惊讶，而且她还有一些受伤的样子。

"这不关你的事。"丹妮昂起下巴。

"但他总是在谈论着要拥有一个属于你们自己的地方……"考特尼满脸困惑，但接着她露出了明白的表情，"他一直想让你搬出去，而你是因为我们才没有这么做。"

丹妮耸了耸肩："随你怎么说。"

我的眼中充满了泪水："对不起，丹妮。"

"这不是你的错。"她的声音有些发紧，好像是在费力地往外挤出这些话一样，"星期六晚上我们会在一起。到时候我会跟他说。"

"我们要去哪里？"考特尼问。

"我们应该去一个大城市，这样我们就不会过于惹眼。"丹妮说。

"温哥华。"我说。

考特尼和我看向丹妮。

"好吧。"她知道我们非常想去温哥华，但这一直是我们的梦想，而不是她的。她放弃了那么多，我的心里真的很不好受。

她又在盯着卫生间看，手里的香烟已经燃尽。自从我们清理了那里之后，我们都没有再进去过。

"我很抱歉，丹妮。"我再一次说道。这次她没有回复我任何话。

五

　　最后，我们决定再多待几天。第二天下午，我们从农场走回家，天气很热，我们走得筋疲力尽。丹妮在前面带路，她的长发随着步子飘来飘去，身体看起来很僵硬，好像还在生气。她是在考虑如何与科里分手吗？我摆弄着手里的相机，一遍又一遍地按着快门，但由于睡眠不足，我浑身不舒服，根本感觉不到自己在干什么。考特尼用手指轻轻地挠着脸上的伤疤。丹妮一直在告诉她不要去碰伤口，否则会感染。但是她仍不停地用手指去挠，或者照镜子看。

　　突然，丹妮停下了脚步，我也抬起头来。只见一辆警车正停在车道上。我的手指僵在了相机上。

　　丹妮没有看我们。她几乎不动声色地说道："让我去说。"

　　一名警官从警车上下来，我们向他走过去。他身材高瘦，一条腰带松松垮垮地系在腰间。

　　"吉布斯警官，"丹妮说，"有什么我们能做的吗？"

　　"我只是想确认你们这帮丫头平安无事。"

　　"我们没事。"

　　"听说你们这些丫头家里有鼠患。"他应该是知道了开枪的事情。英格丽德或沃尔特肯定打电话报警了。

"我们已经把它们解决掉了。"

"你们的父亲在家吗？"

"不在，不过他很快就会回来的。"

"他这次值班时间够长的。他给你们寄钱了吗？"

"我们的钱够用。"

"可是我听说你们已经入不敷出了。"

"我们会摆脱困境的。"

他瞥了一眼车道，目光扫视着地上的泥土，好像在寻找什么痕迹。然后，他回头看了看我们的房子，对我们说道："我可以四处看看吗？"

"看什么？"丹妮问道。她的声音听起来很平静，但是她昂起了下巴。

"你们几个自己住在这儿，我只是想确认一下房子是安全的。"

"我觉得爸爸不喜欢有人去看我们的房子。"

"那么，我们不必告诉他。"

我瞥了一眼丹妮，心里一阵紧张。

"那你就随便看吧。"丹妮说着，耸了耸肩。

她走上台阶，推开门，我们也跟着她走进屋子，手足无措地站在厨房里。考特尼打开水龙头，给自己倒了一些水。她瞅瞅我，又瞅瞅警官，然后故作轻松地靠在厨台上，看起来很随意，但拿着玻璃杯的手却在轻轻颤抖。我坐在桌子边上，心里琢磨着水槽下面的那支枪。丹妮站在我身后。我可以感受到她散发出来的热量，还有她身体里的紧张感。

警官在房间里走来走去，查看着窗户，脚下重重的皮靴踩得地板嘎吱作响。他抬手指了指后窗上的一把破锁。

"你们找人来修了吗？"

"爸爸回来了会修的。"

他"嗯"了一声，然后向卫生间走去，推开了卫生间的门。我屏住了呼吸。他侧着头仔细查看着地板上的新油漆。

"你们在给地板上漆？"

"我们想的是如果我们能把这些事情搞定一点的话，沃尔特或许会降一点房租。"

他从洗手间向我们走过来，眼睛盯着考特尼脸上的伤："出了什么事？"

"我正弯腰的时候，杰茜不小心用平底锅碰到了我的脸。"她笑了起来，但那笑声中夹杂着一丝恐慌。

"看起来情况不太好，要不要去看医生？"

她摇摇头。

他继续盯着她的脸说道："一般情况下，要过一段时间烫伤才会变成这种深色。"

"那口锅的确是太烫了。"我说。

他扫了我一眼，目光在我下巴上的瘀伤处停顿了一下。我能感觉到我的脸瞬间就红了，也知道我看起来满脸内疚。我暗自祈祷英格丽德已经给他说了那匹马的事情，因为如果他这会儿问起我，我肯定没办法圆这个谎。

接着，他转过身来，打开了我们的冰箱，皱了皱眉头。他俯下身，翻动了一下冰箱里的一些东西。我瞬间想起爸爸带回家的啤酒，还有剩下的啤酒罐子——我们并没有将那些罐子扔掉。我心里十分紧张，双手紧紧地抠着膝盖。

"你看冰箱干什么？"丹妮问道。

"如果你们几个孩子吃不上饭，你们可能需要社会救助。"

"我们吃得很好。"

他站了起来，关上冰箱："你今年多大了，丹妮？"

"马上十八岁了。"

"你们都是未成年人，所以你们不能这样独自生活。有一些比较好的寄养机构——"

"我们不打算去寄养家庭。"

"你们的爸爸不会马上就回来，我要去打几个电话问问情况。"

"他会回来的。"

他再次嗅了嗅空气，漂白剂和新鲜油漆的气味仍然挥之不去。我屏住呼吸，静静地等待着。他会发现什么吗？

"你们几个姑娘不应该在没有父母监管的情况下使用那把枪。我要把它收走。"他的目光越过我的头顶，看向丹妮。

"我们会很小心的。"她说。

我的心脏剧烈地跳动着，我担心他甚至能听到我心跳的声音，或者看到我脸上的恐慌。终于，他转身向门口走去："在你们爸爸到家之前，把枪锁起来。我不希望你们伤到自己，或者发生些其他什么事情。"

"好的，先生。"丹妮在我身后长长地舒了一口气。

走到门口的时候，他又转过身来说道："我会让我妻子送一些吃的来，这样你们可以熬过一段时间。"

"我们不需要任何吃的。"我说。

丹妮推了我一把："那太好了，够我们在爸爸回家之前吃就好，我们会把钱还给你们的。"

"嗯，在他回来之前。"他注视了丹妮一会儿，然后向他的车走去。他又一次盯着他脚边的地面，用靴子在泥地上蹭了蹭。

他看到了什么？一滴血？轮胎的痕迹？

接着，他又回头看了我们最后一眼，然后开车离去了。

那天晚上，我们喝汤时一直很安静。丹妮用她打零工赚来的钱买了一箱面条——这种面条一美元就能买到四袋。我喜欢用几种香料来调味，并拌上黄油。不过我们的黄油也用光了，而且丹妮说我应该吃点浓汤，这样可以让我更扛饿一些。她把剩下的一些鹿肉炸了，并在她和考特尼的晚餐中添加了从地里拔来的胡萝卜。她试图说服我也吃一些肉，但是我在田野里看到过小鹿和它们褐色的大眼睛，我没办法说服自己去吃鹿肉。所以我单独给自己做了一锅吃的，里面只放了面条、浓汤和胡萝卜。

"几天后我们就要离开这里。"丹妮说，"他不会让我们留下的——他会把我们送到寄养家庭去。"

"你不用去，你快十八岁了。你可以搬出去和科里住在一起。我和考特尼可以一起去一个寄养家庭。"

考特尼看起来好像要哭了："只不过几年而已，我们能熬过去。"

"不，"丹妮说，"我们必须待在一起，而且留在这里风险太大。"

"我们没有钱去任何地方开始新生活。"考特尼说。

"我应该去自首。"我说。

丹妮用力抓住了我的肩膀："没有人要去自首，没有人要去坐牢，也没有人要去寄养家庭。"

"都是我的错。"考特尼说。

"不，这是爸爸的错。"丹妮放开了我的肩膀，目光直直地盯着我，"他要杀了考特尼——你不得不这么做。"

我推开了面前的那只汤碗："我很害怕。"

"我们都很害怕。"丹妮说着，又把碗推回到了我的面前。

第二天，我做完我的活儿之后，考特尼和丹妮已经在谷仓外面等着我了。过去我们通常是各自走回家，或者丹妮会去她男朋友家，不过这次我们要结伴同行。

到家的时候，我们看到门口的台阶上放着一个箱子。里面有一些吃的，包括意大利面、肉类罐头、汤，甚至还有几条旧牛仔裤和几件衬衫。我记得那位警官有几个比我们大几岁的女儿。随后我们注意到门廊地面上有靴子印。肯定是那个警官亲自把这个箱子送过来的。他透过窗户观察屋内的情况了吗？我们绕着房子查看脚印。最后，在棚屋附近，我们找到了一个靴子印。

我们该离开了。

丹妮开车去了科里家。等她回到家时，我们发现她的双眼红肿。她回来后没跟我们打招呼，而是径直回了她的房间，在里面待了几个小时都没有出来。

考特尼在门外对丹妮说她要开车出去，丹妮什么也没说。考特尼抓起吉他，朝着前门走去。

"你要去哪里？"我大声喊道，"我能跟你一起去吗？"

"你和丹妮待在一起。"

我以为她要去见某个男孩，这让我感到非常沮丧和无助。她这样会给我们带来更多的麻烦，丹妮应该阻止她的。我在屋子里踱来踱去，但最后我冷静了下来。不会有事的，考特尼很聪明。

我去农场鸡舍里偷了一些鸡蛋，又摘了一些花园里的香葱和番茄，以及温室里的青椒。希望英格丽德和沃尔特没有看到我偷东西。这期间，一条边境牧羊犬在我身边摇着尾巴，我不断发出嘘声想赶它走，但它一直跟着我。

回家后，我做了丹妮喜欢吃的炒鸡蛋，然后轻轻地敲了敲她的房门："丹妮，我给你做了晚餐。"然而她并没有理我。我走下楼自己吃了饭，用盖子把她的餐盘盖了起来。

五分钟后，丹妮走下楼，满脸泪痕。她吃了几口鸡蛋，然后埋怨我把厨房弄得这么乱。

"你心里到底在想什么？偷东西？你应该让我或者考特尼去帮你望风的。"

"我很抱歉，丹妮。"我笑了笑，她能对我发火表示她感觉好些了，我很开心。

考特尼回到家时，我正在收拾碗碟。她对着我无力地惨然一笑："嗨。"

"你去哪儿了？"丹妮在起居室里大声问道，她正在把我们的相框装到一个箱子里。

"我把吉他卖了。"

丹妮走进来："什么?!为什么？"

"我们需要钱，而且我也不打算再唱歌了。"她指了指脸上的烫伤，"脸伤成这样，我想这条路我是走不通了。"

"你干了件蠢事，考特尼。"我说，"你仍然很漂亮。"

"不，我不漂亮了。即使漂亮，我也跟唱歌无缘了。"

我和丹妮对视了一下。

考特尼说："我们应该先去卡什溪，特洛伊会借给我们一些钱。弄假身份证需要挺多钱的。"卡什溪是一个小镇，位于利特菲尔德西南方向约两个半小时车程的地方。听说那里什么都没有，只剩下农民和农田了。特洛伊搬走的时候，我们都挺为他感到难过的。

"我们不能让任何人知道我们要去哪里。"丹妮说。

"他什么都不会说的——尤其是他借了钱给我们的话。"

特洛伊是个药贩子，不过卖的大部分是大麻，但他身上总是有些现金的。"他告诉我，他们打算搬到一个房车公园去——我确信我们很容易就能找到他的房车。"

丹妮想了一会儿，然后说："好吧。"

那天晚上我们收拾好了要带走的东西。我整理了一些书、衣物、照相机和装满照片的信封——我们没有家庭相集。有一天晚上爸爸喝醉了，他丢掉了所有的家庭相集。不过我保留了一张最心爱的妈妈的照片，那是她在钓鱼大赛上获奖后在渔具店前摆拍的照片，她的头发在帽子下面张牙舞爪，脸上笑容灿烂。我把照片塞进我的一本书里，然后把所有东西都塞进一个背包里。此外，我还带上了这次爸爸给我带回来的相机镜头和胶卷，但我把它们都塞进了背包的最底部。

考特尼几乎把所有的衣服和化妆品都装进了行李里。她本打算丢掉那些歌曲创作书籍的，不过我们还是说服她带上了。我们把一些东西放在棚屋里，然后将旧帐篷和野营装备拖了出来。

我们在到底应该当面告诉英格丽德和沃尔特，还是给他们留一张纸条就一走了之这件事上发生了争执。我认为应该告诉他们一声。

"他们一直在等着我们去求助。"我说，"而且如果我们不去，英格丽德会伤心的，她会担心我们。"

"这正是我们不能告诉她的原因。她会有太多的问题。"丹妮模仿着英格丽德粗声大气的嗓音，手放在臀部上，"你们要去哪里？什么姑妈？你们以前怎么从来没有提到过她？也许我们应该和警官谈谈，看看最近有没有人听到过你父亲的消息。"

"我们只能留纸条，杰茜。"考特尼说。

"他们会起疑的。"我说。

"我们做的所有事都会让他们起疑。"丹妮说，"但是如果我们今晚就离开，那么在有人开始寻找我们之前，我们就已经离开好几个小时了。"

尽管我很讨厌不辞而别，但她们是对的。我们又想了想别的方式，最后她们还是让我写了纸条——我的字是三个人中写得最好的。

亲爱的沃尔特和英格丽德：

感谢你们收留我们住在这里。非常感谢你们为我们所做的一切，但真的很遗憾，我们要离开了。我们的爸爸还没有回家，我们的钱也花光了，所以我们要去埃德蒙顿找我们的姑妈。如果他回来了，请告诉他我们在海伦家。

爱你们的杰茜、丹妮和考特尼

我们一直等到凌晨两点，因为我们觉得这个时候的街道最安静。我们把纸条粘在前门上，然后开车离开了这里。出了城，写着利特菲尔德地名的木制路牌消失在后视镜里，我开始感到恐慌。我们今后会怎样？沃尔特会报警，让警方来追我们吗？他们会发现房子里的血迹吗？我们有没有落下什么疑点？我们带上了那把枪——它现在被藏在车座椅下。如果我们被迫靠边停车接受检查，那我们会因为它而惹上麻烦。但这还不是我们目前面临的最主要问题。

"你们试着睡一会儿吧。"丹妮说道。

但我们无法入睡。我们聊了聊温哥华会是什么样子，我们会住在哪里。丹妮认为我们应该找一家青年旅社住下。然后我们得去找工作，比如保洁员或者服务员什么的，丹妮想看看郊区有没有农场在招募工人。我们都没有社保号，所以我们必须尽快拿到新的身份证，但是我们不知道该到哪里去弄。丹妮说我们只需要找到镇上管理松懈的地方，比如毒贩经常出没的街区，在那里我们就能打听到。

我们偷了一些汽油，又开了一个小时的车，一路上路过了村镇、湖泊和峡谷。夜幕中的村镇变得越来越暗淡，此时与我们做伴的只有我们的旧卡车。丹妮太困了，开着开着就睡着了，结果车子猛地冲向路边，我们吓得大喊起来才把她叫醒。于是我们把车停在路边，从后备箱中取出睡袋搭在了卡车背后。我们本来打算早点起来的，但我们实在是太累了，直到黎明的阳光照射在身上，我们才醒来，四肢僵硬、浑身酸痛。我们喝了点水，吃了些食物，在路边的沟渠旁刷了刷牙，然后再次上路。如果我们能够顺利找到特洛伊，下午的时候我们应该就能抵达温哥华了。

"等你生日那天，我们去海滩玩。"丹妮说。

"那太酷了。"我努力不去想父亲买给我的礼物，几天之前，我还是那么的期待它们。

半小时后，在离卡什溪不远的地方，卡车引擎盖下面开始冒出蒸汽，然后它就抛锚了。

"这他妈的是怎么了？"考特尼问道。

"我他妈的怎么知道？"丹妮沮丧地回答。我们把车停在路边，然后走下来开始检查。有水从卡车下面滴滴答答地流了出来。

"是散热器出问题了吗？"我问。

"可能是。妈的。"丹妮踢了踢轮胎。

"我们只能步行到镇上了。"考特尼说。

我们从后备箱中把能带的东西都拿了出来——水、我们的背包和一些食物——然后开始步行。我们不得不将那把来复枪留在了前座下面，我很担心有小偷会敲碎窗玻璃进去而发现它。结果我们没有走多远，甚至还能看到我们的卡车，就听到一阵隆隆的汽车引擎声传来—— 一辆黑色的福特停在了我们身旁。两个二十出头的家伙透过车窗朝我们微笑着。驾驶员是一个黑发男孩，他戴着一顶棒球帽，穿着一件白色背心，正趴在方向盘上看着我们。

"车抛锚了？

丹妮与他们的车子保持着一段距离，然后说："是的，车子开始冒蒸汽了。"

"可能散热器或水泵坏了。我可以看看——我是一个技师。"黑发男孩说。另一个男孩一头棕色的头发，咧着嘴大笑着，露出牙齿，他没穿上衣，身上是典型的农民特有的晒痕，脖子和手臂上有线条。

丹妮转过身来跟我们对视了一下。考特尼摇了摇头："我们还是走去镇上吧。"

丹妮低声说："那要花很长时间。"

两个男孩对视了一下，然后黑发男孩耸了耸肩，说道："如果你们不需要帮助，也没关系。我们可以找一辆拖车过来，不过那得花掉你们一百来块。"

另一个男孩插话说："如果你想步行的话，大概需要一个小时。"热气已经从路上飘过来，熏蒸着我们的皮肤。

终于，丹妮说："如果你们能帮忙看一看，那就最好不过了。"

六

"找到了，绝对就是水泵出了问题。"黑发男孩说，他正把头伸进引擎盖下面忙碌着。他叫布莱恩，瘦瘦高高的，有着一对圆溜溜的黑眼珠、黑色的眉毛和睫毛，以及小巧的鼻子和嘴巴。他的脖子上挂着一串子弹做的项链，褪了色的牛仔裤被卷到膝盖处，裤子上有一些旧污渍，脚上的靴子有些磨损，上面沾着一些已经干掉的泥巴。他的身上散发着汽车润滑油和香烟的气味。

他的弟弟叫加文，但是看起来和他并不像。加文的头发颜色较淡，一张大嘴巴露出满嘴的大白牙。他的身材也很壮，肩膀比布莱恩更宽，动作慢吞吞的，个头也很高。他们两个人看人的方式不一样，布莱恩的眼神充满活力，他说话语速很快，并不时爆发出哈哈的大笑声。他的眼睛朝周围观察着，在引擎盖下面检查的时候，他手脚麻利且自信满满。加文则是一副小心翼翼的样子，而且更安静。

加文现在正坐在后备箱挡板上大口喝着啤酒。他们从车载冷藏箱里给我们每个人拿了一瓶啤酒，冷凝水不时从瓶壁上往下流。我们一边大口喝着啤酒，一边警惕地看着他们。我的脖子上挂着照相机，一只手攥着挂绳，磨破了的旧皮绳熟悉的触感给了我一些安慰。我能看出来姐姐们心里也很不安。考特尼转过脸去，手指不停地玩弄着啤酒瓶上的标签。而后我们被问起是从哪里来的，丹妮的回答很生硬，她说我们是从黄金镇来的——那个小镇位于利特菲尔德往北几个小时车程的地方。她说她叫琳恩，又介绍说考特尼叫桑迪，我叫希瑟——那是学校里坐在我身后的女孩的名字。

两个男孩似乎没有注意到我们如此紧张，或者他们根本不在乎。他们看上去很友好，始终面带微笑。布莱恩告诉我们，他叔叔在镇上有一家汽修厂，他在那里工作，而加文则取笑他是一只油猴子。

"我们的父亲经营着一家很大的牧场，总共有三百来头牛，我们还养了一些马。布莱恩呢，他总是跑去开拖拉机。你简直没办法让他和发动机分离片刻。"加文说着，大笑了起来。

他们的车上传来乡村音乐的声音，后备箱里空啤酒瓶子滚来滚去，叮当作响；他们的嘴里叼着香烟，看起来就跟那些和我们一起长大的男孩子没什么两样。我慢慢地放松了警惕。过了一会儿，不知道他们说了什么，考特尼微笑了一下，接着丹妮问了一下他们家牧场的情况。

"也许我能从废料场中找到一台水泵。"布莱恩说，"但可能需要几天时间。你们几个着急走吗？"

"是的，我们要去找我们的姑妈。"我说。

丹妮狠狠地瞪了我一眼，对我抢着回答很是恼火："修好它需要花多少钱？"

"如果我能找到一台旧水泵，五十美元就够了，不过它挺牢靠的。如果要换新的，你得花上大约一百五十美元，还有几个小时的工时费，然后就是拖车费了。加起来大概是三百美元吧。"

丹妮皱了皱眉头："我们没有钱。"

布莱恩瞥了加文一眼："也许我们能在牧场上为你们找一些活儿做，修篱笆或清理畜栏什么的，你们可以赚一些现金。而且，我们也有个地方可以让你们扎营。"

　　丹妮咬着嘴唇问道："你认识一个叫特洛伊·杜根的人吗？"

　　"特洛伊？"布莱恩大笑起来，"每个人都知道特洛伊。你怎么问起他了？"

　　"他是我朋友的朋友。如果你们能让我们搭车去镇上的话，我们可以给他打个电话。"我松了一口气。这个主意不错，比和这两个人待在一起好得多。

　　"太不巧了。特洛伊刚刚去野营了，大概要去几个星期。"布莱恩说话的样子好像在为我们感到遗憾，不过我总觉得他有点暗自高兴。

　　考特尼看起来很沮丧，而丹妮看起来也挺不高兴，她问道："你父母不介意我们在你家牧场露营？"

　　"我们不会告诉他们你们要在那里露营。"加文说，"只要你们不生火，应该就没问题。"

　　"你们可以赚到足够的钱来买一台水泵的。"布莱恩说，"我叔叔会管你们要水泵的钱，不过我可以无偿提供更换服务。"

　　"你为什么要这么帮我们？"考特尼皱着眉头问道。

　　布莱恩大笑起来："因为我是个好人。"

　　"你会管我们要别的东西作为补偿吗？"她问。

　　他看起来一脸困惑。我几乎要以为他可能只知道修车，而不懂得与人打交道了。

　　"我们还能要什么补偿？"他耸了耸肩，"我只是喜欢做事。"我瞥了一眼他的手，他的指甲下面都是油污。他的小指头长得很奇怪——它们朝着旁边的手指弯曲着。

"给我们一点时间商量一下。"丹妮说。

"当然可以，反正我们要先去撒泡尿。"他们说着，走进了树林。我们可以听到他们踩断树枝的声音，然后林子里就安静下来了。我们朝他们卡车的另一侧走了几步，身后仍是不绝于耳的音乐声。

考特尼说："我不知道我们该不该这么做。"

"我也不知道。"丹妮说，"但我们需要卡车。"

"我们可以坐巴士。"我说。

"我们甚至不知道镇上有没有车站。"

"那我们可以搭顺风车去温哥华。"我说。

"路上的警察可能会发现我们，而且很多人都会记得见过我们——三个女孩，我们太惹眼了。坐巴士也面临着同样的问题，警方会知道我们去了哪里。"

丹妮很烦躁，但我没法不提出我的问题："那我们车里的枪怎么办？我们要在这里待好几天呢。"

"他们没有任何理由检查车座椅下方。一旦卡车修好了，我们就他妈的马上离开这里。没有人会知道我们要去哪里。"

我回头看了看刚刚那两个家伙钻进去的灌木丛，结果一眼就看到他们已经走回来了。

"你认为他们可靠吗？"我低声问道。

丹妮转过身看着他们，说道："是的，他们只不过想占点便宜，这些男孩们都这样。他们想当好人，没问题，我们自己把握好分寸就行。"

我们爬到他们的卡车后座上，把我们车上的齿轮和车载冷藏箱也带上了。他们帮我们把剩下的行李装进我们卡车的驾驶室，这样我们就可以把驾驶室锁起来。布莱恩说他今天晚些时候会找来拖车把我们的卡车拖走。这笔费用会算进我们的账单，不过他会说服他叔叔多给我们一些优惠。

他们开车带着我们穿过小镇。这座小镇看起来甚至比利特菲尔德还小，很明显，这两个男孩认识镇上所有的人——在我们经过的时候，所有人都向这辆卡车挥手，并好奇地看着我们。我拿起相机，假装拍了几张闹市区的照片，而所谓的闹市区也只不过是多了几个交通灯而已。我注意到镇上有几家商店、一家小饭馆，以及一座砖混结构的汽车旅馆。一家比萨店的外面摆放着一些塑料座椅，在它和一家花店之间有一个告示栏，上面贴满了各种通知，看起来似乎从来没有人将它们撕下来过。还有一家五金店，店门口还带有邮局标志。镇上似乎只有一家汽修厂——"那就是我工作的地方！"布莱恩透过后车窗朝我们大声喊道。他把车停在停车线内，然后下了车。

"只要跟我们叔叔谈一谈，确认他都同意就行了。"加文也下了车，和布莱恩一同走了进去。

我们留在卡车后座上。此时烈日当头，黑色金属反射出热辣辣的阳光，摸起来很烫手。考特尼将头靠在后窗下面的塑料盒子上休息。这个塑料盒子长度和驾驶室差不多，上面有一把挂锁。利特菲尔德的一些男人也会在卡车上用这类盒子装工具。考特尼用手遮住脸上的伤疤。丹妮看着她，轻轻咬着指甲。

我看到汽修厂旁边有一家酒吧——至少我认为那是一家酒吧，里面传来震耳欲聋的音乐声，还飘出了油腻的食物香味。酒吧有一扇侧门，就在汽修厂和酒吧之间的巷道上。在酒吧上方，有一扇打开的窗户，正对着下面的汽修厂。窗帘在微风中轻轻飘动，我在想那里是否住得有人。

这时，酒吧侧门打开了，从里面走出来一个男孩。他看起来和我年纪相仿，金色的头发垂到眼部。他用手拨开头发，露出了红红的脸，似乎酒吧里很热。他的白色围裙上沾了不少污渍。他四下看了看，然后点燃了一支香烟，向后靠在墙壁上，闭上眼睛吸了一大口，又把烟雾缓缓地吐出。

布莱恩和加文从汽修厂走出来，大声说着话，并"砰"的一声关上了门。巷道里的男孩站直身体，目光盯住了我。

我们对视了一眼，都愣了一下。然后，他瞥了那两个男孩一眼。他脸上的表情——比如眯起来的眼睛——告诉我，他并不喜欢他们。

加文对他竖起了中指。男孩并没有任何反应，只是又吸了一口烟，慢慢地吐出来。一名满脸大胡子、头发灰白的年长男人走了出来，看起来好像要说什么，随后他注意到了我们。布莱恩和加文爬上车，在那个男人的注视下带着我们离开了。

他们把车停在一家杂货店外面。布莱恩从卡车上跳下来："我去买点啤酒。"

"这里有洗手间吗？"考特尼问道。

"在后面。"

我们下了车，转到商店后面。透过窗户，我们看到他俩正在搬几箱啤酒。加文用手肘捅了捅布莱恩，然后不知为什么他俩大笑了起来。考特尼还在卫生间里，我看了一眼丹妮。丹妮也在观察着他们。我向她使了个眼色。

"他们就是这样的。"丹妮说道，但是她的声音听起来有些不安。

考特尼从卫生间出来，也注意到了他们。他们感觉到我们的目光，抬起头来对着我们开怀大笑，然后像展示战利品一样举起了一箱啤酒。

"看到了吧？"丹妮一边向卫生间走去，一边说道，"这就是男孩子们。"

我们离开了小镇，开车经过一些农田，然后沿着一条蜿蜒的乡间道路行驶，路面坑坑洼洼，崎岖不平。我们经过一台拖拉机，一位老人朝我们点了点头。空气中弥漫着新收获的干草的清香。丹妮眼里充满了忧伤，我知道她在想科里。

接着，车开到了土路上，我们尽量低着头，但身上还是落了一层薄薄的尘土，我们咳嗽起来，不停地揉眼睛。最后，卡车转上一条更窄的道路，并停在了一扇大铁门前。加文跳下车，打开了那扇铁门。

"差不多就是这里了。"他笑着说道。

卡车驶入一片草地，在坑坑洼洼的地面上颠簸着，最后停在了一条小溪旁边的一片小树丛里。不过这条小溪已经干了，只有残存的一点溪水在缓慢流淌着。

布莱恩走下卡车："这里都是我们的地盘了。你们可以在这里扎营，我们去拖你们的卡车。明早我们会来带你们去牧场。"

他拎起一箱啤酒，给我们每人递过来一罐，自己也打开了一罐。他还给了我们一袋牛肉干："那家店就卖酒了，没有太多其他的东西可买，不过你们看起来很饿。明天我们会给你们多带些食物过来。"

"你们准备怎么跟你们的父母说呢？"丹妮问。

他耸了耸肩："这又不是什么天大的秘密。我们只不过是巧遇，碰巧你们需要钱，而我们可以修好你们的卡车。"他看到我们交换了一下眼色，又补充道，"如果你们不希望我说出去，我一个字都不会说。"

加文跟着道："我们可以跟父母说你们是住在镇上的。"

"如果你们能这么说，那就太感谢了。"丹妮说。

"你们这些姑娘是离家出走还是怎么的？"加文笑了起来。

"我们只是不喜欢有人知道我们的事情。"丹妮的语气听起来有点恼火。

布莱恩举起双手："淡定点，姐们儿。你们想怎么样都行。"

他们走后，我说道："我不喜欢他们——他们过分友善了。而且现在他们还知道了我们有一些不可告人的秘密。他们可能会偷了我们的卡车。"

"如果他们想偷车，就没必要让我们搭车了。比起他们到处嚷嚷关于我们的事情，最好还是让他们明白我们不希望被打扰。"

"他们还是有可能说出去的。"考特尼说。

"我不这么认为。"丹妮说，"我也觉得他们这样帮我们不太对。不过，既然他们已经帮了，就应该不会乱说的。"

我看到他们开着卡车在田野上行驶，然后转到路上，车后扬起一片尘土。我环顾了一下周围的环境："这里的确很安静。看不到有任何房子或其他东西。"

"这很好，"丹妮边说边展开了帐篷，"我们不希望任何人知道我们在这里。"

我回头看了一眼刚才那辆卡车驶过的道路，这会儿除了灰尘，什么都看不到了。

"但愿吧。"

我们花了一个下午的时间搭好帐篷，并探察了一下那条小溪周边。我们找到几个比较深的池塘，然后在池塘里洗干净了头发，以及皮肤上和指甲缝里的尘土。但是我们身上的水很快就干了，感觉又蒙上了一层灰尘。那天晚上是一个不眠之夜，我们相互拥抱着取暖，而且身下的地面让人很不舒服。考特尼和我说着悄悄话，我们很担心我们的卡车，对那两个男孩也不放心。最后，丹妮让我们闭上嘴。

第二天早上，那两个男孩早早地就来找我们了。我们挤进卡车后座，他们把我们带到了牧场。牧场入口处挂着一个漂亮的、用颜色鲜艳的油漆喷涂的标志，上面写着"勒克斯顿养牛场"。车道两侧是白色的篱笆和漂亮的鲜花，迎面是一座白色的维多利亚式农舍，看起来就和电影里一样。农舍周围是一圈游廊，门廊处有一个秋千和几株枫树。我甚至期待着有一位穿着漂亮田园裙的妇女从房中走出来，给我们倒上一杯冰茶。

我用相机对准农舍，假装拍了几张照片。但我看到布莱恩正在后视镜中注视着我，于是我放下了相机。

牛群去了夏草场，不过牧场里还有许多马匹和一些谷仓，以及一大片鸡舍。我们没有见到他们的父母，只遇到了一个名叫西奥的助手，他总是斜着眼睛看东西，就好像他一直在眯着眼看太阳一样。他领着我们四处参观，并告诉我们，我们的任务是沿着篱笆走一圈，看看有没有断裂的地方，还得查看一下篱笆桩子有没有被冬雪压坏，或者被想逃跑的牛撞歪。我们开着两辆越野车，后面挂着一台拖车，拖车上是成捆的带刺铁丝网和篱笆桩子。这是一项艰苦的工作，我们需要在干燥、坚硬的地面上挖坑、打桩，我们的衣服，甚至有时候皮肤也会碰到带刺的铁丝，阳光火辣辣地晒着我们的后脖颈。我们戴着手套，但是挥舞铁锹、捆扎粗铁丝和使用切割工具的时候，我们还是觉得手部剧痛。相机的挂绳嵌进了我的脖子，我每一次往前倾身，都会感觉相机越发沉重，但是我并不想把它留在我的背包里。

我们把棒球帽转过来，在身上抹上防晒霜，喝光了所有的水——不过能赚钱的感觉还是很好的。这期间，那两个男孩开着另一辆越野车来过一次。

"我在废料场没找到水泵，"布莱恩说，"所以必须订购一台，这可能要花上几天时间。然后我还得把它安装到你们的卡车上，大概要半天时间。但是，在我开干之前，我还得先把我叔叔的一堆破事搞定。"

"那你觉得什么时候能弄好？"丹妮问。

"大概星期五。我会尽我所能的。"他看上去很诚恳，似乎他确实为我们不能马上离开而感到遗憾。

然而他一离开，我立马转身对丹妮说道："那就是说需要四天时间。这些家伙有点……我不信任他们。我们应当继续往前走，我不喜欢待在这里。"

"我也是，但我们需要卡车。"她说。

"我们就应该去坐巴士的。"

"那我们要怎么返回镇上去？这里离镇子有数英里远。而且，我们甚至连三张车票都买不起。我们至少得干几天活儿。"

"你只是不想放弃那辆卡车，你太固执了。"我感到很无力，内心慌乱不已。

"你给我滚蛋，杰茜。你只是一个孩子，你根本不懂——"

"但是，丹妮，这种感觉真的很不对劲。"

"说得就好像你有超感能力一样。"

"不！"我感到异常沮丧，"我就是感觉不对！"

"我也有同感。"考特尼说。

丹妮看起来很生气。她很讨厌我和考特尼合伙反对她。她又在桩坑中挖了几锹土，铁锹挖进坚硬的地面时，她的肱二头肌鼓起并收缩，然后她使劲用脚踩着铁锹，好让铁锹挖得更深。我和考特尼也继续干活儿了，但是我们仍期待着丹妮能说点什么。

终于，她说道："等我们再多赚点钱，我们就离开。而且，我们也需要花钱办身份证，这甚至比在温哥华找工作更难。所以我们现在必须尽可能地赚钱。如果到了星期五卡车还没修好，我们就看看能不能把卡车卖给他们。"

我不喜欢这样，但是我别无选择。而且，丹妮已经下定了决心。

干完活儿后，我们沿着乡间小路回到我们的营地，用溪水冲洗我们疲惫、酸痛不堪的身体。冷藏箱里的大部分食物都已经变质了，所以我们吃掉了最后一点牛肉干，又吃了一些苹果，还把考特尼从谷仓中一个便当盒里找到的三明治也吃了。我们在牧场把水瓶装满了水，不过也只够今晚用的。一个小时之后，那两个男孩来到我们的营地，带来了一些花生酱三明治、燕麦棒和水果。

"我们把父母的壁橱洗劫一空了。"加文大笑着说。

"我们会还钱给你们的。"我说。我不想欠他们任何东西，但我们确实很饿。

"呃，他们不会注意到的。"他拍了拍肚子，"我们平时就吃得像马一样多。"

我们吃着东西，听他们说话。加文十九岁，布莱恩比他大两岁。他们都还住在家里，帮着他们的父母做些事。

"不过，这样的生活不会继续太久了。"布莱恩说，"那么，你们几个多大了？"

"我十八岁了。"丹妮把自己说大了几个月，然后她指着我们，"她们一个十七岁，一个十五岁。"考特尼要到来年二月份才满十七岁，而我一下子想起来，明天是我的十五岁生日。

　　"勇敢地走自己的路吧。"加文说。

　　"有人知道我们在哪里。"我说，"我们有家人。"

　　他的目光扫了我一眼，似乎觉得很好笑，仿佛他知道我在撒谎一样。不过他只是说："想不想去游泳？"

　　他们带着我们来到几英里外的一条河边，他们说当地的孩子都在这里玩水。河边有一小片沙滩，不少十几岁的孩子正三五成群地躺在毛巾上晒日光浴。有几个孩子轮流抓住岸边的一条绳荡进水里，溅起大片水花，发出阵阵惊叫。再往下一点，在河的对岸还能看到一片沙滩，有几家人在那里铺开浴巾、撑开遮阳伞，刚刚会走路的孩子在浅水区戏水，几条狗在追逐着树枝玩耍。

　　我们坐在一个小山包上，和其他孩子保持了一点距离。我们从旁边走过的时候，有几个男孩大声跟布莱恩和加文打着招呼，但是女孩们并没有理睬他们，而是窃窃私语着，其中几个女孩还咯咯笑了起来。我看了一眼布莱恩的脸，他看起来很生气，但当几个女孩向我们投来好奇的目光时，他又自鸣得意起来。

　　布莱恩多带了几条毛巾，还带了一些啤酒和大麻。我拿了一罐啤酒，不过婉拒了大麻，我不喜欢那种天旋地转的感觉。考特尼吸了一大口大麻，她闭着眼睛，让烟气在肺部循环，最后她的双肩垂了下来，整个人都放松了。接着丹妮也迅速地吸了一口，然后把它递给了加文。加文咧开嘴对丹妮笑了笑。

　　整个下午我们都在水里游泳和洗澡。在河对岸，几个男人坐在卡车的引擎盖上，盯着身穿黑色比基尼的考特尼。我不喜欢布莱恩朝他们点头的样子——他一副很自信的样子，就像我们是属于他们的一样。

他们不停地给我们递来啤酒。这种感觉还不错，饥饿感逐渐消退，啤酒冰凉清爽，慢慢地，周围的事物变得模糊起来。甚至丹妮也很放松，她在兴奋地和加文谈论着牧场的事情。她微笑着拢了拢披肩长发，不知道听加文说了些什么，她咯咯笑个不停。我本想让她在比基尼外面套一件 T 恤——我自己就是这样穿的，但我随后想起了科里。除了科里，丹妮从没有和别的男孩子在一起过。或许其他男孩能够引起她的兴趣，未尝不是件好事吧。

——尽管我不喜欢加文，也不喜欢他露齿而笑的样子。

天慢慢黑了，大部分人都已经离开。河对岸传来一些声音，有人在河流另一边游泳。随后有人发动了一辆卡车，并离开了这里。这会儿所有人都回家了。我们围坐在一堆小小的篝火旁，皮肤上仍散发着河水清新的气息，脚上沾着沙子，身后堆着许多啤酒罐。加文正试图让丹妮和他一起去河流下游走走。

"来吧，我领你去看看那座桥。"他微笑着看向丹妮，但那笑容似乎在说他还想要点别的什么。而丹妮明白他的心思："我不能离开我的妹妹们。"

"她们不会有事的。对吧，姑娘们？"

我瞪着他。他笑了起来，踉跄着跑到树林里去撒尿，不过并没有走太远，我们甚至还能看见他。他的白色背心腋下有一些汗渍，牛仔短裤松松垮垮地垂下来。

"我想回营地。"我说。

丹妮点点头，开始收拾我们的东西。考特尼和我站了起来，抖开我们的毛巾。

"等一等，"布莱恩说，"再来点啤酒吧。"

加文晃晃悠悠地转过身来，一边往这边走，一边整理着他的短裤："怎么回事？"

"我们要回营地了。"丹妮说。

"你怎么回事啊？"他向她走过去，"我还以为我们玩得很开心呢。"

"我们明天还有活儿要做。"丹妮的声音听起来很和善，她还在尽力维持气氛。

"你们在担心这个啊？"他说道，"见鬼，我们从来都是醉醺醺地去干活儿。不会有问题的，多喝点水就行了。"

他一屁股坐在毛巾上，抓住丹妮的胳膊，并把她拉到他身边坐下。这下丹妮火了，一把推开了他："嘿，混蛋，你弄疼我了。"

他也推了她一下："去你妈的。"

"放开我姐姐！"我捡起一个罐子准备砸过去。

"嘿，嘿！姑娘们，冷静一下。"布莱恩说。

丹妮摆脱了加文，站起身来："我们准备回营地了。"她走上小路，示意我们跟上。

考特尼和我跟跄着跟上丹妮，相机在我胸前弹跳着，我试图用手抓住它。而那两个男孩拿着毛巾和冷藏箱跟在我们身后几步远的地方。

"得了吧，不要这样。"布莱恩说。

"明早再说吧。"丹妮回头道。

"你们如果想要回卡车，最好还是乖乖听话。"加文的声音很冰冷。

考特尼看起来很害怕的样子。我俩瞥了一眼丹妮，我能感到她也害怕，但她看起来还很恼火。现在她不打算让步了。我猜想她之所以这么生气，是因为我们让这两个男孩给吓住了，而几个小时前我想离开的时候，她并没有听我的。我们一路走回营地，那两个男孩开着卡车一路跟着我们，我们几次回头，却被车灯晃得什么都看不到。

"我们回去以后该怎么办？"我问道，"我们应该躲起来吗？"

丹妮说："闭嘴，让我想想。"

我能够听到身后卡车的声音，它像一头怪兽一样死死地跟着我们。

"也许我们应该让他们觉得我们没有生气，你懂吗？装作一切都很正常？"丹妮听起来很绝望，仿佛她也不知道该怎么办了，而这比任何事都更让我感到害怕。

"他们就是白痴，"考特尼说，"他们可能会相信的。"

当我们回到营地附近时，丹妮转过身，向他们的卡车走去。

"嘿，抱歉，刚刚我情绪有点失控了。"她透过车窗对里面的人说道。我看不到驾驶室里的情况，也看不到那两个男孩的脸。

"我们只是很累。"她说，"明天做完活儿后我们再去游泳，好吗？"

"好的，宝贝。"是布莱恩的声音，"一切都好，对吧？"他的声音听起来很平静，"我们只是想确保你们平安回来。"

"谢谢。"丹妮说。

男孩们将卡车掉头，回到田野里，然后开走了。

我们拉上帐篷的拉链，换上了运动裤和汗衫。我有一个手电筒，不过我不希望有光亮在帐篷上照出我们的轮廓。我用一件衬衫包裹住相机，将它塞进了背包底部。

"他们还在生气。"我说。

"我知道。"丹妮说。

考特尼在四处摸索着什么，我可以听到她拉开背包上拉链的声音。

"你在做什么？"我问。

"找我的刀。"

"你觉得他们还会回来?!"我的声音里充满了恐惧，而我很讨厌这种感觉。

"不，他们会冷静下来的。睡吧。"

我钻进了睡袋里，听到姐姐们也都钻进了她们的睡袋。我想努力保持清醒，仔细听着外面的所有声音，但我的眼睛还是不由自主地闭上了。

七

突然，我从睡梦中惊醒，周围漆黑一片，我感到自己的脉搏在剧烈跳动着。帐篷外面有脚步声以及衣物摩擦发出的沙沙声，并且好像有什么东西碰到了帐篷。

丹妮低声说："嘘——"声音低得几乎听不到。我身旁的考特尼正在摸索着找那把刀。

我伸手在睡袋底下摸索着手电筒，碰到了一个冰凉的金属物体，立马用手攥住了它。我瞪大了眼睛，听起来帐篷周围有两个人的脚步声——是布莱恩和加文。难道他们是来吓唬我们的吗？

我想起了早些时候加文的表情——恼怒。现在周围静了下来，他们去了哪里？

我慢慢翻过身，尽量不发出一点声音，同时伸出手去抓住了考特尼的手臂。她也抓住我的手指，用力捏了一下。丹妮慢慢跪坐起来，我能够看到她模糊的身影。

外面又有人在动。"出来，出来吧，无论你们躲在哪儿——"加文的声音低沉而又含糊不清。

难道他们是在玩游戏？我抓紧了手电筒。如果他们胆敢碰一下帐篷上的拉链，或者再往里走一英寸，我就用手电筒砸烂他们的手。

"我们正准备睡觉。"丹妮大声地说，"我们明天晚上再聚，好吗？

"我们现在就想开派对。"是布莱恩的声音。

考特尼低声说："也许我们应该和他们再喝一点，那样他们就会离开了。"

"我觉得他们不会。"丹妮说。

"走开，"我大喊起来，"你们这些混蛋！"

丹妮捅了一下我的肋部："闭嘴，杰茜。"

我听到他们好像在帐篷外面搭建着什么，发出一阵砰砰声和拖拉声，还有拉开啤酒罐的嘶嘶声。

"来吧，姑娘们。关于之前发生的事情，我们想说声抱歉。是我们太冲动了，所以我们带来了一些大麻作为补偿。"

亮光一闪，随后升腾起火焰。他们点了一堆火。

"明天早上我们还要干活儿。"丹妮说。

"我们就是老板，我允许你们睡懒觉。"

"我们需要这笔钱。"

"如果你们出来，明晚下班后我可以加个班——或许就能尽快修好水泵了。"

"我不相信他们。"我低声说。

"我们都不相信。"丹妮回头低声对我说，"但他们没有要离开的意思。"她转向帐篷的入口处，喊道，"就喝一杯啤酒，怎么样？"

"就一杯。我们想的就是这个。"

"那好吧。"丹妮拉开帐篷拉链，赤着双脚弯腰爬了出去。考特尼也跟着走了出去。我犹豫了片刻，把帽衫的拉链拉到脖子处，希望他们不会看出来我没有穿内衣。我真的很想留在帐篷里，但我更想待在姐姐们身边。火光从帐篷一侧透进来，我看到我旁边有东西发出了金属的光泽，是考特尼的那把刀。我把刀放进口袋，然后也爬了出去。

"她来了。"布莱恩说，"嘿，小妹妹。"他们搬了好些旧木头来放在篝火周围，此刻他正坐在其中一根上。

我勉强笑了笑。他拍了拍身旁的木头，但我去了火堆另一侧，坐在了靠近丹妮的一根木头上。

他从箱子里拿出一瓶啤酒递给我。我摇了摇头。考特尼则弯着身子接过一瓶。在她弯腰的时候，衬衫向上提起，布莱恩盯着她的腰部看。我真想伸手把它拉下来。

他欢快地笑了起来："看，这多好玩，对不对？

考特尼和丹妮点了点头，但她们没说话，只盯着男孩们搭建起来的篝火看。火堆周围是一圈石头，旁边放了一些树枝。

"你们都怎么了？"加文说。他坐在一个老树桩上，用一根棍子戳着火堆。

"我们只是累了。"考特尼说，声调听起来就像是每次深夜爸爸拖我们出去打牌的时候，她说话的那个调子。我们的视线因疲劳而变得模糊不清，不断地给他拿啤酒，直到最后他趴在桌子上不省人事。

加文喝干了他手里的啤酒，然后又打开了一瓶。

"我们不该生火的。"我说。

"没事的。今晚我们父母都不在，没有人会看到篝火。"

我倒吸了一口冷气。没有人会看到篝火。

——没有人会看到我们。

"这么说，你们几个姑娘有男朋友在家里等着你们回去？"加文说着，他说话很慢，似乎是在努力说清每一个字。

"是的。"丹妮说，"我们姐妹三个都是这样。"

他看起来很恼火："你们的父母在哪里？"

"在家。"她回答道。

我不喜欢这些问题，不知道为什么他们想知道。

"我们的姑妈，她在等着我们。"我说。

他俩交换了一下眼色。"她一定很担心，你们已经迟到了。"布莱恩冷冷地说。

"你们去买啤酒的时候，我们给她打了电话的。"我说。

"哦，那么，你们是在哪儿给她打的电话？"布莱恩问道，他听起来醉意全无。难道他一直是在装醉？我使劲回忆着杂货店附近是否有公用电话，不过我压根没法思考。

"别担心，小妹妹。"布莱恩微笑着说，那微笑告诉我，他知道我撒了谎，"你们很快就会回家的。"

"很快。"加文接口道。

"我们喝够了，小伙子们。"丹妮说着，喝完了她的最后一口啤酒。

"是的，派对结束了。"考特尼说。

"火快灭了，感觉有点冷。"加文揉了揉双臂，"我可能得跟你们一起睡了，我喝得太多，没法开车了。"

"没门儿。"丹妮说，"你们就睡在你们的卡车里吧。"

她起身朝帐篷走去。加文抓住她的胳膊，用双手别住了她的手。

我从木头上跳起来："放开她！"

丹妮使劲地甩着胳膊："够了！"

然而，加文把丹妮摁倒在他的膝盖上，用胳膊紧紧地勒着她，又伸出一只手掐住了她的喉咙。

"我受够了你们的鬼把戏。"他说。

我和考特尼朝着丹妮跑去，但布莱恩一把抓住我的手腕把我拎了起来。我什么都做不了，只能拼命扭动。这时，考特尼被绊倒，狠狠地摔在地上。布莱恩用脚往考特尼的头部一侧踢了一下。她倒在火堆旁的沙土里，闭着眼睛，喉咙里发出痛苦的低声呻吟。厮打中，我从口袋里抽出那把刀，刺入了勒着我的胳膊。

布莱恩大叫一声，然后丢开了我。我撒腿就跑，手里仍抓着那把刀，想去救丹妮。加文把她推到地上，用一只手把她的胳膊扭在背后，另一只手取下皮带，想要把她的两个手腕捆在一起。丹妮不停地乱踢乱蹿，加文猛地给了她头部一拳。

布莱恩把我摔倒在地上。我拼命踢着地上的土，挣扎着往前爬，但是他又抓到了我的脚踝把我往后拖，我大声尖叫起来。我转过身，试图用那把刀刺他，但是我的手腕被他向后一勒，刀掉在了地上。他强壮的身体一下子压在我身上，呼出的热气直喷到我耳朵里。

接着布莱恩坐了起来，我立刻感到上半身轻松很多，但他将膝盖顶在我大腿后面的肌肉上，又朝着我肩胛骨中间打了一拳。我好像听到了皮带扣被解开的声音，随后我的双手就被捆在了背后。接着他好像撕下了一些东西。我竭尽全力大声呼救，然后我的嘴里就被塞了一团布料，带着一股汽车润滑油的味道。

"把那个婊子也绑起来。"布莱恩说。

他把我扛在肩上。他赤裸着上身，我的脸颊不断地撞在他的裸背上。他扛着我来到卡车旁，然后把我扔了进去。我的后背重重地撞在车厢里的金属底板上。我试图逃跑，用双腿使劲把他往外踢。他爬进车内，把我翻了过去。他用一个膝盖压住我的双腿，一只手掐住我的脖子后面，另一只手在我的脚踝之间摸索着。接着他身子一偏，整个重心移到了一条腿上，似乎他正在伸手去够着什么。我咬着破布叫喊着。他把什么东西穿过皮带，绑在了我的手腕上，缠了一圈又一圈，然后拉紧，那感觉像一根粗糙的绳子。

有金属互相撞击的声音传来，仿佛他正在把绳子拴到另一侧的车厢上。是束缚架吗？他的重量再次偏移，压在了我的双腿后面。随后，压力突然消失了。他跳回到地面上，发出了"砰"的一声。我使劲扭动双臂，但是绳子捆得太紧了。我试图扭过身子看看考特尼和丹妮怎么样了，但是我扭得动的只有脖子，因此只能勉强回一点头向后看。卡车后挡板打开了，暗淡的火光勾勒出他们俩的轮廓，他们的上半身模糊不清。

考特尼仍躺在地上，黑乎乎的，缩成一团。我只能依稀分辨出她金色的头发，看起来她好像闭上了眼睛。加文正跪在她身上。

"把她弄到卡车里来。"布莱恩说。

他肩上扛着丹妮，然后将她扔到了卡车上。丹妮重重地摔下，头部撞上了车厢。她的尖叫声含糊不清，似乎嘴巴也被堵上了。丹妮不停地乱踢，布莱恩跳上车，把她拖到我旁边，然后把她也翻了过来。那声音再次响起，似乎他又从车厢一侧解开了绳子。我的手腕一下子松了，但随后又被勒紧，好像是他把穿过皮带的绳子又捆到了丹妮的手腕上。

他从卡车上爬下去的时候，靴子在车厢里发出了刮擦声。我再次扭头，看到了他赤裸的背部。

"把她们的东西拿上。"他说。

考特尼也被扔到了车上，然后被拖到我的另一侧。她的嘴也被塞住了，好像是衬衫上撕下来的碎布。她的手臂被绑在身后，但是我看不到他们是用什么绑的。我们相互对视着，她的眼睛里充满了恐惧，在黑暗中睁得大大的。这时，绳子松开了，随后又把我们紧紧地捆在了一起。这次捆得更紧，我能感觉到绳子紧紧压在我的臀部两侧，皮带和绳子勒进了我手腕的皮肤。我能够听到那两个家伙拆了我们的帐篷。他们没有说话，但行动很快，在寂静的夜色中，他们的呼吸显得格外粗重。

他们把帐篷扔在我们的后面，帐篷的撑杆落在车厢里，发出咔咔的响声。随后又有东西被重重地扔到车上，是我们的睡袋、背包和冷藏箱。

他们把水洒在火堆上，发出"嘶嘶"的声音，又用靴子踢起沙土掩盖灰烬，并把那些旧木头拖回到树林中。

——就像我们从未来过这里一样。

我们在尘土飞扬的土路上颠簸着，感觉走了差不多一个半小时。实际上可能只走了十五分钟——我在黑暗中失去了方向感，再加上内心极度恐慌，这让我失去了判断力。每次卡车转弯，我们的身体都会在车厢里滑动，肩膀重重地撞在一起。而且绳子勒得我很痛，嘴里又塞着一团东西，我艰难地呻吟着、喘着气。我试图跪起来，但是绳子太紧了，我的身体只能抬起来一英寸。我右侧的丹妮也在试图爬起来，我无助地抽泣着，塞在嘴里的东西让我感到窒息。

我试图集中注意力去感知周围的标志，比如噪音、高山或者转角等，但是这一路看起来全是一样的。我的手腕很痛，手臂像在被针刺一般，颧骨和下巴撞上车厢底板的位置传来一阵阵抽痛，头也感觉快被摇碎了。我能够听到从驾驶室传来的乡村音乐，加文的大笑声，以及我身旁的呻吟和呜咽声。我转头看向两边，试图看看姐姐们的脸。在月光下，我看到她们的嘴由于被塞着东西而大张着，眼里充满了泪水。

泪水从我脸上滚落。我挣扎着忍住哭声，否则我就会喘不过气来并且感到恶心，但是我浑身上下都充斥着深深的恐惧。

车子碾到一个坑，弹了起来，绳子又一次勒进我手腕的肉中。然后车子继续行驶，终于，它减了速，缓缓停下了。我转过头试图往上看，然而我能看见的只有高大的树木。

卡车驾驶室的门被打开，周围响起了脚步声。

"姑娘们，我们到了。"布莱恩说。

我听到其中一人打开后挡板，发出了"咔嗒"一声。

一个人爬上后车厢，卡车摇晃了一阵，接着另一个人也跳了上来，卡车又一次摇晃起来。一只手碰到了我的小腿，我用赤裸的双脚乱踢着，感觉脚后跟蹬到了什么重物，有点像谁的身体。

"他妈的婊子！"是加文的声音。他抓住我的脚踝按在了车厢底板上，拉着我的双腿并骑坐在我的腿上。

我能感受到丹妮在不停地扭动身体，她也在乱踢着。考特尼也是如此。我们在为我们的生命而搏斗。

"别动，否则我他妈的就杀了你们。"布莱恩骂道。

我们停止了反抗。

我的右侧响起一阵杂声，身上的绳子被解开，手腕一下子解放了。然而丹妮突然向下滑了一截，似乎被谁拖住了脚腕。后车厢上下颠簸着发出噪音，然后传来一阵杂乱的脚步声，好像是布莱恩想要架起她。一声巨响，有什么东西重重地摔在了地上。

"该死的婊子。"布莱恩说道，同时传来了掌掴的声音。

加文抓住我手腕上的皮带，转过身去解开考特尼另一侧的绳索。没有了加文的压制，我试图跪坐起来，但是我的身体突然被从手腕处往后猛地一拉，旁边的考特尼也被拖了出去——加文把绑在我们手腕上的绳子当作拖绳，将我们从后车厢拖了出去。我重重地摔在地上，顿时一阵钻心刺骨的疼痛袭来，我的牙齿还咬到了下嘴唇。

接着我们就这样面朝下被拖着往前走，身上的衬衣向上拱起来，路上的碎石擦刮着我们的腹部。我回过头，看到加文一边拖着绳子，一边在月光下咧着嘴笑。我试图站起来，考特尼也在挣扎着站起来。但是加文又猛地拉了一下绳子。

我的肩膀撞在地上，剧痛袭向我的手臂。我跪了起来，我们试图向前挪动，但是我的后脑被重重击了一下，我向前摔倒。我的视线开始模糊，眼前发黑。我尝试着用胳膊支撑住自己，但最终还是一头栽倒在了地上。

耳畔有人在一遍遍呼唤我的名字："杰茜，醒醒。"

我缓缓睁开眼睛，但是什么也看不见。

我躺在一片坚硬的地上，身下的地面粗糙又冰冷，感觉好像是水泥地。我的双手仍被捆在身后，口中的破布已经被拿掉了，但双唇感到疼痛、肿胀，喉咙又痛又干。我慢慢地转过身，寻找考特尼和丹妮。房间里很黑，只有头顶上透下了一丁点月光。

"我在这里。"从我右边传来丹妮的声音。我转过身，依稀辨认出了她的身影。"考特尼应该在你的另一边。"

我听到了一声呻吟。

"我们在这里有多久了？"我低声问。

"几分钟，"丹妮说，"没多久。"

我环顾四周，眼睛慢慢适应了黑暗，但我无法判断这个房间有多大。我闻到了烂水果的味道，这里好像是一个储藏室。我费力地往前挪动，跪了起来，转过身向上看着透下月光的地方。然后，我看到在墙壁上方的木椽旁，有一条大约一英尺①高的间隙，与整个房间同宽。

"我已经站起来量过了——那儿至少有十英尺高。"丹妮低声说。

"他们在哪儿？"

"我想他们就在门外。"

我听到左边有说话的声音，并带着轻微的回音，仿佛他们正站在走廊或者外面的一个大房间里说话。他们听起来好像在争吵着什么。

考特尼又呻吟了一声。我跪着爬到她身边，在她耳边低声说："考特尼，没事的。"

她的身体猛地一颤，发出一声尖叫。

"嘘——"丹妮说。

但是已经太迟了，外面的说话声停了下来，然后响起一阵刮擦声，好像什么东西被拖开了。门被打开了，他们走了进来，手里提着我们的丙烷灯，身上的牛仔裤松松垮垮。加文小肚子上的皮肤松弛下垂，前胸长着一片黑色的胸毛。布莱恩的左臂上有血迹，那是我刺出来的伤口。他们的目光显得很兴奋，亢奋的气氛笼罩着整个房间。我能够闻到汗味以及啤酒和大麻的味道。

我身旁的丹妮坐了起来，观察着。她的鼻子里流着血，脸颊也擦伤了。而在我左侧，考特尼正靠在墙上。这个房间大约只有十英尺见方，墙壁底部约一英尺高都是水泥的，往上直到木椽处则全是木头的。天花板没有任何绝缘材料，我甚至能够看到铝制

---

① 约0.3米。

的屋顶。房间里布满灰尘，到处都是蜘蛛网，仿佛已经很多年没有使用过了。

"哟，看看是谁醒了？"布莱恩走过来，蹲在考特尼面前。他抓住考特尼的脸使劲扭到一边，这样他就能看到她脸上的烫伤。加文站在门口看着。

"确实有人伤害了你。"布莱恩把考特尼扳过来面对他，微笑着道，"但你仍然是一个性感的小妞。"

一颗泪珠从考特尼的眼角滚落，但是她仍盯着布莱恩。布莱恩捏住她下巴的手越来越用力，直到她痛得呻吟了一声，他才放开。

接着他转身面对我，脸上仍挂着微笑："小妹妹，你也醒了。"但那笑容转瞬即逝，"你给我们添了很多麻烦，如果我是你，我就不会那么做。"

加文走过来踢了丹妮一脚。她面露痛苦，但没有哭出来。

"你们这些女孩子本该对我们好一些的。"加文说。

"你们想对我们怎么样？"丹妮嘶哑着声音问道。

"我们要给自己找点乐子。"布莱恩说。

"有人会发现我们失踪了。"丹妮说。

"是的，没错。我们要做的就是稍微等一等，然后卖掉你们的卡车零件。然后'噗'的一声，就像变魔术一样，你们这些婊子就从未在这里出现过了。"他看了看表，"但是我们现在得回家了。别担心，我们晚些见。"

他们朝大门走去。

"你们至少也要给我们解开绑绳吧？"丹妮说。

布莱恩转过身大笑道："那可没门儿，小公主们！"

"水呢？"我说，"没有水，我们会渴死的。"

他们交换了一下眼神，然后布莱恩点了点头。加文走了出去，留下布莱恩看着我们。他的一只手百无聊赖地揉着胸口，他坐在家里看电视的时候应该就是这副样子。

外面传来车门开关的声音，加文手里拿着一个四升的塑料水壶回来了，看起来和我在牧场里看到的那个一样。墙角有一只翻倒的脏兮兮的水桶，他抓过水桶扶正，然后把水倒了进去。

"走吧。"布莱恩又一次用恋恋不舍的眼神看了我们一眼。

"现在都给你们准备好了。别给我们惹麻烦。"加文大笑着说。

房门再次关上，我们又一次陷入了黑暗。我们听到拖动东西的声音。布莱恩说："扶住这里。"接着是一阵锤子的敲击声。他们在门上钉了一块木板，每一次敲击声都响彻整个房间。

我们蜷缩在一起度过了接下来的漫漫长夜。我们背靠着背，试图解开身上的绑绳，但是那绑绳捆得太紧了——在我们昏迷的时候，这些家伙重新捆绑了我们的手腕，缠了一圈又一圈，仿佛我们是被拖进屠宰场的牛羊一样。

"明早我们再试一次。"丹妮说，"我们要爬上那堵墙。"

"你知道他们还会回来的。"我说。我头上被加文打到的地方现在一阵阵疼痛。我的思路不清，甚至如果我动作太大，视线也会变得模糊。

"那我们要在他们回来之前逃出去。"

我说："我想我们是在一个老旧的水果包装车间里。"

"有可能。"丹妮说。

"我真的憋不住要撒尿了。"我说。

"我也是。"考特尼说。

于是，我们又一次背靠背，艰难地来到墙角，用手抓住对方的裤带然后拉下裤子撒尿。

尽管我们非常困，但是仍然彻夜未眠，只是偶尔把头靠在对方的肩膀上休息一下。

"你们觉得他们会怎么对付我们？"我问。

"我不知道。"丹妮说，但我知道她在说谎。

"不，你知道。"

"在那些事发生之前，我们就逃走了。"她又说。

我闭上眼睛，将额头靠上她的肩膀，呼吸着她身上熟悉的气味，感受着她身体和话语中的力量。

阳光透过椽子附近的间隙射进来，周围稍微明亮了一些。现在我们能看到那上面其实盖着一层透明的塑料布。我们又一次试着解开手腕上的绑绳，两个人相互解着，另一个人在旁边指点："试着把手指放到绳结下面，然后向左拉绳子。"

但是绳结太紧，系得也很复杂，以8字形在我们手腕上缠了很多圈。我们也试过让双腿穿过手臂，但我们的身体柔韧性都不够。丹妮走到门口，背靠着门，试着用手转动门把手，不过我们都知道这毫无意义。

最后我们决定让丹妮靠着墙蹲下，然后我爬上她的后背，试着从那条间隙往外看。我颤颤巍巍地站起身来，在她俩的鼓励下尽量试着保持身体平衡，但是我身高不够——我离那条间隙至少还有一英尺远。

接下来，我试着坐在丹妮的肩膀上，然后她再慢慢站起来，但我们还是达不到那个高度。我只能看到墙角有一块被撕开的塑料布，微风吹得它前后摆动，我还看到了外面的树梢。丹妮把我放了下来。

"我们必须再试一次，或许考特尼够得着。"我用嘶哑的声音说道。

"她只比你高了几英寸。"丹妮说。

我对着那条间隙大声喊了起来："救命！来人啊，救救我们！"

考特尼站在我身后，也跟着我一起大喊："救命！"

我们轮流大喊救命，直到声嘶力竭，然后坐了下来，拼命喘气。

"今天是星期几？"考特尼用沙哑的声音问。

"我想是星期二。"丹妮说。

"今天是杰茜的生日。"

听到这儿，泪水从我的眼中滑落，然后我绝望地大声抽泣起来。我的两个姐姐费力地挪过来，将肩膀靠在我身上。我靠在丹妮的怀里，哭得越发厉害。过了一会儿，我坐了起来，用膝盖揉了揉涩痛的眼睛，平稳了一下呼吸。

房间里越来越热，我们全身都湿透了，头发也湿了。热气笼罩着我们，由于双手被绑住，我们没办法脱下身上的运动衫，热得几乎喝干了桶里的水。

"我们得省着点喝，不知道他们什么时候回来。"丹妮说。

"我们必须在他们回来之前逃出去。"考特尼说，她的声音有些歇斯底里，"他们会强奸我们——他们会杀了我们！"

我们相对无言，考特尼的话还飘荡在空气中。我觉得喉咙发堵，吞了口唾沫，转身面向丹妮。

"我们该怎么办？"

"离开这里。"丹妮猛地用身体去推门,又用肩膀撞,然后一遍又一遍用脚去踢它,我甚至担心她会把脚踢断。

"停下!"我大喊着,"停下来,丹妮!"但她一直在踢,同时愤怒地尖叫着。最后她停了下来,垂着头在门前跪下。

"……之后,他们也许会放我们走。"我低声说,但是我知道没人相信。

"我们必须找到摆脱他们的办法。"丹妮说着,重新抬起了头,尽量让自己听起来充满自信,不过我还是听出了她声音中的不安。

"如果我们坦白说我们正在逃亡,他们就能相信我们不会把这件事告诉别人。"考特尼说。

"我们得让他们相信有人在找我们。"丹妮说着,站起身来坐到了我旁边。

"这样的话他们就更有理由灭我们的口了。"考特尼说。

丹妮转过头,紧闭着双眼,似乎在努力不让自己哭出声来。

"让我来做。"考特尼说,"我先去。"

"你在说什么?"我问。

"也许他们会放过你。"

"别这么想!"我绝望地阻止了浮现在我脑海里的那些可怕的想法和情景,"我们要反抗!"

"我们已经试过了。"考特尼说。

"我们不能就这么放弃!"

"有时候,让步也是反抗的一种方式,杰茜。我们能够把握好的。"

"丹妮,不要让她这么做。"我恳求道。

"考特尼是对的。我们会顺从他们,但是他们必须放过你。"

"你们不能那么做！"我大哭起来，"这都是我的错！"

"都是我的错，是我把事情搞得一团糟。"考特尼说，"你还小，这事对你的伤害会更大。"

"可它对你也会造成伤害啊。"

"我可以什么都不想，就仿佛我根本没来过这里。我可以麻醉自己。"但是，她此刻的话就好像是在麻醉她自己，她试图勇敢地说出来，好让我不那么害怕。

"那又怎么样？"我说，"即使你这样做了，他们也不会放我们走。"

我们沉默了。

八

当我们听到卡车停在外面，并传来乡村音乐的时候，房间里几乎已经黑透了。随后一片安静，接着，车门被重重关上了。我看了看丹妮，恐惧迅速蔓延到我的全身，我紧张得几乎喘不过气来。

"你觉得他们会杀了我们吗？"

"他们已经在这么做了。"丹妮说着，眼睛睁得大大的。她盯着门口，脸上一片僵硬。

这时，外面响起了擦刮声——他们把钉在门上的木板撬了下来。我们站在墙角，紧紧地靠在一起，准备好对付他们。他们走进房间，加文手里拎着提灯，还有一个牛皮纸袋。布莱恩走过来向桶中倒了一些水。我们都渴极了，但我们都站着一动不动。他们看起来十分亢奋，动作急促，并不停地蹭着脸和头发，身上散发出啤酒的气味。我的双腿开始发抖。

丹妮先开了口："我们知道，昨天晚上你们其实并不想伤害我们——你们只是喝醉了，并且有些生气。如果你们放我们走，我们不会告诉任何人。"

"对不起，姑娘们，我们不能放你们走。"布莱恩说着，回到加文身边，从他手里拿过了那个牛皮纸袋。

"有人在找我们——"

"胡扯。"他说，"根本没有人在乎你们。"

布莱恩跪坐在我面前，打开牛皮纸袋，拿出一个三明治。我闻到了花生酱的味道。他把三明治塞到我的嘴边，让我咬一口。我看了看丹妮，见她点点头，于是就咬了一口。我不想让他觉得我有一丁点的满足感，但我真的太饿了，忍不住快速咀嚼起来，然后狠狠地咽了下去，花生酱沾在我嘴边，黏糊糊的。他等着我吃完，脸上挂着微笑，甚至那微笑还有些温柔，然后又让我咬了一口。在我狼吞虎咽的时候，他瞥了一眼加文。

"给那两个婊子也吃点。"

加文也从纸袋里拿出一个三明治，喂给考特尼。她一脸怒色，我知道她想拒绝，但是我们实在太饿了。加文戏弄着考特尼，把三明治递到她嘴边，她刚想咬，他又把它拿开，然后又递给她。

"别他妈犯傻了。"布莱恩说。

加文看起来很生气，但他没有再戏弄考特尼。他用另一只手从袋子中又拿出一个三明治，同时喂给丹妮。

等我们吃完后，加文出去拎了我们的背包回到房间里。他翻遍了丹妮的背包，找到了她的手提袋。他把手提袋倒过来，开口朝下，里面的东西都掉在了地上。他仔细翻查着，然后弯下腰捡起了丹妮的钱夹。他来来回回地翻看那钱夹，接着盯住了丹妮的驾照。我屏住了呼吸。

"丹妮尔·坎贝尔，是吧？"

丹妮没有回答。布莱恩从加文手中拿过钱夹，盯着丹妮的驾照，接着他把驾照抽出来，塞进了他自己的钱包。随后他又翻遍了我的背包，找到了我的照片，一一浏览起来。

"真他妈的无聊，除了鸟和牛，啥都没有。"突然，他停了一下，吹了一声口哨，用手举起照片好让我们看到，"这几张还值得一聊。你们几个确实很性感。"这几张照片是我给丹妮和考特尼拍的。他把它们塞进口袋，然后把剩下的照片撕成碎片扔了一地，并用脚踩了上去。他蹲下身子，用打火机点燃了一张碎片的一角。他从头到尾都在看着我，等着我的反应。看着这些照片发卷、燃烧，我努力控制自己不要哭出来。

——就是一些纸而已，没关系。没关系的。

布莱恩站了起来，又把手伸进我的背包里，这回他取出了我的相机，开始摆弄各个按钮，并打开后盖检查里面的胶片。

"住手！"我没来得及收声，脱口而出。愚蠢，真是愚蠢。

他停了下来，看着我。

"你一定很喜欢这个相机，不是吗，小妹妹？"

"别碰它。你会把它弄坏的。"

布莱恩大笑起来。加文也在跟着大笑，尽管他明显根本没有抓住笑点。

我使劲控制着不让泪水夺眶而出。

布莱恩举起相机对准我们，假装拍了几张照片，他一边大笑着，一边从嘴里发出响亮的"咔嗒"声。

"小妹妹担心我们会弄坏她的相机。"他转过身看着加文，"我们最好小心一点。"

"确实应该小心点。"加文边笑边接嘴道。

布莱恩伸手把相机递过来，好像打算还给我的样子。我向前躬过去，微弱的希望在身体里呼啸而过。

然而，布莱恩放开了手，相机摔在水泥地上，出现了一道裂痕。

"不！"我大喊。镜头一定已经摔坏了。

布莱恩弯下腰捡起了相机："现在，我们来定一下规矩，姑娘们。"

"你们到底想要什么？"丹妮问道。

布莱恩盯着丹妮，然后又转向考特尼。他把相机塞回我的背包里，目光在我们身上扫来扫去。加文也把丹妮的东西塞回了她的背包。

"我们想要的，是你们欠我们的东西。"布莱恩说，"我们善待了你们，帮了你们，但你们毫无回报。"

考特尼说："不管你想要什么，我都照做。但别碰我的妹妹。"

布莱恩脸上露出了沾沾自喜的笑容，很享受这种凌驾于她之上的感觉："看来我们有必要看看你有多棒了。"

"考特尼，不要！"我喊道，"别去！"

她站了起来，哽咽着："走吧。"

加文看着布莱恩："我先来，你还欠着我那些轮胎呢。"

布莱恩生气地瞪了他一眼，但还是点了点头。加文紧紧抓住考特尼的手臂，带她离开了房间。

就在她走出去之前，我大喊了起来："考特尼！"但她没有回头。丹妮倒吸了一口气。我转向布莱恩。

"我恨你们！你们都是混蛋！"

他向我靠过来，我甚至能够闻到他的呼吸，以及他身上啤酒和香烟的味道。

"没错，我们就是混蛋。"

他转身看着丹妮。丹妮直起身子，昂起下巴，努力表现得坚强，但是她的身体一直在发抖。

布莱恩走过去抓住她的衬衫，把她拉了起来。接着，他把她拖到门外，并关上了门。

我一边踉踉跄跄地往前冲，一边尖叫着："放开她！求求你放了她！"

他们停在了外面。丹妮还在和他"谈判"，她的声音快速而疯狂："你们没必要这么做！我们不会告诉任何人！"

"你们哪儿都不用去。"布莱恩说。外面响起钥匙和金属碰撞发出的咔嗒声——他们带来了一把挂锁。接着传来一阵挣扎的声音和一声短促的尖叫，然后脚步声逐渐远了。

我跪倒在地上，死死地盯着房门，就好像我能看穿它似的。我在巨大的痛苦中喘息，全身发抖，脑中充满了各种疯狂的念头。姐姐们在哪里？她们会被杀掉吗？

终于，我又听到了脚步声。我费力地站起来回到墙边，紧张地听着外面的动静，期望着听到任何能告诉我她们还活着的声音。

加文打开门，带着考特尼走了进来。他用一只手抓着考特尼的上臂，另一只手提着提灯。考特尼几乎是被拖进来的——她的手腕依然被绑在背后。一股鲜血从她的鼻子里流出来，她似乎很痛苦地蹒跚着，脸颊的一面被打红了，上面的手印清晰可见。

加文把考特尼推倒在地板上，她侧身蜷缩起来，全身不停地颤抖，嘴唇青肿。我试着看向她的眼睛，但是她的眼中满含泪水，躲开了我的目光。而加文汗流浃背，气喘吁吁。

他在考特尼面前跪了下来。

"如果你继续让我满意，也许我会放过你的小妹妹。"他伸出手，把考特尼的一缕头发别到了她耳后。

这时，布莱恩拖着丹妮也走进了房间。她全身僵硬，脖子那里通红一片，看起来好像被狠狠掐过一样。她的脸色苍白，但眼里满是怒火。

"再给她们一些水。"布莱恩说。

我抬头看着他。他阴着脸,俯下身子时身体的动作很具有侵略性。但是他让加文再给我们一些水。难道他觉得羞愧了吗?我打量着他的脸,但是除了憎恶,我什么都看不到。我再次回头看向两个姐姐。丹妮也在抬头瞪着他,但是考特尼将头垂在了膝盖上,整个人缩成一团。

"你怎么不去?"加文说。

布莱恩猛地转过身:"我他妈的告诉你去给她们找点水喝!"

加文涨红了脸:"去你妈的,布莱恩。"不过他还是去拿了一个水壶回来,把水桶灌满。

"给她们拿一个尿桶来。"布莱恩说。

"为什么不让她们直接尿在地板上?"加文再次生气地说道。

布莱恩抓住了他的衣襟:"你他妈的照我说的做!"

加文甩开他的手,涨红了脸,但还是出去拿了一个白色塑料桶回来,将它扔到了角落里。

"明天见,姑娘们。"布莱恩说。

他们把我们的背包全拎在手中,然后离开了。

我们在黑暗中静静地坐着——他们拿走了提灯。

"丹妮?考特尼?"我低声唤道。

"我没事。"丹妮答道,但是她的声音听起来很是紧张。

我只能听到考特尼那边传来抽泣的声音。我朝着那声音爬了过去,黑暗中我什么都看不到,摸索着靠在了她身上。

"对不起,对不起……"我的声音嘶哑,断断续续地哽咽着说道,"我们一定得离开这里。"

考特尼没说话,只是哭得更厉害了。

九

接下来的几天里，我们每天要用好几个小时试图解开身上的绑绳。我们用脚踹墙壁和大门，又用手指去扒拉它们。我们在房间里踱来踱去，或者蜷缩在地板上，热得全身大汗淋漓。我们抬起头望向上方的间隙，试图呼吸一些新鲜空气来散发浑身的热气。

到了晚上他们就会过来，强迫我们吃下他们带来的花生酱三明治，有时还有草莓或苹果块。但是他们从未解开我们身上的绑绳。加文看起来很不耐烦，但布莱恩似乎很享受喂我们吃东西，他脸上的表情看上去很着迷，仿佛我们是他的一个科研项目。我们吃完后，他们就会把考特尼和丹妮带走。第二个晚上他们交换了她俩，第三个晚上又换了回来。现在他俩各自拿着一个提灯，但从来没有把提灯留在房间里过，就这么让我一个人待在黑暗里。他俩也总各自拿着一把来复枪，用它来威胁我的两个姐姐，强迫她们自己走出房间，走向她们悲惨的命运。我们一直都很饿，但我们从来不提吃的。事实上，我们几乎不怎么说话。考特尼的头发蓬乱，都粘在了一起，一边脸颊一直是青紫色的。在绝大部分时间里她都沉默不语，而到了夜幕降临的时候，她就开始大声哭泣，几乎哭得喘不上气来。有一次我试着唱歌给她听，我努力回忆着她喜欢的歌曲里的歌词，但是这却让她对着我大吼起来："闭嘴，杰茜！闭嘴！"

我也无声地哭泣起来，把脸转到一旁，直到她爬到我的身旁来，将头枕在了我的肩膀上。

丹妮只是出神地盯着墙壁，满脸怒色。

布莱恩和加文在把她们带出房间之前，总是喜欢嘲弄她们和我："记住，姑娘们，你们必须努力点，这样我们才会让小妹妹单独留在这里。"

我恨他们的所作所为，恨他们以我来要挟我的两个姐姐。

第三个晚上，我终于忍不住，厉声对他们说道："你们带我走好了！"

布莱恩大笑起来："会轮到你的。"

第四天晚上，他们来得稍微早了一些，还带来一个充气儿童游泳池，并往里面倒了一些水。我惊慌失措，以为他们要淹死我们。考特尼和丹妮看起来也很害怕，不过随后他们解开了我们的绑绳。我们伸了伸胳膊。我的肩膀疼痛、肌肉僵硬。我看了看手腕，被捆绑的地方皮肤青肿，也不知道是否会感染。

"好好把自己洗洗干净，你们都开始发臭了。"布莱恩说。

考特尼和丹妮脱下衣服的时候，他们把来复枪支在膝盖上，瞪着眼睛看着。我和两个姐姐曾经多次在彼此面前脱衣服，不过我还是移开了目光。我听到她们爬进了游泳池，塑料泳池发出嘎吱嘎吱的声音，她们的身体浸进入冷水中时，我听到她们迅速地抽了一口气。

布莱恩用枪指着我："你也进去，小妹妹。"

"滚你的。"我说道，但我还是忍不住望向了水面。

"照他的话去做！"丹妮大声喊道。

我看着她，她身上的累累伤痕让我倒抽了一口冷气。她的胸前布满了咬痕，考特尼也一样，满身都是咬痕和瘀青。

加文走近丹妮，揪着她的头发把她拉起来，直到她的脖子露出水面，然后用枪管顶住她耳后的一块伤疤："你最好听你姐姐的话。"

我站了起来，脱下衣服，双手颤抖着，眼睛盯着地板。我不敢看他们，也不敢看我的姐姐们。布莱恩吹了一声口哨："看看，你都藏了些什么好东西？"

我大声哭了起来，因恐惧而大口喘着气。我进入游泳池，蹲在冷水中，用胳膊环抱着膝盖，试图把胸部遮住。他们给了我们肥皂和洗发露，把冷水泼在我们头上冲洗着。我的手腕由于碰到了肥皂而刺痛，我把手腕浸入冷水中，希望能够清洗一下伤口。他俩始终有一个人用枪指着我们。

"出来。"布莱恩说。

我们颤抖着站起身。考特尼和丹妮甚至都没有试图挡住身体，而我则把自己藏在她们身后。

加文扔给了我们一些毛巾。我们擦干身体后，他们又递给我们一些干净的带有花朵图案的夏季连衣裙，似乎都是穿过的旧衣服，面料已经磨损且褪色了。还有新的内裤，但是没有胸罩。然后他们把我们原来的衣服捆在了一起。

他们还带来一袋化妆品，说是要让我们为他们打扮起来。我们颤抖着手为彼此化上妆，他们一直在旁边监视着。

"多涂点口红。"布莱恩说。于是我们又重新涂了一层口红。

加文指着丹妮："把你的头发弄得蓬松一点，最好披散在肩上。"丹妮抬手拢了拢头发。"对，就是这样。"

他又给我们递过来一些啤酒："真不明白你们这些婊子干吗

要这么高傲自大。我们原本可以玩得更开心的。"

我们啜饮着啤酒。我很害怕他们在啤酒中下了什么药，甚至是下了毒，但是冰冷的啤酒让我感觉好了许多。他们又给了我们一些三明治。我们狼吞虎咽地吃着，同时眼睛一直盯着他们，等待着他们的下一步动作。

接着，他们打开一台便携式立体音响，播放起了乡村音乐。加文拍了拍手，靴子在地上踢踏作响："我们来跳舞吧。"我们瞪着他们。

"你们为什么不跳舞？"布莱恩说。

我们跳了起来，他们也加入进来，拉着我们快速旋转，就好像我们在跳谷仓舞一样。尽管我们一句话也没说，我还是能感觉到两个姐姐对他们恨之入骨。我们手上终于没有绑着绳子了，但是他们俩一个在跳舞的时候，另一个还是一直用枪指着我们。

我们很难继续跳下去，丹妮和考特尼踉踉跄跄，我也跳得跌跌撞撞。布莱恩往我的臀部扇了一巴掌："醒醒！"

接着，他们厌倦了这种游戏，于是开始嘲弄我们。这次他们选中了考特尼和我："你们的真名叫什么？"

"我叫莎拉，她叫梅丽莎。"考特尼指着我说道。

"你在说谎，"加文说，"从我们在那辆抛锚的卡车前面看到你的时候起，你就在撒谎。"

布莱恩大笑起来："那辆破车现在差不多修好了。"丹妮看着他。"我觉得我该留下这辆破车，把底盘拆下来，再喷一点油漆，就能做成一个挺好的纪念品了。"

纪念品。

我想知道他们还准备让我们活多久。

布莱恩靠近我，问道："你姐姐说你刚满十五岁。"

我试着猜出是哪个姐姐告诉他的。

布莱恩还在说话："但我认为她们还是在撒谎。你这身体发育得可不像十五岁。"

他站在我身后，呼出的气喷在我的脖子上。他撩起我的头发，将鼻子贴在我的脖子上来回摩擦着，然后一把将我向后拉去。我大声哭了出来。

两个姐姐朝我跑过来，加文举着枪往前走了一步："退后。"

"放开她。"丹妮说。

"她只是一个孩子。"考特尼说，"你想干什么都可以冲我来，你想怎样都行，但是请你别动她。"

布莱恩围着我转来转去，一只手抓住我的一边胸部使劲捏着。我用肘部猛击他的腹部，又用脚去踢他。

"你这个小东西！"他抱住我的腰，开始把我往房间外拖。

丹妮和考特尼尖叫起来："不！放开她！"

然后我听到了令人作呕的金属击打肉体的声音。

"我会用枪崩了你妹妹的，婊子！"是加文的声音。

我拼命扭过头往回看，只见加文正用枪指着考特尼，丹妮倒在地上，用手捂着一边脸颊。

布莱恩把我拖到门外。我奋力挣扎，使出全身的力气想要挣脱，但是他的手臂紧紧地箍着我。他会杀了我吗？巨大的恐惧感让我歇斯底里，但我根本顾不上。我不想知道他想对我做什么。我想起了丹妮和考特尼洗澡时的痛哼、夜里她们试着入睡时发出的呻吟声，以及黑暗中她们的哭泣声。

布莱恩把我拖进一条短短的走廊中，然后穿过了一扇敞开的门。他的另一只胳膊下夹着来复枪，手里提着提灯，提灯来回摇摆着，在地上投下诡异的影子。我环顾四周，寻找逃生的可能，或者看有什么东西能够用来自救。我发现我们正身处一间仓库中，仓库的屋顶比我们所在的房间要高几英尺，上面露出椽子和铝板。仓库两端的墙壁顶部摆放着透明的塑料桶，上面盖着三角盖板。木箱子到处随意堆成塔状，仓库的一端伸进来一条传送带。空气中能够闻到腐烂水果的气息。一只老鼠从我们身边跑过去，布莱恩吓了一跳，嘟囔道："去他妈的。"

他把我带到了一个与主仓库隔离开来的房间。一台老旧的点钞机放在木头柜台上，墙上是一排空荡荡的货架。房子中间有一张床垫，上面铺着一张褪了色的蓝毯子。我甚至能够看出上面星星点点的红褐色斑点。

——我姐姐们的血。

"求你了，求你别这么做！"我乞求着。

"闭嘴，到床垫上去。"

我坐了下来。

他把提灯放在墙角，一边盯着我，一边抚摸着枪管。我该反抗吗？还是该任由事态发展？跟他谈判？丹妮就会这么做，她会试着与他谈谈。

"求你了，我只是一个孩子——你听到我姐姐们说的话了，我们只想回家。我们不会告诉任何人的。我觉得你是个好人。"

布莱恩摇摇晃晃地站了起来，用一种深谙一切的眼神看着我："你是觉得我还不够聪明，不清楚你是在玩我吗？"

显然，谈话没用。怎么办？我拼命思索着，想起了河边那些女孩子轻蔑地看他的样子，以及他当时是如何的愤怒。

"如果你放了我，我可以做你的女朋友。"

"你以为我还找不到一个女朋友吗？"他面无表情，但脸却红了。

"我以为的是，你会是一个好男朋友。"

"是吗？"他微笑起来。他把来复枪靠在墙上，但那个位置他伸手就能够到，我却够不着。然后他坐到床垫上，搂着我的肩膀，把我拉向他："那你就得表现得像我女朋友一样。"

"事情不是这个样子的。你先真正把我当成你的女朋友，然后我们才能做那些事——这事都是这么发展的。"我推开了他的手臂。

他的脸上重现了怒色："是你想做我的女朋友，那你他妈的就像个女朋友那么做。"他站起来，低头盯着我，"脱掉你的衣服。"

"求你了……我还是个处女。"

他笑了："这就是我想要你的原因。"接着，他脸上的笑容消失了。他低着头，盯着我的眼睛，"脱掉你那该死的衣服。"

我颤抖着脱下裙子，仅穿着内裤坐在那里。

"都脱掉。"他说。

我把仅剩的内裤也脱掉了，在床垫上缩成一团。我不知道那到底会有多疼。这会儿他也在脱衣服了，我闭紧双眼，听到了他的皮带扣掉在地上的声音。

"躺下。"他说。

我躺下来，一条手臂挡在胸前，另一只手捂在双腿之间。我的身体开始剧烈地发抖。

他爬到我的身上，用粗糙的双手对着我的胸部又掐又打。我眼中流出泪水，哭了出来。

"我还以为是你想做我的女朋友。"他说。

我使劲点头："是的，求你了。"

他用膝盖撑开了我的双腿："你会喜欢这个的。"

布莱恩不得不扶着我走回那个房间。我头晕目眩，两腿之间的痛楚让我倍感折磨。我闭上眼睛，试图不再去想刚刚发生的事情，但是又控制不住地想起他哼哼唧唧的样子和呆滞的目光。

他把我带回到丹妮身旁——考特尼和加文没在房间里。

丹妮的目光在我的脸上扫来扫去，一脸的焦虑。我想哭，但我努力保持着面部平静，不想让她看到我有多么害怕，也不想让她知道我受到了怎样的伤害。

布莱恩把我推倒在丹妮身旁："小妹妹刚刚在跟我说，她有多想成为我的女朋友。"丹妮的表情没有变化，但她的目光往我这里瞥了一下。

他跪在我身边，抓住我的脸，把舌头塞进我的嘴里，嘴唇在我的牙齿上摩擦着。

"别担心，宝贝。我会让你如愿的。"

他卷了一支大麻烟，喝干了啤酒。我们听到大厅传来考特尼的尖叫，那声音在整栋房子里回荡。丹妮站了起来，我也忍不住开始抽泣。

"你他妈的给我坐下。"布莱恩说。丹妮犹豫了一下，看了看门口，又看了看他，好像在计算她是否能够在被抓住之前跑到门口。

他顺手拿起身旁的枪，一只手握枪指向丹妮，然后朝我这边挥了挥。

丹妮坐了下来。

他猛地吸了一口大麻，然后咳嗽着将烟雾吐出来，房间里顿时充满了像臭鼬一样的大麻气味。

"加文有个怪癖——他喜欢暴力点的。"他看了丹妮一眼，

"我猜你今晚会好过一点儿了，甜心。我们明天会补偿你的。"

"你们什么时候放我们走？"她问。

他耸了耸肩："这周末？明天？永远？也可能我们只暂时留你们一段时间而已。"

"我们会饿死的。"我说，"每天只吃一个三明治，我们活不下去。"

他若有所思地点了点头："你今晚做得很好。也许明天我们会给你带更多吃的来。"

大厅里又传来一声尖叫，那声音仿佛刺入了我的骨髓。

"请让他住手，求求你。"我说，"他在伤害她。"以前考特尼从来没有这么大声地尖叫过。一想到加文在对她做些什么，我就感到万分恐惧。

"对不起，我不能这样做。加文一旦决定了要做某件事，他就会像一只斗牛犬一样固执。而且他确实很喜欢那个姑娘。"

"如果他杀了她，你们会进监狱的。"丹妮说，"你们会变成杀人犯。"

"也许我们会把你们三个全杀掉，"他冷笑着说，"这样事情就好办多了。这里总有搭便车的人经过，以前我们没注意，但是现在呢？"他大笑起来，"我们的眼睛可是雪亮的。"

"留下我们总比你们再去找其他人更容易一些。"丹妮说。

"你以为这种事我们不能再做一次吗？"他脸上的表情清楚地说明了，丹妮是在试探他的底线。

"你都已经有我们了，为什么还要冒险呢？"丹妮说，"我想说的就是这个。但是你要保证我们的健康。"

布莱恩脸上一副若有所思的样子。他又抽了一口大麻，然后走过去把大麻烟递给了丹妮，丹妮也使劲抽了一口。接着他又把它递给了我，我看了一眼丹妮，她点了点头，示意我配合他。于是我也抽了一口。

他坐了下来："所以，你觉得我们应该留着你们？"

加文好像已经和考特尼离开了很长时间。我们没有再听到尖叫声，但这似乎更加糟糕。我尽力不去想考特尼到底出了什么事，一心只想着为我们赢得更多的时间。

"为什么不呢？"我说，"这对你们而言百益而无一害。"

"每天过来一趟可不容易。"他说。

"你们不必每天都来。"我说，况且这对我们而言也是一种解脱，"你们只需要给我们留下水和吃的，然后想过来的时候再过来就好了。"

"就好像你们是我们的宠物一样。"他的声音因为吸了大麻而变得尖厉，接着他大笑了起来。我讨厌他的笑声，更讨厌加文的。

"是啊，就像我们是你们的宠物一样。"丹妮说。我能听到她的声音里满是汹涌的暗流，知道她已经愤怒到了极点。

保持冷静，丹妮。

他向我们靠近了一点："我们想要的，都已经得到了。"他懒散地笑着坐了回去，"我会考虑一下。"

几分钟后，加文终于把考特尼带回来了。她几乎无法走路，锁骨上全是咬痕。她面无表情，任由泪水和鼻涕流下来，与灰尘和血液混合在一起。加文把她推倒在地，她呻吟了一声，蜷起了双腿。

他抓起一瓶啤酒，喝了一大口。他一边用手臂擦拭着脸上的汗水，一边低头看着我们。接着，他的目光在我身上停留了一会儿。

"明天我会试试你。"他看了考特尼一眼，"这个婊子我已经玩腻了。"说完，他又朝考特尼吐了一口口水。口水在考特尼脸上向下流的时候，她甚至都没有反应。

布莱恩笑了："你可是好好弄了她一番嘛。"说着，他走过去朝考特尼吐了一口大麻烟。

考特尼依然没有任何反应。布莱恩用靴子踢了她一下："来一口。"她转过身面对布莱恩，他把大麻塞进她的唇间，一边望着她，一边极尽温柔地说，"就是这样。"他又让她抽了几口烟，然后站起身对加文说，"我们走吧。"

我们爬到考特尼身边，靠在她瘦弱的身躯上。我能听到她的呼吸，心里稍感安慰。她还活着，我们都还活着。我尽力不去想双腿之间的疼痛——加文说下次就会轮到我。我多希望我们已经去自首了，在监狱里待着远比被困在这里要好得多。

"你没事吧？"几分钟后，考特尼低声对我说道。

"我还好。你们呢？"

"我不能再被他带过去了，我不行了。"她开始大声哭泣。

"你不需要再去。"我厉声说道，"只要他们再解开我们的绑绳，我们就推开他们，抢下他们的枪……然后……"

"他们太强壮了。"丹妮说。

"那我们该怎么办？"我问。

"他们只在……他们只在强奸我们的时候才会解开绑绳。"考特尼一字一顿地说道，"加文，他喜欢……让你去动，而他手里握着刀。布莱恩有时候会把枪放下。"

"加文下次会带我走。"我无法呼吸，费力地从肿胀的喉咙中一字一字往外吐。

"我可以试试从布莱恩那里拿到枪。"丹妮说，"先开枪射击他，然后去追赶加文。如果布莱恩抓住了你，考特尼，你必须试着抢过那把枪。"

"好吧。"考特尼慢慢止住了哭声。她毫无规律地呼吸了几下，身体还在发抖。

"如果布莱恩带我出去了，该怎么办？"我问，"我不知道加文的房间在哪里。"

"加文在另一个储藏室，跟这个一样，但是那间储藏室位于仓库的前面。你看到他后立刻开枪。"

"如果加文听到枪声，怎么办？

"即使我们只杀得了他们中的一个，我也很高兴。"丹妮说。

我们并没有讨论如果计划失败了，会怎么样。

　　他们带来了肯德基的炸鸡、薯条和卷心菜沙拉，然后解开了我们手腕上的绑绳让我们吃东西。我们把炸鸡撕扯开，一口接一口地啃咬着，狼吞虎咽般地往嘴里塞着食物。我有好多年没吃过肉了，但到底有几年却也记不清了，何况这会儿根本顾不上想这些。我们一边嚼着卷心菜，一边还不停地往嘴里塞薯条。

　　布莱恩靠在墙上，用枪筒敲着牛仔靴，笑眯眯地看着我："今晚又可以和我女朋友在一起喽。"听到他这么说，我很吃惊——我原以为我今晚肯定会被加文带出去。

　　"滚蛋——轮到我了。"加文说。

　　布莱恩的脸色瞬间沉了下来："只有在我同意的时候，才能轮到你。"然后他用枪指着丹妮和考特尼，"你可以从她们俩中间选一个。"

　　"也行。"加文猛地把考特尼从地板上拉起来，然后拖走了。

　　布莱恩朝我走了一步。

　　"求你了，"丹妮说，"她真的很痛。我来替她，你想让我干什么，我都照做。"

　　他笑着说："她也会全都照做的。"

　　他抓住我，把我拉起来。我没有看丹妮，怕露出马脚让布莱恩察觉到我们的计划，但我能感到丹妮内心的恐慌。

来到另一个房间里，布莱恩让我翻过身去。——如果面朝下，我就没办法够到那把枪了，而且我的双手还被捆着。我飞快地思索着。

"我给你……给你口交怎么样？"

我很害怕，喉咙有些发紧。但我努力不去想这些，只想把精力放在我们的计划上。

他有片刻的沉默，我做好了他发怒的准备。

"噢，好的。"他把我转过来，让我跪在他面前。

"你能坐到床上吗？"我说，"这样更方便，而且我需要用手配合。"一想到要碰他，还要碰他的那个东西，我就感到阵阵恶心。

"只要你觉得不错就好，我的小甜心。"他解开我手上的绑绳，坐到床边，手肘撑在床上，闭上了眼睛。

我跪到他面前，深吸了一口气……那是一种几近窒息的感觉，我闭上眼睛，试图什么都不去想，包括空气中恶心的男性味道。他抓住我的后脑，让我的头更靠近他，强迫我吞下更多。我再次感到一阵窒息和恶心。

他突然睁开眼睛，用枪指着我的太阳穴，冰冷的金属枪口使劲压在我的太阳穴上，然后他打开了枪栓。

"你要是敢咬我，我就把你的脑袋给打碎。"

我点了点头。他睁着眼，就那么看着我。终于，他闭上了眼睛，用一只手按着我的脑袋。我努力用鼻子呼吸。他呻吟着，放在我脑袋上的那只手越来越用力，而拿枪的那只却渐渐有些放松了。我慢慢伸出一只手，刚碰到枪管便松开嘴巴，马上把枪抢了过来，然后迅速踉跄着起身。

但在我扣下扳机的那一刹那，他忽然挥了一下手，一巴掌把枪打开了，我连忙再次去抓枪。他用脚从下面踢我的腿，我直直地摔到了地上，然后他用两只手按住我的双腿，用力把我往后拽。

我抓起地板上的木箱碎片，转身用力刺向他的眼睛。但他在最后一秒挡开了，碎片只刺中了他的面颊，然后他发出一声惨叫。

双腿摆脱了他的控制，我向前爬了一步，抓住了枪柄。他又抓住了我的脚踝，想把我往后拖。距离太近，枪口根本转不过来，没法开枪。于是我侧身倒地，用双手抡起枪柄猛击他的太阳穴。他开始躲闪，我再次攻击。然后，"砰"的一声，枪响了。

他倒下了，压在了我的小腿上，一动不动。不知道另一个房间离这儿有多远，我祈祷着加文没有听到布莱恩的叫声。

我费力地从布莱恩身下爬了出来，站到他身旁，用枪指着他的后脑。这是一把.22小口径半自动步枪，希望弹夹中还有子弹。我把手指放在扳机上，呼吸紧张，然后用力再次扣下扳机——但什么都没发生。我把枪转过来，发现被击碎的黄铜弹夹卡在了枪膛中。该死、该死、该死。我试图用手指掰开弹夹，但不容易，我急得满头大汗。在加文冲进来之前，不知道我还有多少时间？我的心脏剧烈地跳动着，时间一点点地过去了，但弹夹还是卡在那里。我绝望地闭上了眼睛，然后又睁开，低头去瞪布莱恩。

"你个王八蛋，"我对着他的后背低声骂道，"我恨你。"

*****

我用布莱恩的皮带把他的手腕捆到一起，使劲把皮带扣好，生怕他会醒来。

我小心翼翼地提着步枪走出房间，穿过仓库，绕过木箱。提灯垂在我的膝盖下方，这样我面前就能有几英尺的光亮。丹妮交代过我们要用枪射击加文，但子弹现在卡在枪膛里出不来，我却束手无策。

我走回刚才的房间。一片黑暗，我尽量不碰任何东西。我从布莱恩的后口袋里慢慢取出钥匙，钥匙发出叮当声，我紧张地屏住呼吸，不过布莱恩的身体依然一动不动，冷冰冰的。就在此时，我感觉到他的口袋里还有其他硬物，于是我又慢慢地把手伸进去，从里面抽出了一把小刀。

我不知道自己是不是应该先去找丹妮，但我发现走廊里还有一扇门。那扇门更大一些，像是通往外面的出口。我推开了它，感觉这里应该是房子的外缘。穿过屋前的灌木丛，我看到那里停着布莱恩的卡车，车头对着房子。

我启动了卡车，打开立体音响大声地播放音乐。然后又下了车，跑回房子的前门处，灭了提灯，蜷缩在墙角。借着月光，我清楚地看到这栋建筑被一片树林围绕着，车道在其中弯弯绕绕，树林里看不见任何房屋或光亮。除了布莱恩的卡车正放着加斯·布鲁克斯的乡村音乐，周围没有一点声响。

加文手持步枪走了出来，悄悄地靠近卡车："布莱恩？是你吗？你他妈的在干什么？"

他静静地站着，四下张望，离我大约十二英尺远。我又试着从枪膛中撬出子弹，但是我的手指太滑了。

他打开车门钻了进去。

我蹑手蹑脚地缓慢移动着，静悄悄地回到前门，努力不让手里的提灯发出任何声响。我必须先和丹妮会和，然后再一起去找考特尼。然而当我一只脚刚踏进门里，另一只脚还在门外时，提灯碰到门框发出了一阵响声。我赶紧回头去看加文。

他扭着身子，正透过车窗朝我开枪，接着我脸前的一块木头被打碎了。我马上扔下提灯猫腰往里跑，一边跑一边大喊丹妮的名字。然后我听到丹妮在右边的门后喊我。背后又是一声枪响，我赶紧推开了右边的房门。

"我们必须离开这里。"我对着屋内的一片黑暗说道。

丹妮的双手碰到了我，她就在我身旁。我抓住她的胳膊，和她一起朝大厅跑去，然后又推开门跑进仓库。我们站到房间一侧，顺着墙壁躲到木箱后。

"不管你们在哪儿，都给我出来！"加文的声音在大厅里回荡着。

我们背靠着墙，蹲在角落里。我拿出那把小刀，割断丹妮手腕上的绑绳。丹妮揉了揉手腕。我凑到她的耳旁，低声道："枪被卡住了，这些蠢货从不擦枪。"

丹妮从我手上接过枪，摆弄着卡在枪膛里的子弹。我屏住呼吸，然后听到了弹壳落地的清脆声。

"我们必须找到考特尼。"她低声说，顺势把枪还给了我。

我把刀递给她，"我还拿到了他的钥匙，已经插在卡车上了。"

我们侧身靠墙向前移动，努力不让衣服挂到木箱上，脸部和头上都已经缠上了蜘蛛网。在这样一个静谧的夜晚，任何声音都会被无限地放大，每一个脚步声听起来都异常响亮。前面传来加文的脚步声、嘎吱的推门声以及他沉重的呼吸声。我知道，他也在竖着耳朵听我们的动静。我们移动得更慢了。屋内几乎漆黑一片，看不见任何其他出口，所以我们需要从我刚进来的那扇门出去。

丹妮抓住我的手，紧张地指向左侧。

我用枪对准那个方向，此刻刚好看清加文的身影，他正蹑手蹑脚地向我们靠近，而我也正在瞄准他。但他抢先一步开了枪。

我急忙拉着丹妮蹲下，随后发现他不是在朝我们开枪。他还剩多少子弹？

他咒骂了一句，然后大喊："布莱恩，你他妈的到底在哪儿？"他背对着门，向房间的另一侧移动着。

"我扔点东西出去，"丹妮在我耳边低声说，"等他开枪时，你就打他。"她悄无声息地在地板上摸索着。"有东西了，"她又在我耳边低声说，"做好准备。"

她把东西扔向左边。加文的身影转了转，然后是他开枪射击的巨大撕裂声。我瞄准他的身影，扣动扳机，一声惨叫，然后是他的倒地声，同时还有他与木箱的撞击声。不管他伤得如何，我们都必须起身跑向仓库那一边，我们需要找到通往另一间储藏室的门。

"这里！"丹妮说。

推开门，地板上蜷缩着考特尼瘦小的身体，旁边放着一盏提灯，而她赤身裸体。

丹妮把她抱在怀里，扶了起来。她靠在丹妮身上，用胳膊搂着丹妮的肩膀，痛苦地呜咽着。

我从地板上抓起考特尼的衣服，然后我们向仓库大门跑去。丹妮一直用胳膊紧紧搂着考特尼的腰，扶着她走，而我在前面带路，肩上扛着步枪。

加文去哪儿了？难道我已经杀死了他？

回到走廊，我们又迅速向大门跑去。身后的丹妮喘着粗气。我们来到卡车旁，祈祷着钥匙还在车上。

丹妮扶着考特尼坐到副驾驶位上。我用枪指着大门口，四处观察着。加文躲在灌木丛里吗？他会不会从背后偷袭我们？

丹妮爬上驾驶座："上车，杰茜！"我跑到副驾驶旁边，跳上了车。

钥匙仍挂在点火器上。丹妮发动卡车，打开车灯。这时只见加文从仓库跑了出来，肩膀上全是鲜血，而布莱恩跟在他身后。

丹妮把车向后倒了几英尺，然后挂挡，用力踩油门，一百八十度大转弯，差点撞上那两个蠢货。布莱恩抓住了侧窗。我们吓得尖叫起来。

我用力打他的手，最后他不得不松开，摔倒在地。

我们沿土路向前行驶，车后尘土飞扬，卡车转弯时都有些漂移。

"该往哪儿走？"丹妮大叫道，"我们在哪儿？"

"在找到住户前一直开下去！"我说。

"我们不能去别人家，没人会帮我们！"她说。

"我不想见任何人！"考特尼终于说话了，然后歇斯底里地哭了起来，"我不想让任何人知道。"

"没人会知道。"

她从我手中拿过衣服，盖到了头上。

"警方会询问我们的名字，"丹妮说，"他们会弄清楚我们是谁的。"

我们都知道这意味着什么。我想到爸爸的尸体被埋在猪圈里，还有被抛弃在采石场的卡车。

"但只有这样我们才能逃脱。"我说。

"我不想让任何人知道。"考特尼再次坚持。

"那我们接下来该怎么办？"我极度恐慌，一心只想远远地躲开布莱恩和加文。

"我们不能开着他们的卡车进城，那里的人认得这辆车。要不我们开去温哥华？"

丹妮低头看了下仪表盘："这两个混蛋几乎把汽油都用光了。"

"我们试着再偷一辆卡车？"我说。

"那样只会让警方追踪我们。我们需要取回自己的卡车。"

"从汽车修理厂？"我问道。

"是的。我们把这辆车停到小镇上——天很晚了，街上行人也不多。我们把车停到酒吧旁边，然后再把我们的卡车偷出来。我们有商店的钥匙。他们说我们的卡车修好了，还说给卡车加了油。或许我们的步枪还在座椅下，不过也有可能已经被他们发现了。"

"还有一种可能就是他们一直在撒谎，说不定他们已经把我们的卡车处理掉了。"我说。

"不，我打赌，他们还留着我们的卡车。"

纪念品。

十一

　　我们沿着这条路走了一段时间，但不确定我们是离小镇越来越远还是越来越近。

　　"如果我们走错了，而他们已经到了小镇，该怎么办？"我问。

　　"他们受伤了。而且他们也必须先计划一下。"

　　"他们可能会说我们攻击了他们——也可能会说我们偷了他们的东西。"

　　"他们和我们一样，不会希望被警方盘问的。"丹妮说。

　　我看了一眼考特尼，自我们逃出来后，她始终一言不发。这会儿她正呆呆地望着窗外，也偶尔会回头看一下我们走过的路。我紧紧地握着她的手，但她的手毫无力气。

　　最后，我们开始观察周围的房屋，接着开上了一座桥，卡车轮胎在地面发出嗡嗡声。

　　"这声音听起来很熟悉。我觉得那天晚上我们走过这座桥！"

　　"是，你说得没错。"丹妮说。

　　"我们快到了，考特尼，"我说，"我们做到了！"考特尼和我对视了一下，但是她的眼睛看起来空洞无神，她受到的伤害太严重了。

我们来到小镇，放慢车速，开得很慢。车载立体音响上的时钟显示现在已经是十一点了。在路上我们并没有遇到其他车辆，酒吧门前也只停着几辆车。我不知道今天是星期几。丹妮绕着酒吧转了一圈，然后把车停在了酒吧后面。整个停车场都弥漫着音乐声和油炸食物的香味。

我们下了车，轻轻关上车门。我扶考特尼下车时，才发现她的耳朵上还有血迹，应该是被加文咬的。我看到地上有一瓶水和一件旧T恤。我用水沾湿了T恤的一角，给考特尼擦拭血迹。

丹妮站在卡车后面，正试图用布莱恩钥匙链上的各个钥匙去打开车窗后面的工具箱。

"你在干什么？"我小声问，"我们必须走了。"

终于打开了箱子，她拉出我们的背包，把它们拿在手里。

我们蹑手蹑脚地穿过一条黑暗的小巷来到汽修厂前，丹妮迅速用钥匙打开了大门。我屏住呼吸，等着警报报警，不过周围一片沉寂，汽修厂里面只停着一辆卡车。

"妈的。我们的车不在这里。"丹妮说。

"应该就在这里。"我环顾四周，用力拉扯角落里的一块油布，满心希望油布下面是我们的车。然而不是，只是一辆旧的小汽车。"也许这里有汽油。我们可以给他们的卡车加满油，这样至少我们能离开这里。"

然而就在我们正查看一个简易油桶时，大门突然被打开了。

我手里仍拿着布莱恩的那把枪，我立马转身，用枪对准了门口。门口站着一个大胡子男人，在穿过小镇的那天，我们曾见过这个人。他体形魁梧，正朝我们走来。这个人肩膀很宽，留着及胸的长胡子，戴着印有哈雷徽章的棒球帽，穿着白T恤和褪色牛仔裤，T恤外有件黑色皮马甲，腰间系着哈雷腰带。他的一只手臂上有一条很明显的疤痕，鞭痕一样隆起的皮肤呈粉红色，像是被烧伤的。

看到我手持步枪，他举起了双手，挨个儿打量着我们，然后似乎明白了什么。

"姑娘们还好吗？"他的嗓音和那些抽烟的人一样粗哑。

丹妮向前走了几步，把枪口压下。她给我使了个眼色，我紧握步枪的手臂才放松了一些。

"我们不想惹任何麻烦，"她说，"我们只想拿回我们的东西。"

"你们在找你们的卡车吧。"

丹妮并没有回答。

"这里有一个后院，"他说，"一个星期前，我见几个男孩把一辆卡车藏在篷布下面了。不过那个院子被锁起来了——而且里面还有一条恶狗。"

我想表现得勇敢些，但眼里还是有了泪水，我真气自己这么不争气。于是我用沙哑的声音问："你打算把车还给我们吗？"

他摇了摇头，缓慢地扫视着我们。我们的衣服很不合体，光着脚，头发蓬乱。最后，他的目光停留在考特尼的脸上。

"你们确定不需要我找人帮忙吗？你们似乎遇到了麻烦。"

"不用报警，"丹妮说，"我们只是想离开。"

"你们想去哪儿？"

丹妮似乎在想是否需要说谎，然后她说："温哥华。我们需要食物和衣服。你能帮助我们吗？"

这个男人犹豫了一下，像是在考虑着什么。考特尼抬起头，用变了调的嗓音说："请帮帮我们。"

我们跟他通过一扇后门进入酒吧，上了几个台阶。他的头发很长，被编成了辫子垂在背后，辫子末梢用皮绳扎着。音乐声很大，周围的空气都在跟着音乐振动，空气中充斥着油脂味、香烟味和啤酒味。我不想去想布莱恩和加文，不想待在这儿，不想来这个男人的地盘，但我们别无选择。

他的公寓很小但很整洁。我们挤在客厅里的沙发上。我把步枪横放在膝盖上，环顾着客厅里的摆设——黑色天鹅绒风景画，木质咖啡桌，摆满哈雷·戴维森模型的玻璃搁架。石砌壁炉的炉架上铺着一块白色装饰桌布，桌布上小心地摆着一张女人的照片。照片中的女人留着中分长发，脸上是灿烂的笑容，端坐在一辆哈雷摩托的后座上。

"我叫艾伦。"他说，然后停顿了一下，等着我们自我介绍。但我们都没有说话。

"好吧，让我看看有什么衣服可以给你们穿。"

他走进里屋，拿出几条牛仔裤和女士衬衫，递给了考特尼和丹妮。

"我的妻子几年前去世了。"他又递给我一条牛仔裤、一件T恤和一件灰色拉链连帽衫，"这是我儿子的衣服。"

"谢谢。"我说。

"我看看能不能找几双鞋。"他回来时拿来几双鞋带已经磨损的旧运动鞋，还有一些人字拖，看起来也是穿了很久的样子。

"他会一直穿这些鞋，直到鞋底脱落为止。"

他指了指门厅那边的浴室，从客厅是能够看到浴室的。丹妮让我先进去。我把步枪递给丹妮，抓起我的背包，然后迅速更换了衣服，洗了洗脸和头发。然后丹妮把枪还给我，她和考特尼走进了浴室。我在门外等着，背包放在脚下，手里握着枪。我在想，加文和布莱恩是不是还有一辆卡车，不知他们是不是已经回到小镇，是不是在四处找我们。

艾伦在厨房里。他打开一罐汤，然后看向我。随着目光向下，他看到了我的手腕，皱了皱眉。接着他又用目光扫了一眼吧台上的电话。

"你最好不要给任何人打电话！"我说。我向他走近一步，又回头看了一眼，但考特尼和丹妮还在浴室里。我不知道该怎么做。我有点头晕，身体由于恐惧和饥饿而瑟瑟发抖。

他伸出一只手："放松点。我只是在想，警方可能想了解那些男孩是否伤害了你们。"

"如果你报警，那我就不得不伤害你了。"我挥了挥手里的枪说道。

"谁都不想伤害任何人，不是吗？"

丹妮和考特尼走出浴室，头发湿漉漉的，衣服很宽大，不过我很高兴看到她们不穿裙子的样子。

"发生什么事了？"丹妮冲向我。

"他想报警。"

"为什么？"丹妮说，"我们告诉过你，什么都没有发生。"

他看着我们，喃喃地说："肯定发生了什么。"

"我们不想报警，"丹妮说，"而那些男孩，他们可能会知道是你打电话举报了他们。"丹妮看了他一眼。那个男人盯着她，他的手仍放在汤罐上，仔细考虑着她的话，然后点了点头。

他看了一眼厨房里的餐桌："坐下来说说我怎么才能帮你们几个姑娘离开小镇吧。"

考特尼和丹妮坐在一边，背包放在她们脚下。我一直靠墙壁站着，这样我就能够看清她们的脸，我的手里仍握着那把枪，不过枪口朝下。男人从橱柜里取出一口锅，把几罐鸡肉面条汤倒了进去。我的口水都要流出来了，恨不得现在就拿起锅直接开吃。我看了一眼丹妮，她也正凝视着炉子，然后她僵硬地慢慢看向了别处。

"要是你们不要卡车就好办多了。"男人说。

"我们需要这辆车，我们可以给那条狗下点药或者用点其他什么手段。"丹妮说。

"车库后面装了摄像头。"

"你之前怎么没告诉我们？"我问。汤在炉子上沸腾着，男人搅动着锅里的汤，空气中弥漫着香气。我的肚子开始咕咕叫了。

"我不想吓着你们。布莱恩的叔叔经常会查看那个摄像头。"

"妈的。"丹妮咬着指甲说。

"如果你们不要这辆车的话，他们会把车拆掉。我不知道你们从哪里来，也不知道你们在躲什么人。你们现在是有机会开车离开这里，但卡车需要加油，也可能会在路上出现故障。而如果你们现在放弃这辆车，就会像你们在这里消失了一样。"

也就像我们死在了这里一样。我看了一眼考特尼，她紧抱双臂，眼神呆滞，这让我感到害怕。

"我们还能再找别的车去温哥华吗？"我问道。

"这里有公共汽车。明早可以先——"

"我们不能在这里留那么久。"我着急地说。

他若有所思："我儿子今晚可以把你们送到阿姆斯特朗。你们也可以从那儿上车。"

"我们一分钱也没有。"丹妮仰着脸说。

"我帮你们。你们要去的地方有家人吗？"

丹妮摇了摇头说："没有。"

"那你们打算怎么办？"他从碗橱里拿出几只碗。

"露宿街头，找个收容所，或者干点别的什么。"丹妮说。

他回头看了看我们："三个女孩，无依无靠，流落到温哥华街头……这难道不是在自找麻烦？"

"我们已经无路可走了。"丹妮说。

他点了点头，似乎在思考着什么。

"我在那儿有个老朋友……他有家健身房，可以雇用流浪街头的青少年工作，也许他能收留你们。"

考特尼低头盯着桌子，丹妮看了看她，然后又看了看我。我皱着眉，摇了摇头。丹妮又回头看了看考特尼，然后转向那个男人。

"你能给他打个电话吗？我们会感激你的。"

"我们不需要任何人的帮助，"我说，"我们可以自己搞定。"

丹妮瞪了我一眼："闭嘴，听我的。"

"就这个事，我有发言权！"

"你们要不商量一下？"男人说。

丹妮和我瞥了一眼考特尼。

"我会看着她，"他说，"你们可以去我儿子的房间里说。"他指着后面的一个屋子说道。

我一把抓起无线电话，看了那个家伙一眼，我的意思很清楚——我并不信任他。我和丹妮走进卧室，房间的墙壁上挂着曲棍球旗帜、乐队海报，桌子上摆着几幅雕刻作品。床很整洁，衣服叠得很整齐，书籍放得到处都是。

"我们得把卡车找回来。"我低声对丹妮说，"等布莱恩的叔叔看摄像头时，我们可能早到温哥华了。"

"可我们还得对付那条狗——他说得对。我们都知道，警方已经在找我们的卡车了。我们本应在一周前就离开这个小镇的。"

"那我们的步枪怎么办？"

"只希望那两个混蛋发现了那把枪，而且把它处理掉了。"

"我们对这个人的朋友一无所知。"

"我们对他也一无所知。我们没有别的选择。搭便车太危险了——他们可能会找到我们。"

我努力想着其他可以依靠我们自己离开小镇的办法，但我还没开口，丹妮就从我手里抓过电话，打开了房门。

"他是我们唯一的希望，杰茜。"

考特尼瘫在椅子上，盯着地板，目光空洞无物。那个男人隔着桌子放下一袋饼干，考特尼往椅子里缩了缩。然后他走向了房间的另一侧。

"就像我们说过的，"丹妮看了我一眼，继续说道，"如果你打电话给你的朋友，我们会很感激你。"丹妮把电话递给了他，然后坐下了。

"我得找找他的电话号码，"他说，"我们已经很长时间没联系了，但我可以试试。"他盛了两碗汤放在桌子上，又递给我们几把汤勺。然后他看着我，"你不坐下吗？"

丹妮又看了我一眼。

我坐到桌子的另一边，担心他会坐到我旁边，但他只是把一只碗推到我面前，然后站到了吧台旁。我开始喝汤，大口大口地吸吸着，勺子搅动的速度也有些快，以至于都洒了一些出来。

"慢慢来，"他说，"喝得太快胃会不舒服的。"

他说得很恳切，于是我放慢了速度。考特尼喝汤的速度也很快，却有条不紊，确切地说，她像个机器人一样一勺一勺地喝着。丹妮则喝得相当安静，用手稳稳地舀起一勺喝下，然后再喝另一勺。不过我看得出，她的眼神里有了些许的慰藉。

艾伦打开一个抽屉，在里面找了找，拿出一本地址簿来翻看，嘴里嘟哝了一句，然后停下来，转身看向我们。

"我找到我朋友的电话号码了，我现在就给他打电话。"

丹妮点点头："谢谢。"

他拿起吧台上的无线电话，面朝我们，仿佛他明白我们需要看着他的脸一样。我的手靠近放在腿上的步枪。如果察觉出他要报警，我其实并不知道该怎么办，但我还是希望尽量做好准备。

电话似乎响了一会儿，然后那个男人说："帕特里克，很抱歉把你吵醒了。我是艾伦……"他顿了一下，接着说，"我很好。你怎么样……"他又顿了一下，"听我说，有几个姑娘在我这里，她们遇到了一些麻烦。"他看了我们一眼，"遇到了大麻烦。我们打算让这几个姑娘搭明天早上的公共汽车过去。你能见见她们吗？她们需要一个落脚的地方……多谢，兄弟。我会马上和她们谈谈，搭一程，嗯？"最后他说了声晚安，然后挂断了电话。

"他愿意帮忙吗？"丹妮满脸期待地问。

"是的，他会过去接你们，然后把你们带到安全的地方。"

丹妮在椅子上松了一口气。我对她很生气，觉得她会再次让我们陷入危险境地。丹妮看了我一眼。

"这样对考特尼比较好。"她说。

我低头看着地面，仍然很生气。我们可以自己照顾考特尼。艾伦看起来没什么问题，但我们对帕特里克这个人一无所知。如果他像布莱恩和加文一样呢？不过，这并不重要。丹妮已经下定了决心。

"我想给我儿子打个电话。"艾伦说。丹妮点了点头。他拨了一个电话号码，"欧文，你能上楼来一下吗？"接着他把电话放下，一边收拾碗筷一边说，"欧文在酒吧厨房忙活呢。你们这些姑娘可以到客厅里休息一下。"

我们拿起背包，坐到沙发上。屋里挺热的，但考特尼仍在不停地发抖，她的手臂紧紧地抱在胸前。艾伦再次进来的时候，丹妮正在给考特尼盖毯子。

"你们姐妹的状况不是很好。"他说。

"我们从来没有说过我们是姐妹。"丹妮说。

"你们是姐妹，好吧。"

这时传来了上楼的脚步声，随后一个男孩走进了客厅。这个男孩个子高高的，留着长长的金发，眼睛是冰蓝色的——就是我几天前在巷子中看到的那个男孩。

"是你们！"他惊讶地说。他盯着我们的衣服和脚上本属于他的鞋子。在看到我腿上的那把步枪后，他惊恐地瞪大了眼睛。

我记得他在巷子中看我们的样子。他是不是觉得我们喜欢布莱恩和加文？他是不是认为我们想和布莱恩、加文在一起？我脸红了，喉咙也有些发紧，眨着眼睛强忍住泪水。

在他经过我站到他爸爸身边去时，我屏住了呼吸。我靠到沙发上，蜷起双腿，好让他过去。

"这些姑娘今晚需要坐车去阿姆斯特朗。"艾伦说。

"今晚？"他又一次表现得很惊讶，但并没有提出其他问题。

"你送她们去汽车站。"艾伦走到房间另一端的瓷器柜前，从柜子下拿出了什么东西。

他取出了一支步枪和一盒子弹。

"你拿枪做什么？"丹妮惊恐地大声问道。

"以防有人不想让你们离开小镇。"他走过去把枪交给欧文，"装好子弹，把它放到座位下面。"欧文点点头。

我不喜欢欧文带枪，但也不太想让他不带枪。不知布莱恩和加文要过多久才会回到小镇？他们回来后肯定会先来这个汽修厂。不知道他们是已经把我们的其他东西都扔掉了，还是把它们留在了车里？不管怎样，我们都拿不到了。但我很高兴丹妮找到了我们的背包。我把手伸进背包里，碰到了我的相机，手指碰到那破碎的镜头时，我差点大哭起来。

我看了两个姐姐一眼。考特尼仍然蜷缩成一团，而丹妮正在看着她，就像妈妈那样摩挲着考特尼的腿。

"当他开车带你们离开这里时，你们要蹲在车里。"艾伦说，"即使到了下一个小镇，你们也要这样，因为那两个勒克斯顿男孩认识那里的人。"

我全身充满了恐惧。如果利特菲尔德的警察也在寻找我们，该怎么办？他们会不会已经把我们的照片贴在了车站？

"我们应该化化妆。"我说。

"是的，我们需要伪装一下。"丹妮看着那个男人。

"我们或许能找到些东西。"他说，"欧文，你为什么不先给姑娘们做点三明治呢？"

"不要花生酱！"我声嘶力竭地喊道。他们一下子都盯向我，我的脸红了。

"她对花生酱过敏。"丹妮说。

男孩离开了房间。我听到橱柜门打开又关上了。

艾伦坐到我对面的椅子上。

"你们应该把它留在这里。"他指着我手里的那把枪说。

"我们需要枪。"丹妮说。

"这把枪可能已经登记过了。如果带着这把枪，会遇到各种麻烦。我替你们把它处理掉。"

现在，我们什么都没了——我们的卡车，还有这把枪。丹妮看着我，我知道她的意思。我没看她的眼睛。

"把枪给他。"丹妮说。

那个男人站起来，伸出手来拿枪。

我想了想他说的话。他是对的，枪确实可能登记过了，而且我也不可能带着一把枪去坐公共汽车。

我把枪递给了他。

他打开弹夹，将子弹卸到手中放进口袋，然后把枪放到了沙发下面。

"为避免有人生疑，我现在最好下楼去。欧文会照顾你们。"

"谢谢，"丹妮说，"谢谢你们的帮助。"

就在他刚准备下楼时，又停下来看了我们最后一眼："保重，姑娘们。"

现在，房间里就剩下我们和欧文了。他把三明治装到牛皮纸袋子里，然后递给丹妮。丹妮把袋子塞进了背包里。欧文不安地看了一眼考特尼，脸上尽是担心和同情。

"别看她。"我说。

欧文看了我一眼："自从妈妈生病后，家里就一直放着些药，里面有止疼的，你们需要吗？"

我看了一眼丹妮。她看起来犹豫了片刻，然后说："是的。"

他拿了几瓶药过来，递给了丹妮。"标签上有使用说明。"他指着一个瓶子说，"这是抗焦虑药。不过这种药的药效很强，所以不要给她吃太多。"

丹妮转向考特尼："亲爱的，把这个药吃了。"她拿出一颗蓝色小药丸。考特尼没有抬手拿，也没有抬头。

"张开嘴。"丹妮说。考特尼张开嘴，丹妮把小药丸放在她的舌头上，然后她又闭上了嘴。丹妮转向那个男孩，"你妈妈有化妆品吗？"

"我去看看。"欧文走向房间后面。门打开又关上了，随后欧文走了出来。

"我在卫生间的台面上放了些化妆品。"他递给我一块黑色手帕和两条黑色织带，"我觉得它们和你们的衣服比较搭，能够盖住头发和手腕。"我很惊讶，我甚至都没注意到他看过我的手腕。"如果多涂点深色化妆品，也许你会看起来像一个重金属妞或滑板女孩。"

我点点头，把手帕像头巾一样裹在了头上，手腕上也缠上了织带。我很讨厌这样，因为这又让我想起了被捆的样子。不过值得高兴的是，头巾能遮住我红肿的眼睛。欧文转身对丹妮和考特尼说："除了棒球帽，没什么能给你们的了，不过你们现在穿的衣服看起来很怪异。这些衬衫太过时了，所以我拿来了一些运动背心。"欧文看上去有些尴尬，他似乎并不习惯和女孩们这么说话，"你们可以把背心穿在里面，敞开外衣，就像其他女孩那样，明白吗？"欧文又递给丹妮一条紫色的围巾，"把这个系在脖子上，人们可能会记住你们的围巾而不是你们的脸。只要你们不把衬衫袖子卷起来，我想你们手腕上的伤是不会有人发现的。只不过你们的头发……"

"我把头发剪掉。"丹妮说。

"丹妮，不要！"我说。

"不过是头发而已。"她用烦躁的语气说着，然后把围巾系在了考特尼的脖子上。

欧文走进厨房拿了几把剪刀出来。丹妮扶着考特尼起身："来吧，亲爱的。"

我们挤进狭小的浴室。丹妮把马桶盖放下，扶着考特尼慢慢坐到上面。然后她吸了一口气，拿起剪刀，把自己的一大把头发拢在脑后，开始剪了起来。我用手捂住嘴巴，尽量不哭出声来。丹妮把剪掉的大把头发丢到垃圾桶中，把剩余的头发剪出一个波浪形，然后用双手沾了水把头发向上抓，以便头发能更蓬松些。她在做这些时，眼睛睁得大大的。

她解开衬衫，脱下背心，同时我也帮考特尼脱下了背心。随后丹妮在考特尼的脸上涂了些粉底，用水打湿原本已经结块的妆粉，以便化妆品能更好地遮盖她脸上的青肿。她还把考特尼的头发编成了辫子。在她们忙着这些时，我涂了黑色的眼影并在脸上擦了粉底。我盯着镜子里的自己。面如死灰，毫无生气。

"走吧。"丹妮说。

我们回到客厅，欧文正坐在我们坐过的那张沙发上。看到我们出来，他立即起身，看起来有些紧张："我刚在想……你们三个一起有点太显眼，也许你们在车上应该分开坐。"

我看着丹妮："他说得对。"无论是警方还是那两个男孩，都会记得他们要找的是三个女孩。

"我们不能全都分开坐。"我知道丹妮很担心考特尼。

"或许你们俩可以假扮成情侣或者别的什么。"我说。

"这个主意不错，"欧文说，"这样她就可以靠在你身上，你也可以握住她的手，对不对？"

"我们在温哥华时也不应该一起上车，"丹妮看着我说道，"但我不想留你一个人。"

"我能行，没事的。"我确实不想和两个姐姐分开，但丹妮说得有道理。同时我还意识到，同一辆车接送我们两回也会很奇怪。"也许我应该先去别的什么地方等着？"

"车站附近有个公园，我想你可以去那里等。"欧文说。

"那我们最好快点。"我说。

我们跟着欧文下了楼，走进旁边的一个车库。他们有一辆大卡车，驾驶室是双排座的，欧文正打开后门等着我。我犹豫了，脑海里回荡起加文之前说的一句话——"想去游泳吗？"

欧文看着我。他知道那些男孩对我们做了什么吗？他能看出来吗？我扭头看向其他地方。

"我爸爸，你可以相信他。"欧文说，"我们不会告诉任何人。"

"为什么？"我盯着他的眼睛问。

"他在监狱里待了很多年。现在他对人都十分戒备。"

我想起了瓷器柜下的那把枪。

丹妮站在卡车另一边问道："他犯了什么事？"

"和一个男人在酒吧打架，出于自卫，他杀了那个人，不过他获得了减刑。"

"那他的朋友呢？"我说。

"他也曾蹲过监狱。但他为人很不错——他还教我如何打拳击。他会照顾你们的。"

*****

我们停在了汽车站旁。欧文给了丹妮一些现金。借着卡车仪表盘发出的光亮，我们知道现在已经是凌晨三点了。

"我会陪你们等公共汽车的。"他说，"如果你们想睡的话就睡，我替你们把风。"

我确实已经筋疲力尽、伤痕累累了，但我不想睡觉。

"我没事。"我说。

"我也没事。"副驾驶位上的丹妮也说。我和考特尼坐在后排，她已经靠着车门睡着了。

"记住，在公共汽车上你们要表现得像陌生人一样。"欧文说。

"我们又不是白痴。"我说。

他回头看了我一眼："对不起。我只是想帮忙而已。"

"没关系。"我说，感到有些抱歉。

"途中会经过几个站，"欧文说，"你们大约会在午饭时到达温哥华。"他又看着我，"到站后，你就可以步行前往公园了。"

"我该怎么走？"没有两个姐姐的陪伴，在一个陌生的城市下车，这让我很害怕。

"沿着主路一直向前走。车站有摄像头，所以你不要在那儿过多地停留。"

"我应该现在就出去吗？"我说。

"是的，在车站开门前你都可以坐在外面的长椅上等。我们会在这里看着你。如果有人打扰你，我会过去帮忙的。"

"好的。"我深深地吸了一口气，背上背包爬下车，透过车窗看了一眼丹妮。

"我们在公共汽车上见。"

"别担心，"她说，"这是最安全的方式。"

欧文下了车，从卡车后面抓起一件东西递给我，原来是一个还贴着标签的滑板。

"这会让你看起来像一个滑板小妞。"

我看着滑板，然后又回头看着他。他的脸红了。

"这个滑板，我不要了。"他说。

我能感觉到他一直看着我走到汽车站。我坐在汽车站外面的长椅上，全身缩进他给我的帽衫中。这件衣服有着男孩的气息，不过很干净——不像布莱恩和加文。一想到他们，我就禁不住瑟瑟发抖。他们是否已经回到小镇了？他们是不是正在寻找我们？他们现在肯定巴不得我们死掉。

我低头看了看手腕，织带下的伤痕依然十分疼痛，我攥紧了拳头，咬紧了牙关。

我永远不会再让任何人伤害我。

十二

　　一辆深色的卡车向车站驶来，车速逐渐变慢。我抓紧背包，做好逃跑的准备。我看了看夜色中欧文的卡车，然后又看向这辆越来越近的卡车。是那两个混蛋吗？当它从路灯下驶过，我看到趴在方向盘上的司机头发花白，正在向外张望。是个上了年纪的人。

　　天终于逐渐亮起来。一小时后，公共汽车出现在车站，随着刹车声停了下来。车站大门的锁被打开了，窗户上显示出正在营运的标志。一小时前这里已经聚集了一小撮人，此刻他们都拥了进去。

　　款台后的女人大声地喝着咖啡，看都没看我一眼就收了钱。她的头发乱蓬蓬的，像是刚醒来的样子。我上了车，车内混杂着柠檬清洁剂和呕吐物的气味，我坐到一个靠窗的位子上。我看到两个姐姐走过马路。考特尼的身体无法平衡，摇摇晃晃的，仿佛车辆路过带起的风就能把她吹倒。丹妮扶着考特尼的胳膊，她们先上了车，又下去了一下，然后又上来。

　　她俩从我身边经过，我和丹妮对视了一下，但我们没有说话，也没有微笑。

　　一个胖女人坐到我旁边，她把袋子放到前面的座椅下，然后又用双脚向前踢了踢，就像要把袋子踢爆了一样。她的鞋带把脚勒得紧紧的，都扣到了肉里。她看了我一眼，厌恶地耸起鼻子闻了闻，然后拿出一本书。她并不想和我说话，这很不错。

这辆车到温哥华大约要六个小时，六个小时后我们才能摆脱布莱恩和加文。我望向窗外，看着过往的卡车，每每有戴棒球帽或体形高大的人上车，我都紧张得屏住呼吸。车坐满人便出发了。汽车停在下一个小镇，又上来了一些人。我们没有下车活动，只有需要去厕所时我才会离开座位。我甚至都没有看两个姐姐一眼，但我从余光中看到丹妮靠在车窗上，而考特尼则靠在丹妮的肩膀上睡觉。

我从那个胖女人旁边挤过时，差点坐到她的膝盖上。我坐回车窗旁，数着路过的电线杆，然后随着车子的颠簸睡着了。车子猛地一颠，旁边那个女人一下子抓住了我的胳膊，把我惊醒了。她用奇怪的眼神看着我。

"你做噩梦了。"

"对不起。"我涨红了脸。

自那之后，我一直保持着清醒。

当车子快到温哥华时，我把前额靠在冰冷的车窗玻璃上，望着窗外出神。各色行人、大大小小的汽车、高耸的建筑，无一不让我惊叹不已。

这辆车的停车场位于港口的一个巨大建筑中。我还以为那是一座由混凝土和金属搭建的工业化建筑物，实则却是由石头建造的。司机用麦克风介绍说，这是一座古建筑。我甚至在停车场后面看到了阳光下广阔无垠的蔚蓝色大海。下车后，迎面吹来了带着咸味的海风，正当我准备驻足呼吸时，那个胖女人差点将我撞倒。我拉了拉肩上的背包，抓紧欧文送给我的滑板，然后继续往前走。

出了站，我一边看着摩肩接踵的人群，一边等着两个姐姐下车。考特尼还是一副木然的样子，全身僵硬地走着，不过她至少现在会向四周看两眼了。丹妮的黑眼圈很重，头发也翘了起来。她们牵着手下了车。

丹妮面无表情地看了我一眼。然后一辆褐红色的小货车从停车场对面驶了过来，车门上写着"凤凰拳击培训"的字样。我看不见方向盘后的那个男人，只能瞥到一缕白发和车窗外一只布满刺青的手臂。我记得欧文说过，他爸爸的朋友曾蹲过监狱。

小货车在两个姐姐面前停下，我听不到他们的谈话，但在车门打开后，她们上了车。

丹妮看了我一眼，然后车门关上了。

货车开走了。

我好想追过去大喊：停下，不要丢下我！

小货车驶向公路，然后淹没在滚滚车流中。我看向四周，大多数的乘客都走了。那个胖女人爬上了一辆吉普车，后座上有两条大狗正在舔她的脖子。

另一辆公共汽车停了下来，车上下来的乘客从我身边经过，周围充斥着汽车的喇叭声以及轮胎与地面摩擦的声音。我转过身。我该走哪条路？那个公园在哪里？

一个男人站在马路对面的付费电话旁看着我，我急忙离开了这里。

然后，我想起欧文曾告诉我沿着主路直走。我把背包紧紧地背在肩膀上往前走。每当我身后有车停下，我都会猛地转身去看。我身旁的行人不断拥过，有的会碰到我，有的会用奇怪的眼神看我，当然更多的人根本无暇顾及。此刻我的人生仿若浮萍，有一种随波逐流的感觉。道路左侧应该就是那个公园，一片亮绿，与四周的灰色形成鲜明对比。公园附近有一张长椅，我坐到上面稍作休息，下巴抵住膝盖上的背包。

我仔细观察路过的每一辆车，不知自己还要在这儿等多久。天很热，天空中高挂的太阳炙烤着大地。这时的我口渴难耐，嘴唇干裂，我只是几小时前在车上吃了一个三明治。我还想上厕所，但又怕错过车，所以我哪里都不敢去。终于，那辆小货车停到了我跟前。

一个白发男子摇下车窗："你没事吧，孩子？"

虽然满头白发，但他并不太老，也许只比我爸爸大一点，或许有五十多岁，我无法判定他的年纪。他有着棕褐色的皮肤，淡绿色的眼睛。

"还好。"我起身走近他。丹妮和考特尼坐在后排，考特尼的头仍靠在丹妮的肩上。

他从敞开的车窗里伸出手来："我是帕特里克，很高兴见到你。"

我和他握了握手，不过没有报我的名字。他友善地笑了笑，让我上车。

我在副驾驶位坐下，回头看两个姐姐。丹妮似乎很疲惫，头靠着身后的座椅靠背，眼睛半闭。我扭过身来坐正。车内有一股香草气息，还有一只空的蒂姆·霍顿斯咖啡杯，杯沿呈卷边外翻向下；还有一个烟灰缸，里面堆了一沓刮刮乐，都已经刮开了。

我的眼睛一阵酸涩，想起了从前的时光。丹妮、考特尼和我以前总会从爸爸的口袋里偷零钱去买刮刮乐，如果中奖了，爸爸也会很高兴；如果没有，我们都会失望得不知所措，这时我总会让丹妮再刮一次，但没中就是没中。

帕特里克向我脚下指了指："包里的三明治是留给你的。你的两个姐姐已经吃了。"他把小货车挂上挡，然后掉头上路。

"我们要去哪里？"我边说边从包里取出三明治——里面有烤肉和培根——然后吃了起来。

帕特里克从身后拿了一瓶水扔给我："去我家。我妻子会帮你们收拾收拾，然后我们再聊聊你们目前的状况。"

"你为什么要帮我们？"我一边大口吃着一边问，我实在太饿了，顾不上什么礼节。

"为什么不帮你们？"

"天下没有免费的午餐。"我回头看了一眼，两个姐姐好像已经睡着了。

"也不是平白无故地帮你们。我是为了将来考虑。"

我好奇地看着他："什么意思？"

"意思是，如果某天某人帮了你的忙，那将来你也会帮助他人的。"他又看了我一眼，"有人就曾经帮过我，所以我现在愿意帮孩子们不走我的老路。"

我看着他的文身："你的意思是坐牢？"

"坐牢不过是其中之一。"一阵沉默。"你姐姐的状况看起来比较糟糕。"他低声说道。

"她会没事的。"她一定不能有事。

他又看了我一眼："有些人的做事方式总是和别人不太一样。"

我不知要怎么回答："我们会照顾好她的。"

他说我们现在在温哥华东区，还跟我提了一些温哥华其他的地方，像基斯兰奴、肖内西、灰岬区等。我搞不清这些名字。他说温哥华东区有些比较糟糕的地方——是很多流浪汉和瘾君子的聚集地——也有很多家庭在这儿居住，因为担负不起市区里的生活。车在一家麦当劳外停下，我们可以用里面的卫生间。考特尼现在只是轻微地一瘸一拐了，但我跟她说她现在走起路来似乎好很多了的时候，她说她两腿间仍然有些疼。

等我们从厕所出来，帕特里克给我们买了奶昔。

"你们看起来还是很饿。我可不想让你们咬我的胳膊或者什么的。"他亮起肱二头肌，接着笑了起来。对于他这样一个大块头的男人来说，这么轻柔的笑声听起来真是让人觉得奇怪。

我的嘴角有点不自觉地想要上扬，几乎都要跟他一块儿笑起来了，但最后我管住了自己的嘴。我还不能让自己喜欢他，不能放松警惕。

帕特里克的房子不是很大，只是一间平房，外墙涂着褪了色的米黄色泥灰，而且这泥灰涂得也很勉强。帕特里克把车停到路边，然后下了车。他全身肌肉发达，大腿粗壮，肩膀宽阔，胸大得像桶一样。他让我想起了安格斯—— 一匹克莱兹代尔马。他的T恤上还印着一只振翅欲飞的黑鸟标志。

帕特里克推开铁门。一个戴着红色帽子的小矮人站在花园的一侧，神气十足，像是花园的小守卫，它还系着一条洋娃娃围巾，戴着一副墨镜。丹妮和考特尼直接穿过了花园，而我则停下观望着这个小矮人。

帕特里克微笑着说："是我弄来的。"

房子一侧的通道旁排列着更多的小矮人，每个小矮人都戴着不同颜色的帽子。房子的后花园更是五彩斑斓，鲜花到处盛开，各种神话人物雕像随处可见，不过有的缺个鼻子，有的缺条手臂。这些装饰并不和谐统一，摆放得也没什么规律，估计也没什么理由。菜圃和花圃没有明显的分界，篱笆周围也是树木林立，树枝上挂着一些风铃，有的是金属的，有的是木头的，还有一些鲜花编织的花轮就那么一圈圈懒洋洋地盘在枝杈上。

一切都毫无秩序，却呈现出一种奇妙的美感。

"我在坐牢时，常常跟自己说，总有一天我要有个自己的花园。"帕特里克说道。我瞥了他一眼，他骄傲地微笑着，然后弯腰把一个倒在地上的小矮人扶起来："小猫弄倒的。"

进了屋，里面既温暖又明亮。沙发上铺着钩编毛毯，色彩明亮却并不协调。每个窗台都摆满了植物，枝叶朝阳光射来的方向舒展着。墙上满是照片，装裱在颜色各异的相框中。几只小猫正在酣睡，或卧在沙发靠背上，或卧在椅子上，或卧在房间角落里的猫抓柱旁。地上的地毯也已经有些破损了。我数了数，总共有十只小猫，但不一会儿它们就全都不知所踪了。厨房里有个鸟笼，笼里的小鸟在大声地啁啾——地板上的两只猫不停地甩着尾巴，虎视眈眈。

帕特里克的妻子也是个大块头，穿着一件粉红色背心，一条黑色紧身短裤，一双运动鞋。她的皮肤同样黝黑，笑容很是灿烂，年龄应该与帕特里克相仿，金色的长发扎成马尾甩在背后。

"进来，快进来，我是凯伦。喝杯茶？吃点东西？还是先洗个热水澡？"

"能给我妹妹找个地方躺会儿吗？"丹妮问。考特尼眼睛半闭，给人一种随时会晕倒的感觉。

"当然。"凯伦带我们穿过一个小门厅，来到一间卧室，里面有两张床。考特尼爬上一张床，蜷缩起身子，双手捂着脸。

"我去给你们做点吃的。"凯伦的声音很平静，脸色却很凝重。她走出房间,随手带上了门。

"我又给她吃了一粒药丸。"丹妮说道,然后专注地看着考特尼,像是在数她的呼吸,希望她可以再睡一会儿。

"吃这种药应当谨慎一些。"我说。

"在公共汽车上她哭了起来,还不停地向我要药丸,说药丸能让她忘掉那个噩梦。"丹妮看着我,"你还好吧?你是步行到公园的?"

"嗯。"我对着门口点了点头,"你觉得他们怎么样?"

"他们很友善。"

"你不觉得奇怪吗?他们为什么这么帮我们?"

"有些人就是这样的,杰茜。帮助别人能使他们感觉良好。"

"他们的孩子在哪儿?"

"我觉得他们可能没孩子。不过我在外面看到了一些孩子的照片。"

做饭的声音和饭菜的香味从客厅里传了过来。

"她在做午餐。"我说,"你想出去透透气吗?"

"我要陪着考特尼。"丹妮坐到床边,抚摸着考特尼的头发。考特尼呻吟了几声,声音里充满了恐慌。

"嘘。"丹妮低声说,考特尼平静下来,又开始了深呼吸。

"你觉得他们会找到我们吗?"我问。

"警方……还是那两个?"

"都有。"

一阵沉默之后,丹妮说:"不会,我打赌我们没事。"但我还是捕捉到了她语气中的不确定。她蜷缩到考特尼的身旁,把脸埋进了考特尼的肩膀里。

十三

凯伦递给我一大盘意大利面,我狼吞虎咽地吃完了,然后才发觉有只黑白相间的小花猫在我光着的脚上爬来爬去。凯伦在厨房里忙活着,我用脚踩了踩那只小猫柔软的肚子。我喜欢凯伦边干活儿边喃喃自语的样子。"我把那些钳子放哪儿了?""一定要让帕特里克再修一下那个水槽。"她让我想起了妈妈做饭时的样子,妈妈也会和食物说话,还会把鸡肉丢到锅里,然后命令它们待在里面别动。

妈妈会做的菜并不多,通常是油炸的肉类或土豆,不过我们的厨房里总飘着一股饭香——而且冰箱里也总是装满了食物。她曾说,小时候家里没钱,所以她当时有个梦想,就是以后一定要把冰箱塞满。凯伦和妈妈很像。

我提出帮忙清理厨房。

"没关系,亲爱的,"凯伦说,"去冲个热水澡或者泡一泡,做点你想做的事情,休息一下。今晚你们可以住在这里,明天我们再谈谈。"

我泡在浴缸里,大腿内侧仍有瘀痕,左乳房上还残留着咬痕,上面盖着一层肥皂泡。我紧紧地闭起双眼,然后看到了布莱恩的脸,看到他在我身上折腾,甚至还听到了他发出的声音。我拿起澡巾和肥皂用力擦拭身体，仿佛身上肮脏不堪，拼命忍住才没哭出来。

回到卧室，考特尼和丹妮正在睡觉，灯光投射在她们的脸上。丹妮即使睡着了，看起来也还是很生气的样子。我爬上另一张床，环顾着这个陌生的房间。汽车经过的噪音和街上的争吵声让我有些心慌意乱，我抓过枕头和毛毯，在两个姐姐旁边的地板上蜷缩着躺下了。

次日清晨，帕特里克敲了敲我们的房门。

"如果你们收拾好了，可以出来谈谈。"

我们走进厨房，坐到餐桌旁。盘子里已经放好了食物，每个盘子旁边都放了一杯热腾腾的咖啡。一只猫咪跳上来叼起一块培根，凯伦用铲子把它铲起来，然后放到了地板上。

"走开，洛奇。"

考特尼看起来还是有些警觉，她所有的反应都会慢半拍，而且眼睛一直空洞无神，我很不喜欢她现在的这个样子。她又在向丹妮要药丸了，丹妮让她等一等。而丹妮仿佛坐着就能睡着，似乎现在只想闭上眼睛或者蜷缩在地板上。

今早凌晨两点，我醒了一次，因为听到有脚步声经过我们的房门外，我当时的心跳一下子就加快了。就在我准备叫醒丹妮时，传来了冲马桶的声音，然后房子再次安静下来，但我却睡不着了。床边垂着丹妮的一只手，手指甲剪得很短。我端详起自己的指甲来，有些很粗糙，有些甚至都裂了。我想起了布莱恩那油腻腻的指甲，我闭上眼睛，蜷缩成团，捂住了耳朵。

晕沉沉的我把培根放进嘴里，机械地咀嚼着，眼里好像进了沙子，眼皮异常沉重。丹妮拿过她的早餐，试着让考特尼吃一点，但考特尼只是小口地抿着咖啡。

"你们都叫什么名字？"帕特里克问。

丹妮顿时把眼睛瞪得大大的，她看着帕特里克，而考特尼也显得很害怕。

"我们不能告诉你们。"丹妮说。

"你们需要假的身份证。"帕特里克不是在询问，而是在告知。

"你们能帮忙吗？"丹妮说。

他点点头，仿佛早就料到我们会问。他叉起一块培根放进口中嚼了起来："我可以帮忙，但你们需要提供新的名字，也可以用原来名字的缩写。"

我也紧张了起来，如果我们把名字的首字母给他，那他是否就能猜出我们的真名呢？然后会不会再接着发现我们来自哪里……

"你为什么要我们名字的首字母呢？"我问道。丹妮不耐烦地看了我一眼。

"方便你们记住新名字，而且彼此喊错的概率也会降低。"帕特里克接着说，"我能帮你们弄到出生证明，不过得过几天。你们多大了？"

我对丹妮皱了皱眉，怕她暴露的信息太多。丹妮犹豫了一下，看了我一眼，然后回头看着帕特里克。

"听着，"他往我盘里放了几块培根，"我根本不在乎你们做过什么或者你们来自哪里。我只关心如何帮你们开始新生活。"他微笑着看向正在给他倒咖啡的凯伦，"谢谢，亲爱的。"然后他往自己杯里倒了点奶油，转身对我们说，"所以，你们肯让个步吗？"

丹妮深吸了一口气，然后说："我还有几个月就满十八了。"接着她指着考特尼说，"她十六岁半。"随后又指着我说，"她刚过十五。"

"你们年纪还太小，人们肯定以为你们没有社保号，不过你们很快就会有了——但不能一次全拿到。"他向丹妮示意，"你会最先拿到。"然后他又看着考特尼问，"你有驾照吗？"

"她只有学员证。"丹妮说。

"她应该再申请一个。从现在起，你俩又长了一岁。"

考特尼表情木然地看了他一眼，然后喝了口咖啡。

帕特里克看着考特尼，凯伦也随着他的目光看了过去。我不喜欢他们脸上那种关切的表情。如果他们报警或者送考特尼去医院，那要怎么办？

帕特里克转身对我说："我们会让你还是十五岁，因为你看起来确实很小。"

我的身体已经不是十五岁了，我努力眨着眼睛不让眼泪流出来。我低头看向桌子，培根的油腻味让我觉得有些恶心。

凯伦起身泡了一壶新咖啡。

"你能帮我们找工作吗？"丹妮说，"你有这么大的一个院子。"她恳求着，语气中满是期待，"我们的身体都很结实。"

"你们做过什么工作？"

"只种过地。不过杰茜非常聪明，而且我们做事也很努力。"

"或许我能在健身房给你们安排点活儿，然后你们就可以重新开始了。"

"我们没有住的地方，"丹妮红着脸说，"这附近有收容所吗？我们身无分文……"

水槽旁的凯伦转过身来看了一眼帕特里克。我在想她这是什么意思，是不想让他管我们吗？

"我们稍后再说这事儿。"帕特里克说，"我先领你们看一下健身房。"

*****

健身房和帕特里克的房子隔了几个街区——帕特里克跟我们讲了如何计算城市的街区。健身房是一座旧仓库改的，外面刚喷过漆，看起来很干净，空气中有一股松脂和柠檬味儿，墙上还高挂着一圈裱了框的老拳击电影海报。帕特里克领着我们四处参观：拳击台，他的办公室——里面放着文件和一台旧电脑，成箱的蛋白棒，墙角堆放着哑铃和运动衫。当我们经过那些正在健身的孩子时，他们会停下来跟他打招呼，脸上洋溢着热情，还会向他展示刺拳或勾拳动作。天花板上吊着一些沙袋，墙角放着一些大球，墙壁旁有一沓垫子和几个装拳击手套的箱子。

帕特里克拿来几副手套让我们戴上，然后领我们来到墙角旁一个挂到大约一人高的球体前。他说这是速度球，然后向我们演示了如何站立和击打，如何让被击中的球体再折回来。他出拳的速度很快，我几乎看不清他的双手，这让我们颇为惊奇。

然后轮到我了。

起初我有点不好意思，很难找到出拳的节奏，击打次数越多，越跟不上球的折返频率。我沮丧地看着帕特里克。

"坚持下去，"帕特里克说，"你几乎已经掌握要领了。"

我又试了试，再次调整好身体，把注意力集中到球上，不慌不忙地用右手击打，然后再左手，然后再右手。只一会儿的工夫我就掌握了节奏，每次打中都会感到一股莫名的兴奋。

丹妮更是一学就会，帕特里克说她是天生的拳击手："你很有天赋，孩子。"

这么久以来，丹妮第一次笑了，她每次击中，脸上都会露出一种坚毅的神态，她的击打声强劲有力。啪、啪、啪。

我为她感到高兴，手指不自觉地想去抓相机，不过自它被布莱恩摔坏后，我就再没从背包里把它拿出来过。

帕特里克把手套系到考特尼的手上，然后给她示范了几个动作。考特尼仿佛瞬间醒了过来。她走到墙角的一个重沙袋前，连续快速地出拳击打——一遍遍地、毫无章法地、疯狂地打。沙袋发出巨大的响声，她每次出拳都要呼喊一声，而声音中带着哭腔。几个孩子惊讶地看着考特尼，不过帕特里克示意他们走开。我的眼泪顺着脸颊流了下来，丹妮也满脸痛苦，眼睛直直地看着考特尼对着沙袋发泄。

她终于停了下来，气喘吁吁，然后转身对帕特里克说："你能教我们如何保护自己吗？"

"当然，没人再敢惹你们。"

再？我想知道他猜到或知道了多少。他会试图弄明白我们的来历吗？我希望不要。向受了惊吓的孩子提供帮助是一回事，但如果知道这个孩子是杀人凶手，恐怕就是另一回事了。

"来吧，"他说，仿佛他已经感觉到我们精疲力竭了一样，"我领你们上楼看看房间。"

"什么房间？"丹妮疑惑地问。

"楼上的房间也属于健身房。租户刚刚搬了出去。房间不是很大，但你们可以住在这里，直到恢复健康为止。我可以给你们找点事做，就当抵租金了。"

他说得没错，这是一个两居室的公寓，就在健身房的楼上——在这儿甚至能听到楼下的击打声。不过我喜欢这样，吵闹声和附近来往的人群能让我有安全感。厨房里有几个壁橱、一张淡黄色的拼接桌、一个单槽沥水池、一台小冰箱和一个炉子。还有一间浴室，浴室里的瓷砖有些已经脱落了，浴缸也锈迹斑斑。这里一共有三张床，床上有单人睡袋，沙发上铺着钩编毛毯，另外还有几个梳妆台。

"这儿有一些水壶、盘子之类的餐具。"帕特里克说。

"很不错，"丹妮说，"我们非常感激您所做的一切。"

我拉开窗帘，透过窗户往外看。下面有一些房屋。一个妇人正在阳台上往箱子里种花。我们的新住处也有一个小阳台，我寻思着给丹妮弄些种子来。

我又向远处看了看，确保没人能从下面爬上来。

"是的，非常好。"我说。

两天后，我们和凯伦、帕特里克一起吃早餐。我盯着手中的压膜卡片，端详着上面的名字。

"那是你的，杰米。"接着帕特里克也递给了考特尼一张卡片，"这是你的，克里斯特尔。"然后他把最后一张卡片递给了丹妮，"这是你的，达拉斯。"

几天前，我们三个曾坐在黑暗中讨论新的名字。考特尼选了"克里斯特尔"，克里斯特尔·盖伦。丹妮想叫"达拉斯"，这是妈妈最喜欢的一档电视节目的名称。而我斟酌着自己的名字，试了几个可能的发音，珍妮、詹妮弗、朱厄尔、吉利安、乔斯林和杰基。

最后，考特尼说："杰米。你应该叫杰米。"自那天在健身房发泄后，她的话逐渐多了起来，"跟杰茜·詹姆斯①有点像。"

"《逃犯》②？"

她苦笑了一下："为什么不呢？"

杰米。我喃喃地默念了几次。我已经不再是杰茜了，我可以变成杰米。我可以过一种全新的生活。

我又看了一眼新的身份证。杰米·考德威尔。我看向丹妮，她正盯着厨房墙壁上的一张男孩照片出神。那个男孩二十几岁的样子，和帕特里克长得很像，身形魁梧，同样有着淡绿色的眼睛，不过头发是黑色的。他穿着拳击短裤，戴着拳击手套，摆出一个拳头贴近面部的造型，一脸严肃。

帕特里克顺着我们的目光看了过去："那是史蒂芬，我儿子。"

从帕特里克的表情来看，他不希望我们过问他儿子的事情。丹妮低头看向她的身份证，面色绯红，好像因为被发现盯着史蒂芬的照片看而感到尴尬。我看了一眼凯伦，她正在翻炉子上的鸡蛋。她把蛋打坏了，此刻正试着把它们弄到一起，她小心地刮着蛋液，低声地咒骂着。

在接下来的几周里，帕特里克教会了我们如何清扫健身房以及做前台工作。帕特里克给我们的工作不算多，所以我们必须再找点其他活儿干。一旦我们赚到了钱，我们一定会凑起来向他付房租的，不过他说会给我们便宜点。

丹妮和考特尼很快就找到了服务员的工作，不过大都要晚上出去，而我却没有什么工作机会，所以只能干巴巴地在屋里等她

① Jessie James，一个美国女歌手。
② The Outlaw，杰茜·詹姆斯的一首歌。

们。我非常不习惯一个人——楼道里的每个声响都能让我心惊肉跳。我还会想到爸爸，想到我们小时候常常等他回家等到很晚，还会想起最后那晚爸爸的靴子踩在楼梯上的声音。我会联想到天堂和地狱，不知道自己死后会怎么样。我杀死了爸爸，妈妈会不会因我而感到羞耻？

除非哪个姐姐回来，否则我是不会上床睡觉的。

我在健身房帮帕特里克打理他的办公室，更新会员信息。

"最好把资料都存到电脑上。"他说。

"没问题，我在学校学过。"我如释重负，感觉终于有事可做了，等我忙起来就不会胡思乱想了。

凯伦教考特尼如何做有氧运动，考特尼很快就掌握了。我喜欢看考特尼做各种复杂的动作，喜欢看她随着音乐上下跳动。她把头发染成了铂金色，扎成了马尾。我和丹妮则只是把头发颜色染得更深了些，现在有点像巧克力棕。我喜欢这个颜色，它让我的眼睛显得更绿了。丹妮也很适合深一点的发色，她仍留着短发，而且还会不断地尝试新风格，这天把头发弄得直直的，那天又弄得凌乱蓬松。不过，短发让她看起来更成熟。我也想剪头发，但凯伦说我现在的发型就很好。某天晚上，凯伦在帮我修头发时给我剪了个刘海，还告诉我如何用吹风机把头发拉直理顺，这样头发就能帮我遮挡锁骨了。她还说刘海能让我看起来比较神秘。对此我并不太确定，不过我喜欢让自己看起来与众不同。

我的外表看起来就像我的新身份了，杰米。

我们每天都在适应彼此的新名字，也会用新名字呼唤对方，即使上床睡觉了也会一遍一遍地重复。我看着考特尼，脑海里不断地重复着克里斯特尔、克里斯特尔、克里斯特尔。但我知道她是考特尼，所以每次开口前我都要想想她的新名字，尤其是当旁边有人时。面对丹妮时也是如此。她的新名字与她的短发很配。她穿着帕特里克给我们的工作服在健身房里走来走去，梳向后脑的头发湿漉漉的，黝黑的胳膊充满了力量，在练习刺拳和勾拳的几小时内，上面的肌肉不断地隆起又收缩。

早晨我常会不断地念叨自己的新名字，仿佛它是一件新装备。我尝试不同的走路姿势，想让自己有所改变，我架起肩膀，让眼神带有攻击性。——杰米。我用充满自信的声音接听电话："这里是凤凰拳击馆，请问有什么可以帮您的吗？"对于把文件存到电脑里和搬运箱子，我做得越来越得心应手。一切都在好转，也许我们真的可以开始新生活。但我依然有所恐惧——恐惧布莱恩和加文，害怕警方会找到我们，担心现在的一切会瞬间分崩离析。

我和考特尼共享一间卧室——丹妮的房间在客厅对面。好几次我都从噩梦中大叫着醒来，还有几次是被考特尼或丹妮的大叫声惊醒的。我还听到过考特尼和丹妮的哭声。我无法确认是谁在哭泣，但无论是谁，都没什么差别，因为我们承受着同样的痛苦和梦魇。

有时候我会把房间的门锁逐一检查个遍，然后慢慢地穿过客厅，坐到扶手椅上，眼睛盯着大门，一坐就是好几个小时。

我们没有再谈到爸爸或是在卡什溪发生的一切。我们也再没有提过以前的农场、老房子、英格丽德、沃尔特或科里。他们似乎全都不存在了。

帕特里克和凯伦从没问过我们为什么早上会有那么重的黑眼圈——我们经常从健身房步行到他家与他们共进早餐。凯伦会和考特尼讨论她想创作的音乐，而帕特里克则告诉丹妮，他打算教她新的组合拳。他们还会往我的盘子里放很多吃的，凯伦总是大笑着说："你太瘦弱了，应该多吃点。"

帕特里克一直在教我们三个拳击以及如何自卫。他说等我们再大些，还有很多适合我们的拳击课程，我们还可以成为合格的健身教练。他已经跟丹妮签约，准备让她做健身教练了。

他对别人说我们是他表兄家的孩子。我们的父母在车祸中去世了，因此他负责抚养我们，一直到我们能独立生活为止。

他也提到了上学的问题："这个街区有所学校，但如果他们要证明我是你们的监护人而查看文件的话，事情就会比较棘手。"

"我不在乎学校，"考特尼说，"反正我也学不会。"

"你们俩呢？"他问我和丹妮。

"我想拿到一个高中同等学历①。"丹妮说。

"我也想。"我说着，有一种想哭的感觉，我使劲把眼泪憋了回去。

丹妮看着我说："你学习很好，你喜欢上学。"

"没关系，"我说，"一个同等学历也挺好的，我可以大点了再读个专科或大学。我还可以上夜校。"

帕特里克点点头："不要放弃你们的梦想，姑娘们，你们有很多条路可以选择。"

当白天在健身房没什么事情后，我就会去垃圾桶里、水沟旁和马路两侧捡些瓶瓶罐罐，这样可以多赚点钱。不过，在这些大街小巷穿梭时，我一般都有些紧张，所以在天黑之前我一定会赶回家。有时我还会去自助洗衣店做些叠衣服的活儿，也能赚点小钱。丹妮工作很努力，除了健身房的工作，她还在饭店当服务员，每次回来都浑身是汗。凡有加班，她都会去，而且还经常把

---

① GED，相当于高中文凭，为因各种原因未获得高中毕业文凭的人提供了一些机会。

剩饭剩菜塞进背包带回来。考特尼在一家简陋的饭店工作，并且已经开始和店主的一个儿子出去闲逛了。她现在瘦得皮包骨头，脸上颧骨突出，有时候天快亮了才回来。我们起床时，她会踉跄着从床上爬起来，然后把皱巴巴的钞票往桌上一扔，再穿上衣服去健身房。

一天晚上，我和丹妮谈到了这个问题。

"是毒品，我敢肯定，"我说，"她在制毒和贩毒。"

"等她回家后，我们跟她谈谈。"

然而当我们试图与考特尼聊一聊时，她却轻描淡写地敷衍道："我很好，没事。"

"那钱从哪儿来的？"丹妮问。

"我交了些新朋友，不用担心。"

丹妮跟着她进了卫生间："这里面肯定有事——我们不想要这种钱。"丹妮把钱扔到了地上。

考特尼转过身来："你现在开始在乎法律了？"

"我们不能再惹麻烦了。"丹妮说。

"住手吧，考特尼，"我说，"如果警察抓住你，他们会弄清楚你的身份，那我们就真的有大麻烦了。"

"好吧，听你们的。"她说。

此后，她不再往家拿钱了，还会把赚到的小费上交，但她依旧经常晚上出门，有时甚至都不回来。晚上只有在听到开门声后，我才能入睡，往往先是考特尼的手包被扔到地上的声音，然后是床垫弹簧发出的吱呀声。她有时候还会爬到我床上和我一起睡，她那温暖的后背与我相靠，然后我们便会听着彼此的呼吸声迷迷糊糊地睡着。

有几天，考特尼会表现得非常好，大多时间都只在屋里转悠或去健身房工作，工作的时候也很专注。但过几天，她又会表现得接近癫狂，要么说个不停，要么一言不发，会在床上蜷缩几个小时，或者盯着墙壁不断酗酒。

有一天，丹妮实在很生气，于是指责考特尼把钱都花在了啤酒上："你现在简直就是一个祸害。"

"酒是别人给的，"考特尼说，"而且，我一直都是个祸害。"她苦笑了一下，然后高高地举起啤酒杯说，"干杯。"

不久之后，考特尼开始从健身房翘班。丹妮简直快气疯了，她说帕特里克和凯伦会把我们都赶出去的，不过考特尼对此满不在乎。

"他们不会赶你们的。"

"如果你一直翘班，那就不要在健身房干了。"

"好。"

从那以后，考特尼只在饭店工作。我们一直担心帕特里克和凯伦会不高兴，但他们似乎比较理解，只是问了问考特尼现在在做什么，而且说随时欢迎考特尼过来吃饭。凯伦总是用一种体贴而又困惑的表情看着考特尼，还会往她的盘子里放很多吃的，但考特尼几乎动都不动。然后，有件事一直让我惴惴不安。

在逃离卡什溪的三个月后，我意识到自己可能怀孕了。

十四

前两个月没来月经时，我并没有多想。我的月经从来就没有规律过——以前我也曾遇到几个月都不来的情况，有时也只有那么一星半点——所以我以为一切正常。但到了第三个月，我开始有些担心了。我等啊等啊，每天早上醒来都盼着大姨妈来了。又过去了几周，我一直没告诉两个姐姐，心里仍希望它什么时候就来了。

但它一直没有来。

丹妮一个人在房间里，她在用砂纸打磨着一面全身镜的木质框架。丹妮经常会把巷子里被人丢掉的一些东西捡回来，比如旧椅子、咖啡桌、沙发、花架以及不配套的餐具等。我们把茶巾挂起来当窗帘，把桌椅涂上不同的颜色，在橱柜上贴上各种花瓣图案，这里渐渐有了家的感觉。

"出了点问题。"我说。

"考特……克里斯特尔吗？"

"我。"

她皱了皱眉："你生病了？"

"我有一段时间没来月经了。"

她看着我："有一段时间是多久？"

我忍不住想哭："自从……你知道的，然后就没来了。"

她像是被我打了一样，往后猛地一靠，直接把镜子靠倒在墙角。然后她慢慢地走过来，瘫坐到椅子上。

　　"该死。"她说。

　　我们从未提到会怀孕。我还记得在离开卡什溪一个月后的某天，丹妮和考特尼从浴室出来时脸上那如释重负的表情，但她们却从没问过我的月经状况。

　　"我们应该测试一下。"她说。

　　我拿出一个试纸放在桌上，那个试纸转了几转，像个罗盘一样。

　　"你从哪里弄的？"

　　"偷的。"

　　"你不能再偷东西了——你会被抓的。"

　　"买一个要二十美元。"

　　"你可以去看医生，他们能免费为你检测。"

　　我简直不敢相信她还能跟我说这些废话，然后我意识到，她只是被吓坏了。

　　"我不知道还可以免费。"我说。

　　"你自己已经试了吗？"

　　"没有。我很害怕。"

　　"也许是因为压力太大，才会推迟。"

　　我不喜欢她脸上那绝望后又充满希望的表情。我扫了一眼镜子，镜子里的我与她有着同样的表情。

　　"或许吧。"

　　但是，那条短线变成了蓝色。

　　那天晚上，当考特尼回来后，我们把这件事告诉了她。她重重地坐到沙发上，一脸震惊地抬头看着我们。

"太他妈逗了。我们该怎么办？"

丹妮蜷着腿坐在另一张沙发上。我缩在沙发一角，手在肚子上使劲地压着，好像这样就能把孩子挤出来一样。我感到局促不安、羞愧难当，感觉自己让大家失望了。

"堕胎还来得及吗？"丹妮问。

"不知道，"考特尼说，"是不是有地方可以做掉这个月份的？"

我不喜欢她们这样讨论我，她们甚至都不问我的意见，就好像我不在跟前一样。我端详着我的脚——很小巧，跟母亲的很像，婴儿的脚趾上应该不会有指甲吧？我感到一阵剧痛，我要是能跟它说话该多好啊。

"也许我们应该找人说说这事。"我说。

第二天，我们去了免费诊所。医生给我做了检查，采了血，最后确认我怀孕了。我讨厌医生把手放在我的身体上，也讨厌他冷冰冰地问我月经情况以及上一次的性爱时间，最让我痛恨的是，我不得不告诉他，是夏天时一个男孩让我怀了孕。但让我欣慰的是，丹妮一直在检查室陪着我。当她向医生询问有关堕胎的事情时，医生一开口，那充满警告的语气就让我知道，一切已经来不及了。他说："已经过了头三个月了……"他递给丹妮一沓小册子，然后我们离开了诊所。

回到家，我把自己锁在房间里，逐页翻着这些小册子。我可以听到考特尼和丹妮在厨房低声说话，我知道她们在等我出去，以便能讨论出个应对方案。在回家的公交车上，我们几乎没有说话，我甚至都没看她们一眼，我讨厌她们眼中那焦虑的神情，我知道她们在想什么。

我裹着一条毯子走到厨房，然后蜷缩到桌子旁。

"想吃点东西吗？"丹妮问，"或者喝点汤或者茶？"

"不了，谢谢。"我说。

丹妮在我对面坐下："那个医生就是个蠢蛋。你还是能堕胎的。考特尼可以让她的朋友……"

"已经有牛油果那么大了，"我说，"它能听到我的声音。"

"那么，你打算怎么办？"丹妮并没有太崩溃，不过我可以感觉到她的恐慌。

"不知道。"我说。

"我们不能留着它，"考特尼说，"我们几乎连自己都养活不了。帕特里克和凯伦也会把我们赶出去的。"她提高了嗓音，但恐惧让她有些呼吸不畅，"如果它长得像他，怎么办？"

"我需要时间想一想。"我说。

"你没有太多时间了，"丹妮说，"现在已经十六周了。"

"我知道！我只是需要想想。"我面前的大门"砰"的一声被关上了。

"杰茜，你不能……"

"让我一个人待一会儿。"我从桌旁站起身，回到了房间里。

接下来的几天，我们没有再谈论这个事情。不过即使我们不在同一间房，我也能感觉到她们在等我的答案。我尽可能地躲着她们，有时候会独自呆呆地坐上好几个小时，盯着日历感受时间的流逝。我一遍遍地翻着小册子，凝视着上面的胎儿照片和他们那纤细的小手。我又独自去了趟诊所，和另外一个医生谈了谈。这个医生向我解释了晚期流产存在的风险以及可能引起的并发症。我必须尽快做决定，但恐惧让我不知道该怎么办。

我常在半夜醒来，感觉胸口被压得喘不过气来。我想到了爸爸。我已经杀过人了——如果再堕胎，那我是不是就又杀了一个？但如果不堕胎会怎么样呢？我能忍受分娩的痛苦吗？孩子会怎么样？我又会怎么样？

一个星期后，在丹妮和考特尼吃早餐时，我走了出来。我拉出一把椅子坐下，她们抬头充满期待地看着我。

"现在已经太迟了。"

丹妮看起来很生气："如果一周前处理掉，你——"

"已经太晚了，"我说，"我会把它送人，送给那些想要孩子的人。他们永远也不会知道那件事，孩子也不会知道。"

"你确定要这么做吗？"丹妮问道，"你要在经历过所有生孩子的痛苦后，再把它送人？九个月——怀孕九个月后，你就必须把孩子生下来了。"她的语气很重，不容置疑，好像我是个小孩一样。

"我知道这意味着什么，丹妮。我怀孕了，但我没傻——而且，是四十周，不是九个月。"

我的怒气以及刚刚所说的话让丹妮颇为惊讶。一直以来她都习惯掌控我们的生活，习惯领着我们四处奔波。但这是我的身体。

"我会把它送人的。"我说。

"你必须告诉他们。"丹妮说，她仍坚守着属于她的权威，让我自己去告诉凯伦和帕特里克，以此来惩罚我的独断专行。我又感到一阵恼火，心里有些怪她。如果她之前听我的，我们就不会去到那个小镇上了。但我甩掉了这些想法。这一切并不是她的错。

第二天，我把事情告诉了帕特里克和凯伦。

凯伦看起来惊慌失措："你……你知道该怎么办吗？"

"我想把它送人。"

"孩子的父亲……"

我摇了摇头。考特尼放声哭了起来。

帕特里克看着她，然后回头看看我："无论你想做什么，孩子，我们都会帮你的。"

"我们还可以留在这里吗？"我问。

"当然！"他们异口同声地说道。

他们对我们竟然还在担心这些事情感到十分惊讶。我悬着的心终于放了下来，但内心深处依然有种无法言语的痛苦。事情就这么决定了。

我要生个孩子。

我对分娩十分恐惧，根本没办法看凯伦送我的那本书，那些内容只会让我更加紧张。我感觉事情已经到了我无法控制的地步——而且似乎会带来一种很大的伤害。我越来越感觉我的身体不再只属于我一个人，仿佛有个外星人或者寄生虫在里面左右着它。

我们没有对外声张，但我觉得健身房的人只要看我一眼就好像什么都知道了，所以我根本不敢和他们对视。我会在诊所的等候区观察其他孕妇，她们手上都戴着戒指，一脸的幸福，而且会用一只胳膊护着自己的肚子。我的肚子还不显，她们如果知道我也怀孕了，不知会作何感想，会把我看成荡妇或者坏女孩吗？我也不知道自己这么做到底是对还是错。

到了第五个月，腹部开始微微隆起，我不得不穿上肥大的T恤，用松紧带系上牛仔裤或者穿宽松的运动裤。凯伦负责保障我的饮食，并让我按时服用维生素。我找了一名新的医生。她知道我打算把孩子送人，但她很友好，每次检查也都会轻轻的，而且还会等我把身体放松下来再开始。在做超声检查时，我比较冷漠，但她会告诉我孩子现在处于哪个阶段，还会指着孩子的手脚给我看。我努力不去想这孩子是我的或是他的，仿佛我是在替别人怀这个孩子一样，而照顾它只不过是我的一份工作而已。

我曾去过一家收养机构，不过目前还没有确定人选。所有人都不符合我的要求。我不想要这个孩子，但也不想让别人亏待它，我不想让它有个像我爸爸一样的父亲。至少现在，我还有帮它选择的机会。

考特尼已经开始在沙发上睡觉了。她解释说自己回家太晚，不想打扰到我。但我知道她在生气，她从来不看我的肚子。丹妮还好一些，甚至有时会暖心地给我泡花茶或者给我加条毛毯。但是，在她看到我的腹部时，我能够看出她一脸的焦虑和不安。

肚子越来越大。我洗完澡站在镜前，已经看不见自己的肚脐了，而且乳房也越来越饱满。孩子开始在肚子里活动了，我能感觉到它在里面滚来滚去的。躺在床上的时候，我还能感觉到它在踢腿伸展，甚至还用手抓挠我的内脏，好像要破腹而出一样。

一想到孩子的长相，我就有些害怕——不知道它会长得像谁？医生曾问我是否想知道男女，我说不想。有时闭上眼睛，我会看到布莱恩的脸，不知道宝宝会不会像他。我为这个孩子感到难过——这不是孩子的错，它并不知道自己有一个邪恶的爸爸和一个不想要它的妈妈。我的姐姐们几乎绝口不提孩子的事，只有一次丹妮提到我们在"把孩子送人后"会做些什么。

我总是感到饥饿，不过丹妮从不抱怨我们的食品账单。帕特里克给我找了一份工作，是在一家酒店的洗衣房干活儿——他曾帮那个男人的孩子摆脱了困境。肚子越来越大，屁股和双腿也有些疼，我只能摇摆着走路，但我不能让孩子拖慢我干活儿的速度。

有几次当我感觉它在动的时候，我把手放到肚子上，然后竟然摸到了它的小手小脚。我第一次产生了一种负罪感，赶紧把手拿开。我静静地坐在黑暗里，几分钟后又不自觉地开始用手抚摸腹部。我们有台老旧的电视，我开始给它讲我在看的节目，有时候我还会把一盘食物放在肚子上。当姐姐们在家时，我是绝不会这么做，也不会跟她们说孩子在踢我或者打滚什么的。有时候我的整个腹部都会动，仿佛它在我的腹中做着杂耍一般。

我对分娩有些恐惧，每当晚上想得有些害怕时，我就会想别的夫妇有多么开心，会想有些人要等很多年才能要到一个宝宝。我还会想象他们的房子，想象他们如何装饰婴儿房，如何为宝宝精心准备礼物以及又会多么地疼爱他们的宝宝。

凯伦曾试着与我谈论我们的过去，以及我们对父母的感觉。

"你们在老家时过得很艰难？"她问。

"是的，"我说，"我们不想谈论那些。"我希望这样的回答能让凯伦不再提问。

"你们不想和其他人说说都发生了什么吗……"她盯着我的眼睛看了一会儿，"我是一个很好的倾诉对象，社区里有一些不错的互助项目，而且援助小组……"

"我们很好。"

她点了点头："当然，你很好。但如果你改变了主意，想聊一聊的话，可以找我。"

"好的，谢谢。"我知道我们是绝不会改变主意的。

但她说得没错，她是一个很好的倾诉对象。她常常坐在健身房跟那些来健身的青少年谈论他们在家或在学校遇到的问题，有时候我也会去听听。我很奇怪，为什么她和帕特里克没有自己的孩子？

"你想过要个孩子吗？"我问。

她微笑着说："想过，但一直没怀上。帕特里克的儿子是他和前妻生的。"他们对自己的过去也不愿多说，但有几次我们单独在一起时，她跟我说了一点，可能是因为她比较同情我吧。她说帕特里克在监狱服刑时，他的儿子开始吸毒，然后就被一些毒贩杀害了——头部中枪而死。

"这对帕特里克的打击很大，很大很大。"

"这就是他一直在帮助其他孩子的原因吗？"我问。

"这也是我把你们视为己出的原因。"她的目光移到我的腹部，然后又移开了，"我要回去干活儿了。"

丹妮和考特尼很多时候都不在公寓里。丹妮通常会在健身房，而考特尼不是在工作就是在聚会。有时候我想，不知道是不是因为她们不愿意和我一起待着，她们好像还在为我没打掉这个孩子而生气。有一天晚上，考特尼醉醺醺地回到了家中，盯着我的腹部看。

"那么长时间，你为什么不说？"她质问道。

"我也不知道的。"

她痛苦地大笑起来："别逗了，你肯定知道。"

"别打扰她了。"丹妮说。

我躲进房间大哭起来，心里想着考特尼的话。我知道吗？难道是因为我不太想面对吗？想想怀孕最初的几个月，我一直不太确定，除了恐惧，我什么都不记得了。

丹妮喜欢拳击，也喜欢和其他青少年一起训练。她甚至还给一些小孩子上过一堂课。我只是帮帕特里克做些办公室的工作或者在酒店洗衣房打工。没活儿干时，我就学习高中同等学历的课程。考特尼没以前那么伤心了，但她参加的聚会实在太多，而且还时常和丹妮激烈地争吵。她也会和健身房的一些男孩出去闲逛，这些男孩以前不是毒贩就是黑帮分子。在丹妮警告她这些人很麻烦时，考特尼只是对着丹妮大笑。

"还能发生什么更糟糕的事吗？"

几个月过去了，我取得了高中同等学历。我也和收养机构见了几次，在我翻看他们提供的家庭照片时，我会观察那上面男人的脸，会想他们是否酗酒，是否人品不好。丹妮很了解我的想法，她告诉我必须尽快选定一个家庭。我跟她说我会的，但一晃又过去了几个星期。

在怀孕的最后三个月，我依旧每天都去酒店工作，如果有人需要换班，我还会值夜班。在四月中旬的一个晚上，我觉得下体有液体流出，好像小便一样，但我知道那不是小便。我跑到卫生间，看到内裤湿了，我把内裤卷成一团塞进了垃圾桶。在我感觉双腿之间流出的液体越来越多时，我下楼去找了经理。我给丹妮打了个付费电话，然后她陪我坐帕特里克的小货车去了医院。考特尼出去了，没在家。

我很害怕，第一轮宫缩比我想象中的任何事情都可怕，身体检查也很可怕，医生的手向上深入我的体内。他们给我服了止疼药，但还是很痛。我无处可逃，只能呜咽、哭泣。我走进产房，泡在浴缸中，但根本无济于事。

我一整夜都在折腾，一直到第二天早晨。护士们盯着监控器做着笔记，不断地调整缠绕在我腹部的带子，还低声对我说我应该尝试在宫缩间隙休息一下。下午早些时候，宫缩间隔越来越短，阵痛也越来越强。每次喘息，我都感觉喉咙像是着火了，我的嘴唇很干，都有些开裂了。丹妮脸色发白地用勺子喂了些冰片给我，帮我向后梳理着头发，还给我盖上了透气的衣服。

"你做得很好，"她说，"很快就好了。"几小时前她就这么说过了。

"考特尼还没来吗？"

"她晚点就会来。"

即使疼痛和药物让我有些昏沉，我也知道这意味着什么。

考特尼不想看到这个孩子。

宫缩如海浪般汹涌而来，迫使我向前弓起身子。

护士把我的双腿分开，告诉我用力。我向下使劲，然后感觉有什么东西撕裂了。

他们让我摆出不同的体位，把双脚放在一根金属杆上。我想结束，想快点结束。我求他们帮帮我，帮我赶快结束这一切。他们不断地鼓励着我。丹妮握着我的手，擦拭着我的额头，低声在我耳边说："坚持一下，用力。"

痛苦仍在继续。我在床上不断地扭动，恳请他们帮我缓解痛苦："求你们了，我做不到，把它取出来吧！"

然后我感觉有东西冲了出来，身体的压力顿时缓解，他们把婴儿放在了我的胸前。

"是个女孩！"医生说。

婴儿大哭起来，她的嘴巴张着，小手在空中挥舞。我把小手指递给了她，感觉她的小嘴马上就闭上了，太奇妙了。他们把孩子抱去检查身体、称体重，还给我们做清理。我在床上看着她大哭，有种要爬起来抱她的冲动。然后护士把孩子抱了过来，再次放在我的胸前。

"她不想喂她。"丹妮说。

但我已经把宝宝引导到我的乳头旁边了。

"我只是想试试是什么感觉。"我说，尽管那位想领养孩子的女士正在外面等着我做最后的决定。丹妮在医院给这个女人打了个电话。她往后退了一步，一副受到惊吓的表情。

护士走了过来，抚摸着婴儿的头部，调整着她的身体，让她的下巴后仰，嘴巴张开。

"你做得很好，是一个天生的母亲。"

我成了母亲。我怔怔地看着婴儿，她的小嘴吮吸着我的乳房，她有着漂亮的眉毛，湿漉漉的黑头发。

"我去给你拿些吃的。"护士离开了产房。

"你不能留下这个孩子。"丹妮说。

我抬头看着她："我知道。"

"那你这是在做什么？"

"我只想喂喂她。"

"他们有奶瓶。"

"你不明白的。"我哭了起来。我的身体很虚弱，没办法推开身边的孩子，各种情绪涌上心头，让我伤心欲绝，"一旦把她送了出去，我就再也不知道她过得怎么样了。"

"这样更好。"

"对谁更好？"

"对所有人。你才十五岁，杰茜。为这个孩子想想吧。她应该拥有一个能好好照顾她的家庭。"

愤怒感深深地刺痛了我："我会好好照顾她的。"

"你没有钱。"

我再次低头看着婴儿，强忍着眼中的泪水："明早我就把她送人。"

"如果你再拖延下去，事情就更难办了。"

"你不知道，"我几乎喊了起来，"你一直都不知道什么才是最好的！这是我的孩子——不是你的。"我们谁都不再说话了。婴儿低声哭泣着。丹妮看着我，眼中充满了泪水。

"我会陪着你。"她退让了，声音听起来很难过。

"我只想一个人待着。"

那一刻丹妮看起来很受伤："你确定？"

"是的。"

她把她的东西收拾了一下，在门口站了一会儿，好像还想说点什么，最终还是转身离开了。

护士给我送来了晚餐。我吃饭时，宝宝就靠在我的胸前，像个温暖的小肉团。护士让我休息，我点了点头，不过依然没法入睡。我透过医院窗户望着外面的天空。世界如此之大。我又低头看向宝宝，看着她那小小的指甲，以及前额上软软的头发。我仔细端详着她，在她的身上寻找他的影子。但我只看到一个婴儿，一个特别脆弱的小家伙。我一想到她在这个偌大的世界即将没有亲人，独自生活，我就憎恨自己那无助的感觉。谁能保护她？谁能确保她不受到伤害？

第二天早晨，我提醒自己，必须做出决定了。

第二部分

斯凯拉

十五

2015年7月

　　健身房里有些悠闲，只是偶尔传来杠铃的哐当声。扬声器里的音乐重复播放着，我也不管它，正好有机会去Sound Cloud①上找些新的曲调——只要我能保证和每个客人都打招呼，帕特里克就基本不介意我在前台玩自己的笔记本电脑。在这儿总比坐在家里无所事事的好，家里只有电视机与我相伴。有时候，假期时我也会来这里。我喜欢在奶茶吧跟这里的常客说说话，喜欢听他们讲自己和男朋友或女朋友以及在工作中遇到的问题。现在就有一个常客正在奶茶吧签到，这个家伙叫戴夫，我觉得他迷恋达拉斯，不过达拉斯从未正眼瞧过他。

　　"好好锻炼哟！"我说。

　　"谢谢，斯凯拉，"他说，"你给达拉斯的单车课剪的混音太棒了，也能给我录一张吗？"

　　"没问题！"

　　我现在还不能在酒吧或者俱乐部播放我的音乐，但我会在Sound Cloud和YouTube②上分享我的混音，而且我已经有很多粉丝

---

① 一家德国网站，提供音乐分享社群服务。

② 一个视频网站，注册于2005年2月15日，用户可下载、观看以及分享影片或短片。

了。我甚至给自己取了个DJ名——"百灵鸟（Lark）"，因为小时候妈妈常叫我"云雀（Skylark）"①。把流行歌曲重新排列或混搭非常有趣，我喜欢把耳熟能详的流行乐重新组合，然后以一种新的方式呈现给大家。

在刚刚过去的一小时里，我一直在编排一个合集，然后是我的下一个YouTube视频，不过现在我只是在笔记本上信手涂鸦着线条人物。我的双手不能闲着，不然我就会觉得自己变懒了。当我还是个孩子时，妈妈曾教我如何用纸折小鸟，但因为我一直坐立不宁，所以妈妈差点气疯了——每当这时她就会抓住我的手，以求我能安稳些。

我抬头看到有几个男孩正在拳击台上对打，其中有个男孩叫亚伦，他总想跟我说话，而他此刻抓到了我正在看他。

"嘿，斯凯拉！要不你来做我的水之少女②吧？"他摆出姿势，大笑着炫耀他的肌肉。

我翻了个白眼，然后看向了别处。他很可爱——有点街头男孩的味道，剃着光头，身上文着文身，脸上还有一条吓人的伤疤。不过我是绝对不会让他知道我对他的看法的，而且他也不是我喜欢的类型。他太大男子主义，还很自以为是。

我很想知道他那条伤疤是怎么弄的，不过直接问他会显得我太粗鲁，而且还会让他觉得我对他有兴趣，或者产生什么其他愚蠢的想法。

我低下头继续涂鸦，在人物的手臂上勾出了肱二头肌，又画

---

① 云雀的英文是Skylark，斯凯拉的英文是Skylar，两个词语的拼写、读音都相仿。
② 《水之少女》是一款游戏，内容大体是，数年不曾归乡的主角回到家乡再次入读当地的学校，某天放学回家时发现自己的青梅竹马早坂奈美遭到了不明生物的袭击，为了保护奈美，主角和精灵汀克签下了契约。

了隆起的股四头肌，还加了几件外衣。这时我听到开门声，抬头看到姨妈克里斯特尔走了进来。她看起来很疲惫，眼睛下面有黑眼圈，可能是昨晚上的聚会导致的。她在基斯兰奴海滩附近的一家酒吧做调酒师，下班后经常和其他女服务生一起出去。

"嘿，斯凯拉。达拉斯在吗？"

"在健身房。"

"谢谢。"她俯身低头看向我画的线条人物，"画得不错。"

"每天都锻炼的话，你也可以这么棒。"

她笑了起来："我太懒了。"

"你比这里大多数的女孩都漂亮。"

她微笑着说："这就是我最喜欢你这个外甥女的原因。"她从柜台拿起一个蛋白棒，撕开包装纸咬了一口。

"我是你唯一的外甥女。"我笑着说。看到她今天心情不错，我很高兴。克里斯特尔很难捉摸。她有时会陷入恐慌情绪，十分低落，有时又会在健身房做出一些疯狂的举动，大喊大叫，还会嘲笑达拉斯和我妈妈。

"T恤不错。"她说。

"谢谢。"我低头看了看，这件布鲁斯·斯普林斯汀①演唱会的T恤是妈妈在旧货店淘到的，我搭配了一条紧身裤。我的腿太长，很难找到合适的牛仔裤，所以我不喜欢穿牛仔裤。

"你妈妈在工作吗？"克里斯特尔四下张望着问。

"她今天在酒店上班。"

达拉斯搬着一箱运动衫从前台走过。她看了看克里斯特尔手里的蛋白棒。

---

① Bruce Springsteen，一名美国摇滚歌手兼作词作曲家。

"你付钱了吗？"她开玩笑似的问着，不过从她的表情看，我觉得她有些生气。克里斯特尔总是随便拿东西吃。

"我要跟你谈谈。"克里斯特尔甩了一下头发说。此刻我能看到她下巴上的疤痕，是我妈妈小时候不小心弄的。多年前，在我向妈妈问起这件事时，妈妈说这是一个意外，她是被煎锅烫伤的。不过我始终觉得，她们当时肯定打架了，或者发生了别的什么事情，因为妈妈看起来总有一种负罪感，她会脸色发红，而且还不让我跟克里斯特尔再提这件事。

达拉斯把那箱运动T恤递给我："你帮我把这些整理好。大件的放后面，小件的——"

"小件的放前面，我知道。"

达拉斯看了我一眼。

"对不起。"我说，我很讨厌她总能在两秒内让我觉得自己才五岁。达拉斯姨妈很少笑，她是健身房里最强的女拳击手，不过她很照顾我。如果妈妈下班太晚，达拉斯还会去学校接我。在我更小的时候，她也常常照顾我。我经常跟妈妈打闹或者对着干，但我从来不敢跟达拉斯那样——如果她说该上床了，我就会赶紧上床。

"几分钟后我还有一堂课。"她对克里斯特尔说。

"我要说的事情很重要。"克里斯特尔说，"好吗，达拉斯？"

达拉斯看起来很恼火，不过她还是说："到我的办公室去。"所以克里斯特尔又有麻烦了。我想知道这次是什么事——她被炒过鱿鱼，动不动就和新男友分手，还被赶出来过，然后经常一消失就是好几天。但我喜欢和克里斯特尔出去玩，和她出去感觉很新鲜，我还喜欢上了打碟。我们开始讨论不同的乐队，放学后我也会去她那里，和她一起出去听音乐。不过她不愿意和我谈论她遇到的麻烦。

达拉斯转身对我说："你整理好这些T恤后，还能擦下镜子吗？"

"当然，达拉斯。"

达拉斯和克里斯特尔走进办公室，那间办公室的一扇窗户正对着外面的大厅。我边挂T恤边试着偷窥到底发生了什么事情。克里斯特尔正在说话，胳膊肘拄着桌子，双手捧头，看起来很烦恼。达拉斯摇着头说了些什么。我猜她肯定是在对克里斯特尔说教。

达拉斯消失了片刻，然后又回来递给克里斯特尔一个信封。克里斯特尔站起身，抱了下达拉斯。达拉斯好像仍在说教，克里斯特尔频频点头。她肯定又在借钱付房租了。在我小的时候，我、妈妈、达拉斯和克里斯特尔一起住在健身房楼上。后来克里斯特尔和她的男朋友搬了出去，我和妈妈也在几个街区外找了一间新寓所，而达拉斯仍住在那里。

我很想知道信封里有多少钱。我做着白日梦，想着如果拥有一大袋现金，我会做什么。我在典当行看上一台数字混音器和一些罗吉特音箱，我已经无数次询问店主是否可以把它们预订下来。有时干完活儿后我也会过去看它们两眼，但也只能看看。

我想做点服务生的工作，以便能多赚点钱，也问过妈妈能否帮我。她在市区一家高档酒店工作，去那儿要倒两趟公交车，不过她的小费很高，特别是在夏季。但她说那里太远了，不适合我去上夜班。我觉得她只不过是想让我老实待着而已。至少我在健身房的时候，她不用给我发太多短信，大多只是一些"嗨"，"你还好吧"以及"别忘了锁门"之类的话。

达拉斯走出办公室，我赶紧专心整理T恤，我用余光看到她往健身房里走去了。

克里斯特尔来到前台。

"我得赶紧走了。"她一边从冰箱里拿出一瓶佳得乐一边说。

"一切都好吧？"我问。

"当然。"她微笑着对我说，不过看起来仍有些不安，"星期天见。"说着，她已经推开前门，然后爬上停车场里一辆蓝色小汽车的副驾驶位，小汽车开走了。我瞥了一眼方向盘后面那个戴着太阳镜的光头男子。

我回头看了一眼健身房。达拉斯转过身来，用一种忧虑的表情看着那辆车离开的方向。

从我记事起，每个月的第一个星期天，我们都会去帕特里克和凯伦家与他们共进晚餐。那天妈妈下班比较晚，等我们到帕特里克家的时候，达拉斯已经在厨房里帮着凯伦做饭了，凯伦当时正在炉子上搅着什么。一只猫在我的脚下蹭来蹭去，我抱起小猫咪，并亲吻了凯伦的面颊。

"最近怎么样，亲爱的？"她问。

"很好。"凯伦在健身房待的时间没有以前那么多了，她更喜欢在家做些手工艺品，不过她每周还是会陪帕特里克去锻炼几次。

妈妈走过来，吻了一下凯伦。

凯伦看了她一眼："你工作太辛苦了，宝贝。"

"我没事，就是觉得太热了。"她挥挥手，让凯伦别担心。妈妈的确看起来很疲惫，前天晚上，我听到她在公寓里踱来踱去。即使一切都很顺利，她的睡眠也不好，常常半夜爬起来看电视，尤其是在夏天，她几乎睡不着。她讨厌在这么热的天气里还要待在房间里，总想拉我出去透透气。

"我能帮忙吗？"她问。

"已经搞定了。"达拉斯说。

我从客厅抬头看了看她们，手里不停地换着电视频道，两只小猫趴在我的膝头。妈妈靠在柜子上大声笑着。我知道，她觉得克里斯特尔很漂亮，不过我觉得妈妈也同样漂亮，尽管我们长得不太像。妈妈脸上有可爱的雀斑，眼睛是绿色的，巧克力色的头发闪闪发亮——而我的头发却很夸张，长长的黑发卷曲着垂在后背和脸庞两侧。她的嘴唇形状很漂亮。我摸了一下我的嘴唇，我讨厌自己的小嘴巴。她在阳光下五分钟就会晒黑，而我晒一整个夏天都不怎么会变黑。我们的鼻子几乎一样，鼻梁挺直，鼻孔微微张开，不过她的脸型更圆润一些。妈妈身材苗条，和两个姨妈一样，不过她要比姨妈们高很多。我长得也很高——现在已经有五英尺十英寸了。

帕特里克从外面走进来："嘿，甜心，我找了一部新电影，今晚一起看吧。"

"让我猜猜，《洛奇》[①]，第三部？"

他大笑起来："让开点，小家伙。"我挪了下地方，他坐到我旁边，宽阔的肩膀与我相靠。我把头靠到他的身上。

妈妈和达拉斯几乎一直都在收拾餐桌——我和帕特里克负责收拾垃圾。凯伦一直看着门口："我们是不是应该再给她打一次电话？"

"我们开始吃吧。"达拉斯说。

我们坐到桌边，开始分餐盘。这时前门打开了，有声音喊

----

① 该影片讲述了一个寂寂无名的拳手洛奇与重量级拳王阿波罗争夺拳王头衔的故事。

道："你们好，你们好！"

克里斯特尔走进厨房："不好意思，我迟到了。"

凯伦起身："克里斯特尔，亲爱的。很高兴你能来。"

克里斯特尔亲吻了凯伦的面颊，然后在我身旁扑通一声坐下。她笑容满面地看了我一眼："嗨，年轻人。"

凯伦在桌子上又腾出一块地方，用餐盘盛了一些沙拉。大家又开始交谈起来，不过主要是帕特里克和达拉斯两个人在说话，他们讨论着健身房和即将举行的拳击比赛。妈妈提到了健身房的一些男孩，她认为亚伦能够取胜。

克里斯特尔倾着身子靠近我，低声问："派对准备得怎么样了？"

"我们不得不取消了。"我的两个闺蜜，艾米丽和泰勒，住在城市的另一边，而且都有各自的工作，因此整个夏天我们都没见过几次面。不过我们一直计划着，在泰勒父母周末出去度假后，我们就在泰勒家举办一场盛大的派对。我会是这场派对的DJ，我已经开始花时间创作劲爆的混音舞曲了，但后来她妈妈生病了，没有去度假。

去年，当我要求去一些毕业派对上表演时，妈妈都快疯掉了——尽管人们愿意付钱给我。她说那些派对充斥着毒品和酒精，我说她可以陪我一起去，但她还是不同意。她希望我能上大学，还在我房间里堆满了课本。她并不知道我已经开始向美国的一些大制片商发音乐小样了，我经常都在查看我的电子邮件。

"我们这周去海滩玩吧。"克里斯特尔说。

"可以呀，那肯定很好玩。"

我瞥了一眼克里斯特尔的餐盘。她只吃了几口，大部分时间都是在拨弄食物，不过她喝了三杯酒。每喝一杯酒，她就会开怀大笑，脸上还泛起了红晕，蓝色的眼睛异常醒目。达拉斯轻蔑地看了她一眼，而她却朝达拉斯做了个鬼脸。

"酒吧情况怎么样？"我问。

"很不错。下周末摇头士会来酒吧表演。"

"没我的份儿。"我说。摇头士是一支酷酷的西雅图独立乐队，刚刚火起来。

克里斯特尔笑了："你可以来看看——我有办法让你溜进去。"

"太棒了！那样最好了——"

"没门！想都别想！"妈妈说。

"为什么不能去？"克里斯特尔问。

"她才十七岁。"

"她可以不喝酒。"克里斯特尔大笑着说，"放松点，我们在她这么大时，做的事可比这个严重多了。"

妈妈看起来有些怒了："克里斯特尔，闭嘴。"

"你会为此再丢掉工作的。"达拉斯说。

"老板不在。"克里斯特尔说，"而且，即使被他发现也没什么大不了的，"她耸了耸肩，"我可以再找份新的工作。"

"我可以去吗，妈妈？"我说，"你也可以一起去。"我知道，当着大家的面恳求妈妈会让她生气恼火，但或许也可以说服她。

"我必须工作。"她说。

"我不会喝酒的，"我说，"我保证。"

"我们晚点再说这事儿。"她的嘴巴绷得紧紧的。

我已经知道这意味着什么了。克里斯特尔同情地看了我一眼。

我默默地吃着餐盘里剩下的食物。克里斯特尔说她上周在酒吧新认识了一个家伙——那个家伙在建筑公司工作，喜欢到处旅行，已经有几个孩子了，但正在办离婚手续。我很想知道她说的是不是那天开蓝色小汽车的家伙。凯伦听后很开心，问了一些情况，不过妈妈和达拉斯没有说太多。

"他这个人有点大大咧咧的，不过很有潜力。"克里斯特尔说。

"嗯，听起来很牛的样子。"妈妈说。

"嘿，至少我在尝试。"克里斯特尔说。

妈妈面色绯红。她从没谈过男朋友，总说忙着工作和抚养孩子，而达拉斯在对待男朋友这件事上也很随意。她的男朋友特里很不错，就在附近的一家餐馆工作，他们约会大概有一年了。妈妈说达拉斯惧怕结婚，我觉得她只不过是没那么喜欢他。我曾看到他试图抚摸她的后背或者握住她的手，但她都躲开了。

"你应该试着约个人品好点的人改变一下。"达拉斯说。

"人品好的人很无聊。"克里斯特尔微笑着说，声音里带着些许淡淡的忧伤。我不明白为什么克里斯特尔总是会被一些混蛋吸引。我自己也还未曾有过男朋友。或者说，没有交过真正的男朋友。在学校时，我会和一些家伙出去闲逛，不过最后都无疾而终。如果按照妈妈的期望，我应该到老都还是个处女。

克里斯特尔将剩下的酒倒入玻璃杯中。达拉斯看了她一眼，克里斯特尔报以微笑。我也希望自己能够像克里斯特尔一样，不在乎别人的想法，只做自己想做的事情。

我们搭达拉斯的车回家。达拉斯和妈妈坐在前排说话，我一边听着手机上的音乐，一边翻着我的脸书。

我走进寓所，把手提包向衣架钩扔去，结果差得有些远，没挂住，然后手提包"砰"的一声掉到了地上。

"认真点，斯凯拉。"妈妈说。

我把手提包挂起来，然后瘫倒在沙发上，拿起遥控器开始翻看电视频道。

"为什么我不能去看摇头士？"

"你是未成年人。"

"我不会喝酒的——我发誓。"

妈妈从鼻子里哼了一声。我因为喝酒惹过几次麻烦，去年还因为和一个朋友在卫生间里吸大麻而被禁了足。克里斯特尔觉得妈妈有点过了，不过妈妈并不这么认为。但我又不是什么瘾君子，偶尔陶醉一下能有什么大问题？

"克里斯特尔会照看我的。"

"克里斯特尔需要工作。你知道酒吧里有多少醉醺醺的混蛋吗？你根本不知道如何与那些酒鬼打交道。"

"我已经十七岁了——我又不蠢。你在我这个年纪的时候都有孩子了。"

妈妈的脸唰地红了，我感到很惭愧，我并没有别的什么意思，我只是想提醒妈妈，我已经长大了。

"今天就谈到这里。"她一边朝浴室走去，一边对我说。

十六

接下来一周的星期六晚，我开车去了克里斯特尔家。我有辆旧的红色本田思域，是我十六岁生日时，妈妈、达拉斯以及帕特里克和凯伦一起买给我的。克里斯特尔当时刚和她的男朋友断绝来往——她所有的钱都被男朋友洗劫一空了——不过，她还是给我买了一个能散发草莓香味的心形空气净化器，此外还给我做了一张混音光碟，里面的曲子很酷。

妈妈以为我去了艾米丽家。在我小时候，如果妈妈周末需要加班，我就会待在艾米丽家。艾米丽的父母也曾多次邀请我去他们的夏日小屋度假，他们都是教师，很和蔼，但也很严厉，所以把我留在他们家，妈妈很放心。妈妈还经常给艾米丽的妈妈打电话，向她咨询一些有关子女教育的问题。我那时觉得妈妈真是烦人，但现在，只要我说是去艾米丽家，她甚至都不会跟艾米丽的妈妈确认了。

克里斯特尔住的是地下室套间，那儿离健身房大约二十分钟的车程。当我到达她的住所时，房间的所有窗户都打开着，里面传来快节奏的音乐。我敲了好几次门，她才把音乐关小来开门。她穿着一件黑色比基尼上衣和一条褪了色的牛仔短裤，但裤子最上面的纽扣打着，裤腰有点外翻。

"进来吧。"她走进厨房，赤脚站在瓷砖上，伸手从冰箱里取出一个冷酒器，"来一瓶？"

"好嘞。"

她也给自己拿了一瓶："出发之前，我们先来吸根大麻烟。"

"酷！"我跟着她走进客厅，然后肩并肩地坐在沙发上。

"你妈妈察觉出什么没？"她从桌边的一个小盒里抽出一根大麻。

"我觉得没有。"

克里斯特尔点燃烟的一端，然后用嘴吸着直到它完全点燃。她吞了一口烟雾，然后把烟递给了我。我也深深地吸了一口。

"上帝，这天太热了。"她用双手拢起头发，喝了一口酒。

我全身放松下来，眼皮沉沉的，然后重重地靠在了沙发上。

"希望今晚我们可以遇到一些可爱的男孩。"我说。

"健身房里的那个帅哥几天前一直盯着你看哪。"

"亚伦？他喜欢我，但我不喜欢他。他看起来像个恶棍。"

"有时坏男孩才最贴心呢。至于那些人品好的，往往没什么意思。"她吸了口烟，眼中有些恼怒的情绪。

"你在我这么大时，会跟许多坏男孩约会吗？"

"有坏的、有好的，各种各样的都有……"她沉默了片刻，然后开始用手撕酒瓶上的标签，"有一个男孩，叫特洛伊……"她微笑着，"妈的，我们曾在他的卡车上折腾了好几个小时。"她大口地喝着酒。

"发生了什么？"

"他搬走了。"她神色忧伤地摇了摇头，头发也随之舞动。"不管怎么说，该死的男人们。"她大笑起来，不过笑声中夹杂着苦涩。

"那我爸爸呢？他是个好人吗？"

克里斯特尔的表情突然僵住了，然后又大大地喝了一口酒。

"比利？是的，他是个好人。"

"妈妈从没跟我说过爸爸。"我过去常问起爸爸的事情，我想了解每一个细节，不过妈妈知道的并不多，只知道他的名字叫比利·威尔森，有着一头金色的头发——我遗传了祖父的身高和发色——他还喜欢滑板和读书。他有一次到妈妈的家乡小镇露营，然后在那几个星期里，他们相遇了。当妈妈发现自己怀孕时，他已经走了，妈妈不知道怎样才能找到他。一提到爸爸，妈妈就很心烦，所以后来我也就不问了。

我希望能从克里斯特尔这里套出点爸爸的事情，哪怕是被妈妈忘掉的琐碎杂事，不过她只是盯着手里转来转去的酒瓶。

"你知道吗？我曾希望妈妈能遇到一个好人，"我说，"那样我就能有个爸爸了。但现在看来，我的愿望要落空了。"等我有了足够的钱，我就会把那些设备买回来，然后参加很多音乐活动，再赚更多的钱，最后再雇一个私家侦探帮我找父亲。但我不想和克里斯特尔说这件事——虽然她向来对我很好，我还是觉得她会告诉妈妈。

"我不知道，斯凯拉。"她说。"有父亲也不见得是件好事。他或许并不是你想象的那样。"她把大麻递给我。

"也许他是个混蛋，也许他根本不想见我。"我吸了一口烟然后吐了出来，"但我总有个幻想，幻想他会来看我的DJ表演，然后在人群中，我一眼就将他认了出来。那时的他肯定满脸骄傲，我会认出他的。"我低头看着自己的小手指，它最上面的那一节弯向了无名指。我两只手的小手指都是这个样子。我小时候觉得这很丢人，但现在已习惯了。这种情况叫内偏指，我肯定是从爸爸那里遗传来的，因为妈妈说她家里没人有这样的手指。
我也问过她这件事，不过她说她已经不记得爸爸的手指了。

我抬眼看了看克里斯特尔，她也正在盯着我的手指看，而且
两眼有些放光。

"你没事吧？"我问。

她看向我的眼睛："你妈妈也希望她能知道如何帮你找到
他，但她做不到，为此她心里很难过。或许你应该好好对待你的
妈妈……"

我以前从没听克里斯特尔关心过谁。

她站起身："我要去化妆了，来卫生间帮我。"

酒吧里满是人，舞池里也满是人，不过克里斯特尔还是给我
找了个座位。坐在这儿，我可以更好地观看乐队演出。本来我还
有点担心，怕自己还没进门就被赶出去。克里斯特尔借给我一条
热裤和一件性感的背心，这样的穿着让我的胸部显得大了许多，
人也成熟了许多。她自信地走进酒吧，向别人介绍说我是她的一
个朋友。没人查看我的身份证。

我们已经商量好了，在酒吧我是不能喝酒的——以防被
抓——不过她不停地给我递红牛，在她休息时，我们还出去抽了
一根大麻。上次晚餐时她提到的那个家伙也来了，她向那个人介
绍了我。他叫拉里，我并不喜欢他，每次在克里斯特尔转身时，
他都要摸一下她的屁股，而克里斯特尔总是用一种暧昧的眼神看
他。他剃着光头，所以我觉得他就是上次我在健身房外见到的那
个家伙。他还有一个习惯，就是每次喝完东西都要舔一下嘴，这也
太粗俗了。他不断地问我各种问题，但我装出一副听不见的样子。

等克里斯特尔下班后，我们开车回到她的住处。她在酒吧喝了些酒，所以回去时是我开的车。拉里也跟了来，我们三个围在一起喝酒、抽大麻。克里斯特尔和拉里除了抽大麻就是调情，我感觉自己跟电灯泡一样，不过我不能回家，因为妈妈以为我在艾米丽家，而且我有点醉了，大麻也让我有些飘飘然。

我坐在椅子上，而他们两个在沙发上越靠越近。拉里的手放在她的腰上，几乎都伸到了她的衬衫里。她大声笑着把他推开，但我能感觉到她还是很享受的。我低头看着手里的酒杯，满脸发烫。

"嘿，斯凯拉，我们离开一下，不介意吧？"克里斯特尔站起来，然后把拉里也拉了起来。

"不，不介意。"

他们去了克里斯特尔的卧室。我在客厅放着音乐，咖啡桌上放着克里斯特尔的烟盒，我抽出里面剩下的最后那根烟，把它点燃，然后躺到沙发上慵懒地吸了起来。我其实不喜欢抽烟，但现在我有点生姨妈的气。

我抽完烟，闭上眼睛，沉浸在音乐里，一只手放在腿上打着节拍——突然我听到卧室传来一阵嘈杂声，像是撞击声，然后是一声低沉的尖叫。我猛地一惊。

克里斯特尔在大叫着什么，拉里也在喊叫，但我听不清他们在说什么。

我起身关掉音乐，以便听得更清楚些。

又传来一声尖叫，随后是破碎声，好像有什么东西被打翻了。

我顺着客厅跑到卧室，推开房门。

克里斯特尔一丝不挂地跪在床沿，正在用力捶打拉里的胳膊和大腿，而拉里在穿衣服。屋里的台灯翻倒在地。

"出去！出去！"她大喊着。

"我就是正要出去，你这个疯狂的婊子！"他边说边提裤子，还顺手从地板上抓起了衬衫。

"滚出去！"克里斯特尔从床上跳了下来，劈头盖脸地对他一顿猛打，然后他的下巴中了一拳。

"住手！"我大喊。

拉里挥起胳膊，给了她一巴掌。她后仰着摔了下去，身体撞到墙上，然后又碰到了床头柜。她挣扎着站起来，脸的一侧刮到了床边，我一阵难过。她捂着脸抽泣着："你这个混蛋。"

拉里转身从我身边挤过，一下子把我撞到了床上："我不需要你这种垃圾。"

他从卧室走了出去，出客厅时还在不停地咒骂，大门"砰"的一声关上了。

我面向克里斯特尔问："你没事吧？"

她蜷缩着靠到墙上，哭得很厉害，脸上的妆也被弄得乱七八糟，鼻子和嘴角都流着鲜血。

"门！"她说。

我跑到客厅锁上了门，然后又跑回卧室。克里斯特尔从床上抓起床单裹在身上。

"发生了什么？"我问。

"我快窒息了。他用双手掐着我的喉咙……"她伸手摸向脖子，揉搓着，"他以为……他以为我喜欢这样。"

我不知道还能说些什么。她的脸看起来很疼。我想抱抱她，不过我不确定她现在是否愿意让人碰。"我去给你拿些冰块来。"

我在厨房用毛巾包了几块冰拿到了克里斯特尔的房间。她正穿着短裤和背心站在卫生间照镜子。卫生间的洗手台上到处都是沾满血的纸团。在擦拭肿胀的面颊和下唇时，她的双手微微发抖。我把包了冰块的毛巾递给她，她一动不动地看着它。

"可以敷敷脸。"我说。

她把毛巾按在颧骨上，我看到上面有块地方变红了。她盯着镜子里的自己，蓝色的眼睛睁得大大的，周围几乎全是乌青。

"我把你的最后一支烟抽了，"我强忍着眼泪说，"对不起。"

她看着我，然后大笑了起来，但笑着笑着，泪水夺眶而出。她坐到浴缸边上。

"我现在脑子很乱。他说得没错，我是疯了。"

"不，他是个混蛋。"

她擦了擦脸，站起身来："我需要喝杯酒。"

在接下来的一小时里，克里斯特尔先是喝光了冷酒器里的酒，然后又把伏特加酒瓶里剩下的酒也都喝光了。之后她跌跌撞撞地起身，走到窗户前向外看。她出神地望着街道，好像在看拉里是否还在外面。

"你确定锁门了吗？"她问了好几次，我发誓自己已经把门锁好了，但她还是走过去一再检查。她四处走着，确保每一扇窗户也都关好了，这让房间里十分闷热。

我从没见过她这样，不知道该怎么办。"也许我们应该打电话给我妈妈，或者达拉斯。"我说。

"你不能告诉她们发生了什么！"

"好吧，但你能坐下吗？"

她坐下来，很快低下了头，她困得趔趄了几次，努力不让自己睡着，但下巴几乎垂到了胸前。

"你应该去睡觉了。"我说。

"跟我一起睡吧。"她说。

我扶着她来到卧室，给她盖上了薄毯子——卧室里有风扇，终于感觉凉快些了。然后我躺到她身旁，迷迷糊糊地睡着了。

　　也不知道过了多久，我醒了，看向旁边，克里斯特尔不在床上。我坐起身，四下望着。卫生间的门微微打开着，光线透进了卧室。床头柜的抽屉也是打开的。

　　我走到卫生间："克里斯特尔？"

　　没有回音。

　　我推开门。她正坐在地上，背靠着浴缸壁，闭着眼睛，头歪向一边，手里拿着一把枪。

　　"我的天！"

　　她半睁着眼睛，努力看向我："关门！他们来了！"

　　"谁来了？"我问。

　　"关上那该死的门！"

　　难道她完全失去理智了？我看见台面上有些白色粉末，粉末旁边还有一卷账单。该死。

　　我跪到她旁边："克里斯特尔，把枪给我。"

　　她把枪压到腋下，呼吸急促，瞪大眼睛四处张望。

　　"他们听到我们的声音了吗？他们这次会杀了我们的。"

　　她缩成一团，腋下紧紧地夹着手枪，身体前后摇晃着，开始哼起了什么歌曲。

　　我应该就这样陪她坐一会儿吗？我必须想办法把她的枪拿走。

　　"克里斯特尔，把枪给我，求你了。"

　　她摇了摇头："不，他们还会伤害我的。"

　　"没有人会伤害你，请把枪给我。"

　　她把枪从腋下取了出来，但仍放在身边。她看着我的眼睛，然后目光似乎有了焦点。

"我想抽烟。"她说。

"你的烟抽光了。"我说。

"我的手提包里还有。"

"我去拿。"我走进客厅找到她的手提包，不过里面并没有烟。

等我返回卫生间时，门已经关上了。我拉了一下把手，锁上了。"克里斯特尔？我找不到你的香烟。"

"你回家吧，斯凯拉。"

我不喜欢她那种决然的语气。"在你出来之前，我哪儿都不去。"

随后是一阵沉默。

我不知道该不该报警或者叫救护车什么的。

我走进客厅，拿起我的电话——

"妈妈？我需要你的帮助。"

二十分钟过去了，我坐在卫生间的门外和她说话。她不回答我的任何问题，所以我一直喋喋不休地说着。我提到了海滩，说她是如何答应要带我去海滩的，还说起我们是如何一起挑汉堡和奶昔，一起抽大麻，一起阅读杂志和嘲讽明星的。里面传来哭泣声和擤鼻涕声，但后来就没了声音。沉默似乎更糟糕。由于紧张，我浑身是汗，手掌黏糊糊的。我很害怕，怕听到拉开保险栓的声音，怕听到枪声。

终于，前门传来钥匙的声音——还有妈妈的喊叫声："斯凯拉？"

"我在这里！"我大声地回答。

克里斯特尔仍是沉默。我在想她是不是晕倒了。

妈妈和达拉斯走了进来，我看见妈妈脸色苍白，眼中充满恐惧。达拉斯神情严肃，紧紧地抿着嘴巴。

　　"她现在很不正常，"我说，"我不知道该怎么办。"

　　"不会有事的。"妈妈说，"你到客厅去，我们来处理。"

　　"不行！你不能让我离开。"

　　"你本来就不该在这里！"

　　"如果我不在这里，那家伙可能真的会伤害她。"

　　妈妈转身走到卫生间门前。达拉斯轻轻地敲着门。

　　"克里斯特尔，亲爱的，你能打开门吗？"

　　"她不让报警。"我说。

　　"我们不报警。"妈妈和达拉斯同时说。

　　门缓缓地打开了。克里斯特尔抓着浴缸边缘，身子靠在浴缸上，几乎无法站立。她脸上满是泪痕，鼻子下面残留着血块，一只眼睛乌黑青肿。

　　"上帝啊。"达拉斯走上前去。

　　克里斯特尔扑到她的怀里，把头靠到她的肩膀上，像个小女孩一样抽泣着。妈妈从克里斯特尔手里拿过那把枪，弹了弹枪的侧面。

　　"到床上去躺一会儿吧。"达拉斯说着，然后把克里斯特尔扶到了床上。她在床上蜷缩着，怀里抱着枕头。妈妈坐在克里斯特尔的脚边，一只手放在她的小腿上，另一只手仍握着那把枪。达拉斯轻轻抚摸着克里斯特尔的后背。

　　"和在卡什溪一样，"克里斯特尔艰难地说，仿佛承受着巨大的痛苦，"同样的事情又发生了。"

　　"克里斯特尔，"妈妈说，"你现在很安全。"

　　"我们永远都不会安全。他们还在找我们。"

妈妈抬头看着我："你去客厅待着。"

"我想留在这儿。"

妈妈下床朝我走来，满脸怒色："离开这儿！"

我走了出去，坐在漆黑的客厅里，脸上发烫。我照顾了克里斯特尔好几个小时，在她们还没来时，是我在一直陪着她，而现在我却被赶了出来，像个小孩一样。我甚至听不到她们在说什么，她们悄声悄语地说着，有时还会传来克里斯特尔的哭声。半个小时后，妈妈走了出来。

"她还好吗？"我问。

"她平静下来了。今晚达拉斯会陪着她。"

"我也想留下。"

"我们要回家。"

妈妈紧紧地抓着方向盘，眼睛盯着前方的路，不过我能看出她有些心不在焉。她脸上的表情十分复杂，迷茫、恐惧、悲伤，其他车辆的灯光穿过挡风玻璃打在她的眼睛和皮肤上。

"克里斯特尔说了些什么？"我问。

"她有些迷糊了，她也不知道自己在说什么。"

"在卡什溪到底发生了什么事情？"

"你今晚对我撒谎了，斯凯拉。你真让我心烦意乱。"

"现在，是你在对我撒谎。"

然后，在回家的路上，她没有再说一句话。

妈妈打开厨房的灯，泡了一壶茶，由于焦虑，她的手有些发抖。她停下来，看着装餐具的抽屉，好像不记得要找什么，最后从里面拿出了一把汤勺。结果汤勺一下掉到了地上，她一边捡汤勺，一边咒骂着。我坐到沙发上，等着她命令我去睡觉，一旦她这么做了，我一定要和她理论一番，否则我是不会去睡的。时间不早了，客厅有些幽暗，外面的街道寂静无声，偶尔传来喇叭声、警笛声以及车辆驶过的声音，屋外走廊还传来了脚步声，应该是哪个邻居回家晚了。

妈妈在沙发上挨着我坐下，递给我一杯茶，然后拉过一条毯子盖在我俩身上。她环视了一下我们的公寓，好像在确认她现在身在何处。她的目光落在外婆的照片上，这张照片镶在银色相框中，一直摆在桌角，这也是唯一一张妈妈家里人的照片。

"我不让你和克里斯特尔出去是有原因的。"她说。

"我没事。"

"你可能会遇到很多麻烦。"

"克里斯特尔会照顾我的。"

"当她喝醉时，她根本不知道自己会做什么。看看她今晚出了什么事？同样的事也可能发生在你身上，而且……"妈妈沙哑着嗓音说。

"我没有喝酒。"

"根本不需要你喝酒。只需要错误的时间和错误的地方——很显然，酒吧就是个错误的地方。"

"很抱歉我说谎了，"我说，"但我觉得你从来都不相信我。"妈妈在很多方面都很好，但她十分讨厌我穿太紧或太短的衣服，还会一直不停地跟我讲喝酒和吸毒的坏处，甚至还会举例说一些家伙是如何误入歧途的。

"我不是不相信你，我是不相信世界上的其他人。"

"你不能一直把我关在笼子里，妈妈。"

"我会试着放手的。"她微微一笑，但看起来依然很紧张。

"克里斯特尔没事吧？"

"嗯，她只是度过了一个艰难的夜晚。"

我们俩都知道，这不只是一个艰难的夜晚那么简单。

"她觉得谁会伤害她？"我问。

"她以为拉里还会回来。"

"我不是白痴，妈妈。她那个样子显然是在惧怕好几个人。我知道，她害怕是因为过去发生过一些事情。"

妈妈沉默了几分钟，深吸了一口气，然后缓缓地吐了出来。

"我们在十几岁时，曾遇到一些混蛋。"

"在卡什溪吗？是在你们逃跑的途中吗？"几年前，妈妈曾告诉我，当她们还在黄金镇生活时，我的外婆在一场车祸中丧生了，而外公是个嗜酒如命的人。在妈妈怀上我后，外公就消失不见了。为了不被送去寄养，她们逃离了家乡，然后遇到了帕特里克。帕特里克给她们提供了工作，于是她们更名换姓，这样外公也将永远找不到她们了。

"我们的卡车坏了，他们停下车来帮忙……"她又深吸一口气，艰难地咽了一口唾沫，"其中一个人在汽修厂工作。我们在他们的牧场干活儿以求能赚点钱，但他们……"她又停了下来，快速地喝了一口茶，好像有些口干舌燥，"他们有了非分之想。"

"他们伤害你们了吗？"我低声问道，面红耳赤。妈妈低头看着手里的茶杯。

"有一天晚上，当我们在小河边喝酒时，他们开始对我们动粗。我们设法脱了身，但还是很害怕。"妈妈泪光点点，几乎要哭出来了。

"他们做了什么？"

"做了什么都没关系。反正我们很快逃离了那个小镇，之后也再没见过他们。"她转身看着我，伸手抓住我的手，"我知道，你觉得我保护欲太强了，或许有时候我的确如此。但这是因为我觉得你正在走克里斯特尔的老路，我很担心你。"

"我不是克里斯特尔，妈妈。"

"我知道，宝贝，但天有不测风云，即使有时候我们已经十分小心了。"

"你们为什么不报警？"

"和我们逃跑的理由一样，不想被送去寄养。"

"他们还在那儿吗？还在那个小镇吗？"

"不知道。"

"克里斯特尔觉得他们还在找你们。"

"那只是她吸毒后说的疯话。"

"但是，如果她是对的，那么——"

"他们永远都不可能找到我们。"

"他们知道你们的真实姓名或者其他信息吗？"我也不知道妈妈的真名。她不会告诉我的，因为她担心我会不小心透露给别人。

"不，他们不知道。"她放下杯子，"我很累，宝贝，而且谈论这件事……确实很难。"

"对不起。"

"这不是你的错。我只是需要睡一会儿。"

"我可以和你一起睡吗？"

"当然。"她微笑着说，不过她看起来还是很忧伤。我们并排躺着，手臂搭着手臂，我把头靠在她的肩膀上，就像小时候那样——她以前经常在我的前额画圈，一直画到我睡着为止。我能听到她的呼吸声，不是那种缓慢的、规律的，而是有些急促，她依然清醒着。

"斯凯拉，你不能把这件事告诉任何人，好吗？"她低声说。

"好的。"

"我说真的。也不能告诉艾米丽、泰勒或其他任何人。"

"我不会告诉别人的。"

最后，她迷迷糊糊地睡着了，而我却久久无法入睡，脑海里幻想着那条小河边可能发生的事情。我知道妈妈并没有把一切都告诉我，她可能保留了很多。我有满脑子的疑问。我情不自禁地想着克里斯特尔的话——"这次他们会杀了我们的。"

她说得那么肯定。

十七

　　第二天下午，我开车去了克里斯特尔家。她打开门，仍然穿着昨天晚上的短裤和背心，头发乱蓬蓬的。她的脸色看起来已经没那么糟了，只是下嘴唇还有点肿，眼睛周围上了一层淡淡的蓝色眼影。

　　"还好，是你，"她说，"我以为达拉斯又来查房了。"

　　"我吵醒你了吗？"我问。

　　"我只是在沙发上打瞌睡。进来吧。"她走进客厅，又倒在沙发上。所有窗户都拉上了百叶窗，屋里很暗。

　　我坐到她脚下。烟灰缸里堆满了烟蒂，咖啡桌上有两个空的啤酒瓶，还有一瓶她正在喝着。

　　"你今天出去了？"我问。

　　"去了酒品专卖店，"她微笑着说，"酒就是我的药。"要是以往，我肯定会大笑起来，但今天却觉得没那么好笑了。

　　"你还好吗？"我问。

　　"还好。"她站起来去拿烟，没有看我的眼睛。

　　"我去做点汤？"我又问，"你吃过东西吗？"

　　"你说话的语气跟你妈妈一样。"她靠在沙发上，把烟点着了。

"对不起。我只是很担心你。"

她忧伤地对我笑了笑："昨晚吓到你了，对不起，小家伙。"

"昨晚你的情绪太激动了。"咖啡桌上有个雪茄盒，我把里面的锡纸抽了出来，开始折纸鹤。光滑的锡纸在我的手指下灵巧地舞动着。

"我不该一直嗑药。"

"我不知道你还吸毒。"

"我已经很多年没碰过毒品了，但拉里带了一些来。"她耸了耸肩，"当时觉得尝一下也不错。"她看着我。

"事实证明他是个混蛋，是吗？"

她摇了摇头："你永远不会明白的……"

"妈妈跟我说了你们在卡什溪的遭遇。"我不再折纸鹤，观察着她的反应。

她用力地抽了一口烟，目光有些游离，仿佛不知该看向哪里。"她都跟你说了什么？"她仰头朝天花板喷了一口烟，脖子和下巴上的伤疤露了出来。

"你们的卡车坏了，那些人让你们搭车，然后你们在他们的牧场干活儿，但是他们……他们伤害了你们。"我不想把妈妈的话一五一十地告诉她。她看了看我的眼睛，仿佛整个人都被抽干了。她的眼睛里满是痛苦，我受到了感染，突然有一种想逃跑的感觉，我想逃到外面呼吸清新的空气，想感受外面温暖的阳光。

"她说了他们都做了什么吗？"她的声音空洞又苍白。

"嗯，但没说太多，她有些不安。"

她伸手从咖啡桌上拿起了啤酒，然后连喝了好几口。

"到底发生了什么？"我轻声问道。

她没有回答，我们就这样无言地坐着，僵持在这个问题上。

我低头看着锡纸折的纸鹤，数着自己的心跳，想着她的心跳是不是也在加速。我真希望能把刚才的问题收回，但昨天晚上，这个问题一直在我的脑海里挥之不去，我既恐惧又好奇。我想知道在河边到底发生了什么。我很抱歉在她这么沮丧的时候问这个问题，但此刻是克里斯特尔说起那些事情最多的时候。

"他们把我们绑在卡车后面，然后把我们带到了一个仓库。"克里斯特尔终于开口了，她深深地吸了一口雪茄，"他们关了我们五天。"

"五天？"我几乎要把手中的纸鹤捏碎了。

她慢慢地吐出一股烟，烟气进入了我的鼻孔。

"他们是让人恶心的混蛋，变态狂。"

我不知道该说些什么，她的话像巨石一样压在我的心头。妈妈说了谎。那些人绝不只是"粗暴"地对待了她们。他们深深地伤害了她们，把她们当作俘虏，对她们做了非常可怕的事情。

"你真的认为他们还在找你们吗？"我想到妈妈经常会半夜起来检查窗户是否已经锁好。我看了一眼门口——想确认克里斯特尔是否在我进门后又把门锁上了。

"不，"她说，"我当时思维有些乱了。"

我仔细看着她的脸，想知道她是不是说的实话："你们是如何逃走的？"

"我们偷了他们的卡车，然后返回了小镇。我们想从汽车修理厂把自己的卡车弄出来，但卡车被锁在了后院。"她一边说，一边撕下啤酒瓶上的标签，然后把它撕成了碎片，"一个骑摩托车的男人帮我们逃了出来——汽修厂旁边的酒吧就是他开的。第二天一早，他儿子开车把我们送到了公共汽车站。"

此刻，我的心中五味杂陈，对那些伤害她们的人感到极度愤恨，但同时我也感到困惑和不安。我之前竟然对此毫不知情，无论如何，这都让人觉得十分恐怖。"如果他们还在作恶，那一定糟透了。"

"去他妈的。"她的眼睛亮了一下，又深深地吸了一口烟，那支烟差不多只剩一个滤嘴了。

"不应该让他们就这样逃脱惩罚。"我说，"我的意思是，我知道你们不能报警，但我有种想杀了他们的冲动。"

克里斯特尔看着我，眼神空洞无物，思绪好像飘向了远方，手里的香烟仍在燃烧。

"克里斯特尔？"我问，"你没事吧？"

"没事，我只是在想，有时候事情看起来很简单，但它突然就……"她用手示意着，"跑偏了，之后就再也回不到正确的道路上了。没有第二次机会，无论你多么想重来一次。"

"你的意思是说，你希望你们没去过卡什溪？"

"我希望自己没做过很多事情。"她回复道，目光盯着远处的墙壁，豆大的泪珠从脸上滑落。她擦去泪水，长出了一口气。

"比如呢？"

"因为我的错，我们才不得不逃跑。是我把事情搞砸了。我一直是个祸害。"

"什么意思？"

她在烟灰缸中把烟熄灭，用一根手指弹了弹滤嘴，然后把它揉碎了，但接着又点了一根。

"你知道我原本想做一名歌手吗？"

"从没听你说过。"我再次感到有些猝不及防，就好像我原本走在平衡木上，但突然被人推了一把。音乐一直都是我们的共同话题，但我却从来没有想过这会是她的梦想。

"我会弹吉他，还有其他很多乐器。"她做出拨弄琴弦的样子，"而你妈妈一直想成为一名摄影师——她非常聪明。在学生时代，她比我和达拉斯要聪明多了，她简直无所不能。"

我也从没想过妈妈会有什么兴趣爱好或梦想，不过她的确喜欢拍照——家里的墙壁上全都是她拍的照片。有一天，我还在她的衣柜顶上发现了一台老式的照相机，心里的负罪感让我把它又放了回去，然后也从来没有对她提起过，但当时我确实感觉有些奇怪。是她小时候用的相机吗？克里斯特尔说得没错，妈妈确实很聪明，她是她们三个当中唯一一个拿到高中同等学历的人。而且她还能够检查我的家庭作业，也经常会借我的书看。

克里斯特尔又抬头看了看我，她的睫毛被泪水打湿了："你是个好孩子，斯凯拉。真真正正的好孩子。"

"谢谢。"

"我是说，不要像我一样。"

"你并不是坏人。"

"在我的生命中，我从来没有做过一件好事。"她拿起啤酒一饮而尽，然后擦了擦嘴唇。

"你做了很多很棒的事情。"

"没有。"她摇摇头，"达拉斯，她一直在帮助别人。还有你妈妈……她比你知道的还要勇敢。而我他妈的什么都做不到。"

"如果可以的话，你会怎么做？"

她又一次迷茫地看了我一眼。

"我希望我能杀了他们，"她说，"我一直希望杀了他们。"烟雾不断从她的指尖散发出来，她透过烟雾看着我。

"克里斯特尔？"

她回过神来，然后看到了我手里的纸鹤："那是什么？"

"纸鹤，日本人称它为幸福之鸟。他们认为鹤能活一千年，所以鹤代表着好运、长寿或者类似的美好祝福。在葬礼上，他们习惯用线把纸鹤穿成串来做装饰。"

"那应该会很漂亮。"她说道，然后苦笑了一下，"嘿，斯凯拉，你来看我，我真的非常高兴。不过，你介意我现在上床去睡觉吗？我头痛得有点厉害。"

"当然不介意，如果打扰到了你，我很抱歉。"

"没有，你是最棒的。我们明天去海滩吧，好吗？明早给我打电话。"

当晚，妈妈下班回到家时看起来很累，头上的辫子有些松了，发髻湿乎乎的，脸也红得厉害。

"上帝啊，今晚的巴士太挤了，就像闷热的锡铁盒。"她把手提包挂起来，"我要赶紧把这些衣服脱下来。"

在她换衣服的时候，我给她做了一盘水果冰沙，然后放到了阳台上。我们在阳台上摆了一张小塑料桌、两把椅子和一个夏天用的烤肉架。妈妈找了一块印花桌布铺在桌上，还在漂亮的花盆中插了些香茅蜡烛驱赶蚊虫。

她换上了短裤背心，双腿搭在栏杆上，头靠在椅背上，双脚踢掉了拖鞋。我看到妈妈的双脚被鞋磨得有些红了。

她喝了一口冰沙。"好喝。"她抓起我的手握了握，"你今天怎么样？"

"我去看了看克里斯特尔。"

"她还好吗？上班的时候我给她打过电话，但她没接。"

"她可能在睡觉。她看起来有点沮丧。我们是不是应该给她点帮助，比如心理治疗或者其他什么的？"

"她不会去的。"妈妈的声音略带紧张，我知道她其实并不想谈论这些。她闭上了眼睛，仍把头靠到椅背上，好像终于有机会休息了。但是，在我见过克里斯特尔后，我对过去发生的事情产生了更多的疑问。

"克里斯特尔跟我说了那些人到底做了什么。"

她睁开眼睛，皱起眉头看我："你说什么？"

"克里斯特尔跟我说，他们把你们关了好几天，并且伤害了你们……我对你们的遭遇感到很难过，你肯定被吓坏了。"

妈妈很生气："她没有权利告诉你那些事情。"

"她以为我知道。你为什么不告诉我？"

"我不希望这些事情困扰你。"

"你告诉过其他人吗？"我问。

"没有。"

"连帕特里克或凯伦都没有？"

"我们不想谈论这件事。"不管是姨妈们还是妈妈，都不愿提起过去的事情，我现在有些明白为什么了。但她们也很少提小时候的事情。多年以前，妈妈曾经跟我讲过一些外婆的事，比如她的名字叫莉莲，厨艺很棒，喜欢钓鱼，但她并未提过外公。"

"克里斯特尔说，你们偷了他们的卡车……"

"是。"

"你们是怎么逃出仓库的？"

"我们能换个时间说这些吗？我累了一天了。"

"你不想谈论一件事的时候，总是这样找借口。"

"但我确实有些累。"她把脸转了过去，喝了一口饮料。

"克里斯特尔说，是因为她，你们才不得不逃跑的。"

妈妈的喉咙动了一下："她可能是在说，她过去常常和你外公吵架。"

"为什么事情吵架？"

"你到底为什么要问这些？"她又看了我一眼。

"我只是想弄明白。为什么事情感觉如此怪异？"她们的经历实在是太可怕了，但我想知道为什么她们都不愿意提及此事。整个事情看起来有很多奇怪的地方，她们似乎在隐瞒什么。

"克里斯特尔说话从不过脑子，"妈妈生气地说，"当她陷在某种情绪中时，还总会废话连篇。那些话根本没有任何意义。"

"我敢肯定，她的话肯定意味着什么。"

"谁知道克里斯特尔是怎么回事？"她站起身，"我要去洗个澡。"

我进到我的卧室，戴上耳机，想听点音乐静一静，但这些音乐现在听起来满是愤怒、迷茫和困惑，好像它们也不知道自己想要怎样。

那天晚上晚些时候，我给克里斯特尔发了短信，说我很期待去海滩，问她是否需要我带什么东西过去。

她没有回复。

早上大约十点钟，我把泳衣装在包里，抓起一条毛巾和一些乳液，然后去了克里斯特尔家。她一直没有回复我的短信，也没有接听我的电话，我想她可能还在睡觉。

当我到她家时，所有的窗户都紧闭着，敲门也没有反应。我敲了好几次，还大声地叫门。我跑到每扇窗户前张望，想看看里面的情况，不过百叶窗都关着。我又看了看房子后面——她的小汽车不在车库里。我想去问问楼上的房客是否见过她，但好像没有人在家。

克里斯特尔忘了我们的计划，我失望地回到了家里。她或许去上班或者做别的事情了。那天白天和晚上我给她发了好几条短信，不过她都没有回复。我看了一下她的脸书，大部分都是她和小伙子们的合影，还有一些在酒吧或者与朋友聚会的照片。自我和她去酒吧的那晚起，她的状态再没更新过：迫不及待想看摇头士了！酒吧会沸腾的！

　　"我找不到克里斯特尔了。"妈妈刚到家我就立刻告诉了她，"我们原打算去海边的。"

　　"那太遗憾了，宝贝，但这很奇怪吗？"

　　我知道克里斯特尔经常放人鸽子，但她这么对我，让我很伤心。"她都不回我的短信。"

　　"我也在联系她，或许她忘了自己把手机放在哪儿了，再过一会儿她就会回复的。"

　　第二天，我从健身房回来时，妈妈正在边看电视边给脚趾涂指甲油。今天晚上酒店有一场婚礼，所以她要工作到很晚。

　　"妈妈，我想和你谈谈。"

　　"怎么了？"她抬起头，脸上满是关切的表情。

　　"我今天去了克里斯特尔家好几次，但她都不在。她也没去上班。没人见过她。"

　　"我知道你很担心，斯凯拉，不过这是克里斯特尔的一贯作风，这你也是知道的。还记得去年她也曾不辞而别过吗？她过去常常一消失就是好几个星期，我和达拉斯曾担心得要命，结果后来她就回来了，还觉得没什么大不了的。后来我们知道她是和朋友或者一些家伙聚会去了。"

　　"这次不是，妈妈。尤其是前天晚上之后。"

她盖上指甲油的瓶盖，望着我说："对于这次的情况，达拉斯和我都认为和以前一样。"

我咬着下唇："但她并没有告诉我。"

妈妈把手覆在我的手上："她仍然爱你，斯凯拉。你是她最好的外甥女。"

我勉强笑了笑："因为我是她唯一的外甥女。"

"没错。"她拍了拍我的膝盖，然后站起身，"我要准备上班了。"她回头看着我，"别担心了，宝贝，她很快就会回来的。"

在妈妈去穿衣服时，我从她的手提包里拿出钥匙串，然后取下了克里斯特尔家的房门钥匙。

当我把车停在克里斯特尔家门前时，时间是九点钟，天差不多刚黑。她的房子里没有任何亮光。她家楼上也没有亮光。这是个不错的机会。

我慢慢打开前门，迅速扫视了一下屋里的情况。

"哈啰？"我喊了一声。如果她领了某个家伙回家，或者她身上只裹着毛巾就跑出来了，我该怎么办？她会不会因为我侵犯了她的隐私权而生气？但是，房间里很安静。我一个人站在这里突然感觉有点毛骨悚然。

咖啡桌上的烟灰缸装满了烟蒂，旁边散落着一堆空烟盒，所有烟蒂都是一个牌子——美国水手加长型香烟，她喜欢这个系列。厨房水槽中堆满了盘子，垃圾桶中散发着异味。我把垃圾袋取出来系紧，放在前门旁，然后穿过客厅来到卧室。

她的床铺没有收拾，床单和枕头乱成一团。床头柜上还有一个空的啤酒瓶，我折的纸鹤静静地摆在纸巾盒上。我拿起纸鹤，一边用手指弹弄着纸鹤的翅膀，一边四下张望。

房间里弥漫着她的香水味。一些抽屉被打开了，衣服堆在洗衣篮中，我看不出少了什么。

我又来到她的浴室——架子上没有牙刷。打开所有抽屉，化妆品也都不见了。我看了看淋浴间，剃刀没了，只有几个几乎用光的洗发水瓶和一块肥皂。

我站在走廊里，皱着眉。她去哪儿了？

我回到客厅，坐在沙发上，手放在抱枕上。我不应该跟她谈论卡什溪，我压根就不该提。

靠墙的桌子上，烟盒中还剩下两支大麻烟。我来到她的写字桌前，翻看上面的便利贴，上面零散地记着杂货店信息、提醒事项和电话号码。我打开她的电脑，查看了她的检索历史，有一些品牌的检索信息，而最上面的一项是：卡什溪。

我盯着这个地名，心跳加速。我点了下搜索键，看着弹出来的链接。她查看了一个有关奥肯那根地区畜牧场的网页，上面详细列出了各个牧场的名字，不过这些名字对我来说毫无意义。

我关了电脑，在桌子上留了一张纸条：请给我打电话！然后我洗了水槽中的盘子，扔了垃圾，并整理了床铺。我拿走了那两根大麻烟——我觉得她不会介意的。

我又回到她的卧室，四处寻找她的那把手枪——床头柜抽屉里、床垫下面、壁橱里，但都没找到。那把枪不见了。

"我希望我能杀了他们。我一直希望杀了他们。"

当时她看我的样子，仿佛我根本不在她的眼前。

第二天早上，妈妈头发乱蓬蓬的，穿着拳击短裤和背心，拖着步子走进厨房。她打着哈欠从冰箱里取出一个盒子。

她看了一眼我冲的咖啡。"这不利于你的生长，你知道的。"她微笑着说。这是我们之间常开的玩笑，几年前，在我的身高超过她后，她就开始这样打趣我。

她把一些华夫饼放进面包机中，从冰箱里取出糖浆，然后坐在我的对面，用手指从盖子上蘸了点糖浆尝了尝。

我一直想着克里斯特尔家的情景，昨晚甚至还打开我的笔记本电脑再次搜了搜卡什溪。这的确是一个小镇，人口只有三千左右。维基百科提到它主营奶牛养殖和畜牧，但当我在谷歌搜索引擎里敲入"牧场卡什溪"时，并没有相关的链接。

妈妈正在说我们今天要做什么，但其实我根本没心思听。我在想怎么把我了解到的情况告诉她，但我每次打算开口，她都会把话题岔开。

"也许我们可以去史丹利公园①。你想在海堤附近滑旱冰吗？"她站起身，把华夫饼从面包机里取出放到盘子里，然后又在饼上抹了一层厚厚的黄油，"或者，我们也可以去格兰维尔岛②，在商场里逛逛或者去市集转转。"

她又坐回我对面，拿起糖浆瓶。

我深吸了一口气，说："我昨晚去了克里斯特尔家。"

她皱了皱眉："她在家吗？"她一边问一边放下了糖浆瓶。

"不在，我借用了你的钥匙。"

她现在看上去是真生气了："你的意思是，你偷拿了我的钥匙。"

我耸耸肩："我需要看看她家里的情况。她应该是星期日走的，或许那天在我回来不久后她就走了。"

---

① 闻名世界的大型城市公园，从温哥华市区步行15分钟即可到达。
② 位于温哥华市中心的边缘，前身是一个工业区半岛，改建后充满了现代艺术气息。

“好吧。”妈妈喝了几口咖啡，目光越过杯口望着我。

“我觉得她去了卡什溪。”

她摇摇头，不过我继续说道：“妈妈，听我说。她在她的电脑上搜索了卡什溪。我敢打赌，她在找那些家伙。”

妈妈的脸上一下子没了血色，她用手抓着桌子边缘，像是在用它支撑着自己。

“妈妈？”

妈妈站起身，加了点咖啡，往杯子里放了一块糖，来回搅拌着。我只能看到妈妈的侧影，但她的睫毛忽闪忽闪的，好像是在强忍泪水。

“克里斯特尔永远不会再去那里。”妈妈说。

“你不知道——”

“我了解我的姐姐，斯凯拉。她不会去那里的。”

“妈妈，她的枪不见了。我觉得她是想回去杀了他们。”

妈妈转过身说：“不可能，那太疯狂了。”

“她用电脑搜了那个地方。你想想看，她为什么要那么做？”我不能把我上次和克里斯特尔说的那些蠢话告诉妈妈。

“谁知道呢，但她肯定不会去卡什溪的。”

“我想我们应该开车去看看。”

“绝对不行。”

“为什么不行？”

“太危险了，而且我不能耽误工作。”

“你为什么不担心？”

“我很担心，好吗？但我和达拉斯很久之前就明白了一点，那就是，每当克里斯特尔做出一些出格的事情时，我们要学会不把自己的生活也弄得一团糟，而克里斯特尔也清楚这一点。她会回来的，然后我们会再借些钱给她，而她也会再找一份工作。"

"我不相信你居然不去找她！"

"斯凯拉，你不知道我们在那儿经历了什么！我们谁也不会再回到那里的。"妈妈走过来，捧着我的脸说，"相信我。"

我闪身躲开了："我只是不能就这么干巴巴地坐着等她回家。"

"不要担心了。艾米丽和泰勒在做什么？她们在打工吗？"妈妈看了一眼墙上的日历，脸上露出略微惊讶的表情，好像刚意识到有一个重要的约会，"哦，对的。艾米丽一家这周要去度假小屋。"

"她明天就走。他们还邀请过我，但我今年不想去。"艾米丽家的度假小屋很棒，每次去也都很开心，但有时候看到她和她爸爸在一起，看到她爸爸对她那么慈爱，我心里就有些不是滋味。她是爸爸的开心果，会常常看爸爸的笑话或打趣他的穿着。在他想带我们去钓鱼时，她会故意装作很烦。这些会让我对她有点生气，然后我们还会傻乎乎地吵上一架。

"打个电话，看你还能不能去。"妈妈说。

"你不介意我去？"

"我觉得你和同龄的女孩一起出去玩是件好事。你不应该觉得我会为此担心。"

"那健身房呢？"

"也没关系，我和达拉斯会帮忙打扫的。"

"好吧，我给艾米丽打个电话试试。"

"好的。"妈妈如释重负，然后端起咖啡说，"我要去洗个澡。"

那天晚上，当妈妈出去上班后，我在谷歌上搜索了路线和开车时间，算了算需要多少汽油以及我要带多少钱。我觉得大概五个半小时就差不多了，如果再算上吃饭和加油，时间可能还会再长一些。

第二天早上，当我走进厨房时，妈妈正在倒咖啡，她抬头看了我一眼。她的眼睛有些浮肿，好像没睡好。昨晚她回家后，我听到电视很晚才关。

我感觉有点紧张，因为我从橱柜里拿了燕麦棒、干果以及其他一些方便存放的食物。按计划，我要开大半天的车，中午会停下来吃饭，然后在卡什溪找一家汽车旅馆住下——我会从我的银行账户里取出几百美元。这样一来，今年夏天剩下的时间我都需要加班打工了，或许还要替人照看小孩，只有这样我才能买下那些混音器和音箱。

我给自己倒了点果汁，然后坐到餐桌旁。妈妈转身靠在灶台上："你和艾米丽联系上了吗？"

"是的，我可以去。几小时后我会去她家与他们会合。"

"太棒了，斯凯拉。祝你玩得愉快，不要再担心克里斯特尔，等她回来我会给你发短信的。别忘了给我打电话，别让我惦记。"

"度假小屋那儿的手机信号相当糟糕，还记得吗？路上我给你发短信或电子邮件吧，好吗？"

"好吧，宝贝。"她走过来，俯身吻了下我的嘴唇，然后像小时候那样捧起我的脸颊，"注意安全，我会想你的。"

"我也会想你的。"

我看着她穿过走廊回到了自己的房间。

我心里并不好受——我从来没做过这么出格的事情——但

是，我不能想这些。妈妈错了。她并不完全了解克里斯特尔。她不知道那天我和克里斯特尔的谈话，也没有看到克里斯特尔的眼神，更不了解她家那种空荡荡的感觉。但是我知道，克里斯特尔并不打算回来了。

十八

　　大约十点，我出发了，妈妈还在健身房。我收拾好行李，带上了多年前妈妈送我的那把弹簧刀——帕特里克曾教过我怎么用它。

　　天已经很热了——我穿着工装裤和一件背心，每动一下都会出汗。我车里的空调坏了，因此我摇下了所有的车窗。我把头发简单地扎在脑后，辫子松松垮垮地随风飘扬，车载音响播放着震耳欲聋的音乐。

　　温哥华出城的高速路有些拥挤，从一开始车就开得很慢，这样的路况让我有些焦虑。大卡车不断地从旁边呼啸而过，它们的轮胎几乎跟我的汽车一样高，我的小车被震得瑟瑟发抖。

　　我离温哥华越来越远，出城几小时后经过一个叫霍普的小镇，这里的地形与温哥华不同，更多的是山地，并且人迹罕至。随后我上了高贵哈拉高速，沿着这条公路可以直达坎卢普斯。坎卢普斯呈现出另一番景色，这里没有雪松和冷杉，只有崎岖的山路和陡峭的山峰沐浴在晨光中。车子一直在爬坡，沿途我看到几辆小汽车停靠在路边，排气管喷着尾气。我想到了妈妈和姨妈们，卡车在半路抛锚时她们的心里一定非常害怕。

　　每经过一个加油站或汽车旅馆，我都会格外留意是否有克里斯特尔的汽车。一想到几天前她刚从这里走过，我就有种奇怪的感觉。我手机里有几张她的照片，我还从相册里抽出一张来向路上的人打听她。如果我在卡什溪找不到见过她的人，那妈妈或许是对的，她只是暂时离开了。

我一直在回忆自己和克里斯特尔最后的那次谈话。无论她去了哪里，我都确信，我是她这次决定离开的原因。我不应该说那些话。但我又知道什么呢？长这么大以来，妈妈和姨妈们每天都在对我撒谎。所以我很想知道，她们是不是还说了别的什么谎言。

在路上行驶三个小时后，我来到了另一个小镇——梅里特。这里的地貌与其他地方又有所不同，一切都变得十分干燥，更像是一个沙漠峡谷，灌木丛长得稀稀拉拉的，满眼望去尽是褐色。我把车停在了麦当劳店前吃午餐。

我点完吃的，找了一张桌子坐下，然后给妈妈发短信。我告诉她我快到度假小屋了，还向她保证，等我到了有信号的地方就会立刻再给她发短信的，此外我还发了许多吻和拥抱的表情。早晨我已经给泰勒发过短信了，我告诉她我要加班，这样即便没有我的消息，她也不会觉得奇怪。我并不担心她往我家里打电话——我的朋友一般都只拨打我的手机。一个肩上背着硕大背包的姑娘从卫生间走了出来，对我笑了一下，然后又出门朝停车场走去。

我看着她走到一辆白色吉普车旁，有三个男孩站在那里，每个人背后都背着一捆野营装备。她和我年纪相仿，长得相当漂亮，一头铂金色直发在脖子后松散地束成一个发髻。

其中一个男孩递给她一支烟，然后在她俯身点烟时跟她说了什么。她后退一步，喷出一缕烟，转身离开了。接着那个男孩用嘴巴和手做了一个下流的手势，好像在模拟口交动作。另外两个男孩大声笑了起来。

女孩先是朝他们竖起中指，然后走向了高速公路，而这几个家伙钻进吉普车跟了上去。女孩在高速路旁站着，竖起一根大拇指搭便车，而吉普车在女孩附近停了下来。我目不转睛地看着，一只手停在了薯条上。他们想干什么？

坐在副驾驶位上的那个家伙把头从车窗伸出来，大声喊着什么，然后手臂一扬，朝她扔了一个思乐冰饮料杯。她抬手护住脸，但杯子里的饮料还是洒了她一身。然后那几个家伙加大油门，吉普车在公路上迅速掉了个头，径直离开了。女孩捡起石头朝他们扔去，不过他们已经走远了。

她回到餐厅，进了卫生间，气得满脸发红。我为她感到难过，希望她没事。

等她走出来时，我正在停车场看地图。她换了一件粉色的背心，向我的车里张望。

"嘿，我可以搭车吗？"

实际上我不想搭人。我只想一个人静静地思考，不想聊天。

"你看到那些混蛋了吗？"她问道，还没等我回答，她又看着我手里的地图问，"你打算去哪里？"

"卡什溪。"

"我要去雷弗尔斯托克。不过，如果你能把我带到卡什溪，我也会非常感激的。"她充满期待地对我微笑着，"我叫莱西。"

"我不确定……"我不想跟那些混蛋一样，但我仍在犹豫。

"我不是坏人，我发誓。我只是不想死在山沟里。"她的目光转向高速公路，"那些家伙太讨厌了。"

我想起了妈妈和姨妈们的遭遇，想象着在报纸上看到某人搭便车被杀的新闻。

"好的。不过到了卡什溪，我还有些事情要处理。"

"别担心。等我们一到那儿，我就会离开。"

我边开车边和她聊了起来。她十六岁，但因为化妆的原因，她看起来比实际年龄要大些。她来自霍普，也就是我开车路过的第一个小镇。她的父母不喜欢她的男朋友，所以她跟他们吵了一架，然后离开了家，正算着去雷弗尔斯托克找男朋友。我觉得她这样搭便车简直是疯了，不过她说她经常这样。她给我看了她男朋友的照片，是个长相可爱的男孩，有着褐色的眼睛和整洁的牙齿。她问我为什么要去卡什溪，我只敷衍着说我是去见我的姨妈。

我打开收音机，里面正好放着一首流行歌曲，我一边在方向盘上打节拍，一边跟唱了起来。

"你的声音真好听。"莱西说。

"谢谢。"

"你是歌手吗？"

"不，我是调音师。"说这些话时，我感到一阵兴奋，"我还开了一个YouTube频道。"

"太酷了。我也希望自己能有这么一个频道。"

"你也喜欢音乐？"

"是的，但我不会唱歌，也不会玩乐器。实际上我什么都不会。"她耸耸肩，"我妈妈总是说我很蠢。"她用一种严厉的嗓音模仿道："你最终会在拖车公园①里孤独终老。"接着她笑了起来，但笑声中略带苦涩。她转头望向车外，身体轻轻发抖，似乎是在强忍泪水。我不知道该说些什么。

几分钟后，她转过身来，用一种非常滑稽可笑的高音对着收

---

① 一些收入不高的人以拖车、活动房或房车为家，这些拖车、活动房或房车聚集在一起，形成了拖车公园，通常位于乡村或郊外，有水电可用。

音机大声唱起歌来，我也大笑起来。

"我说过我不会唱歌的！"

"哇，你的确不是在开玩笑。"

我跟着她一起唱了起来，还故意让我发出的声音短促又细长，就这样我们开心了好一会儿。然而我突然想起自己为什么会在这条路上，所以我停止了唱歌。莱西看了我一眼，也渐渐收了声，开始静静地看着车窗外。

我们连续赶了两个多小时的路，穿越了高山、湖泊、连绵的农场和高山草地。等我们看到带有餐饮和住宿标志的路牌时，我们差不多就到卡什溪了。真是太好了，我的车快没油了，而且已经连着好几英里都没碰到一个加油站了。

卡什溪真的很小，市区只有几条街道。以前在跟艾米丽一家去度假小屋时，我在路上也见过一些小镇，不过那些小镇看起来很漂亮，漂亮到让你很想停下来做点什么，比如吃点冰激凌或者拍拍照。然而，这个小镇看起来很糟糕。建筑大多都很破旧，公园里的长椅和金属垃圾桶似乎很多年都没喷过漆了。这里的一切似乎都在衰退，包括路面、遮阳棚和商店墙壁上的油漆。

"我得去加点油了。"我说。

我看到一个旧的汽修厂，想起了妈妈说过的话——"其中一个人在汽修厂工作。"假如他还在那儿工作呢？我要不要去找别的汽修厂？我低头看了看仪表盘，背景灯已经亮了很长时间了。

我把车停在一个加油泵旁，但是没人出来，里面的办公室好像也没人。商店的两扇大门敞开着。

我走下车，莱西也跟着下了车，斜靠在车门上，让风扇的风吹吹脸。我朝着商店走去，阳光太晒了，踩着人字拖都能感受到路面传来的热量。我浓密的头发让脖子后面感觉超级热。

一个戴着红色棒球帽的高个儿男孩正弯着腰和另一个半蹲在卡车下的男孩说话。从外观上看，这是一辆老式的暗灰色雪佛兰，后窗上贴着百威啤酒的标志。卡车下面支着一个千斤顶，胎线结实的巨大轮胎被取下来靠在墙壁上。长凳上有一台立体音响，正播放着乡村音乐。似乎没有其他人在干活儿，这让我松了一口气。

"能帮帮忙吗？"我说。

戴棒球帽的男孩转过身来，另一个男孩也从卡车底下探出头，然后站了起来。他看到刚刚站到我身边的莱西时，眉毛挑了一下。他有着一头金色的头发，耳朵两边和脑后都剪短了，额头上留着长长的刘海。两个男孩和我们的年纪相仿，看起来脏兮兮的，指甲下面全是油，胳膊上的污渍和汗水混在一起，穿着脏脏的T恤和褪了色的低腰牛仔裤。

"我们需要加点油。"我说。

"该死，对不起，没看到你停车。"那个戴红色帽子的高个子男孩说，然后用抹布擦着手朝我们走来。他比我还要高一点，皮肤白皙，眼睛明亮，脸上挂着微笑，棒球帽下露出黑色的鬈发。

"你们两个女孩不是本地人吧。"他问道。

"只是路过。"我说。我在考虑是否应该拿出克里斯特尔的照片，然后打听一下她是否在这儿加过油，但我还没想好该怎么解释我为什么要找她。我看了一眼莱西。她说过一到卡什溪她就会离开的，但现在我丝毫没看出她有要去路边搭车的意思。

那个金发男孩跟着我们走出来，斜靠在加油泵上，对着莱西微笑。莱西也回他以微笑。

"想加多少？"黑发男孩说着，打开了油箱盖。

"请加满吧。"我环顾四周，看到路对面有一家桃红色的小汽车旅馆，门口挂着花篮，还有免费无线上网和欧式早餐的标志。汽修厂旁边是一个酒吧，门口上方搭着遮阳棚。在酒吧门前有几个停车位，不过路后面好像还有一个后院。

我记得克里斯特尔曾说，她们得到了一个骑摩托车的人和他儿子的帮助。汽修厂旁边的酒吧就是他开的。我抬起头，看到酒吧楼上有一扇窗户敞开着，不过拉着窗帘。他们还住在那里吗？克里斯特尔会不会已经和他聊过了？我回头看了看汽车旅馆，我得用手遮住眼睛才能看清停在那边的汽车，阳光太刺眼了。没有克里斯特尔的车。不过可能后院里还有停车位。

"那是镇上唯一的汽车旅馆吗？"我问道。

"是的，"金发男孩说，"我们管它叫桃子旅馆。这个小镇北面还有一家汽车旅馆，在高速路旁，不过那家旅馆要贵很多。"

"你打算住一晚？"在我递给黑发男孩油费时，他问道。

"也许吧，"我说，"不过还不确定。"

莱西对我的回答有些好奇，看了我一眼。

我们回到车里，两个男孩走进加油站的办公室。黑发男孩把钱放进收款机。两个男孩透过布满灰尘的窗户望着我们，金发男孩微笑着对另一个男孩说着什么。

莱西透过敞开的车窗呼吸着空气："哦，上帝，那味道太好了。我从昨天到现在就没吃过东西。"

我闻到了烤肉味："我见你在麦当劳来着。"

"我只是进去换衣服，没钱买吃的。"她耸耸肩，似乎这没什么大不了的。她告诉过我她的父亲失业了，她的状况一定非常糟糕。即使在生活很困难的时候，妈妈也一定会保证冰箱里装满了吃的——而妈妈也会给那些无家可归的人一些钱。一天，我问她为什么这么做，她说："你永远也不会知道别人身上曾经发生了什么。"

我抬头看了一眼，注意到旅馆旁边有个餐厅，它看起来很便宜。

"我给你买晚餐，但我必须得走了，好吗？"我想去找克里斯特尔了，但我不能眼睁睁地看着她挨饿，而且我自己也饿了。

"真的？太棒了。谢谢。"

我把车停在餐厅门前。在街道稍远的地方还有其他几家商店，其中一家看起来像是个五金店，外面贴着一个邮局标志和一个表明可以在那里买彩票、冰块和鱼饵的标志。我们下车时，餐厅门前有几个男人在盯着我们看。我不喜欢这个小镇的感觉，街道上满是灰尘，气候异常炎热。这里的一切似乎都很肮脏、破旧，有点让人毛骨悚然。我不知道是不是因为我知道妈妈在这里的遭遇，但好像也不只是这个原因，这个小镇像是已经被抛弃很多年了。

餐厅服务员的年纪和我妈妈相仿，留着黑色的长发和短短的刘海。她微笑着给我们送来咖啡和菜单。我们两个点了这里的特色菜，鸡肉派和沙拉。

"还要点其他的吗？"

"不，这些就够了，谢谢。"

我们把菜单还给她。我往自己的咖啡里加了点糖，莱西透过窗户望向对面的酒吧。

"他帅呆了。"

顺着她的目光，我看到酒吧门前有一个男人正在修理摩托车。他取出一些工具，然后脱掉了衬衫。一个年长的家伙做出这样的举动，的确很性感迷人。他留着齐肩金发，中分，脏兮兮的金色胡子修剪得短短的。然后他把衬衫穿上，进了酒吧。这时，女服务员给我们送来了水。

"那个人是谁？"我问。

她向窗外望去："你是说欧文？那个酒吧就是他在经营。"

克里斯特尔说过，是一个骑摩托车的男人的儿子开车把她们送到了汽车站。这个人就是那个儿子吗？这家酒吧还属于他爸爸吗？我觉得我有必要和他谈谈。如果克里斯特尔来过这里，这个酒吧很可能就是她第一个落脚的地方。

莱西望着我。我回过头看着她。

"怎么了？"

"你打算在哪里和你姨妈见面？"

"还不确定，一会儿我给她打个电话。"我啜了一小口咖啡，很难喝，上面还漂着咖啡渣，不过我有点喜欢这种焦煳味。

"她住在这里吗？"

"我不想谈论这个话题。我们产生了一点家庭矛盾。"我知道我的语气有点紧张，但是我还能说什么呢？

"我明白了，对不起。"

我又给妈妈发了条短信，告诉她我很好，但几天内可能没法回家。我在离开温哥华时关掉了手机的定位功能，希望她还没有意识到。

女服务员把我们的食物送了过来："给，姑娘们。"

莱西低下头把一大口鸡肉派送到嘴里，嘴里还没吃完，她就又叉起沙拉送进口中。而我才刚刚从餐巾纸中取出餐具。

"上帝，太好吃了。"她说。

我看着她，开始觉得有些厌烦——鸡肉派稀得像水一样，沙拉里的蔬菜并不新鲜，上面满是调料——但随后我注意到了她那突出的锁骨、纤细的手腕以及瘦得像擀面杖一样的手臂，还有她戴在手上的粉红色塑料手表。

　　"是的，的确好吃。"说着，我也舀了一勺，吃了一大口。

　　吃完后，女服务员递上了账单，我在桌子上放了一些钱。

　　"那么，出去之后就祝你好运了。"我站起身，把背包背在肩上——里面装着我的笔记本电脑，我不想把它留在车里。

　　"等等，"莱西说，"已经快五点了。如果现在再去搭车，恐怕到晚上我都搭不上。我不知道这个小镇竟然这么小——也许天黑了我都还困在高速路上。"

　　我皱起眉头，心里有些犯难。克里斯特尔需要我，所以我没办法绕路。

　　莱西站起身，抓起她的手提包："你刚才跟加油站的人说，你或许会在汽车旅馆住一晚。那我可以打地铺吗？就一个晚上？明天一早我就去车站，我在那儿肯定能搭上车的。我也可以给我的男朋友打电话，他会给我汇钱过来的，然后我可以把吃饭和住旅馆的钱还给你。"

　　她可能会被困在公路上，这确实是个问题。自从我们来到这里，我只看到两辆车从主街驶过。她要想搭车，估计得走很远。我低头看了看，她穿着一双拖鞋，脚趾间还贴着创可贴。

　　"好吧，不过只有今晚。"

十九

　　我们回到车里，热浪像厚厚的毯子包裹着我们，我一下子开始想念吹着空调吃晚餐的时光了。女服务员告诉我们，在不列颠哥伦比亚省，阳光峡谷的温度是所有地区中最高的，对这句话我坚信不疑——方向盘烫得我都不敢碰。我们摇下车窗，把车停在了汽车旅馆门口。

　　"在这儿等一下，好吗？我马上回来。"我说。

　　"好的。"

　　柜台后面的那个女人放下手里的书，抬头从眼镜上方看着我。

　　"需要帮忙吗？"

　　"有没有一个名叫克里斯特尔的女人曾在这里住过？"

　　"没有吧……"她看了一眼登记簿，"没有。"

　　"那您有没有见过和这张照片很像的人？"我把克里斯特尔的照片递给她。

　　她把照片拿得离眼镜远了一些，眯起眼睛看着："看着像是住48号房的那位女士——她在这儿租了一个星期。不过她的头发是棕色的。"

　　看来克里斯特尔来过这里——她一定染了头发。我心里一阵狂喜——我找到她了。但随后又是一阵恐惧。她现在在哪儿？

那个女人把照片还给我，用怀疑的眼光看着我问："她是谁？"

"我姨妈。"我早就编好了故事，"她和我妈妈大吵了一架，然后她就离开了。这太糟糕了。所以我试着来找她，希望能让这些事情过去。"

她点点头："我姐姐也常和我吵架。"

"您上次见到她是什么时候？"

"也就几天前吧。"她耸了耸肩，"我不会刻意留意每一个进进出出的客人。她说在她入住的这个星期，都不需要我们打扫房间。"

"她什么时候入住的？"

"星期一吧，我记得是。"

这么说，她一定是星期一早上离开温哥华的。

"我能不能到她的房间给她留个便条？"

"抱歉，亲爱的。不过我可以告诉她你正在找她。"

"呃，我可以租一个离她比较近的房间吗？"

"你有信用卡吗？"

"没有。"

"那么需要现金预付。你想住几晚？"

"暂时住一个晚上。"

"含税价，总共六十美元。"那个女人递给我一张表格，我写下我的姓名和车牌号，然后把表格还给她并支付了房费。我想打听一下牧场的情况，不过我觉得突然就问有些欠妥当。然后我想到了一个办法。

"我的朋友正在找活儿做。我听说这里有一个养牛场能雇用小孩子。"

她点了点头："勒克斯顿养牛场，那是这个镇子唯一的大型牧场。"

"哦，好的。"难道我找到他们了？"那您知不知道，我那个朋友应该找谁？"

"布莱恩或加文——他们在经营那个牧场。"

我怎么才能知道是不是他们？牧场现在或许已经归其他人所有了。我使劲琢磨着接下来要问的问题。线索，我需要线索。

这时，电话响了。

"祝你入住愉快。"那个女人说着，伸手去接起了电话。

汽车旅馆的房间还可以，有两张铺着蓝色花卉图案床单的双人床、一台小冰箱和一台电视机，电视机看起来和我家里的那台一样古老。莱西把背包放在靠近卫生间的床头柜上。

"介意我睡这张床吗？"

"当然不。"我坐在另一张床上，看了看我的手机。妈妈给我回了短信，让我玩开心，还说她想我。但对于克里斯特尔，她只字未提。

我想去那个酒吧看看，但不知道能不能让莱西一个人待在房间。我拉开窗帘，看到外面停着几辆卡车。如果那些男人也在那儿，我该怎么办？我不可能把照片给他们看——他们可能会听到我问的话或者认出克里斯特尔。我必须等到早上人没那么多的时候。

我们很晚才睡，一直在看电视。莱西在看节目时一直说个不停，似乎并没注意到我几乎没有反应。每当听到有车辆停下的声音，我都会起来看看是不是克里斯特尔。我的车停在房间的正前方。我察看了旅馆后面，那里通向另一条路，没有其他停车位，我觉得克里斯特尔不会把车停在街道上。

我感觉坐立不安，手里急需做点什么。于是我打开了笔记本电脑。莱西问我在做什么，我说我想给她看看如何做混音。她的乐感非常糟糕，但我却说她还不错。她似乎很是骄傲，这让我觉得有点内疚，就像我跟一个小孩说树底下有礼物，但其实我知道那儿根本什么都没有。

莱西终于睡着了，我又熬了一个小时。我听着停车场的声音，心里想着克里斯特尔。她的计划是什么？如果她来这里是为了杀死那些家伙，那她将如何接近他们呢？我又看了看手机，找了些当地的新闻，最近没有任何有关枪杀或暴力犯罪的报道。那么，她在哪里？我很担心，也许她已经出了什么事，也许我来得太晚了。但我又提醒自己，克里斯特尔非常聪明，性格也很坚强，我只是需要找到她。

明天我会去酒吧找欧文谈谈，还准备开车在镇子里转转，看看能不能发现她的车。或许我还会开车经过那个牧场——但我不知道该怎么确认她是否去过那里，这和向店员打听不一样。

第二天早上，我听到莱西在房间里走来走去。我睁开眼睛，她正在背对着我穿衣服。

"你在做什么？"我问。

她转过身低声说："我想去前台拿点咖啡和松饼，否则就会被别人拿光了。"

"好吧。"我闭上眼睛，用枕头盖住了头，然后翻身继续睡觉。过了一会儿，我醒了过来，伸伸懒腰，朝旁边看了看。我以为莱西已经回来了，但她并不在。我看了看时间，刚刚我又睡了一个多小时。该死！我坐了起来。

"莱西？"我大声喊道。也许她在洗手间。

但是没有回音，周围一片寂静。

我起身拉开窗帘，停车场里也没有她。太奇怪了。或许她去那家餐厅了？不会的，她身上没有钱。我冲了个澡，穿上衣服，化好妆并梳好了头发。莱西还是没有回来，不过我有点重获自由了的感觉，她肯定在去拿松饼时搭别人的车走了。

我把手提包从地上捡了起来，然后去床头柜上找我的手机。见鬼，哪儿去了！我在地板上四处找着，又跑到卫生间找，心里感到越来越恐惧。莱西干的？我赶紧又翻了翻我的手提包——我的钱包也没了。我坐在床边，气喘吁吁、全身发抖，好像刚刚从过山车上下来一样。她拿走了我所有的钱和我的身份证。然后，一个更可怕的念头冒了出来——我的笔记本电脑！我赶紧检查了一下背包。不见了。

我背靠着床，颓然地坐在地板上，眼睛盯着手里空荡荡的背包，简直不敢相信。我又伸手摸了一遍背包，希望刚才只是我一时没找到，但事实是它们确实不见了。昨天晚上我还在教莱西如何使用我的软件，我告诉她这台笔记本电脑是妈妈用假期赚的钱给我买的，然后我自己攒钱买了软件。她当时还跟我说，我很幸运。

我想着再买这些东西要花多少钱，想着我保存的歌曲列表、节奏和所有音乐就这样全没了。也许我永远都没有办法再重新获得这些东西了——妈妈会杀了我的。记得我们在挑笔记本电脑时，妈妈非常开心。我说二手的也很好，但妈妈坚持要买新的——她觉得新的更有保障。

我低垂着头，膝盖顶着太阳穴，然后开始哭泣。我想起自己是如何给莱西买晚餐的，我真是疯了。她说她什么都不擅长，但她却是一个很棒的小偷。

我抓起昨天换下的短裤，检查了一下口袋，里面还有两张二十美元的钞票，谢天谢地，车钥匙也还在。我走出房间，来到车里，检查了一下杂物箱和中控台。我还在座椅下面找到了一张五美元的钞票和一些零钱。至少现在油箱是满的，而且我还有一些食物。同样让我高兴的是，我把弹簧刀放在了枕头下面而不是手提包里。

我反复考虑了几种选择，我可以给妈妈打电话，把发生的事情都告诉她，她或许能给我汇些钱来，但她会非常崩溃，同时还会命令我赶紧回家。我走到汽车旅馆办公室，前台后面还是那个女人。

"今天早上您见到我的那个朋友了吗？"

"那个金发女孩？我最后看到她时她正在搭车，然后她上了一辆小汽车走了。"

毫无疑问，她已经离开很久了。我想象着她打开我的笔记本电脑，查看我的电子邮件并翻看我的文件。我实在是太愚蠢了。

"哦，那就好。我只是想确认她搭上了车。"我微笑着说。谢天谢地，篮子里还有一块松饼和几个苹果。我每样拿了一个，仍然微笑着对那个女人说："祝您有美好的一天！"

回到房间后，我清空了背包，把壁橱里备用的毯子和枕头塞了进去，然后把背包放到车里。我又返回房间收拾剩下的物品。前台那个女人登记了我的车牌号，希望他们不会这么快就发现丢失了物品，也希望他们不会报警。我还随手拿了条毛巾，并在门上挂了"请勿打扰"的牌子。

然后我把车开到酒吧后面的停车场，一直在那儿等到十一点，酒吧这会儿应该开始营业了。一名女服务员走出来向垃圾桶中扔了一个袋子。我推开酒吧后门走了进去，昏暗的酒吧里灯光闪烁。

角落里的自动点唱机正在播放着乡村音乐，木地板看起来有点旧，不过地板上过漆。墙壁上挂满了啤酒杯垫，空气中散发着陈酒和香烟的气味。墙角有一张桌子，桌边的两个男人正用好奇的眼神看着我。我避开了他们的目光，觉得自己真不应该穿背心。

一个身材矮胖，留着褐色短发的女人正在吧台后面调酒，她穿着一件胸前带有紫色条纹的黑色T恤。她抬头看了我一眼：“未成年人不能饮酒。”

“我只是想找我姨妈。”我把克里斯特尔的照片递给她，“她现在是棕色头发，她最近来过这里吗？”

女人用毛巾擦了擦手，接过照片：“她这周在这儿待过几个晚上。”

我的心里一阵紧张，刚要问其他事情，戴着哈雷帽、长相俊朗的欧文就来到了吧台后面。在看到我时，他眯起了眼睛。调酒师转身把照片递给了他。

“这个女人这个星期来过这里，对吗？”

他慢腾腾地仔细看了看照片。我好奇他是不是认出了克里斯特尔，他当时还比较小——如果他就是帮助过她们的那个人的话。但我看不懂他的表情。

“她现在是深色头发？”他问。

“是的。”

他把照片还给我：“你为什么要找她？”

“她是我姨妈，”我说，“她和我妈妈吵架了，然后离开了家。我想找到她。”

“你准备报警？”

“不，不是那样。她有时候只是会消失一段时间——她喜欢参加派对。”我耸耸肩，装作这没什么大不了的，但其实我内心十分紧张。如果他报警，我该怎么办？

调酒师转过身来："我想起来了。星期二的时候,她和牧场里的人一起坐在角落里,一晚上都在喝啤酒、吃烤翅。"她大笑起来。

"牧场里的人?"

"加文,还有牧场里的几个助手。他们可能今晚还会来,你可以问问他们。"克里斯特尔遇见了加文,甚至还坐下来和他说话聊天?那加文就不可能是当年伤害了她们的人。但又或许是他根本没认出她来?毕竟克里斯特尔现在是深色头发。

"她是和他们一起离开的吗?"

"不确定。哦,我记起来了,加文给她付了酒钱。"

听起来好像自那以后就再没有人见过她了。克里斯特尔跟他回家了?然后我想到,这个调酒师可能会把我寻找克里斯特尔的事情告诉加文或者从牧场来的人。那样整个事情就会更糟了——对我和对克里斯特尔皆是如此。

"那她可能已经回家了。"我边说边紧张地大笑起来。调酒师回去继续调酒了,不过她奇怪地看了我一眼,仿佛她并不相信我说的话。欧文靠在吧台上,也在注视着我。

"如果她再来,"我说,"你能告诉她,她的外甥女正在找她吗?"

"当然。你叫什么名字?"

"斯凯拉。"

"祝你好运,斯凯拉。"他说。

"谢谢。"我说着,然后转身离开了。

我穿过酒吧,重新回到阳光下,但感觉他们还在吧台后面一直注视着我。

二十

　　我开车去了那家杂货店，买了几瓶水和一个并不新鲜的三明治，吃了一些什锦干果。水果在闷热的车里已经变质了，散发着烂苹果烂香蕉味儿，我不得不扔掉它们。我不知道现在该做什么。克里斯特尔能去哪儿呢？

　　我开车在小镇上四处转着，寻找她的车——我甚至还去了小镇北面的汽车旅馆找她，万一她去了那里呢。我注意到小镇上还有一个更现代化的加油站，那里有好几台加油泵。我又去了一个有着大品牌商店的路边商业区找她，不过都没有看到她的车。我拿着她的照片向人打听，但没有人见过她。

　　我怎么才能知道她是否去了加文的家呢？我不可能就这样去牧场打听。况且，我还不知道加文和布莱恩是否就是伤害了妈妈的人。妈妈说过，那些人把她们带回了牧场，但她的意思可能只是说去他们的牧场工作而已。我记得克里斯特尔曾说过她们是如何被关到仓库里的。靠我自己是绝对不可能找到那个仓库的。

　　我决定再等一天，看看她是否会回到汽车旅馆。如果没回来，或许我应该给妈妈或达拉斯打电话，告诉她们克里斯特尔肯定在这里，那时候她们就会重视我说的话了。但她们还是很可能会让我直接回家——而且，妈妈肯定会和我大吵一架。我能想象给妈妈打电话的情形，妈妈的声音里会充满了气愤、恐惧和失望。想到这儿，我心里感觉毛毛的。

这一天剩下的时间里，我把车停在了酒吧后面的一条街上，从这里我能看到酒吧的后门。我坐在前排听着克里斯特尔送给我的音乐碟，昏昏欲睡。傍晚时分，我又开车绕了一圈并路过了那家汽车旅馆，随后再次把车停到了酒吧后面。我已经开始放弃希望了。我没有看到任何长得像克里斯特尔的人，而且，我也不知道布莱恩和加文的长相。

我有些尿急，感觉膀胱都要爆了，所以我不得不偷偷摸摸地躲到车后面的阴影里撒尿。我又暗中观察了几小时。克里斯特尔始终没有露面，而我也感觉很疲惫。我吃了最后一根燕麦棒，然后从后面取出毯子和枕头，放下座椅，这样我就既能躺得舒服些，还能看到酒吧的情况。

我听到一辆卡车驶来，车上放着硬核重金属音乐。我赶紧往下缩了缩身子。这辆车停到了我的正后方。我转头看了看，正是汽修厂的那辆。该死，是那两个男孩吗？我不知道这辆车是谁的。他们关掉车灯，两扇车门同时被打开了。车上的收音机仍放着音乐，但音量已经调低了。

"去拿一箱摩尔森啤酒吧？"借着卡车驾驶室发出的亮光，我看到了那个黑发男孩。是他开车过来的。另一个我不认识的男孩跳下了车，朝着酒吧走去。

黑发男孩靠到卡车上，低头看着手里的什么东西。好像是手机发出的亮光。还有一个人从副驾驶上下来，然后站到了黑发男孩的身旁。在路灯下，可以看到那个男孩一头金发，正是在汽修厂里修车的那个。他们大声地笑着，谈论着女孩。

刚去酒吧的男孩搬了一箱啤酒向停车场走来。他停下脚步，跟另一辆刚刚停过来的卡车上的人交谈着，还向我旁边那两个男孩大声呼喊。他们从我的车旁走过，我缩下身子，屏住呼吸。他们没有看到我，但他们回来时可能就会发现我了。我悄悄朝后面看了看，他们的车与我的车离得很近，而我的车和前面那辆车的间隙也很小。这时我听到了他们的说话声，他们仍在大声笑着。

我是不是应该爬到后座上？太迟了。这会儿他们已经在往回走了，他们会看到我往后座爬的。我缩下身子，用毯子盖住了头。

声音越来越近，然后停在了我的车旁。

"这不是今天来加油的那辆车吗？"他们怎么知道的？我想起了后视镜上挂着的粉色兔脚。

"有人在车里睡觉？"

有人轻轻地敲我的车窗。我不知道该怎么办，如果不理他们，他们会走开吗？他们又敲了敲车窗："嗨，你还好吗？"

我把毯子从头上拿开，坐起身并摇下了车窗："是的，我很好。"

"你在车里做什么？"金发男孩问。那个看起来年纪大一些并留着山羊胡的男孩站在他们身后。

"我在睡觉。"

"你的朋友去哪儿了？"高个子男孩问，他的手里拿着一瓶啤酒。

"她不是我的朋友。"我说，"而且，她走了。"

他看着我的汽车后座。我的衣服扔得到处都是。

"有什么问题吗？"我问。他用奇怪的眼神看了我一眼。

"你怎么了？"

"我没事。你们不要管我就好。"

"对不起，"高个子男孩说，"不过警察晚上会过来巡逻。

你最好另找一个地方。"

我最担心的就是警方盘问——我甚至连身份证都没有了，这全拜莱西所赐。

高个子男孩打开啤酒喝了一口。他又看了我一眼："你需要钱？"

我一下子愣住了。为什么他会问我这个问题？

"我很好。"

"你睡在车里。"

"或许我只是喜欢野营呢。"

他笑了："我叫莱利。"然后又指着他的朋友们说："这是诺亚和杰森。"

"嗨。"

"你叫什么名字？"

"斯凯拉。"

"哦，斯凯拉，我爸爸经营着一个大型养牛场。或许他能给你找点活儿做。"

绝对不行，他说的肯定就是那个牧场。"牧场叫什么名字？"

"勒克斯顿养牛场。"他自豪地说。

我盯着莱利，努力思索着是否应该问问他们家经营这个牧场多久了。我张了张嘴，但欲言又止。我有种奇怪的感觉，总觉得在哪儿见过他，或者他让我想起了什么人，但我想不起是谁或者怎么认识的。这让我感觉很不舒服。

他用奇怪的眼神看了我一眼，等着我说话。

"怎么了？"他问。

"我该走了。"我在点火器上摸索着车钥匙。

"好吧，"他俯下身子透过敞开的车窗对我说，"如果你需要找活儿做，就沿着镇上的主路一直往前开，到一座桥后左转，然后驶上河底路，接着你就能看到左侧的车道——继续向前就是牧场的主屋。我叔叔住在矮一点的房子里，我爸爸的名字是布莱恩。"

"谢谢你的建议。"当他站起身时，我感到一阵轻松，"你们的车把我挡住了。"

"我们挪一下车。你确定今晚没事？"

"是的，我很好。"我强迫自己挤出一丝微笑。他对着我微微一笑，然后他们上了自己的卡车。我从后视镜里看到他们开走了。

我把车停到一所旧学校后面，摇起车窗并锁好车门。我打开车载音响，里面放着克里斯特尔送我的音乐碟。不过音乐这时对我没什么作用，无论我怎么努力把精力放在节奏上，我始终都能看到莱利的那张脸。他很友好，但为什么我感到很紧张？这个小镇简直把我变成了一个偏执狂。我关掉音响，取出光盘，把它甩到脚下。我整理了一下后排座位的床铺，然后闭上了眼睛。

等我醒来时，阳光晒到了后车窗上，车内有些闷热。我舒展了一下蜷缩的身体，但心里还是不痛快。克里斯特尔依然不见踪影。我坐起身四下望了望，昨天让我觉得很安全的小车，这时狭窄到几乎让我窒息。

我迅速换好衣服，坐到保险杠上，喝着水并想着接下来该怎么办。如果我到牧场找一份工作，或许我能发现一些克里斯特尔到过那里的迹象，也有可能发现他们藏了什么，比如克里斯特尔的汽车。然后我可以报警。或许，我甚至能够找到克里斯特尔。但我觉得很害怕。如果他们就是伤害了妈妈和姨妈们的人，那他们可能也会伤害我，尤其是在发现了我在四处窥探的情况下。我记得克里斯特尔对我说过的所有事情，我记得她脸上的恐惧，也记得她呆滞麻木的眼神。

我必须让他们觉得我有许多家人，而且我的家人都很关心我，知道我在哪儿——我绝对不能和他们中的任何一个人单独相处，而且必须始终随身携带那把弹簧刀。我从后备箱中找到那把刀，把它夹在膝盖中间，摆弄着开关。

我想象着和他们说话的感觉，不知道自己能不能应付。如果我紧张害怕或者感到恐慌的话，我该怎么办？此时我握着刀的手已经在出汗了，脉搏飞快地跳动着。我闭上眼睛，思绪又回到克里斯特尔身上——我是多么想她，我是唯一一个有可能找到她的人。我松了一口气，把弹簧刀放回座椅下方，试图驱散内心的恐惧，但我的内心仍像被猫爪挠了一样难受。

我开车去了高速路旁的加油站，在洗手池中用海绵擦洗身体，梳好了辫子并且刷了牙。随后我穿上工装短裤，这条短裤比其他短裤略长一点，又穿了一件白色T恤——这件T恤有些贴身，不过我觉得总比背心要好一些。我还不能确定什么鞋适合穿到牧场去干活儿，不过我穿上了我最喜欢的皮革人字拖。跑鞋放在车里，我需要时随时可以换上。

我找到了那个牧场，那里离小镇很远，位于河底路。当我看到牧场标志时，我的心揪得紧紧的。车道两边围起来的篱笆曾经应该是白色的，不过现在看起来很脏，油漆已经开始剥落了。车道的路面在我驶过后扬起一阵尘土。我经过了第二条车道，这条车道可能是通往加文家的。我按照标志直接开车来到牧场办公室，两边的草场上有很多正在吃草的马匹。

我把车停在一栋蓝色建筑前，这栋建筑旁边的房子看起来有点像公用拖车，是在建筑工地上经常能见到的那种。我仍无法让自己摆脱内心的恐惧，感觉有一只冰冷的大手正试图把我按倒，我的两条腿像灌了铅水一样沉。我四下张望着，试图鼓足勇气。在建筑一侧有一扇小门，门上面挂着办公室的标志。车道对面有一栋白色的房子，房子周围是一圈走廊，墙角种着几株高大的枫树，门前挂着吊兰，过道里摆放着一些旧轮胎，轮胎里面也种着花草。不过整栋房子看起来破败不堪。

如果我在那儿多坐一会儿，也许就会有人出来问我有什么事了。我在短裤上擦了擦手上的汗，打开车门，强撑着往前走。透过办公室门旁的一扇窗户，我看到屋内有个男人坐在书桌后面，正在低头看一些文件。他就是布莱恩？我的神经一下子绷紧了，甚至紧张得口干舌燥。我深吸了一口气，然后开始敲门。

"进来。"那个男人说。

办公室很小，里面放着一张书桌、几把椅子，地面是混凝土的。在一个小架子上放着一台咖啡机，机器几乎是悬在架子边缘，墙角还有一台迷你小冰箱正在嗡嗡作响。房间里很凉快，冷却了我下车时那种热浪滚滚的焦灼感。坐在书桌旁的男人吃惊地看着我，脸上露出困惑的表情。

"需要帮忙吗？"

他看起来和莱利很像，不过他的黑色鬈发更短些，里面还夹杂着白头发。他的嘴巴和眼睛跟莱利的完全一样，我再次冒出一种奇怪的熟悉感，好像我以前见过他一样。我是不是……然后我突然明白了。

他抬头看着我，那双黑色的眼睛就和我每次照镜子时看到的眼睛一样。

不。

我盯着他，脑子里将所有的碎片重新移动组合，最后呈现出一幅完整的拼图。

他坐在那里，靠着椅背，如此随意。他的右手放在书桌上，手指不耐烦地敲打着桌面。他的小手指是弯曲的。

根本就没有什么比利，也根本不存在和那个喜欢滑板和阅读的金发男孩之间的夏日恋情，这些根本就是子虚乌有。有的只是这个人——我的父亲。

"你没事吧？"他皱起眉头问。

"我……"我需要好好想想。我想放声大哭，想立马离开这个鬼地方，但我现在还不能走。"天太热了，我不太适应。"

他点了点头："今天确实很热。"

我必须说点其他的，必须提醒自己为什么会来这里。

"你的儿子莱利说，你可以帮我找点活儿做。"我居然还能说话，而且听起来还很正常。

桌子上的电话响了。"抱歉，稍等片刻。"他接起电话说，"我是布莱恩。"他安排好用拖车给某个人运送马匹，然后挂断了电话。

"你从卡什溪来？"他眯着眼睛，好像在琢磨以前是否见过我。我惊恐地觉得他可能认出了我，不过我暗暗告诫自己，他不可能仅凭长相就把那些事情和我联系起来。我的双手放在口袋里，紧张地攥起拳头移向口袋更深处。

我决定诚实一些，以防他问起一些我根本没法解释的问题："我从温哥华来。"

"你十八岁？"

"是的。莱利说你可以支付现金给我。"

"你遇到麻烦了？"他把玩着桌上的一支钢笔，把笔帽咔嗒咔嗒地拔下又插上，一直重复着，小小的房间中似乎回荡着这咔嗒声。

"有点麻烦。我被抢劫了。"我提醒自己，我不能让自己听起来过于脆弱，"我只是需要打几天零工，然后我就可以和我的男朋友会合了。"我想起了莱西的故事，"他在雷弗尔斯托克等我。"

他站起身来，我这才意识到他有多高，绝对超过了六英尺。他不是太胖，不过T恤下的手臂肌肉非常发达，好像多年以来每天都在从事体力劳动一样。我努力不去想他抓住了妈妈和姨妈们，并把她们扔到……他从桌子后面走过来，坐到桌边打量着我。我想后退，想和他保持一定的距离，不过我不想让他知道我心里有多害怕。

"你以前在牧场工作过吗？"

"没有，不过我曾在健身房工作过。我还是很健壮的。"

"好吧，如果你想试一试，去和我的助手西奥谈吧，他这会儿在谷仓里，从屋子后面一直走就能到那儿。也许他可以给你安排一些活儿。"

"太棒了，谢谢。"

他友好地笑了笑："希望你过得愉快。"

在经过我的车时，我看了它一眼。我可以钻进汽车然后开车回家，假装什么也没有发生过。一切都不会改变。关于克里斯特尔的事情，妈妈和达拉斯可以报警，警方会找到她的。但是——有太阳光从我扔到汽车地板上的光盘上反射了过来——克里斯特尔需要我。

西奥是一个五十岁左右的灰发老男人，他先是嘲笑了我脚上穿着的凉拖，然后在谷仓里给我找了几双靴子。我勉强对他报以微笑，担心他看出我紧张得心脏都要跳出来了，也担心他察觉出什么不对劲的地方。我按照他的指导，笨手笨脚地穿上了靴子，聚精会神地看着谷仓。我看到他的嘴巴在动。

我以前从来没有清理过谷仓，也没有推过独轮车，不过我很快明白了一次不能装得太多。我慢慢习惯了粪便的味道。这份工作很辛苦——我的手磨起了水疱，后背和手臂肌肉酸痛不已，穿着靴子的赤脚全是汗，每走一步，靴子都会磨到我的脚后跟。

我的脑海里不断地浮现布莱恩的脸，他的声音、弯曲的手指以及脏兮兮的双手。一部分的我正在打扫牛栏，另一部分的我则跳出了我的身体注视着自己，这部分的我对于我的肌肉竟然还能工作感到十分惊讶。我不敢相信自己已经身处这个小镇，还在牧场打扫谷仓，而那个强奸了我妈妈的人就在几百英尺外。有时这些想法会让我感到头晕目眩，我停下手里的活儿，靠在围栏上。

我想给妈妈打电话，想告诉她我所知道的一切，然后将我脑海里的一大堆问题一股脑儿地丢给她。你为什么要撒谎？我到底是谁？但是，我不能这样，至少现在不行。我不能大声地把这些话说出来，不想让这一切变成现实。我从来没有过这种感觉——背叛、愤怒、恐惧、羞愧和害怕。这些男人伤害了我的妈妈和姨妈们，并把她们囚禁了好几天！

我试图环顾谷仓，不过西奥时不时就要进来检查我的工作。这里似乎有好几座谷仓，还有一些附属建筑。我不知道怎么才能把这些地方搜索个遍。我还没有见到加文，也不确定他当年是否也有份儿。

莱利从旁边经过，手臂搭在畜栏门顶部，低头看着我。

"你能做这工作吗？"

"可以的，谢谢。"我的双手握在铁锹上，好让他看不到我

236

的手指。

我继续干着手里的活儿，不过又偷看了一下他的脸。我们的鼻子不一样，不过皮肤都很白，而且嘴巴极为相似，他的嘴唇似乎还略薄一点。仿佛是在照哈哈镜一样，我所熟悉的每一件事现在都变得扭曲了。我曾经想知道自己的亲生父亲是否还有其他孩子，甚至还想过我们会半夜爬起来喝水，然后大家撞了个正着，为我们的不谋而合感到惊奇，被一句玩笑话逗得一起前仰后合。

而现在我一点都不想了解莱利。我只想走开，然后与他再不相见。

"如果你想去卫生间的话，我爸爸办公室里有一个。或者也可以直接去谷仓后面解决。"他大声笑了起来，"我们都这么干。"

"好的。"我不会再接近他爸爸的办公室了——那让我很容易想到他是莱利的爸爸。他不是我爸爸。他永远也不会是我的爸爸。

我继续铲着牛粪，不过莱利并没有离开。

"如果昨晚我们把你吓着了的话，对不起。"他说。

"没关系。"

"稍后我们有一个派对，你也可以参加。"

我停了下来："听着，我有男朋友——"

"我对你没有想法。我有女朋友。"

"她真幸运。"我继续挥动铁锹干活儿。

他大笑起来，然后四下看了看，好像在确认是否有人在偷听。"我们搞到了一小桶酒，诺亚的父母不在家。"他压低了声音，"不要对我爸爸说——他会踢死我的。"

他涨红了脸，似乎有些尴尬。我不知道该说什么。我想刻薄些，想告诉他我不会跟他爸爸废话的，但我不敢惹莱利生气，不想让他知道正在发生的任何事情，而且这其实并不是他的错。

"你爸爸让你吃苦头了？"

"是的，你可以这么说。"他耸了耸肩，"对于父母，你能做什么？你只能忍受，直到你可以滚出这个家。你很幸运，你现在可以做任何你想做的事，去任何你想去的地方。再过一年，我也要走了。"

这么看来，他大概是十七岁，和我同岁。我记得他以为我十八岁。我想知道他的出生日期，想知道我们的年纪到底有多相近，也想知道他的爸爸是如何遇到他妈妈的。谁会爱上像布莱恩这样的家伙？难道她不知道他和加文有多危险吗？

"你不必留在牧场帮忙？"

"他希望我在牧场帮忙，不过我有其他计划。"他扬起脸，看起来有些怒色，但我看得出他不过是在故作强硬。"那么，你今晚来吗，认识一些朋友或者做点别的什么事？"

"谢谢，下次吧。我很累。城市女孩，你知道的。"

他又微笑着问："昨天晚上找到睡觉的地方了吗？"

"找到了。"我不想告诉他我是在哪儿睡觉的，因为今晚我可能还会在那里。

他指着连着第二条车道的山坡说："如果你想洗洗或者什么的，那条路的下面就有条小溪。那条小溪也是我们的，出了大门，不要上车道，然后找到河底路旁边的一条小路就能到。那条路很不好走，不过你开着车应该还可以。"

"谢谢。"

"嗯，回头见。"

那天下午，西奥安排我用水管冲洗所有的拖拉机和设备，要冲掉那些污垢、油泥和粪便。忙完这些后，我慢慢向我停车的地方走去，我热得不行，汗流浃背并且筋疲力尽——我本以为自己体力不错，但这些劳动耗尽了我全部新长的肌肉。我饿得头晕眼花。西奥付给我一些现金作为当天工作的酬劳，我想尽快去买点吃的。我的车子仍停在布莱恩办公室的拖车前面，在我马上要走到车旁时，突然传来"砰"的关门声，一个带着园艺手套的年轻女孩从房子里走了出来。她很高，十分苗条，长长的黑发拂过她的面颊，大概十二或十三岁的样子。她和我十二三岁时长得很像，我忍不住盯着她看，而她则用一种奇怪的眼神看了我一眼。

"嗨。"她说。

"嗨。"

"你迷路了吗？"

"不，我在这里打工。"

她向前走了几步，靠到一根柱子上："你叫什么名字？"

"斯凯拉。我是莱利的朋友。"

"我以前没见过你。你们是校友？"

"不，我们刚认识。"

这时，布莱恩从办公室里走了出来，我在想他刚才是不是一直都在从窗户往外看。

"梅根，家务活儿都干完了？"他的声音很严厉。

"没有，爸爸。"她立刻转身回到屋里。

布莱恩又一次友善地朝我笑了笑，并点了点头，不过他的眼神冰冷。我上了车，然后离开了那里。

二十一

我在杂货店买了一些吃的，有烤鸡、沙拉、早餐水果和蛋白棒，这些能让我全天精力充沛——车上没有冰箱，我没办法让食物保持新鲜，必须尽快吃完。我还买了几瓶水——在牧场干活儿时，我只能喝水管里的水，我不想再喝被污染的井水或其他的什么水了。我再次开车路过那个汽车旅馆，依然没有克里斯特尔的车。如果她是星期一入住的，那她的房间还有几天就要到期了。

我不知道能去哪里过夜——我真的需要洗个澡。我的双脚沾满了泥土，头发散发着一股粪肥的味道。我在小镇周边没找到卡车休息站或公共泳池。我想起了莱利说的那条小溪。我掉头朝牧场驶去，并且找到了他说的那条土路。我慢慢地开着车，车后尘土飞扬。前面有一扇很大的铁门，我需要先下车打开它，然后把车开进去，再下车关上这个门。

我在小溪边找了块空地停下，然后四下看了看。这条小溪很浅，下游有几个营地，有人在那儿生过火。岸上有一圈石头，里面是烧焦的木头，不过没有空瓶子之类的东西。

孤身一人置身这么一个偏僻的地方，总觉得阴森森的——我不时地四处张望，似乎总能听到一些窸窣声——不过至少这里比较隐秘。我希望莱利不会下来找我。小溪右侧有一片开阔地，长着一小丛树林，中间还矗立着怪异的大树，里面看不到任何房屋。这里可能处在勒克斯顿地势较低的位置。

我坐到河边一块平滑的石头上吃晚餐，这块石头还残留着阳光的余温。吃完晚餐后，我抽了一根大麻烟，这是我从克里斯特尔的烟盒中拿的。没有音乐，我顿感迷失了自我，我早已习惯了和耳机形影不离，但现在我的脑海里全是一些不同于往日的噪音。我很担心克里斯特尔。我不知道还能去哪里找她。这个牧场看起来有几百英亩，天知道有多少个小屋。明天我要想办法溜出去看看。不知道莱利能不能做我的向导，如果他们家有一个仓库，那他应该知道在哪儿。我需要想个办法，然后在不引起他怀疑的情况下达到目的。

我总是不由自主地想起布莱恩那冰冷的眼神，以及他对妈妈和姨妈们所做的种种恶行。我不想在脑海里浮现那些画面，但现在我看到了他，一切变得那么真实。我感到心烦意乱，内心的什么东西仿佛崩塌了，我不知道怎样才能振作起来。

我想到了那个和我长得很像的女孩，我们在某些方面会不会很相似？我会喜欢她吗？如果有一个小妹妹，我会怎么样？我顿时又感到怒火中烧。

现在，我宁愿自己从未有过父亲。

我开始大声哭泣，尽情地放纵自己的情绪，发泄着一切，直哭得面部酸痛、眼睛酸涩。我的内心空荡荡的，全身感觉筋疲力尽，不过已经冷静了一些。

我在车后座换上衣服，把毛巾搭到引擎盖上，然后在小溪中找到一处比较深的地方洗了洗头，刮了刮腿毛。如果能游泳就好了，我躺到一块石头上，这里的水比较浅，水流轻轻地从我身上滑过。然后我听到好像有隆隆声从山下的公路传来，我站起身，竖起耳朵听着。

像是一辆卡车。

我马上从水里出来，岸边石头上的水藻差点让我摔倒。我听到车门"砰"的一声关上了。难道是莱利？

我走上前，看到一个高个子男人正靠在我的车上。他穿着一条宽松的牛仔裤，一件白色T恤，戴着一顶蓝色棒球帽，帽子上有一个红色标志。我放慢了脚步。这个人的眼睛又窄又小，嘴唇又厚又大，身体看上去很壮，颇有一副四肢发达、头脑简单的样子。他微笑着，满嘴的大黄牙。

"这里是私人地产，你知道吗？"

"对不起。我这就走。"

"你是斯凯拉？"他问。

他怎么知道我的名字的？

"是的……"

"我是加文，这是我的牧场。听说我们这儿新来了一个女孩。今天感觉怎么样？"

我想回答，但却说不出话来。就是他。我从来没有感受过这么强烈的压迫感，这种危险的压迫感像潮水般从他身上涌出来，似是一种黑暗冰冷的能量，又如机油和香烟那般肮脏。

加文脸上的笑容逐渐褪去，眼睛眯了起来。我努力把舌头从上颚放下来，然后用力吞咽了一下，想润一润喉咙。

"很好，谢谢。"

我浑身发抖，用手臂抱住自己，试图盖住他可能感兴趣的地方，我憎恨他看我的样子。他眼睛半闭着，头偏向一侧，嘴角挂着奇怪的假笑。

他把我的毛巾递过来："好了，来吧，你一定很冷。"

我不知道该怎么办。如果我靠近他去接毛巾，他会不会试图抓住我？我想起了放在前座椅下的那把刀，心里暗暗骂自己为什么不拿到小溪边来。现在如果我要去车那边的话，就必须从他身边经过。

我慢腾腾地走到他身旁。他递出毛巾，友好地微笑着。

我伸出手去，做好了稍有风吹草动就立马逃跑的准备，不过他并没有动。我接过毛巾裹到身上，我多希望这是一条沙滩巾，而不是从汽车旅馆偷来的一小块白毛巾。我转身走向汽车的副驾驶位。

他手里拎着一瓶啤酒："想来一瓶吗？"

"不，谢谢。"

他从前衣兜里掏出一个红色烟盒，点了一根烟，头依然偏向一侧。有那么一会儿，他好像在端详我的两条腿，不过随后移开了目光。我吓得头皮发麻。

"莱利说你一直睡在车里。"他瞥了一眼我的车后座，盯着我摊开的毯子看了片刻，"他说，他跟你说了，下班后你可以来这儿清理一下。"

原来加文是从莱利那里知道我在这儿的。莱利为何要告诉他叔叔？这是个陷阱吗？我为自己的愚蠢感到愤怒。

"我这就走。"

他拿起我留在汽车引擎盖上的大麻烟烟蒂，令人毛骨悚然地微微一笑："我跟你说，如果你陪我抽根大麻烟，我就可以让你待在这里。"

我不想陪他抽烟，但他脸上似乎有些怒气，仿佛只要我拒绝，他随时会暴怒。我想象着他因暴怒而扭曲的脸，以及他用大手扇我耳光的样子。

"好的。"

他走回他的卡车。我迅速打开车门，取出T恤套在身上，又抓起短裤在车后面穿好。我看到他坐在卡车的副驾驶位上，旁边的杂物箱打开了。他正在卷大麻烟，不过他一直瞥眼看向我的方向。当他的眼睛移到别处时，我伸手去前座座位下摸索，然后把那把弹簧刀揣进了兜里。

我的衣服里面套着湿漉漉的比基尼，T恤都被浸湿了。我把毛巾裹到身上，向四周看了看。没有人能看到我，也不会有人知道我在这儿。我刚才还以为这种情况会让我更安全。我真是个白痴。

加文把杂物箱盖上，俯身打开了广播。他调了一个台，然后传来了乡村音乐。

他朝我走过来，没有关副驾驶位那侧的门。他伸出舌头舔了舔大麻烟的接缝，抬起头正好和我的目光相遇。我看向了别处。他来到我的车前，坐到引擎盖上。

"来吧，别害羞。"

我朝他走了几步，不过仍和他保持着几英尺的距离。如果他想抓我，我应该跑向树林还是汽车？我也没有关车门。我用手指摸着兜里的小刀，冰凉的金属感给了我些许的安慰。

他点着大麻烟，深吸了一口，然后递给我。他看着我用嘴唇含住大麻烟的一端。我低头吸了一口，又递给他。

"布莱恩说你十八岁了。"他说。

"是的。"

"你的男朋友在雷弗尔斯托克等你？"他又抽了一口，被烟呛得直咳嗽。

我点点头。

"把你一个人留在这儿？看起来他并不是一个称职的男朋友。"他摇摇头，"现在的孩子，比如说莱利，还有那个整天在外面游手好闲的诺亚，他们根本不知道该如何对待女孩。"他把大麻烟递给我。我看到了他的手，那双手太大了，而且熏黄的指甲下面全是污垢。

　　我没有说话，只是抽了一口大麻，不过我没有吸太多，我不想弄得自己精神恍惚。我需要保持思维敏锐，只有这样我才能在必要的时候迅速逃跑。

　　"你在这里会着凉或者害怕的，你可以去我家睡觉，我有一张沙发。"

　　我宁愿自焚也不去你家睡觉！

　　"谢谢，我喜欢睡在我的车里。"

　　"你和家人吵架了？"

　　"我们一直保持着联系。如果哪天我没联系妈妈，她就会很担心。"

　　他打量着我："我敢打赌，她一定十分担心你。"

　　我想让他离开，但我不知道该说什么。

　　"莱利说他要出去逛逛，可能晚点会过来。诺亚也会过来。"这是一场赌博——他可能已经知道莱利今晚有其他的事情。

　　"你要小心那些男孩。像你这样的小女孩不应该和他们一起厮混。"

　　"我会小心的。"

　　他吸着大麻，目光逐渐下移，最后停在了我的胸部。这时他口袋里的电话响了，他掏出电话看了看，下巴紧绷着。

　　他接起电话说："你他妈的想要……"他听着对方的话，一脸怒色，"那就处理一下……好，好……"他挂断了电话，把手机塞进口袋，站起身把大麻烟递给我，"你帮我把大麻抽完。我兄弟让我去一趟牧场——有一匹马闯进了谷仓。"

我差点儿哭了出来，总算解脱了，感谢上帝以及所有关照我的人。我想离开这个地方，绝不会再来了。

最后他冲我微笑着说："别忘了，我的房门始终是打开的。"

"好的。"

他朝着卡车走去。他打开杂物箱，然而就在他准备关上时，好像有什么东西从里面滑出来掉到了地上，他捡了起来。在昏暗的灯光下，我看到亮蓝色的香烟标志闪了一下，好像是美国水手牌加长型香烟——那是克里斯特尔最爱的牌子。

他钻进卡车，一边从车窗伸出手来跟我再见，一边开走了。

等我完全听不见卡车的声音后，我上了自己的汽车，迅速开回了小镇。我再次把车停在学校后面，换掉湿漉漉的衣服，穿上慢跑长裤和运动衫，把头发盘成髻，但我仍然全身发抖。我不停地想着那个香烟盒——我认识的男人当中没有一个会抽那种加长型香烟——而且，他自己的烟盒是红色的。我还不能离开这里。我必须想办法到他家附近找一找克里斯特尔。

我决定再多留一天。如果依然没有什么发现，我就给妈妈打电话，然后离开小镇。

第二天早上，我又清理了谷仓，然后西奥让我去马圈捡石头。这活儿让人腰酸背痛，我需要不停地弯腰搬石头，把石头扔到独轮车上，然后再堆到谷仓后面。我的双手干燥得快要裂开了，一些指甲也开裂了。我从来没有像现在这样怀念自己在健身房的工作。我曾经无数次地不想干了，只是一直没等到合适的机会。我一整天都没有看到莱利，有些担心起来，没有他在，我就无法四下察看，也没法知道仓库的具体位置了。我必须找到对付加文的办法。

整整一上午，加文看我的表情都让我毛骨悚然。他一直时不时地跑来巡视谷仓，甚至还在马圈外走来走去，而我知道他其实根本不需要巡视。

"你还好吗？"他每次都会这么问。

"我很好，谢谢。"我回答道，而且每次在他走开后，我都会松一口气。

他还靠到马圈的围栏上点了一根烟，然后边看我干活儿边慢慢地抽起来。

"今天真是太热了。"

"是的。"我在弯腰时尽可能地调整角度，不想让他看到我的臀部，不过我仍能感觉到他在盯着看。

"好吧，我要回去工作了。"他说。终于只剩我一个人了。

下午大约三点的时候，一个女人和那个跟我长得很像的姑娘从主屋里走出来，上了一辆卡车离开了。从我身边经过时，那个女孩惊讶地看了我一眼，还朝我挥了挥手。我红着脸，也向她挥了挥手。她是否注意到了我们长得很像呢？

在我溜到谷仓后面准备小便时，我听到不远处传来加文的声音，我一下子惊呆了，但随后又意识到，他是在饲养室里跟西奥说话。

"你的约会怎么样？"西奥问。

"好得不得了。"加文说。

"上了她了，对吗？"西奥问。

"那当然。"加文大笑起来——而且笑得很用力，好像只有他知道什么是好笑的。西奥也跟着笑了起来，但他明显不知道笑点在哪儿。加文似乎就是那种自吹自擂的家伙，这种人是绝对不会承认自己被放了鸽子的，他一定在撒谎。不过他们在说谁？我希望加文再说点什么，但他们的话题转到了牧场以及一台坏掉的拖拉机上。

"我今晚会来修修。"加文说，然后他告诉西奥他必须去布莱恩那儿报到了，那语气中夹杂着愤怒。我在谷仓后面的墙角处偷偷观察，看见他朝着主屋走去。

他今晚要忙一阵了。这可能是我唯一的机会，但我必须再确认一下。五点的时候，我完成了工作。我在软管下洗了洗手，手上的水疱在碰到水时一阵刺痛，我赶紧把手缩了回来，然后从西奥那儿拿了今天的报酬。

"我听说你的拖拉机坏了？"我努力保持一贯的语气，仿佛只是在日常聊天。

"是的，加文正在修，他会把它修好的。"

"好的，明早见。"

我觉得有些饿，但我不想开车去城里吃东西，那样有些浪费时间。我不知道加文会忙多久，所以我必须抓紧时间。我离开牧场，沿着车道行驶，思索着该怎么做。我应该把车停在小溪旁，然后步行过去吗？那样可能要走十五分钟以上。

我一上公路就立刻右转，不过开得很慢，想在牧场附近找一条辅路停车。前方大约五十英尺处有一条土路，于是我离开主路上了那条土路，又往前开了一段后，把车停在了路旁。这里不像是车道，至少没有邮筒，不过我也并不打算在这里停留太久。

当我沿着第二条车道向加文家走去时，我能看到山顶上的主屋。外面仍然很热，空气中弥漫着干草和尘土的味道。我紧张地四处张望，生怕加文会开车进来或者被主屋或公路上的人看到。

当我绕过那条车道的弯道时，看到了第二所房子。这所房子比主屋要小一些，整体十分简单，就像是一个盒子。可以看出只有一个男人住在这里，前门廊里有一堆空瓶子，没有椅子、鲜花或其他东西。我听到了乡村音乐，他好像在房子里放了一个音响，音乐声很大。但他根本没在家，这实在太奇怪了。

在这所房子后面有一栋更大的建筑，可能是一个商店或者车库。我朝这栋建筑物走去。前面是两面升降门，从外面没法进去，并且侧门上了锁。我转到它后面，爬到一个箱子上，又站到一个金属桶上，透过脏兮兮的窗户往里看。建筑物里隐约有一辆盖着油布的汽车，我看不清汽车的颜色，也辨认不出其他东西，我甚至无法判断车身的大小。

我从金属桶上下来，朝房子看了一眼。我想知道房门是否上了锁。也不知道他还需要多长时间来修理拖拉机。我必须万分小心——音响的声音太大了，如果他从车道过来，我恐怕是听不到的。我向房子后面走去，心想如果有个后门，那我在逃跑时就方便了。

我又往下看了一眼公路，侧耳倾听着。除了房子里传来的乡村音乐，我听不到任何声音，离房子越近，音乐声越大。我蹑手蹑脚地来到门廊，拼命祈祷着他没有养狗。门上了锁，但旁边有一扇窗户开着一条缝，窗帘随风飘动。我往里瞄了一眼，好像是卫生间。

我用力把窗户往上推，但窗户卡得很死，我必须使很大的劲，旧木头上的银漆掉了我一手。我爬进去，双脚着地，然后站到了他家的卫生间里。这个卫生间太恶心了，马桶上满是污垢，地砖肮脏不堪，似乎从来没有擦过。洗手台上放着牙刷，毛已经磨秃了，手柄上满是牙膏渍，洗手池也糊了一层厚厚的牙膏。牙刷旁是一把剃须刀，台面上到处都是碎毛发。

我轻轻地走进厨房，楼梯下方的餐桌右侧有一扇门，和壁橱门差不多，我把它打开。是一间食品储藏室，空间大得足以让一个人在里面走来走去。地板和房顶都有一个印记，这里应该曾经有堵墙，看来厨房原本打算做成开放式的，我在这儿能看到客厅。客厅的面积并不大，里面有台大电视，沙发中间凹了下去，边上放着一条毯子，墙角有一台风扇在嗡嗡作响。咖啡桌很破旧，烟灰缸也满了，不过烟头的滤嘴上没有唇印，桌子上还摊放着一些狩猎杂志。

我透过前门的那扇小窗向外望了望，想确认下加文是否回来了。当我再次转身看向屋里时，我注意到有几个通往地下的台阶和一扇门。难道是地下室？我打开门，朝下望了望一片黑暗中的楼梯。

我站在楼梯顶大声喊："克里斯特尔？"

没有回答。我沿着楼梯往下走，小心翼翼地扶着扶手，每走一步脚下都发出咯吱咯吱的声响，我紧张得喘不过气来。我看到墙壁上有一盏灯，就把它打开了。里面是成堆的箱子、旧自行车、各种工具、不知道装了什么的垃圾袋以及一些野营装备。

"克里斯特尔？"

我觉得这里面可能藏不了人，但我还是尽量在里面转了转。各种东西挤来挤去，我还差点打翻一堆箱子。我没看到其他房间，于是又回了楼上。

音乐声似乎更大了。难道他想掩饰什么？声音听起来是从楼上传来的。我走上楼梯，推开卧室门，大声喊着克里斯特尔的名字。楼上更热，我满脸是汗，空气中充斥着下水道和腐烂食物的臭味。有一个房间是空的，另一个房间里有一张很旧的床，床上铺着带有迷彩图案的毯子，毯子上放着一张狩猎海报。这张床看起来并不常用。大厅尽头还有一个房间。或许是主卧？

我穿过大厅，试着转动那个主卧的把手，不过上了锁。他一定在里面藏了什么。

"克里斯特尔？"除了从屋里传出的音乐声，听不到任何声响。怎样才能打开这扇门呢？我仔细端详着把手。如果能找到一把锤子，或许能够砸开——这样的话，他就会知道有人进来了，但我必须进去看看。

我在楼下找到一把锤子，然而刚回到楼上，我就听到了类似关卡车门的声音。我跑进那个闲置的房间，从窗户向外看，正好看到屋檐下皮卡车的车尾。音响的声音让我什么都没听到。

我跑下楼，差点被楼梯底下的一双工作靴绊倒。我必须穿过厨房走后门出去——不行，没有时间了。我听到了前门的开门声，我急忙打开食品储藏室的门躲了进去，然后把门轻轻地关上了。

我静静地站着，一动不动，努力屏住呼吸。门上有很多板条，我能瞥见外面。或许他只是忘了带什么东西。我等待着，他走出了厨房，我能看到他来回移动的身影。他在打电话，好像在订购零部件。这么看来，他很可能已经完成了今晚的拖拉机维修工作。

我蹑手蹑脚地向后移动了几步，心里祈祷着地板千万别发出声响，然后蹲了下来。我不敢动弹，害怕撞倒什么东西。门缝透进来一丝光亮，我适应着周围的黑暗。旁边的架子上放着一些罐子，我抓起一个当武器，还从兜里掏出了那把弹簧刀，手放在了刀子的按钮上。

这会儿我听到了平底锅的哐当声，冰箱的关门声，还有煎东西的嘶嘶声。肉味和洋葱味飘了进来。壁橱敞开着，里面的东西被拿起又放下。然后传来椅子刮地的声音，似乎离我很近。他坐到了椅子上，就在我的正前方，我甚至能看到他的肩膀。我屏住呼吸，害怕被他察觉。

他大概吃了五分钟，刀叉刮盘子发出巨大的声响，他好像吃得很匆忙。他站了起来，随后传来水流声，似乎是他在洗盘子。他没有调低音乐，他竟然毫不介意这种噪音，这让我很惊讶。接着我听到了上楼的脚步声，就在我的头顶上方。我有时间逃脱吗？我推了推门，感觉门外有什么东西挡着。是他从桌子下面拉出来的那把椅子？椅子正好卡在了门把手处。我使劲推了推，但只推开了几英寸。我从门缝里伸出手，想推开那把椅子，但角度不对，需要很用力才能推动。但那样又会发出声响，可能会被他听到。如果他来厨房抓我，我能逃出去吗？他又高又壮。我思考着，或许最好的选择就是等待，一直等到他明早出去工作。

楼上的音乐突然被关掉了，把我吓了一跳。我竖起耳朵听，但什么也听不到。他离开了一会儿，然后我听到他又回到楼下，穿过厨房，打开了电视机。我闻到了香烟的味道。我想尿尿，已经完全忍不住了。我又往后挪了挪，来到墙角，慢慢拉开牛仔短裤的拉链，然后尿在了地板上，心里祈祷着这些都能浸到木头里，不要流出去。这里面很热，汗水顺着我的脸颊淌了下来，而且我渴得要命。

几个小时后，电视仍然开着，但我可以听到他在沙发上打起了鼾。我保持着清醒，一秒一秒地数着时间和心跳。我的双腿蜷缩着，后背很疼。我想伸展一下，但我不敢冒险，怕弄出声响。我一直想着楼上的那个房间和那个味道。难道克里斯特尔被关在那里？她还好吗？最后，我把头放在膝盖上犯起了迷糊，不过只

252

是打着瞌睡，根本不敢完全睡着，怕自己会摔倒弄出声音。

第二天早晨，我听到了他起身、放屁和走向卫生间的声音。我还听到了他撒尿的声音，以及洗澡的流水声。他没有上楼穿衣服。也许他又穿了昨天的衣服，这真令人恶心，不过这个人的一切都令人作呕。

此时他正在厨房，咖啡、鸡蛋和烤面包的香味飘了进来。我的肚子咕噜噜地叫了几声，希望他没有听到。

他在餐桌旁坐下吃早餐，当他起身把椅子推回去时，我满怀感激地祈祷着。我看到他把一些东西刮到盘子里，然后转身离开了。听到他上楼的脚步声，我心里一阵高兴，但紧接着就是恐惧。我的推断是对的，他肯定把克里斯特尔锁在那个房间里了。

几分钟后，乡村音乐再次响起。他回到楼下，听起来像是把盘子扔到了水槽里，然后离开了厨房。现在很难再听到他的脚步声了，不过我想我听到了皮卡车发动的声音。我又等了大约十分钟，然后慢慢推开了门。我努力听着周围的一切动静，但除了音乐，什么都听不到。我蹑手蹑脚地走了出来，小心翼翼地四下张望，随后走到客厅的窗户前，透过窗帘往外偷看。他的那辆皮卡车已经从房前消失了。

我冲进卫生间，几乎刚到马桶上就尿了出来。撒完尿，我心里重重地松了一口气，顿时有一种想哭的感觉。我踮起脚尖向外望，担心他会再回来，然后蹑手蹑脚地上了楼。我紧张得嘴巴发干，喉咙发紧。

我试着扭了扭门把手——又被锁上了。我用拳头狠狠地砸着门，大声喊："克里斯特尔？"

我隐约听到了什么，好像是低沉的撞击声，不过音乐声太大了，我没法确定。房间里好像还有一台风扇。我必须破门而入，不过我需要一把工具才能将门把手敲掉。

　　然而当我下楼下到一半时，前门"砰"的一声关上了。我僵在了楼梯上。他不是应该在外面吗？我该怎么办？他会上楼还是去厨房？我转过身掉头往上走，告诉自己动作要快且不能弄出任何声响，或许我还有时间躲进那个闲置的房间。

　　"你他妈的在我家里干什么？"

第三部分

杰米和斯凯拉

二十二

杰米

　　在我的生活中，我经常都在担惊受怕。但是，这次当我意识到女儿突然失踪了的时候，我感到了前所未有的恐惧。那天早晨，当艾米丽第一次打电话来找斯凯拉时，我还以为这是个玩笑，她们只是在胡闹罢了。随后我拨打了斯凯拉的手机，但都被转到了语音信箱。所以我又试着给泰勒打了个电话，结果她说，从上周四开始就一直没有过斯凯拉的消息。而现在已经是星期一了。

　　我坐在沙发上，看着手里的手机，心脏怦怦跳个不停。斯凯拉小时候有过一个粉色的玩具电话，那时她经常带着那个粉色电话出门，还会假装给人打电话。等她长到十几岁了，她每次离开家也都会带着手机。一种巨大的恐惧感慢慢涌上心头，让我感到窒息。想一想，她能在哪儿？我回想起我们的最后一次谈话，翻看着她发给我的信息。她看起来很开心，而我那时候也很开心，因为她终于不再询问克里斯特尔的事情了。突然，一个念头冒了出来。不，她不会的。

　　我拿出电话本，开始给斯凯拉的所有朋友打电话，包括她很多年都没有提过的朋友。没有人见过她，也没有人和她聊过。男朋友？我想到了亚伦，健身房里的这个男孩总是想尽一切办法跟斯凯拉聊天。或许是他？不可能，斯凯拉看起来对他没兴趣。其他人？近来她的隐私好像多了起来，撒谎的时候也多了。那天晚上她还和克里斯特尔偷偷溜了出去。在我把斯凯拉带回家后，我在床上躺了几个小时也没睡着。一想到她可能遭遇的可怕情景，我就紧张得全身僵硬。如果她受到伤害，该怎么办？刚才的那个念头又出现了。

克里斯特尔。

我试着拨打她的手机，不过还是被转到了语音信箱。

我检查了斯凯拉的床头柜、床底、衣柜和所有抽屉，双手在她的枕头底下摸索着。我检查了床垫的边缘，看看是否有便条或者其他什么东西。她的小刀也不见了，背包、笔记本电脑还有她最喜欢的人字拖鞋，全都不见了。我站在房屋中间，环顾着凌乱的房间。她的床铺收拾过，而以往她从来不收拾床铺。我记得那天早晨我是在厨房餐桌旁见到她的，还亲吻了她的脸颊。她对着我微笑，脸颊泛红，但是她在躲避我的目光。我当时还以为她是因为要去度假小屋而兴奋。

我打开电脑，查看她的银行卡账单。在她离开的那天早上，她在温哥华的一台取款机上取了几百美元，但从那以后再没有任何取款记录。我也检查了我手机上的"查找我的手机"小程序，不过没有用，她禁用了手机的定位功能。

桌子上放着一个马尾辫发圈，橡皮圈上还缠着一些头发。我拿起发圈，套在了手指上。

我又想起了我们之间的最后一次谈话，我能够感觉到她很担心克里斯特尔。难道她设法去找克里斯特尔了？她们见面了吗？又或者她是去参加什么活动或者某个流行音乐会了？克里斯特尔知道，我从来不会让斯凯拉去参加那样的活动。但她喜欢做一个有趣的姨妈，视她自己为斯凯拉的偶像。我既生气又恐惧，但还是渐渐冷静了下来，克里斯特尔不会做太出格的事情。

斯凯拉离开后的当天，我去克里斯特尔家到处看了看。以前她离开家的时候，我也会去她家里，给她浇浇花，收一下报纸。这次她还是像往常一样突然离开的，不过家里的杯盘都洗过了，烟灰缸也清空了，这让我很惊讶。我不知道是不是斯凯拉清理的。在我离开前，我找了找克里斯特尔的那把枪，但没找着。不过我并不是很担心，我觉得她可能只是需要用这把枪来防身。但是，这把枪从何而来？

那个念头越来越强烈。斯凯拉曾想过去卡什溪。如果……不，我不能这么想。斯凯拉很可能只是去参加某场音乐会了，或者她正在什么地方做DJ呢，她一直想多赚点钱买设备。

但斯凯拉确实一直很担心克里斯特尔，实际上是非常担心。她甚至因为我不去卡什溪而生气——"我不相信你居然不去找她！"

那个念头呼之欲出。

我知道我女儿去哪儿了。

我的双手颤抖得厉害，健身房的电话拨了两次才拨对。达拉斯立刻接了电话。

"斯凯拉跑了。"我的声音很高，语气紧张，听起来很不自然。

"什么意思？"达拉斯警觉地问，"你确定？"

"我觉得她是去找克里斯特尔了。"我把我发现的情况告诉了达拉斯，"她一定是去找她了。"一想到我的女儿孤身一人在那个小镇，我就分外恐惧和惊慌，"我能借你的车用用吗？"

“克里斯特尔不会去那里的。”

“这不要紧，要紧的是斯凯拉觉得她会去。”

她沉默了很长时间：“我和你一起去。”

“我们不能都离开，”我说，“帕特里克那儿怎么办？”

“让我想想。我们必须找点理由。不然我们突然离开几天，他会起疑的。”

“健身房暂时没有我的班。要不你跟他说你生病了？“

达拉斯哼了一声，她这辈子都没请过病假。

“要不我们跟他说，斯凯拉在艾米丽家的度假小屋生病了，我们得去接她？”

“那样他只会觉得更奇怪，为什么要我们两个人都去——而且，他知道克里斯特尔又出走了。”达拉斯深吸了一口气，“我必须告诉他一点事实，比如就告诉他克里斯特尔去了卡什溪，而斯凯拉过去找她了。”

“他会担心的。”我说。

“嗯，不过他很聪明。他知道我们过去遭遇过很糟糕的事情，而且他明白自己知道得越少，麻烦就越少。”

“那你抓紧时间过来吧。”

十八年来，我们从未开车向温哥华的东面来过，我们谁也没有心情欣赏沿途的风景。达拉斯开着车，我坐在副驾驶位上。在公寓等达拉斯时，我把一些衣服和零食胡乱地塞到包里，还从冰箱里取出了我藏起来的备用金。我还查看了斯凯拉的脸书。她从离开温哥华的那天起，一直没有更新过状态，也没有在其他人的脸书下留言。没有任何动态。而自她们去酒吧的那晚开始，克里斯特尔也没有更新过状态。

达拉斯说她给她的男朋友特里打过电话了，跟他说斯凯拉的身体不舒服，我们准备开车去度假小屋接她。

"他没有问太多问题。"她说。

"帕特里克怎么样？"

"他很担心，但我向他保证，我们会小心的，也会和他保持联系。"

我深吸了一口气，告诉自己一切都会好起来的，我们会找到她们的。

"你真的认为克里斯特尔去了卡什溪？"达拉斯问。

"我从来没想过她会去那里，不过斯凯拉却对此深信不疑。"

"周日我在和克里斯特尔说话时，她的情绪非常低落。"达拉斯说，"不过我当时觉得这只不过是她的一贯表现而已。"

我凝视着前方的道路，高速公路的标志一闪即过。我特别生克里斯特尔的气，厌倦了她说的那些废话，而且现在她又把我的孩子也卷了进来，这更是让我恼火。"我应该多留意的，我不敢相信事情会发展到这个地步。"

"我们还不确定她俩是否去了那里。"

"那她们又能在哪儿呢？"

一路上，几乎一直是达拉斯在开车。我们一口气开了五个多小时，只在快到卡什溪时在一个小镇加油站停了停。我们在那儿买了点三明治和咖啡，给车加了点油——我们不想去卡什溪的那个汽修厂。达拉斯随身带了一盒烟，回到车上后她点了一根，而我已经很多年没见过她抽烟了。

快到卡什溪时，达拉斯又点了一根，握着打火机点火的时候，她的双手都在发抖。我仍攥着手机，指甲抠进了塑料机壳。很快，我们经过了那座汽修厂，我全身都绷紧了。一个戴着红色棒球帽，长着一头黑发，身材高瘦的年轻男孩正在和一个金发男孩热烈地交谈着。他们笑得很大声，黑发男孩咧着嘴，脸上的笑容很灿烂。他让我想起了布莱恩。我挪开了目光。

酒吧仍在汽修厂旁边，它勾起了我的很多回忆：男孩站在酒吧外边看着我们，一个星期之后，他的父亲领着我们爬上后面的楼梯，我的手里紧紧握着步枪，担心他们来找我们的恐惧感阵阵袭来。在我们逃离后的几个小时内，心头的阴霾依旧笼罩着我们，内心是无尽的震惊和伤痛。这么多年了，我强迫自己不去想这些，我努力工作，以便忘记曾经发生过的事情，但那并不容易。

在斯凯拉出生后的第一年，我仍然不知道自己坚持留下她是对还是错，就这样我度过了一个又一个不眠夜，日子也在烦躁不安中渐渐逝去了。我始终没有跟两个姐姐提当时的日子有多么艰难，无数次，我只想逃离现状。凯伦让我保持理智，在我承受不了那巨大的压力时，凯伦总会帮我缓解。我经常带着斯凯拉去凯伦家过夜，这样我就能休息几个小时。我从来没有告诉过任何人，有时候我会觉得自己做了个错误的决定，会觉得达拉斯说得对，斯凯拉应当拥有一个做过妈妈的母亲——这个母亲应该更年长一些，知道该怎么抚养她。但每当斯凯拉那弱小的身躯躺在我旁边时——很多年来斯凯拉一直和我一起睡——或者在我独自照看她的时候，我都无法想象，如果没有斯凯拉，我的生活会怎样。

随着年龄的增长，她的长相越来越像布莱恩。有时当她转过身来以某种方式凝视我时，她那双炯炯有神的黑色眼睛会让我感到无比害怕，还有她大笑时的某种语音语调也会让我觉得布莱恩仿佛就在房间里。每当这时我就会冲进卫生间，关上门，打开水龙头，以掩盖我的哭声。我也会再次思考自己所做的选择到底是对还是错。而斯凯拉则会跑过来敲门，用稚嫩的童音喊道："妈妈！"或者会用力推门，然后抬头看着我问："你为什么哭啊？"接着张开双手让我抱抱。当我抱起她后，她会把小脑袋枕在我的脖子上，那带着幼儿清香的柔软头发在我的鼻子上划来划去，然后我心里就又会充满爱，我会感到非常幸福。

这么多年过去了，我从她的脸上再也看不到他了，她的音容笑貌里没了他的影子。她只是我的斯凯拉。

后来她开始询问起她的父亲。我把自己想到的第一个名字告诉了她——比利，他是我童年时期的朋友。我只给她讲了一些她会相信的快乐故事——一些连我自己都愿意相信的故事。

在达拉斯意识到我想留下这个孩子时，她就承担起了家长的职责。她经常指挥我做这做那，告诉我要买什么样的尿不湿，还会帮我给斯凯拉洗澡。不过有几次我发现她在看着斯凯拉的时候，一脸的忧心忡忡。然后她就会转过身去，重新振作精神，等她再转回来时，脸上已平静如水，仿佛什么都没有发生过。那个时候，她内心的爱战胜了忧虑。她的冰箱上贴满了斯凯拉送给她的画，斯凯拉所有的校园表演她都会去看，在斯凯拉生病时，她也和我一样着急。她还会花几天的时间给斯凯拉挑选一份完美的圣诞礼物或生日礼物，然后也会陪着她一玩就是几个小时。

克里斯特尔从来没有在斯凯拉的事情上帮过我，在斯凯拉还小时，她也根本没有为斯凯拉操过心。我也没想过她会像我和达拉斯一样爱斯凯拉。然而，斯凯拉在十几岁时开始对音乐表现出浓厚的兴趣，而且处处和我作对，在学校也经常惹麻烦。就这样，克里斯特尔和斯凯拉越走越近，然后成了好朋友。

而现在，克里斯特尔把斯凯拉卷入了莫大的危险之中。

我和达拉斯商量着是应该先去酒吧找艾伦，还是先去汽车旅馆打听克里斯特尔。我们不知道小镇上现在有多少家汽车旅馆，不过我们记得主干道旁有一家。

"她肯定不希望有人知道她在这里。"达拉斯说，"我觉得她不会去找艾伦。至少不会在到这儿之后马上去找他，除非她想了解什么信息。"

"只要她不直奔牧场，就肯定要在某个地方落脚。"我想象着克里斯特尔手里握着枪出现在我们面前，但是这一幕并没有出现。"斯凯拉肯定也要找个地方睡觉，不过她只从银行取了几百块钱。难道她到现在还没把钱花光？"我不敢去想这意味着什么，我现在只抱着一个信念：斯凯拉和姐姐都没事，我们很快就能找到她们。

我们别无选择。

"我们先去汽车旅馆打听一下，然后再问问其他人。"达拉斯说。

我们开车来到汽车旅馆，但在停车场并没有看到她俩的汽车。

"我去前台问问。"我说。

达拉斯停好车："我和你一起去。"

前台有位女士正边看着墙角的小电视边给花浇水，不知道新闻评论员说了什么，只见这位女士不住地摇着头。地板上摆着一个塑料架，上面放着一些明信片和自制贺卡，架子被一台落地扇吹得懒洋洋地打着转。

她微笑着抬起头来："需要帮忙吗？"

"我们正在找人，"我说，"一个三十出头的金发女人，非常漂亮。另一个是一个十几岁的女孩，黑色鬈发，身材高挑。"

还没等我说完，她就点着头说："女孩在这儿住了一晚——偷了一条毛毯和一个枕头！另一个女士不是金发。"

一瞬间，我几乎无法呼吸、无法思考。我一直希望我的推测是错的，也希望她说没有见过她们。那样她们或许就是去了其他地方。

"你的意思是？"达拉斯问。

"她是棕色头发。"这个女人用怀疑的目光看着我们，"女孩说那个女人是她的阿姨。到底是怎么回事？"

"那个女人还住在这里吗？"我问。

"她租了一个星期，不让我们打扫房间，不过自入住那天后，我就再没见过她。她原本应当在几小时前办理退房手续的，如果今天过后她没回来，我们就打算把她的物品清理出来。"

"你最后一次看到那个女孩是什么时候？"

"我记得是周五早上。她来前台打听她朋友的事。"

"她的朋友？"

"和她一起坐车过来的一个金发女孩，不过第二天一早她们就分开了。"

我和达拉斯交换了一下眼神。斯凯拉到底和谁在一起？她为什么要偷走毯子和枕头？难道她睡在车里？

"那个女人用什么名字登记入住的？"达拉斯说。

"我不能提供这样的信息。"

"我们是她的姐妹。"

"你们是什么关系并不重要。我必须保护客人的隐私。"

"黑发女孩是我的女儿，她十七岁，"我说，"我们需要搞清楚她去了哪里。"

女人的神情有些紧张："也许我应该报警。"

达拉斯伸手从钱包里拿出几张二十美元的钞票放到柜台上："也许我们可以自己解决呢？"

这个女人看着钱，四下望了望，然后把钱收了起来。

"她自称是考特尼还是什么来着，我记不清她姓什么了。"她低头看着登记簿，翻了几页。

"找到了，考特尼·坎贝尔。"

她用了真实姓名？她到底出了什么事？

"我们会再付一个晚上的房费。"达拉斯说。

"房费是每晚六十美元。"她说，"还有，那个女孩偷了我们的东西。"

我数了五张二十美元的钞票给她，然后她给了我们一把钥匙。

我们推开门，从外面明亮的阳光下走进房间，老半天才适应了房间里的黑暗。衣服四处散落着，墙角扔着几双鞋，床铺凌乱不堪——门上还挂着"请勿打扰"的牌子。考特尼的旧手提箱放在衣柜中，床上扔着一件T恤。我把那件T恤贴到脸上，闻着她的香水气息，香味很淡，但很熟悉，我顿时泪流满面。她在哪儿？

达拉斯去卫生间看了看。

"她的化妆包还在这里。"她喊道。

"克里斯特尔出门必带化妆品，看起来她不像是几天都不准备回来的样子。我想我们需要跟警方谈谈。"

"警方肯定会问她们为什么来这里。"达拉斯一边从卫生间出来一边说。

"如果斯凯拉正在寻找克里斯特尔，那她一定会四处打听。

天知道她对这些人说了什么——或者她又跟什么人说过话。"

　　"这就是我们要保持冷静，好好想想的原因。"达拉斯说，"我们不知道这里发生过什么。"

　　"如果布莱恩发现了斯凯拉的身份……"我的话还没有说完，达拉斯就打断了我。

　　"不可能，他不会知道斯凯拉的身份的。也许斯凯拉正在回家的路上，而克里斯特尔也不可能勾搭这里的任何人——你是知道的。"

　　"在这个小镇，她确实不会。"

　　"我们不知道她要做什么。如果她的情绪混乱起来，她会孤注一掷的。我们不能忽略她手里的那把枪。"

　　我在想克里斯特尔怎么就用了她的真实姓名。唯一的解释就是，她缺乏深思熟虑。

　　"那么，我们接下来该怎么办？"我问。

　　达拉斯想了一下："我们先去餐厅问问。也许有人看到过什么。"

二十三

杰米

我们选了一张靠前窗的桌子。餐厅里的人越来越多，厨房里传出叮叮当当的声音，厨师大声喊着顾客的订单号。空气中弥漫着烤吐司味。

"马上就来。"一位留着短刘海的黑发女服务员在经过我们身旁时说，她手里端着另一张桌子的杯盘。

我看了一眼手表，心里焦躁不安。现在刚刚下午四点过一刻，我想在天黑之前找到她们，我不想在这个小镇过夜。我四下望了望这个餐厅，扫视了一下其他顾客。当我看到一个留着黑色鬈发，戴着一顶棒球帽的高个儿男人的背影时，我屏住了呼吸。我的心跳开始加速。我想提醒达拉斯，但紧张得无法开口说话。

达拉斯用奇怪的眼神看着我："怎么了？"

"那人是……"

她转身顺着我的目光望去，然后倒吸了一口冷气。

那个男人朝左面望去，我看到了他的侧脸。

"不是他。"我说。但达拉斯还在盯着他看，好像没有听到我说的话。她的脸色苍白。

"不是他。嘿，看着我。"我抓住她的肩膀，强迫她看向我，"不是他。"

终于，她转过头望着我，听到了我的话。她脸上的表情放松下来，不过呼吸依然急促。"上帝啊，"她说，"我以为……我以为他要转身，会看到我们……"

　　"我知道。"我四处寻找那位女服务员。我想喝点水，想赶走口中那恐惧的酸苦感。

　　"你觉得他还在那儿工作吗？"达拉斯问，她正透过窗户看着那个汽修厂。我先前看到的那个男孩瞥了一眼餐厅的方向，仿佛他感觉到有人在注视着他。

　　"不知道，"我说，"但我们应该能够弄清楚。"

　　女服务员拿着菜单和一个装咖啡的大玻璃瓶来到我们的桌旁："女士们，很抱歉让你们久等了。咖啡？"

　　"好的，"我说，"也请给我倒点水。"当她往桌上的咖啡杯里倒咖啡时，我问道："你最近在这里有没有见过一个十几岁的女孩？个子很高，留着黑色鬈发？"

　　"哦，见过，几天前她和她的朋友来过这里。"

　　服务员的话让我心头一紧，我内心充满痛苦但又带着希望。

　　"她的朋友？"

　　"一个漂亮的金发女孩。"女服务员笑了起来，"那个金发女孩很健谈，说得天花乱坠。"

　　"你听到她们在说什么了吗？"我问。

　　"没有，不过那个黑发女孩向我打听过欧文。"她指着街对面说，"他当时正在外面修理他的那辆哈雷摩托车。"

　　我和达拉斯看着那家酒吧。欧文，他还在那儿。

　　"他的爸爸还在经营那家酒吧吗？"

　　"艾伦大约十年前就去世了。从那以后，一直是欧文在经营。"她好奇地看了我们一眼，"你们是本地人吗？"

“我们来过这里几次。”

“你们刚刚打听的那两个女孩还好吧？”女服务员问。

“是的，其中一个是我的女儿。”我苦涩地笑了笑，“你也知道少男少女们是什么样儿的。”

那个女人笑了起来：“我也有两个女儿。”

“如果她又来了，请告诉我们。”我在餐巾纸上留下我的电话，然后递给了她。

“没问题，亲爱的。你们或许可以和汽修厂的莱利以及诺亚聊聊。他们很了解本地孩子的状况。”

“谢谢。我们会的。”

等她离开后，我看着达拉斯：“和斯凯拉在一起的那个女孩到底是谁？”

“也许是搭便车的。”

“我们是不是应该打听一下克里斯特尔？”我问。

我眼角的余光瞅到那个女服务员正俯身对一桌女顾客说着什么，然后她们朝我俩的这个方向看了看。

达拉斯也注意到了：“我想我们应该离开这里了。”

“我们去和欧文聊聊。”我说。

我们把钱放在桌上，在女服务员过来之前离开了。我担心布莱恩和加文知道有两个女人正在寻找一个出逃的女孩。如果他们抓到了她，他们会怎么做？

不要去。我们不知道会发生什么事情。

我们推开酒吧的门，啤酒味、油腻的食物味以及各种体味扑面而来。音乐声很大，很多桌子都坐满了人。在我们走进去时，男人们都看着我们，他们在俯身喝酒时，露出了健硕的肩膀，头

270

上的帽子拉得很低，脸上挂着暧昧的神态。我四下打量着，一想到加文或布莱恩也有可能在这里，心里就万分紧张。我们走到吧台，一个头发上扎着紫色条纹发带的女人从吧台后面抬起了头。

"喝点什么，女士们？"

"我们要和欧文谈谈。"

她看了我们一眼："我看看能不能找到他。"

她出了吧台朝大厅走去，然后消失在左边的一个房间里。大概一分钟后，她回来了。

"他在储藏室。"她指着大厅说。

"谢谢。"我们朝她刚进去的那个房间走去。靠墙的架子上摆着成排的酒瓶，地上也堆着一些酒桶。一个留着披肩金发的男子蹲在地上，正在剪贴板上做着记录。

他看了我们一眼："有什么我能帮忙的？"

我一下子愣住了，盯着他的眼睛。他清了清喉咙，将我拉回现实。

"你还记得我们吗？"我问。

他站起身，健硕的身体挤满了这个小小的空间。我往后退了一步，撞到了身后的达拉斯。他的眼睛认真地盯着我，片刻之后，他脸上露出了如梦初醒的神情。

"你们是那几个女孩。"

他比当年高了很多，穿着一条褪了色的蓝色牛仔裤，一条黑色哈雷皮带松松地系在腰间，这让我想起了他的父亲。他的体格也变得魁梧了——白色T恤下的胳膊和肩膀上有着结实的肌肉。他留着胡须，颜色比头发略深，在跟我们说话时，用手来回搓着。

"我们最好去办公室聊。"他说。我们跟着他向大厅里面走去。我看到一扇后门，楼梯向上通往公寓，这让我暂时摆脱了回忆里的恐惧。我们来到他的办公室，他坐到一张橡木桌旁，这张桌子看起来有些年月了，桌面已经有些破旧和斑驳，不过上面的东西摆放得井井有条。他的笔筒是一个活塞做的，书镇是一个哈雷摩托车的模型，靠墙放着一面很大的书架，上面摆满了各种书籍。

"把门关上。"他说。

关门时我正好看到那个调酒师正在盯着我们看，然后她看向了别处。在我转身回来时，欧文正看着我。

"我一直想知道当年你们到底遭遇了什么事情……"他脸上露出好奇的神色，然后又变得有些焦虑，皱着眉问，"你们到这里来干什么？"

"我们在寻找我的女儿，斯凯拉——十七岁，个子很高，黑发。我们觉得她可能在找我们的姐姐克里斯特尔。"

"是的，斯凯拉来过这里，说她正在找她的姨妈。"听他说出斯凯拉的名字，我觉得有些奇怪。

"你见过克里斯特尔吗？"我问。

"上个星期她在这儿待了几个晚上，调酒师说她和加文以及牧场的一些家伙坐在一起。该死……"他坐直身体，"我那时并不知道她到底是谁。"

我看着他。克里斯特尔已经和加文聊过了？难道她疯了吗？加文肯定不知道她是谁，至少一开始的时候不知道。她到底想干什么？

"布莱恩还在汽修厂工作吗？"我只好说出了这个名字。

"他现在和加文一起在经营牧场——那是他们的主营产业。"他反复打量着我俩，"你们叫什么名字？"

"我是杰米，"我说，"她是达拉斯。"

"你知道斯凯拉和你聊完之后去了哪里吗？"达拉斯问。

"不知道。"他摇摇头，"对不起。"

"克里斯特尔呢？你看到她离开了吗？"我问。

"没看到，调酒师也没看到。"他看着我的眼睛说，"她为什么回到这里？"

我挪开了目光，脸上有些发烫。房间里很热，我靠在墙壁上。我记得那天晚上他跟我们说话的时候，眼睛一直盯着我们的手腕看。

"我们不知道她为什么来这里，"达拉斯说，"但是如果你能保守秘密的话，我们会非常感激。"

"餐厅的女服务员对我们说，我们应该找加油站的莱利和诺亚聊聊。"我说，"你对他们了解吗？"

"是的，他们都是好孩子。但是莱利是布莱恩的儿子。"

那个黑发高个儿男孩——斯凯拉的弟弟。

"他……他还有别的孩子吗？"我问。

"还有一个女儿，十二岁左右，莱利十七岁。"他紧盯着我说，"斯凯拉说你和你的姐姐吵架了。"

"我们姐妹间是出了点问题。"我说。

"她是在查什么事吗？从她跑去和加文聊天就大概能猜到，加文做过很多上不了台面的事。"

"我们明白。"我说。

"多年来，一直有人说他对女人很粗暴。尽管没出什么事，但他的确被逮捕了几次。自结婚后，布莱恩老实点了，不过我听说他对妻子和孩子很不好，是一个彻头彻尾的混蛋。"他定定地看着我，然后眼睛眯了起来。我屏住呼吸，等他跟我确认斯凯拉的年龄，然后再把各种线索结合起来。不过他只是说："你认为克里斯特尔和你的女儿跟他们有什么瓜葛？”

我不知该怎么回答，我仍在快速地想着他说的每一件事情，内心深处越来越害怕。

“我们不知道发生了什么。”达拉斯说，“我们只知道那两个男人很危险。”

“你们和警方谈过了吗？”

“还没有。”我说，“我们希望先找到斯凯拉和克里斯特尔。”

“我们知道勒克斯顿家有一个大牧场。”达拉斯说，“他们还有别的资产吗？比如一座旧仓库？”

我顿时感到头晕目眩，甚至能够闻到烂水果味和旧床垫散发出来的霉味。

“勒克斯顿家拥有很多土地，”欧文说，“我觉得除了土地，他们在往阿姆斯特朗的那个方向可能还有一些别的资产。你们想找什么？”

“实际上我们还不确定，”我说，“我们只是想了解一下自己现在所面临的状况。”

“我们应该和莱利以及诺亚谈谈，”达拉斯说，“他们可能知道一些事情。”

“小心点，”欧文说，“无论你们跟他们说了什么，最终布莱恩都会知道的。”

“我们会小心的。”我说。

“如果我还能帮什么忙，随时来找我。”欧文把他的手机号写在纸上递给了我，“我就住在楼上。”

“谢谢。”我说着，站了起来。

“我领你们从后门出去。”

二十四

斯凯拉

我挣扎着爬上楼梯，但我的一只拖鞋在台阶边绊了一下，我一下子跌倒了，膝盖重重地摔在台阶上。我甩掉拖鞋站起身，一次三个台阶地往上爬，身后传来重重的脚步声。

我来到二楼大厅，伸手去推那间卧室的门，就在这时，加文狠狠击中我的后背，我猛地撞到了墙上。他用手臂勒住我的喉咙，压住我的气管，我挣扎着呼吸，感觉喉咙中的每块骨头都要被勒碎了。我试着从兜里掏出那把小刀，但他用右手抓住我的手臂，把我的手扭到了背后。我把头转向身体左侧，用手掌根击中了他的鼻子。

"混账东西！"他勒我脖子的胳膊一下子松了。

我迅速用手猛推了一下他的胳膊下方，他被迫放开了我，然后我转身就往他的胯下踢了过去。

他疼得跪了下来，用手捂住下身。

我挤过他，开始向楼下跑，手揣进兜里找那把小刀。我听到了他的脚步声。他又站起来了。

"你这个婊子！"

我手里拿着刀，从楼梯上跳下。我马上就要下完楼梯了，不过他已经离我很近了。我能感觉到他就在我背后，甚至能听到他的呼吸声。我的头猛地后仰，他抓住了我的头发。我失去平衡，重重地摔倒在地，后腰被台阶边缘撞了一下，脊椎一阵剧痛。

他再一次用胳膊勒住我的喉咙，试图把我拉起来，不过这一次我用刀刺中了他的小臂。他大吼一声，放开了我。我站起身跳下最后几级台阶，快速冲过厨房。他从后面追上来。我马上就要到达前门了。

他一下子抓住我的腰把我摔倒在地板上，身体压到我身上，几乎要把我压扁了。他抓住我的手腕，把我的手一遍遍地摔向地板，然后使劲掰开我的手指，直到我丢掉了那把刀。他把刀捡了起来。

我大口地喘着气，用另一只手在地板上乱抓着，试图挣脱他的控制，但根本没用。我大声喊道："救命！"

他用手捂住我的嘴，我试图咬他的手，但他按得太用力了，我的牙齿根本碰不到他的皮肤，而且嘴里立刻满是咸味和油脂味。他用另一只手把我的手腕扭到背后，我不停地踢打着。每一次我的脚后跟踢到他的腿时，他都会咒骂一句，而每次踢打也都让我的腿骨阵阵发痛。

他俯下身对着我的耳朵说："我要放开手了，如果你再敢出声或者踢我，我就用这把刀捅穿你的肚子，听到没？"

我呜咽起来。

他把我拉起来，左臂仍勒在我的脖子上，我的头没法动弹。他半拖着我往后走，胳膊使劲压在我的气管上。他把我拖到厨房，我四下寻找着可以当作武器的东西，然后看到架子上放着一只炒锅，但有些远，我朝着炒锅的方向乱抓起来。他用勒我脖子的那条胳膊把我又拖了回来，我差点窒息。我用手使劲抓着他的胳膊，想摆脱他的手臂。

276

"你要是再动，我就割断你的喉咙！"

我一下子僵住了。我应该继续反击吗？我听到抽屉被打开的声音。突然，他面对着我，用左腿把我摞倒。我摔倒在地，感觉骨头都要碎了。我挣扎着想要逃跑，但是一只靴子踩在我的后背上，我无法动弹。我的手臂被扭到身后，非常痛。接着我听到了撕胶带的声音，他用胶带捆住我的手腕，使劲地勒，几乎都要把我的手表勒到肉里了。然后他把我的肩膀向后拉，我感到我的肌肉正在撕裂。

他站了起来，从我身上挪开，我腿上的疼痛有所缓解，但他又抓住了我被绑住的双手手腕："站起来。"

我跪起来，接着他又把我拖了起来。

他用左胳膊搂住我的肩膀，另一只手攥着刀顶在我的喉咙上，冰冷的刀锋压着我的皮肤。

"我们上楼去，如果你敢反抗，我就割断你的喉咙。"

在上楼梯时，我内心十分狂乱。如果我把头朝后撞去，也许能撞断他的鼻子，但随后他就可能用刀刺我。他带我来到二楼，然后朝那扇关着的卧室门走去。

我呼吸急促，喉咙被卡着，几乎提不上气来。冷静，我必须冷静。

他会杀了我。

我们来到门口，他拿刀的手放低了一些，我听到身后传来叮当声，好像是他在兜里翻找门钥匙。

我只有一秒钟的时间。我将头使劲往后撞去，感到后脑传来重重一击，脖子疼得让我一阵眩晕。他肯定正低着头，而我撞到了他的头顶。

"你这个愚蠢的婊子！"

他抓住我后脑的头发把我的头用力甩向门框，我被撞得头晕眼花。我感觉自己双腿无力，然后摔倒在了地板上。

我想站起来，但是我的双腿已经不听使唤了，只能瘫软在地。我想努力保持清醒，但视线却逐渐模糊起来。

上方传来钥匙插入锁孔的声音，接着门被打开了。

他用双手抓住我的肩膀把我拖进房间。我昏昏沉沉的，似醒非醒。我努力集中精力，暗暗告诉自己要继续反抗，但我的身体感觉迟滞，双腿和胳膊也不听使唤了。

一双粗糙的大手把我翻了过来，然后拖着我，让我靠墙坐下。我觉得整个房间都在旋转，视线一会儿模糊一会儿清晰。

"醒醒！你现在要回答我几个问题。"

我盯着面前加文的脸，视线清晰起来，然后疯了一样四处看，以迅速了解房间里的状况。房间里很暗——窗户用木板钉死了，光亮都是从门口投进来的。

房间里有一张大床，床上躺着一个人——我只能辨认出那是一个人，她的身体在动，挣扎着想要起来。随后我意识到那个人是被绑在了木床柱上。她站了起来。

克里斯特尔！

她全身赤裸，头发凌乱不堪而且都粘在了一起。一根绳子像颈圈一样系在她的脖子上，另一端被拴在床柱子上。她的脸因为恐惧而有些扭曲。她的嘴被堵住了，但不是用的胶带，看起来像是棉布之类的东西。她的双手被反绑在身后。我大叫一声，想站起来跑到她的身旁，但是加文把我推倒了。他捏住我的脸，我恨得咬牙切齿。

"你他妈的闭嘴！"

278

我喘不过气来，每喘一口气身体都要大大地起伏一下，鼻涕从鼻子里流了出来，然后和脸颊上淌下的汗水混作一团。克里斯特尔发疯般地扯着身上的绑绳。她跪了下来，大声哭泣着，肩膀不停地抖动。

　　"闭嘴。"加文放开我的脸，用力扇了我一耳光。我仍然没有停止尖叫，他又打了我一耳光。

　　我努力控制着自己的呼吸，嘴巴不停地发出呜咽声。我的身体颤了颤，有温暖的液体顺着双腿流了下来。我小便失禁了。加文低头看了看。

　　"上帝！"他看着克里斯特尔，"你他妈的在干什么？滚回床上去。"

　　她没有动，仍然盯着我，眼里充满了惊恐和泪水。

　　加文走过去狠狠地打了她一耳光。

　　她的头猛地后仰，我又尖叫了起来，加文转身瞪着我。

　　"你要是再敢乱叫，我就用脚踩断她的脖子，明白了吗？"

　　"对不起。请不要伤害她！"

　　他在我和克里斯特尔之间来回扫视了一番，然后眯起了眼睛。我意识到我犯了一个错误，他可能已经猜到我和克里斯特尔之间有某种关系了。他走到一个旧梳妆台前，上面放着立体音响，他关掉音响，打开了灯。

　　现在我看清了这里的一切——墙角放着一只塑料桶，床上乱作一团，撕成条状的淡蓝色毯子污渍斑斑——而当我看清克里斯特尔时，我几乎要窒息了。她的乳房和肚子上满是咬痕。她的面部青肿，肿大的上嘴唇结着痂。

　　"我说，回到床上去。"他又说了一遍。克里斯特尔爬上床，用惊恐的表情看着我们。

他回到我这边，半跪在我面前问："你为什么会在我家里？"

"我想偷东西。"

"胡扯。"他看向克里斯特尔，然后又看向我，"你们俩认识？"

"不认识。"我说。他盯着我。我尽力直视他，但他的眼神让我恐惧。

他走到克里斯特尔身旁，抓住她身上的绳子将她拉到床下。克里斯特尔站起身，加文站在她的身后，把她的脸转向我，然后开始用绳子紧紧地勒她的脖子。

"你他妈的到底是谁？"他大声地对我喊着。

克里斯特尔努力想摇头，示意我什么都不要说，但她被勒得满脸通红，眼睛也突了出来。

"她是我姨妈！"我哭着大声喊道。

加文放开了绳子。克里斯特尔瘫倒在地上，呼哧呼哧地喘着气。

"你姨妈？"加文再次盯着我的脸，一脸的恍然大悟。他走近我，抓住我的下巴，左右摇晃着我的脸。

"你多大了？"

克里斯特尔再次摇摇头。加文站起来朝她冲了过去，用脚踢向她的肋骨。她大声呜咽着，身体痛苦地缩成一团。

"住手！"我大喊，"十七岁。"

他走回我身边蹲了下来，这样他就能看见我被捆在背后的手。他抓住我的手，用力掰开我的手指。

"你是他的孩子。"他将脸靠近我的脸，我能闻到他的口气，满是咖啡和香烟味。"哪个婊子是你妈？"

我的眼里充满了泪水，我把所有的事情都搞砸了。

"年纪最小的那个。"

我看不懂他的表情，愤怒中好像夹杂着一种奇怪的胜利感，接着又是一种凶狠样。我缩紧身体，等着挨打。

这时，他的手机响了。他起身从兜里掏出手机，看着屏幕，然后接了起来。"好，我马上就到。"他一边听电话一边盯着我，"我说了我马上就到。卡车出了点问题……不，我已经修好了。"他挂断电话，把手机塞回口袋。

突然，他狠狠地从侧面踢了我一脚。我蜷缩着靠在墙上，试图躲过他那沉重的靴子。他低头看着我："你应该感谢你爸爸的这个电话。"

他离开房间，把门反锁了。他没有把我捆起来，这让我很震惊。在听到他下楼后，我起身蹒跚着走向克里斯特尔，她仍瘫倒在地板上。我在她身旁蹲下，然后靠到了她身上。尽管我们没有办法拥抱彼此，但我能感觉到她的身体有多么虚弱，也能感觉到她瘦了很多。我们把距离拉开了些，相互看着对方。

"我很抱歉，"我说，"我把事情搞砸了。我只是想来救你。"

她的嘴被堵着，只能发出咕噜声和呜咽声，她的眼神似乎在问什么，但我不明白她想说什么。

"妈妈和达拉斯不知道我在这里。我是偷跑出来的。"我哭了，意识到自己是多么愚蠢，"但是如果我没有回家，妈妈会发现我偷跑了，她们会来找我们的。"我祈祷这是真的。但我告诉妈妈我周四才会到家，那在周四之前会发生什么？他们会杀了我们吗？

楼梯传来脚步声，然后传来了门锁被打开的声音。我蜷缩在克里斯特尔旁边。她用肩膀把我推到她身后，好像要保护我。

"不用那么亲热吧。"加文一边说着,一边走进房间。

他带来了一捆绳子、一些布和一瓶水。他打开瓶盖,递到我的唇边让我喝,但他其实是一下子把水灌到我嘴里的,我被呛了一口,水从嘴里流出然后顺着我的身体流了下去。

"你不该浪费的,到下次喝水还有一段时间呢。"

他把瓶子扔到门边的角落里,然后抓住我的手臂把我拖到床尾。他把那些布铺到地毯上,把绳子的一头在我脖子上缠了一圈,像个套索一样,把另一头系在床尾的柱子上,然后又在床栏下绕了几圈,以防我把绳子滑出床柱。他检查了一下绳子的长度,确保我够不到门或者音响,然后在我和克里斯特尔之间放了一只桶。克里斯特尔也被拴在床的这一侧,不过是在床头。

"这是你们的马桶。"他站到我面前,再次抓住我的脸,用手使劲地捏着,"你的车在哪里?"

"我搭车来的。今天早上在镇上我的车没油了。"我说得很快,他捏着我的脸,所以我的话有些含混不清,"所以我把它扔在了路边。"然后我立马想到一点,"警察很可能已经把我的车拖走了。"

"胡扯,你在我的房子里待了一晚上。"他把手伸进我的口袋,在我的屁股和裆部抓着,他的脸离我的脸很近,我能看到他的胡茬,下巴上的疤痕,每一颗汗珠以及充满血丝的眼睛。

他拿出我的车钥匙在我面前叮当晃动着:"你觉得我蠢吗?"

我摇了摇头:"没有!我把车停到了商店后面,从商店拿了些工具。如果我没有回去,你会遇到麻烦的。我只是想找到我的姨妈。"

"嗯,你找到她了。"他笑了,"现在,告诉我,你他妈的把车停哪儿了?"他再次抓起我的脸,疼得我满眼是泪。

"我告诉你了，车在镇上。"这辆车是让别人知道我的行踪的最后机会。

他放开我的脸，我以为会出现转机，以为他相信了我。但随后他走到克里斯特尔身旁，把她拉起来按到床上。他从后面用力拉她脖子上的绳索，她的后背弯成了弓形。克里斯特尔的嘴被堵着，呜咽着发出尖叫声和哭泣声，那声音听起来很恐怖。

"想再试试吗？"他回过头对我说，然后又用力拉了下绳子。

"我把车停在辅路上了！"我喊道，"放开她！"

他又扯了一下绳子才放了她。她瘫倒在床上，然后滑到了地板上。

"哪条路？"他转过身来，"别再跟我撒谎。"

"在主路的一边，离你家的私人车道很近。"

他点点头，好像知道那个地方，然后拿起一卷布朝我走过来。

"我不会叫了。"我意识到他可能是要堵住我的嘴。

"你们女孩子总是喜欢乱喊乱叫。"他说。

他把那卷布塞进我嘴里，又用一条长带子勒住我的嘴，然后在我的脑后勒紧打结。我觉得自己的嘴都被拉宽了。那卷布让我干呕了好几次，堵得我几乎窒息。

他退后一步，看着我俩大笑起来，露出满嘴的大黄牙："今天晚上下班后我再来看你们。到时候我们来一场派对。"

他走向音响，那是一台老式的手提录音机，上面贴着啤酒品牌商标。他播放起乡村音乐，在门口跳了几步吉格舞①，然后做出向我们脱帽致意的姿势。

他熄了灯，关了门。我没有听到锁门声，但在门下方的缝隙

---

① 一种传统英国民间舞蹈。

里看到了他的影子，随后他消失了。

我转向克里斯特尔，她仍然坐在地板上。在昏暗的光线中——窗户上的木板裂缝和门下方能透进来一丝光线——我只能分辨出她的轮廓。在眼睛适应了黑暗之后，我才看得更清楚了一些。她奄奄一息，肩膀无力地低垂着。

我努力挣脱双手，往不同的方向来回扭动，想撑破胶带，但他捆得太紧了。我试着走近克里斯特尔，希望她能用手取下我嘴里的东西，或者解开我身上的绳索，但他太狡猾了，我只能靠近克里斯特尔的一只脚。我看向她的眼睛。

她摇着头，满脸悲伤。接着，她嘴里呜咽着发出叫声，像是动物绝望的嘶鸣。她整张脸都涨得发红，眼泪从脸上掉了下来。

我跪倒在地，眼泪也掉了下来。

二十五

杰米

那两个男孩正在低头检查着一辆卡车的发动机。听到我们的脚步声，他们抬起了头来。

"需要帮忙吗？"黑发男孩一边问，一边在一块抹布上擦着手。这一定是莱利。我惊讶于他和斯凯拉长得超级像，包括走路的姿势以及说话时嘴角微微上扬的样子。他长得很像布莱恩，不过棱角温柔了许多。达拉斯也在看着他的脸。

莱利一脸的困惑，等着我们说话。于是我开口问："我们正在找我的女儿——她叫斯凯拉。"

他瞪大眼睛，看了一眼他的朋友，然后又看向我们。

"斯凯拉？"他紧张地舔了舔嘴唇，"她是不是，比如说，在离家出走或者什么的？"我盯着他的表情，想看看他是否在编什么谎话，不过他看起来很真诚。

"是的。"我不能肯定斯凯拉跟他们说了什么，我决定单刀直入，"她几天前离开了家。自那之后就再没人见过她。"

莱利瞥了一眼诺亚，然后回头看着我："她在牧场打零工，不过我觉得她今天可能不会出现了。至少今天早上我离开牧场的时候，她并不在那里。"

她一直在牧场打工？我感到一种五爪挠心的感觉。

"你上一次见到她是什么时候？"我问。

莱利犹豫了一下，好像他知道些什么事情，但又害怕说出来。

"我们必须找到她，这非常重要。"我说。

"昨天下班后。"

"你知道她去了哪里吗？"

"不知道，不过我想她会在车里睡觉。我跟她说可以去牧场那边的小溪里洗澡，但我不知道她去没去。"

小溪。各种回忆一下子涌上心头——逃跑，摔倒在地，布莱恩的身体压在我身上。我强迫自己把精力放在寻找斯凯拉上。

"你告诉过别人她会去那里吗？"我紧盯着他的眼睛。

"没有。"不过他看向了别处。他在撒谎。我确定他在撒谎。

"那么，你的确不知道她现在在哪里？"我问道，仍紧盯着他，有些好奇他是否知道自己的父亲到底是怎样的一个人。

"不知道，我已经说过了。"莱利说，不过他听起来并不恼怒，反而有种担心的感觉，或许他刚刚意识到自己很有可能是最后一个见过斯凯拉的人。

一辆小汽车停在了汽修厂门前。

"我要去接待客户了。"莱利说。

"如果你想到什么别的线索，请给我们打电话。"我迅速把我的手机号写在工作台上的一沓发票背面。

"希望你们很快就能找到她。"莱利边说着边跑了出去。

回到汽车旅馆，我对达拉斯说："我们必须告诉警方，斯凯拉曾在牧场打工——以及他们对我们做过什么。"

"他们会提出各种问题的。"

"我们只需要让他们相信布莱恩和加文很危险。"我说。我不知道自己是否能向警方讲述那些发生在我们身上的不幸，但我必须鼓起勇气。

"我不相信莱利。"达拉斯说。

"你觉得他有可能参与其中？"

"他的爸爸是个混蛋，而且他显得很紧张，我总觉得有些怪异。"

难道我们完全错了？诺亚和莱利对斯凯拉做了什么？但如果是这样，那莱利为什么要承认自己见过斯凯拉呢？

"这就是为什么我想告诉警方，"我说，"他们能查清莱利是否在撒谎。"

"报警还存在另一个风险，就是警方可能会调查我们的过去。"

"他们没理由那么做，他们不可能知道爸爸的事情。"直到现在，有时候我还会做噩梦，甚至能听到他叫我"小东西"。我会几个小时都睡不着，瞪着眼睛，然后脑海里不断地浮现那晚的情景。我在想，如果我只是弄伤了他，不知现在会怎么样？那样的话，我们现在又会在哪里？我常常害怕斯凯拉知道真相，不知道她会有什么反应。我告诉自己，我别无选择，但我时常困惑，是不是在卡什溪发生的一切都是对我们的惩罚？我们平静的生活在爸爸死去的那晚就已经被打破了。

"我们需要理一下头绪，"达拉斯说，"无论怎样，都不能让警方知道克里斯特尔有枪。"

我们一起走进了警察局。这是一座老旧的方形建筑，墙体侧面装着白色木板，像是二十世纪七十年代建造的，空气中弥漫着咖啡味。这里面积并不是很大，停车场里只有几辆警车。在来的路上，我和达拉斯讨论了一下警方可能会问到的问题，我们商量好了要怎么说，不过我们知道，那些我们没有想到的问题可能会把事情搞砸。

我对前台说我们想报人口失踪，几分钟后，一名警官走了出来。他自我介绍说他是麦克菲尔警官，然后把我们领到了一间很小的会议室，里面放着一张桌子和几把椅子。他坐到一侧，我们两个坐在他的对面。这个警官上了点年纪，满头白发，有着一双褐色的眼睛，眉毛低垂，鼻梁高挺，还有着略显严肃的嘴唇。他的模样让我想起了老鹰，他直勾勾地盯着我们中的一个，然后又看向另一个。我觉得他做事缜密，非常好，这意味着他有能力帮我们尽快找到她们，不过从另一个角度考虑，他也可能会觉察到我们有所隐瞒。

“你们想报人口失踪？”他一边在纸上做着记录，一边问。

“是的，我的女儿和我的姐姐。”我说，“我们从温哥华来，她们曾在这里的汽车旅馆住过。”

“她们的名字？”

“斯凯拉和克里斯特尔。斯凯拉只有十七岁。”我将手握成拳头，指甲用力戳向手心，想用疼痛转移我的注意力。

“你们最后得知她们的消息是什么时候？”他问。

“上上个星期日以后，我们就再没收到过我姐姐的消息。斯凯拉在上周四早晨离开温哥华后给我发过短信，但后来也再没了她的消息。她们的电话现在都转接到语音信箱了。我们去过那个汽车旅馆……”我没办法继续说下去了，脑海里浮现出克里斯特尔扔在床上的T恤，仿佛她随时会回来一样。

“克里斯特尔的东西还在房间里，”达拉斯说，“但是汽车旅馆的服务员已经整整一周没有见过她了，她原本应当今天办理退房手续的。斯凯拉只在那里住了一个晚上。她离开汽车旅馆后，可能一直睡在她的汽车里。"通常情况下，如果达拉斯打断我，我会感到生气，但这次我却非常感激她能跟我一起来，她的坚强让我觉得有了依靠。

"克里斯特尔的手提包还在房间里吗？"他问。

"没有。"我说。

"她们为什么来卡什溪？"

"十八年前，在我们路过这个小镇时……"说到这里，我感觉自己脸颊发烫，浑身冒火。顷刻间我几乎无法呼吸，仿佛有一只手捂住了我的嘴巴。我怀疑自己是惊慌症发作了。

"我们的卡车坏了。布莱恩·勒克斯顿和他的弟弟开车把我们带到了他们父母的牧场，好让我们在那儿打零工赚点钱。"达拉斯快速而生气地说，"但一天晚上他们攻击了我们，还把我们带到一座空仓库。他们强暴了我们，把我们在那里关了五天。"

警官笔直地坐在椅子上，眼睛一直很专注地看着我们。

"你们报警了吗？"他问。

"我们太害怕了，"我说，"当时只想逃跑。他们对我们所做的一切——"我停顿了一下，吸了一口气，"直到现在，我们都难以启齿。"

"我们并不想控告他们，"达拉斯说，"我们只是想让你知道他们很危险。我们相信，克里斯特尔再一次受到了他们的伤害，而斯凯拉是来找克里斯特尔的。我们觉得布莱恩和加文肯定对她们做了些什么。"

"我们了解到，克里斯特尔和加文·勒克斯顿同时出现在了酒吧，而且斯凯拉还曾在那个牧场干活儿，不过今天早晨她并没有出现。"我把我们从欧文和莱利那儿了解到的情况都告诉了这名警官。

"你们应该搜查一下他们的房屋。"达拉斯说。

"在我们采取措施之前，我需要从你们这里了解更多的信息。"警官说，"她们开的什么车？"

"斯凯拉开的是一辆红色本田思域，克里斯特尔的是一辆黑色本田讴歌。"

"她们穿的是什么衣服，你们知道吗？"

我摇了摇头："不知道。但斯凯拉可能穿着短裤和人字拖。她有一双皮革人字拖，上面有雏菊图案。"我强忍着泪水，"她经常穿这双拖鞋。克里斯特尔喜欢穿瑜伽短裤和背心。"

"我们会去看看汽车旅馆是否装了摄像头，也会查问本地的牧场。我需要她们的近照、外貌特征描述，以及她们朋友、同事或雇主的名字。"

我把克里斯特尔和斯凯拉的详细情况，包括她们的出生日期以及她们朋友的姓名都告诉了警官："我手机上有一些照片。"

"你能用电子邮件把照片发给我吗？"这名警官把他的邮箱给了我，我把照片发给了他。

"克里斯特尔现在染成了棕色头发。"我说。

"斯凯拉的父亲在哪儿？"

"他的父亲没有抚养过她。"

他抬起头，看了一下我的眼睛。我以为他会问一些关于斯凯拉父亲的姓名或联系方式之类的信息，不过他只是做了一下记录。

"你最后一次和斯凯拉说话时，她的情绪怎么样？"

"她很不安，很担心她的姨妈。她跟我说她打算和一个朋友去湖边的度假小屋，但她对我撒了谎。"

"她以前离家出走过吗？"他问。

"斯凯拉从来没做过这样的事。"我说。

"她们的生活方式怎么样？比如说健康方面？吸毒吗？"

我想了想要怎么说："斯凯拉是个好孩子。克里斯特尔有一些问题，不过她也不会凭空从我们面前消失。"

"你说斯凯拉很担心她？"

如果我告诉他真相，他会认真对待这件事情吗？他会觉得克里斯特尔是一个古怪的人或者是一个喜欢搞事的人吗？我必须说点什么。

"上上个周末，克里斯特尔遇到了一些烦心事，她和跟她约会的那个人吵了一架。我们觉得她可能是想起了我们小时候的经历，这大概也是她会到这里来的原因。"

"她有没有表现出任何自杀的倾向？"

我想起克里斯特尔把自己反锁在浴室里，手里拿着一把枪。

"没有。"

他又记录了一下："你说你们进了她在汽车旅馆开的房间。那么，有没有看到任何打斗的痕迹？"

"没有，但房间很乱。"我说。

"我们会去检查的——你们不要再进那个房间了。"

"我们会在那个汽车旅馆另外开一间房。"

"我需要她们俩的手机号码——我们会给她们的手机发信号。"

"什么意思？"

"如果她们没有开启GPS，我们会查看她们手机最近一次从移动信号塔反射出的信号位置，然后再对信号进行三角测量，进而判断出她们可能会在的位置。但如果手机不在服务区或者没电的话，是无法查找的。不过我们仍会努力寻找她们现在可能出现的地方。"

"太好了。"我说，我看到了希望，也许他们很快就能找到她们俩。我看了一眼达拉斯，她对我微微一笑。

"我们会去移动公司调取她们的短信，不过这可能需要几天的时间。我们会把她们的个人描述以及车辆信息录入加拿大警方信息中心，而且我们也会通报其他分局。"

"你打算什么时候找布莱恩和加文谈谈？"我问。

"尽快吧，我还需要走一下程序。我很理解你们对那两个男人的担心，但我们必须公事公办，不能因为你们与他们的糟糕过往而对他们另眼相待。而且，如果我们把注意力单放在他们身上，但他们又没有控制这两个女孩，那我们势必会浪费很多时间，而女孩们只会被困得更久。"

"会不会上新闻？"我问。

"我们可能不会马上发布给媒体。我们会先开始调查，通过彻查的方式看看我们能否发现什么线索。如果这两个男人控制了她们，我们也不希望他们做出任何危险的举动。"

"你是怕他们会杀了她们？"我问道，恐惧像一柄利剑刺入了我的心肺。我看着他的脸，试图找到些希望和慰藉。

"我们只是想谨慎行事。"他说。

"你们一定要找到那个仓库。"我被他这种拖沓的态度激怒了。我知道是谁控制了她们，我只是需要他帮我找到她们。

"这个地区有太多的仓库了，因此动用人力去排查并不现实。我们需要仔细研究、走访不同的人，看看能不能获得其他线索。"

"这么说，你们只是打算四处走走？"达拉斯问，她的语气显然表明她并不赞同，"那样会花费太长时间。"我喜欢她这样直截了当，喜欢她能够准确地把我们的想法表达出来。

"我们会竭尽所能地尽快找到她们。如果你们有任何新线索，请及时通知我，我们有进展的话也会马上向你们通告。我会把我的手机号留给你们。"

"那我们现在还能做什么？"我问。

"给她们的朋友打电话，看看是否有人知道她们的消息。如果稍后你们决定正式控告他们性侵，我们会追查此事。现在，让我们集中精力寻找你的女儿和姐姐。"

我和达拉斯走出警局，双腿发颤，地面散发出来的热量让人很不舒服。我们来到车旁，达拉斯打开车门。

"等一会儿，让车里凉一凉。"

我们靠在车身上，金属发出的热量穿透了我的衬衫。达拉斯前额上的头发都湿了，眼睛红红的。她点了一根烟，像吸大麻一样用手指掐着，然后使劲吸了一口。

"你没事吧？"她说，并用肩膀碰了我一下。

"没事。你呢？"

她点了点头，又抽了一口烟。她歪头拿烟的姿势是那么的熟悉，我觉得我们又回到了小时候。我静静地看着我的姐姐。

"给我一支。"我说。达拉斯递给我一支香烟和打火机。自从发现自己怀孕后，我就再没有抽过烟。此时烟雾向下灼烧着我的喉咙，尼古丁让我的头脑立刻清醒了很多。我吐出烟雾，仔细端详着警局，试图稳定下情绪。我的胸腔像被炸开了一样，血肉模糊，凌乱不堪。

"我很想知道，警方在找克里斯特尔的朋友和同事谈话后会怎么想。"我说。我们俩很清楚，警方可能会了解到克里斯特尔经常离家出走并陷入麻烦。

"我不知道，但他们有必要彻查。"

"他们就不能只搜查一下那个牧场吗？这让我很生气。"

"现在只希望那两个男人在被警察问话时能露出什么马脚，"达拉斯说，"这样警方就能申请搜查令了。"

我也想往好的方面想，但我没办法摆脱那种恐惧感——我们可能只是暴露了自己，同时还让斯凯拉陷入了更加危险的境地。

"如果他是对的呢？如果这些家伙真的情绪失控，他们会杀了她俩吗？"我用手捂着脸，深深地呼吸了几下，努力控制着自己的情绪。

"你不能那么想，"达拉斯说着，把手放在了我的肩膀上，"警方会找到她们的。我们也会找到她们。"

我抬起头，看着达拉斯的眼睛，握了握她的手。我很感激她能和我一起来这里。我使劲抽了一口烟："我还是不敢相信克里斯特尔竟然又回到了这个鬼地方。"

"我相信。"

我看向她："你想过要杀掉他们吗？"

"难道你没想过？"

我想起了那把被卡住的步枪，想起了躺在地板上的布莱恩。

"是的。我想过。"

二十六

斯凯拉

我转过头不再看克里斯特尔，紧闭着双眼。我简直无法相信我们都被困在了这里。加文在小溪边发现我时我就应该离开的。如果那时我给妈妈打电话或者报警，克里斯特尔应该也能被找到。我胸口发闷，像是被人用力压着，无法呼吸。我绝望地用力吸着空气。不要这样，斯凯拉，集中精神，想想办法。

我浑身发抖，发了疯似的四处观察着房门和钉有木板的窗户。窗户顶端挂着焦橙色的纱窗，纱窗的另一端固定在木板的另一头。即使有人往里张望，也只能看到纱窗。

我的双手被捆在后面，无法拆掉木板。我极力扭动双手，试图让手越过屁股和双腿放到身前来。但加文在用胶带绑我的手时，曾用力掰扯我的上臂，以至于现在我的后背非常难受，我无法大幅度地弯曲手臂。克里斯特尔表情悲伤地看着我。

音乐吵得我头疼。他没有打开风扇，房间里异常闷热，木桶发出的气味越加难闻，我强忍着才没有吐出来。我的嘴唇破了，舌头感觉也肿了。我非常渴，不知道自己会不会脱水而死。

我站起身，又一次环视了一下这个房间，努力观察着房间里的每一个细节。这张床靠着后墙的中间位置——左侧是整个房间唯一的一扇窗。克里斯特尔坐在地板上看着我，从窗外投进来的一缕阳光正好照在她的身上。绑着我的那个床脚离门最近。房间里面还有个衣柜，衣柜上有两扇折叠门。有衣柜就意味着有衣架，我们可以用衣架做武器或者干点别的什么，但我们得能接近那个衣柜才行。

我的斜对角是个梳妆台，离衣柜很近。这个房间比较大，显然是一间主卧，墙上挂着一个鹿头和几幅狩猎场景的油画。

他喜欢杀生。

我无力地坐在地板上，后背靠着床垫，头埋在膝盖之间，满脑子都是些可怕的想法。他会怎么处理我的汽车？他会怎么对付我？我又看了一眼克里斯特尔。她用双臂抱住双腿，但我仍能看到她身上的瘀伤。加文也会强奸我吗？布莱恩是否知道加文抓了克里斯特尔？莱利知道吗？

我想到了妈妈。假如星期四我还没回家，她会怎么办？她会立马报警吗？那时会不会太迟了？

我真是太蠢了。我想起了我撒的所有谎，也想起我还自以为是地关了手机定位服务，让妈妈找不到我。

我努力保持镇静，努力思考着一般这种情况下妈妈会对我说什么。等等，斯凯拉。好好想想，制订一个逃生计划。不要放弃，我会来找你的。一想到妈妈在四处找我，我心里好受多了。她很聪明，她知道该怎么做。她们也会和我一样来找克里斯特尔的，她们会去询问汽车旅馆的接待员，她们也一定能打听到我曾在牧场干活儿。她们会报警，会让警方来找我们。

然后我开始想象加文会如何对待我。他是怎么知道我是布莱恩的女儿的？知道和不知道有什么不同吗？或许布莱恩会放我走？我的心陡然一沉。他肯定不会的，至少在我见到克里斯特尔后就不会了。如果他知道我是他的女儿，他甚至可能会想尽快杀掉我。

他不会想让任何人知道我的存在。

几个小时过去了，房间里越来越热，桶里发出的恶臭呛得我直流眼泪，不停地干呕。苍蝇从窗户外面飞进来，在桶里不停地嗡嗡嗡。我禁不住想到了水，想到了水是多么的甘甜，想到了我的嘴巴现在是如此的干渴。我已经整整二十四小时没吃过东西了。

我们俩背靠着床坐在地板上。很多时候克里斯特尔都把头埋在膝盖中间，仿佛睡着了一样。但也有好几次我都看到她在看我，眼里含着泪水。我想知道过去几天她都是怎么过的。我想象着她躺在床上睡觉或盯着天花板一动不动。我想知道她是希望我们来救她还是想一死了之。此时，我感到一阵羞愧。都是我的错，都是因为我，她才会来这里。现在，她没有被救，也是我的错。我必须想个办法逃出去。

我仔细研究着这张床和床柱底部，希望床柱是装了轮子的，或者找到一些金属部件割断胶带，但这张床是实木的，没有轮子。如果我能摸到风扇，我就可以用电线勒死加文，或者用音响猛击他的头部，但这两样东西我都够不到。

我站起身，示意克里斯特尔也站起来。我俯下身，用肩膀顶住床架的一侧，使尽全身力气向前推。她马上明白了我的意思，也开始用力去推。我接近了风扇和音响，但无论我怎么往前探身子，总还是离它们有一英尺的距离，这让我感到非常沮丧。

我们又把床推回原位。由于憋太久了，我的膀胱都感到了疼痛，这种疼痛一直蔓延到我的胃部。我用大拇指勾住短裤后面，想晃动身体把短裤往下褪一点，那样就可以用木桶了，但短裤太紧了，我不得不再次尿在了裤子里，感觉又羞又脏。克里斯特尔看向了别处，好像在尽力给我创造一点隐私空间。我努力不去想这些，努力思考着如何逃脱。

　　不知道克里斯特尔是否曾尝试过逃跑，我很希望能和她说说话。等加文回来的时候，我该怎么办？努力反抗还是哀求他放我一条生路？无论如何，我必须想法子让他先把我的绑绳解开。房间里越来越热，汗水从我的肩胛骨中间流下，我脖子后面和前额上的头发都被汗水浸湿了。我的短裤也很潮湿，贴在身上很不舒服。我甚至能闻到自己身上散发出来的汗味和尿味。苍蝇在木桶边爬来爬去，有些飞到了克里斯特尔的身上，围着她身上的咬痕爬来爬去，但她却一动不动，甚至没有扭一扭。我担心她被感染，随后我明白了她或许根本不在乎，或许过去几天她都是这么活下来的。刚才她看起来还是很害怕的样子，但现在却一点害怕的感觉都没有了。

　　苍蝇在我周围嗡嗡叫着，时而盘旋在空中，时而落到我的牛仔短裤上。我努力扭动着身体驱赶它们。

　　我想起女服务员告诉我，阳光峡谷的高温快要破纪录了。这里非常热，热到能在人行道上煎鸡蛋。加文会把我们扔在这里活活饿死或者脱水而死吗？我想象着我的身体被饿成一具空壳，皮肤都被烤熟，苍蝇飞过来吃我的眼睛。

　　这几个小时过得太漫长了。他应该很快就要下班了。我竖起耳朵仔细听外面的动静，但在这种音乐声中我不可能听到他的脚步声。我突然感觉惊慌失措，身体不停地发起抖来，随后感到全身发麻。我有时会觉得虚弱无力，如果移动得太快，还会感到头晕目眩。我没法和克里斯特尔说话，这种感觉太可怕了。有几次她看着我大哭起来，随后我也跟着哭了起来。

　　现在，天已经很晚了，我已经被困在这里好几个小时，彻底没了时间概念。我把头埋在膝盖中间，这时我看到门把手动了。

我抬头看着门，心跳加快。

加文走了进来，冲我们笑了笑，然后转身把音响的音量关小了一些。他依然穿着工作服，牛仔裤上沾满了尘土，红色T恤的腋窝处有很大的汗渍圈，浑身都是粪肥的臭味。

他还带来了几个三明治和两瓶水，三明治在他手里都快要被捏扁了。

"对不起，我来晚了，女孩们。有些事情需要处理一下。妈的，这里真够热的。"他把水和三明治放在梳妆台上，摘下棒球帽，擦了擦被汗水打湿的头发，"想我了吗？"

我瞪着他。克里斯特尔也一脸紧张地望着他。

他嗅了嗅空气中的味道："你们两个女孩都发馊了。"他拿着水和三明治走过来，蹲在我面前又闻了闻，"我猜你没办法脱裤子，嗯？"

他取出堵在我嘴里的布。我深深地吸了一口气，终于可以大口地喘气了。被堵了那么久，我嘴巴疼得厉害，舌头也十分肿痛。我舔了舔干裂的嘴唇，嘴角是咸咸的汗水。

他伸手抓起一瓶水让我喝。我拼命地把水吸到嘴里，尽量不让水洒出来，然后大口地咽下。等我把一瓶水喝完，他又往我嘴里塞了一块三明治。太干了，好像是老肉和奶酪，但我还是咬了起来，快速地咀嚼着。

他又把布塞回我嘴里，然后走到克里斯特尔旁边给她喂水喂吃的。然后他站起身，把瓶子扔到地板上，走到我身边。

"站起来。"

顿时，恐惧感蔓延到我的全身。他要动手了吗？他会杀了我吗？我看了一眼克里斯特尔。她的眼中也再次充满了恐惧。"别看她。"他抓住我的胳膊，把我拉了起来，"我找到了你的车。

你不必担心警方扣留它了。"他脸上露出邪恶的笑容。

他把双手放在我的短裤前，尽管我被堵着嘴，但依然试图大叫，还拼命地往后退。他抓住捆着我的绳子，用力一拉，我脖子上的套圈一阵紧缩。

"除非你想让我再勒紧点，否则就站着别动。"

我僵住了，眼中蓄满了泪水。他盯着我的脸，舌头舔着嘴唇，用手解开我短裤上的纽扣并拉下了拉链，我的泪水簌簌地往下流。

他往后退了一步，把我的短裤往下拉了拉，把身体往前凑，脸在我的双腿间摩擦着。我闭上眼睛，身体剧烈地颤抖着。

"抬起你的脚。"我把两只脚依次抬起。他脱下我的短裤扔到墙角："我得把这些烧掉。"

他离我越来越近，我能够感受到他的心跳。他把手指伸进我的内裤裤腰，在我的后腰上画圈，然后又在我的肚子上画圈，我往后退缩着。

"喜欢这样吗？"

我的眼睛仍然闭着。我哭得很厉害，不知道自己会不会窒息而死。

现在，他在慢慢地脱我的内裤了。然后，他吹了一声口哨。

"你还是挺听话的。"

他又让我把两只脚依次抬起。我闭着眼，不想看到他盯着我的样子，不想看到他脸上的表情。然后我听到他后退了一步。

"睁开你该死的眼睛。"

我睁开眼睛，整个身体因为抽泣而抖个不停。

"今天，你爸爸简直是在挑衅我。"他伸手狠狠地打了我一个耳光。我踉跄着向后倒去，尽量控制自己不要倒在床上，脸被打得火辣辣的疼。

这时我听到一些声音，像是克里斯特尔的尖叫声。她冲向加文，用肩膀狠狠地撞着他的前胸，加文猛扑了过去。

他抓住克里斯特尔，把她扔到床上，压到她的身上。她用腿踢着加文的屁股。加文狠狠地扇她耳光，房间里充斥着掌掴的声响。然后她停住了。

我无助地尖叫着，想靠近一些，我想用绳子套住他的脖子勒死他，但我够不到。

他用一只前臂压着克里斯特尔的喉咙，用另外一只手脱下了牛仔裤。我跪在地上，背对着床，闭上了眼睛。我在脑海里一遍遍地吟唱赞美诗，试图摆脱那些床撞击墙壁的声音和加文那野兽般的咕哝声。

就要结束了，我们会离开这里的，我们会找到办法的。我妈妈马上就会找到我们。她会杀掉他的。

最后，加文发出一声呻吟，然后一切安静了下来，房间里全是他的呼吸声。我能听到姨妈微弱的呜咽声。我仍然紧闭双眼，强忍着几乎夺眶而出的泪水。我想到了妈妈和达拉斯，不知道她们是如何熬过这可怕的一切的，之前的我确实是无法理解这有多么可怕。

我听到了加文下床的声音，然后是拉拉链的声音。

脚步声离我越来越近。我听到他蹲在了我面前，我感受到了他的存在。我睁开眼睛，等着他扇我耳光。

"我要出去了，你和我，我们晚些继续。"

他又调高了音乐声，把空瓶子放到一起，然后离开了。我站起来，看着床上的克里斯特尔，想看看她是否还好。她朝左边侧卧着，背对着我，肩膀在颤抖。

我想安慰她，可是我什么都做不了。我伤心地滑坐到地板上。

我以为加文今晚不会再来了，但只过了一会儿他就回来了，手里还拎着一把步枪。我挣扎着站了起来。我听到克里斯特尔在床上动了一下，我看了她一眼。她坐了起来，把身体转向一侧，似乎是想要保护自己。但他根本没看我俩一眼。

他走向音响，调低音乐，情绪激动，动作急切，满脸通红，呼吸沉重。他似乎是跑着上楼的。然后他走到门口，转过身来。

"你们两个要是敢弄出声响，我就杀了你们。"

然后，他再次锁上了门。我听着他的脚步声，他走向了二楼的另一边，随后是开门声。他一定是去那间闲置的卧室了。我记得那个房间的窗户对着房子正前方。难道是有人来了？

我听到了停车和关车门的声音，接着是前门的敲门声。

门铃响了。我等待着，我以为加文会跑下楼，但我没有听到他的脚步声。如果有人敲门，他会不会开枪？

沉默几分钟后，敲门声从后门传来，听起来好像就在我们这个卧室的窗户下面。

一个声音喊道："我是加拿大皇家骑警队的麦克菲尔警官。我们想和你谈谈，勒克斯顿先生。"

我想大声呼救——救星近在咫尺。我看了看克里斯特尔。她站了起来，望向窗外。我向她示意，表示我们应该努力抬一下床。如果我们不停地抬起放下，或许就能弄出什么声音，但她摇了摇头，看向了门口。她是对的，加文会听到的。

几分钟后，我听到关车门的声音，然后车子开走了。顿时，我感到无比的绝望和无助。我们差点就能获救了。

加文回到我们的房间。他看起来还是很紧张，不过不像之前那样呼吸急促了。他踱了几步，时不时地瞅我们两眼，好像他也不确定下一步该怎么办。他停下脚步，看着我们。

"你们两个婊子走运了，"他说，"你们还能多活会儿。"

他重新调高音乐，然后关了灯，离开了房间。

我无力地瘫倒在地板上。现在，没有人会来了。

二十七

杰米

在警局报警后，我们开车回到汽车旅馆，另外开了间房，这间房正好挨着克里斯特尔的那间。

"我不想就这么干等下去。"我说。

"那你打算怎么办？"

"也许我们应该监视牧场。"

"不行——如果那个警官要去那儿，我们就不能去。"

"那我们试着找找那个仓库。但该怎么找呢。"

"我在警局看到一张宣传单，"达拉斯说，"说今天下午五点公园里有小镇烧烤活动。肯定会有很多当地人去参加吧？"

我看了一眼手表："马上就七点了。"

"他们请了一支乐队呢，或许还没结束。"

"你觉得我们应该去打听一下？"我问。

"万一镇上有人见过她们呢？或许正如那个警官说的，我们不应该排除任何可能，对不对？我们至少可以向这里的人打听打听，看是否有人知道那些旧仓库。"

"值得一试。"我说，"但如果那两个男的也在那里，怎么办？"

"那我们就尽快离开。"

公园里到处悬挂着气球和彩带，一支乡村乐队正在一个小舞台上演奏乐曲，有几对夫妇随着音乐翩翩起舞。有些摊位已经在收拾东西准备撤了，但还有一些烤肉摊仍在烤着肉，还有人正在分发小盘的烤肉试吃品。可以看出活动马上就要结束了，垃圾箱里塞满了垃圾，地上也散落着各种垃圾，不过还有一些人在餐桌旁或坐或站。

麦克菲尔警官给我打了个电话，说他去了那个牧场，不过那两个男人都不在家。他打算晚点再去一次。我们四处走着，时刻警惕着他们。我把手机上保存的斯凯拉和克里斯特尔的照片给大家看，想问问是否有人见过她们或者是否有人知道这附近有没有废弃的仓库或者什么旧建筑。但我们一无所获。

正当我失望地转身离开一个烧烤摊时，一个男人走到了我身后。

"听说你们在打听几个女孩？"

我抬起头："是的，我们——"

是布莱恩。那双黑眼睛，还有那张小嘴。

我低下头，心里快速地想着对策，但神经高度紧张，身体的每个细胞都在告诉我要赶紧逃跑。"我们……我们想看看有没有人曾见过她们。"我低头盯着自己的双脚。不要，不要认出我来。

"给我看看照片？"他伸出手，等着我的手机。他肯定看到我四处给人看手机里的照片了，现在我没法拒绝。

我把手机递给他，我看到了他修剪过的指甲，这些指甲曾划破我大腿的皮肤。我全身发抖，头晕眼花，浑身冒冷汗，我担心自己随时会吐出来。幸运的是，我戴着一副太阳镜。我努力想看看姐姐在哪里。达拉斯手里拿着一瓶啤酒，正朝我走过来。我必须给她一些警示，不过她没有看我，而是在看她的手机。

　　"很漂亮的姑娘。我没有见过这个金发的，不过黑发女孩在我的牧场打过几天工。"他的语气很正常，声音里甚至还有几分愉快和友善，"对不起，我不知道她离家出走了。"

　　我惊呆了，他竟然承认见过斯凯拉，还承认斯凯拉曾在他的牧场打工。我不知道该如何回答。

　　达拉斯此刻已经走到了我身旁，不过仍在低头看手机，她温暖的手臂撞到了我的手臂。"我在想我们是否应该和酒吧里的一些常客聊聊。"她说。看我没有回答，她又抬起头说："你觉得——"话还没说完，她就看到了布莱恩，不禁倒吸一口气。

　　布莱恩看看我，又看看达拉斯，当他注意到我们惊慌失措的表情时，显得很困惑。那一刻很漫长，仿佛时间都停止了。他眯着眼睛盯着我们的脸，然后眼睛一亮——他认出了我们，一脸的震惊。

　　他又低下头看了看手机里的照片，仿佛在极力弄清楚到底发生了什么。我看到他的目光聚焦到克里斯特尔的照片上。

　　然后他抬起头看着我们，把手机递给我说："如果我在附近看到她们，我会告诉你们的。"他向旁边的人群走去，那儿似乎有个女人在等他。那个女人淡褐色的头发被编成了一条马尾辫，有些头发蓬松地垂在脸侧。她的模样看起来很甜美，但是略显憔悴。

　　女人身旁站着一个身材高挑的女孩，这让我倒吸了一口冷气。她的长相和几年前的斯凯拉简直一模一样。她看起来比斯凯拉小，十二三岁的样子，两个人只是鼻子有点不同，脸型略有差别。女孩仍然带着一些婴儿肥，不过毫无疑问，她和斯凯拉之间绝对有血缘关系。

在走近那群人时，布莱恩停了下来，有个人朝他走来。

是加文。

他现在发福了，肚子圆滚滚的，戴着一副太阳镜和一顶棒球帽，不过无论在哪儿，我都能认出他走路的姿势。他穿着一件带有百威啤酒标志的白色T恤、一条褪了色的牛仔裤和一双牛仔靴。他走得很快，好像要迟到了或者有别的急事。他面色发红，整个人汗津津的。

达拉斯盯着他，脸色苍白。她有些站立不稳，我赶紧抓住她的胳膊。

"你没事吧？"

她挣脱我的手，迅速走开，几乎是跑回了车旁。我挤过人群想追赶她。我边走边回头看向加文。布莱恩半路被加文截住了，他们在说着什么。

加文转过身来，直直地盯着我们。

我气喘吁吁地来到停车场。

"这些该死的混蛋。"达拉斯说。

我靠在汽车上，车身的硬度和灼热让我的内心踏实了很多，但双腿还是发软。

"你注意到他看照片的样子了吗？"我说，"他看起来很惊讶，达拉斯。"

"我看到了。我们离开这里吧。"

二十八

斯凯拉

加文离开时，还有一点光线从窗户上的木板缝隙射进来，但现在房间里已几乎是一片黑暗，我甚至看不清克里斯特尔躺在床上的轮廓。我希望我们至少能够相互碰触一下。我坐在地板上，只穿着一件T恤，没穿内裤，这让我觉得非常羞耻，而且我讨厌用那个令人作呕的木桶。

我尽力往好的方面想。已经有一个警官来过这所房子了，他也许还会回来。我们只需要想办法让他知道我们在这里。但是，我们又不能引起加文的注意，我不知道该怎么做。或许幸运之神会照顾我们，在加文不在家时让那名警官再来，那样我们就可以试着打翻什么东西或者用床撞击墙壁以引起他的注意。我感觉这是个好办法，我必须坚守这个想法。

警察的到来意味着有人在找我们。我必须相信这一点。

感觉好像过了几个小时，加文打开门并开了灯。突然出现的光线刺得我闭上了双眼，适应了片刻后，我才睁开眼睛看着他。直觉告诉我，这次似乎又有什么不同。他身上散发着一种奇怪的能量，愤怒而又兴奋。

是那种让我最恐惧的亢奋。

他走了进来，身体摇摇晃晃，好像喝得很醉，目光呆滞，满脸是汗，手里还拎着一瓶啤酒。

"遇到大麻烦了，女孩们。"

加文把音乐声调低，在我们面前走来走去，一边大口喝着啤酒一边盯着我们。他把酒瓶放在梳妆台上，点了一根烟，靠着梳妆台看着我们。他似乎在想着什么我不知道的事情。一种恐惧感迅速蔓延到我全身。

这时，外面传来一阵喧闹声，好像是一辆卡车停在了门前。

加文直直地站了起来："搞他妈的什么啊？"

他走出去关上了门，不过这次我没有听到锁门的声音。他好像在下楼，脚步声听起来有些凌乱，接着是另一个男人的声音。

"她们到底在哪里？"

布莱恩？

"滚出去，你这个混蛋。"加文的声音听起来嘶哑而又含混不清。

"我知道你抓了她们。"另一个人说。这时，响起了下楼的脚步声，然后是开门的声音。他去检查地下室了吗？他们在厨房里进行了更激烈的争吵，然后是靴子上楼的声音——跟在后面的脚步声更重一些。

我死死地盯着门口，既害怕又满怀希望。难道是有人来救我们了吗？发生了什么事？

脚步声穿过大厅，在另一个房间停下了，接着是开门和关门的声音，然后我们这个房间的门突然被打开了。

来人是布莱恩。他停下脚步，一动不动地站着，目光来来回回地看着我和克里斯特尔，一脸的震惊。我蜷缩在地板上，试图遮盖住自己的身体。

加文走进来站在布莱恩身后，胸膛一起一伏。"滚出我的房子。"他说道，并用力在布莱恩的后背上推了一把。

布莱恩转过身去："你这个蠢货。你把她们关在这里？"

"给我滚蛋。"加文边说边走到床边。我转过头去看着他，他要干什么？

他坐到克里斯特尔旁边，床垫凹了下去，然后他用手臂搂住了克里斯特尔的肩膀。"你还记得我们的小朋友吗？"他把她的脸拉得更近了些，在她脸上亲了一下，"她想我们了。"

"你必须把她们处理掉。"布莱恩说。

"我不会那么做的。"

"警方会找到这里的，你这个笨蛋。"

"他们已经来过了。"

"你是在要我吗？"布莱恩说，一脸的暴怒。

"警察来敲过门，我没理他。"

"他们还会来的。"

"但那并不意味着他们可以搜我的房子。"

我看着这两个男人，他们的暴怒把我吓坏了，气氛让人窒息，满是危险的感觉。

"你到底是怎么找到她们的？"布莱恩问。

"是她们来找我的。"加文微笑着看了一眼克里斯特尔，"她想杀了我们，但没得逞，被我逮住了。另一个是自己闯进来的。"

布莱恩摇摇头："我真不敢相信你竟然引火烧身。你是想让我们都被逮吗？我有老婆孩子，你这个混蛋。"

"你的孩子可不只那两个。"加文讥讽地说。

"你到底在说什么？"布莱恩说。

加文朝我走来，抓住我的头发把我拉起来，然后让我转身面对着布莱恩。

"你没看到吗？"他用嘲笑的口吻说。

"看什么？"布莱恩上下打量着我，目光停留在我的双腿之间。我想遮住自己，我痛恨自己就这样半裸着站在自己的父亲面前，而他却在盯着我看。我哭了起来。

"另一个是她姨妈。"加文说。

"那他妈的又怎么样？"

"所以她他妈的是你的孩子。"加文说，然后放开了我的头发，站到我身边。我努力平复着自己的呼吸，告诉自己不要再抽泣了。

布莱恩盯着我的脸："胡说八道。"

"她和梅根很像。"加文说着，嘴角上扬，脸上露出了满意的微笑，"而且她有两只和你一样古怪的手指。"

布莱恩又看了看我，端详着我的脸："上帝啊。"

"年纪最小的那个是她的母亲。你给她破了处，然后有了一个女儿。"加文大笑起来，而我则向后缩着。

"她为什么来这里？"布莱恩问。

"来找她。"他指着克里斯特尔，"我查过她们汽车的登记信息，名字是克里斯特尔和斯凯拉。她们住在温哥华。"

"这么说，那些婊子逃到了温哥华。"布莱恩说，"她们今晚看到我们时，确实很害怕，也他妈的把我吓死了。"

妈妈和达拉斯来到了卡什溪？我的内心涌起了希望，但随后又是害怕。布莱恩说的话是什么意思，她们害怕？到底发生了什么？

"她们的汽车，你怎么处理的？"布莱恩问。

"放在车库里了。"

布莱恩轻轻摇了摇头，张了张嘴，但又闭上了，仿佛非常气愤却又不知道该说什么。

"你这个该死的蠢货。"

"放松点，我有计划。"加文说，目光又一次盯着我，"真是奇怪，她看起来和梅根真的是太像了。你的女儿会是一个美人儿的。"

布莱恩厌恶地瞪了他一眼。

"你他妈的有病啊？"

"她不是我的女儿。如果让我抓到你这样看梅根，我会揍扁你的。"布莱恩又瞥了我一眼，"给她穿条裤子或者什么的。"

"上帝啊，你真是个讨厌鬼。"加文说。不过他还是走到梳妆台前取出了几条拳击短裤。他把短裤扔到我身边，让我自己迈腿进去。在把短裤拉起来后，他转身对布莱恩说："这样可以了吧，你这个混蛋？"

布莱恩盯着床上的克里斯特尔，眯着眼睛，若有所思。他看了看加文："明天下午我们要把她们带到仓库去——在西奥离开之后。今晚不行，珍妮还在等我。"

"我喜欢把她们关在这里。"

布莱恩一把抓住他弟弟的喉咙把他推到了墙上。在绳子长度允许的范围内，我尽可能躲得远远的，不知道他们是否会打起来。

"我们要把她们关到仓库去。"布莱恩说，"在仓库里，我他妈根本不在乎你对她们做什么，但她们不能在这里。"

他放开了加文，加文满脸涨红，用手揉着脖子："去你的，布莱恩。我不会听你的。"

布莱恩冲向加文，拳头举在头顶，好像要揍他，加文踉跄着向后退去。

然而布莱恩放开了他的手："今晚哪儿都别去，离另外两个婊子远点。"他说着，朝门口走去，甚至都没有看我一眼。我本来还希望他在知道我是他女儿后会帮帮我，以为他的内心会有所触动。

然而对他而言，我根本什么都不是。

他只是想让我们消失。

布莱恩离开后，加文在房间里走来走去，满脸怒气，双手紧握着。"去你妈的，布莱恩。"他咒骂着，在地板上转来转去，"你让我待在家里我就待在家里，你他妈的是谁啊？"

他踉跄着走到音响前，再次把音乐声调高，然后关灯走了，还顺手把门"砰"的一声关上了。

就在他关灯的一刹那，我注意到音响旁边放着一个啤酒瓶。

二十九

杰米

我坐在床上，透过窗户望着外面的汽修厂。当莱利跑向一辆车时，我甚至能看到他头上的那顶红帽子。我转身看着达拉斯，她正在点烟。

"如果我们错了呢？"我问，"如果斯凯拉她们并没有在他们手里呢？"

"她们还能去哪里？"她说。

"我不知道，但他的脸……"

"我知道。他很惊讶。"达拉斯深深地吸了一口烟。我示意她把烟盒给我，然后我也点了一支。

"警方曾经问过克里斯特尔是否有自杀倾向，"我说，"她曾带着那把枪躲进浴室。如果她回到这里……"我有点说不下去了。

"以前，她每次出去寻欢作乐或者离家出走，我都会很担心。"达拉斯说，"不过她每次都会回来。"

"但这是她第一次回到这里。"我说，"如果她想死在这里呢？"我盯着达拉斯的眼睛，希望能看到让我感觉舒服一点的神情，让我相信这是不可能的事情。但是，她看上去一脸的焦虑。

"我们不能这样想。"达拉斯说，"我们只需要静观事态的

314

发展，等着麦克菲尔给我们打电话。他们很快就会找到她俩的汽车或者找到见过她俩的人的。"

等待是最难熬的。我在房间里走来走去，不时地看向时钟。一个小时后，我给麦克菲尔警官打了个电话，但是被转到了语音信箱。我留了一条简短的信息。

"毫无进展？"达拉斯问，我摇了摇头。

又过了一个小时。

"我们去吃点东西吧。"达拉斯说。我一点都不想吃东西，但那也总比在这里不停地走来走去、望着窗外要好很多。

"我们点一些吃的，带回房间吧。"我说。达拉斯在烟灰缸里把烟掐灭，然后站起了身。

酒吧里挤满了人。我扫视了一下人群，想看看是否有那两个面孔。几个陌生人好奇地看着我。很多人都戴着棒球帽，不过人群里面并没有布莱恩或者加文。但当我在吧台挨着达拉斯坐下时，心里仍感觉很不安。

"要点些什么？"欧文问。

"我们想点些东西带走。"我说。

他把菜单递给我们，然后给我们倒了两杯酒。

"看起来你们需要喝点带劲的。"他说。我看了他一眼。

"谢谢。"我说着，把我的那杯酒推开，达拉斯把两杯酒都喝了。

欧文微笑着，去了收款台。我们在女服务员那里点了几个汉堡，这个女服务员比较年轻，留着蓬松的金发，脸上化着浓妆，鼻子上穿着鼻环。

过了一会儿，欧文走回来，双手放在我们身前的吧台上：

"你们还顺利吗？"

"我们还在等。"我说。

"有什么消息吗？"他问。

我看了一眼酒吧那头坐着的一个男人，他正盯着墙角的电视屏幕，于是我放低了声音："暂时还没有，不过我们报警了。"

"麦克菲尔是个好警察。他会找到她们的。"

"谢谢。"

女服务员给我们拿来了几个泡沫盒："吃的在这里面，女士们。"随后她走开，去吧台收拾一些玻璃杯了。

"还需要别的吗？"欧文问。

"不需要了，谢谢。"我说。

我们从凳子上站起来，在吧台上留下了钱。

"不用了，女士们。"欧文说，"我请你们。"

"谢谢。"我说。

我们随手关上酒吧的门，站在人行道上。水泥地面仍在散发着热气，尽管太阳正在落山，但空气还是无比闷热。酒吧门前的马路上停着几辆车。

达拉斯走上马路，我看了一眼路的两边，也跟着走了过去。我们走在路中间，准备回汽车旅馆。远处有个小黑点，是一辆停在路边的小货车。我看不到那辆车的侧面，只能看到前格栅和引擎盖，像是一辆黑色卡车。随后我听到了引擎的轰鸣声。

"达拉斯。"我用警告的语气喊了她一声。

她顺着我的目光望去，然后放慢了脚步："那是……"

卡车的引擎声越来越大，有香烟的烟雾从车窗里飘了出来，然后有一只手伸了出来，手指好像比画出打枪的姿势指向我们。

"快走。"达拉斯说。

我们快跑起来，在汽车旅馆停车场上的车辆间来回穿梭。我们不停地回头看，但那辆卡车已经不见了。最后，我们回到了我们房间的门口，达拉斯摸索着找房门钥匙。

"开门！"我边说边又回头看了一眼。门一开，我们就冲了进去，然后"砰"的一声关上了房门，两个人气喘吁吁。

我走到窗前，把窗帘拉开一条缝。下面有一辆汽车驶过，不过我并没有看到那辆卡车。

"他到底去了哪里？"我说。然后我们谁也没有说话，就这样静静地看了马路好一会儿。

"他肯定从另一个方向开走了。"达拉斯说。

这时，我听到身后传来咚咚的敲打声。我们转过身去。

"什么声音？"达拉斯问。

"浴室的窗户？"我朝着浴室走了几步，但走得非常缓慢。

突然传来三声巨响，仿佛有人在用手砸窗户。我停下脚步，差点就尖叫起来。

达拉斯抓住我的手臂："别动。"她走到床边，拉开手提箱，"我去看看。"

现在，我看清了达拉斯手里的东西—— 一把手枪。

"天啊，你从哪儿搞到的？"我问。

"这并不重要。"她朝浴室走去，慢慢推开门，用枪指着里面。"滚远点！"她大声喊道。

我们竖起耳朵听着，等待着。

我听到了卡车的声音。"你觉得是他吗？"

"也许是。"

"我们应该通知麦克菲尔警官。"我说。然后我给他打了个电话，但他并没有接听，我只好留言请他尽快回电。

达拉斯坐在另一张床上，手里仍握着那把手枪。

"你有一把枪，为什么不告诉我？"我问。

"我不想让你担心。"

"我很高兴你带着手枪。"我很惊讶她从来没有提过她有一把枪。自我们当年离开卡什溪后，我就再没有碰过枪。不过晚上我会在床头柜里放一把刀和一把锤子，白天也会一直随身携带自卫的东西。我想起了我送给斯凯拉的那把刀，不知她是否带在了身上。

接下来的二十分钟，我们仔细听着来来往往每一辆车的动静，也时刻警惕着后窗会被砸破。我们两个都高度紧张，抽着烟，没有怎么说话。十点的时候，麦克菲尔警官给我回了电话。

"加文·勒克斯顿威胁我们了。"我把事情告诉了他。

"你们确定看到是他了吗？"

"没有，但我确定那是他的卡车。"

"今晚我们会在汽车旅馆周边查看几次。"

"你又去了牧场吗？"

"我和布莱恩谈过了，他让我去他的牧场搜查，不过加文并不在家。我们已经让他明天一早来警局了。"

"他不在家，是因为他在镇上，想把我们吓走。布莱恩承认斯凯拉在牧场打过工吗？"

"他说她在那里做了几天事，但今天早上没有露面。她说她想赚钱去见她男朋友。他觉得她只是去别的地方继续打工了。"

"他在撒谎。她根本就没有男朋友。"

"我们会调查的。"他说。但是我有一种不好的感觉，他相信了布莱恩的鬼话。

"那克里斯特尔呢？"

"他说他以前从来没有见过她。"

"简直是胡说八道。我们在那儿干过活儿——我可以描述他们的谷仓的样子。"我还想起了一些其他的细节，"西奥，他们牧场上有一个助手叫西奥。"

"我会调查的，不过目前我们还没有足够的证据申请搜查令。"

"我们跟你说过，有人曾经看到加文在酒吧里和克里斯特尔说话。这难道还不够吗？"

"不幸的是，当晚没有人看到克里斯特尔和加文一起离开。我们需要充分的证据。"

"莱利呢？我觉得他知道一些事情。"

"我们也让他明早来一趟警局。希望他能给我们提供更多的信息——我们会随时把最新情况通报给你们的。与此同时，你们只需要待在房间里等消息。"

晚上，我们轮流保持警惕，一个人拿着枪坐在床上，另一个人睡觉，不过我们基本上都是在辗转反侧，难以入眠。麦克菲尔警官给我们回过电话，告诉我们并没有发现加文在汽车旅馆附近出现。但这并没有让我放心，因为我知道，警察们可能只是没有看到他，他仍有可能在外面等待机会。

我背靠床头板坐着，双手紧紧握着枪，脸朝着房门，眼睛盯着门把手。

三十

斯凯拉

我们必须够到那个酒瓶。房间里现在几乎漆黑一片，我没办法和克里斯特尔交流，不过我们必须把床往梳妆台那儿拖近一点。

我思索着房间的布局。梳妆台在最右侧的墙角，在我的斜对面。

我们之前试着推床时，只是从一侧向另外一侧推，但这次我们必须转一下床的角度，让床尾对着另一侧墙壁——这样我就差不多能够到梳妆台上的啤酒瓶了。

我设法用手背夹住绳子，然后向左边的墙壁使劲拖床，我希望克里斯特尔能够明白我在干什么。然后我听到她猛地站到地板上，随后床移动得更容易了点——她也在拖床。真的太费劲了，我几乎要热昏过去，汗水顺着脸往下淌，有的流到了眼睛里，让我很难受。我的手臂被绳子往后拽着，感觉全身的肌肉和韧带都被拉长了。不过我们还是把床拖动了几英尺。

我停了下来，使劲喘气。黑暗中，我听到克里斯特尔也在大口喘气。

下一步就是把床转一下。我必须从床尾用力推，这就意味着克里斯特尔没办法帮忙。我俯下身子，用肩膀顶住靠近床尾的床垫一侧，向前推着。我感觉克里斯特尔那边也在动，然后我停了下来。我怎么才能让她不要动呢？

我用脚跺了几下地板，然后我再次开始推的时候，她那一侧就不再推了。

中途，我不得不稍作喘息。我很担心加文会突然走进来，但我不能放弃，那个啤酒瓶是我们唯一的希望。

最后，我把床对准了啤酒瓶的方向。我走到床尾，再次抓住身后的绳子，像一匹马一样向前拉，我把全身的力量都用上了。我希望克里斯特尔能意识到我需要她去推床头板。我觉得床动了起来——我在前面拉的时候，她也在后面推着，她一定也看到了那个啤酒瓶。

我离梳妆台还有几英尺的距离。我定睛看了看，能够看清瓶子的轮廓了。床尾的另一个角离梳妆台更近了，我能够到吗？我爬上床，使劲朝另一侧爬去。然后我仰面躺下，把脚伸向梳妆台。

我的脚趾能碰到瓶子，但很有可能把它弄倒。我们需要把床再推过去一点。

我下了床，再次用肩膀顶住床垫，用尽全身力气去推，我感觉到克里斯特尔也在后面推着。

床又移动了一英尺。我听到床柱撞到了梳妆台，我屏住呼吸，好在酒瓶没有倒下去。

我再次爬到床上，小心翼翼地伸出脚，用脚趾四处摸索着，心里祈祷不要踢倒瓶子。我的脚趾碰到了冰凉的玻璃，我把双脚按在玻璃瓶侧面，用脚弓夹住了瓶子。慢慢地、慢慢地，我用脚举起瓶子，双腿蜷缩到胸前，然后身体转向左侧，把瓶子放到了床垫上。啤酒洒了出来，冰冷的液体溅到了我的脚上，我真希望可以喝上一口。

我用脚把毯子裹在瓶子上，以免瓶子四处滚动，随后我下了床。现在，我们必须把床推回原位——看起来可能需要花费两倍的时间，不过我已经没有时间概念了。我所知道的就是我们必须拿到瓶子，然后在加文回来之前打碎它。我爬过床垫，能够感觉到克里斯特尔在床的另一头。有一丝光亮从窗户的木板缝隙里透了进来，但这点光亮根本无济于事。

我用下巴卡住瓶子，慢慢地跪到地上，低下头，小心地把瓶子立在地板上。我该怎么打碎它？我坐在地板上，用双脚夹起瓶子，然后朝地面摔去，不过瓶子并没有碎。我想了一会儿，或许我应该用床柱砸碎它。

我站起身用脚把瓶子挪到床柱旁，把它固定住。然后我蹲下身子，从背后用手托起床架，又用脚慢慢地将瓶子放到了床柱下方。我仍然用脚固定着瓶子，然后使出全身的力气将床柱砸向瓶子。但瓶子还是没有碎。我又试了三次，四肢累得直发抖。但是，我不能放弃。

在第四次尝试后，我终于听到了瓶子破碎的声音。我松了一口气，好想大哭发泄一下。我用脚四处摸索着，碰到几块大的玻璃碎片，我蹲下去，用T恤后面的布料裹住手，然后捡起了一块。要割断我背后的胶带是非常困难的——我的手必须以一种很难受的姿势弯曲着，而且我看不到身后。我戳到了自己几次，只能放慢速度，可我又担心加文随时会回来。

终于，玻璃片割断了胶带，我的手腕可以分开了，尽管上面仍粘着一些胶带。我转了转手臂，然后取出嘴里顶到喉咙深处的堵塞物。

"我成功了！"我说，"等一下，我就来。"

克里斯特尔眼里闪出兴奋的光芒，不过她朝门口看了一眼。

我需要尽快解开她的绑绳。

我试图解开我脖子上的绳子，但它被系成了一个套索，我不知道它是怎么打的结。我用脚试探着走到床尾，以防被玻璃割伤。我想解开床柱上的绳子，但这并不容易——我的双臂和手腕很痛，上面还缠着胶带。我用手指摸索着绳结。快点，快点。我解开了最后的绳索，现在我终于自由了。

我跑过去打开灯。

克里斯特尔用膝盖遮住脸。我走到她身边，取下她嘴里的堵塞物和脖子上的绳索。

"斯凯拉！"她喊道，声音干涩又沙哑。我的鼻子一阵发酸。"你不应该来这里。"她大哭了起来。

"我必须找到你。"我紧紧地拥抱着她，"对不起，我把事情搞砸了，自己也被抓住了。"

"你必须逃出去，"她哭着说，"他会回来的。"

"我不会离开你的。"我用大块玻璃割着胶带。她把双手伸开来，肩膀动弹时，疼痛让她的脸痛苦地扭成一团。她抚摸着我的脸和头发，上上下下地看着我。

"我都不敢相信你在这里，"她说，"你还好吗？"

"我很好。你呢？"我抓着她的手，当看到她的手腕时，我深深地吸了一口气。她手腕处的皮肤又红又肿，应该已经感染了。

"没事的，"她说，"我都没什么感觉了。"我知道她是想让我放心，但这更让我感到害怕。我必须带她逃离这里。

"我去把绑在床上的绳子解开。"我试着解开绳子，但是绳结太紧了，"我解不开。"我心里非常恐慌。

"我们得割断它。"克里斯特尔说。

我抓起两块大块的玻璃开始割绳子，不过绳子太粗了，割得很慢。克里斯特尔也挣扎着割了起来，她必须用毯子的一角包住双手，因此玻璃片会时不时地掉在地上。

"我的手和手臂没劲了。"她说着，停下来休息，"你走，去找人帮忙。"

我试着拉了一下门把手，门打不开。我又用身体撞了几次："完全撞不动！"

我跑到窗前，想敲下一块木板来："木板被钉死了。"

"他随时可能回来，"克里斯特尔说，"音乐声太大了，我们听不到他的脚步声。你得把碎玻璃藏起来，把这里清理一下，让你看起来还被绑着，等他今晚睡着了，我们再想办法解开我身上的绳子。"

"但要是他准备强奸我们呢？"说完这句话，我忽然感到呼吸急促。

"我能激怒他，这并不难。"她苦笑了一下。

"也许我们可以在他进来时伏击他，"我说，"我把绳子套在他脖子上，从后面勒死他。"

"他太强壮了，斯凯拉，我们得一起上——好在我们是两个人，而他是一个人。我们只需要等待机会，在布莱恩来之前干掉他。"

"我很害怕，克里斯特尔。我不想让他伤害你。"

"我也很害怕，"她说，"但我们很快就会自由了。现在，快点清理下房间。你得用胶带装作双手仍被绑在一起。"

我在克里斯特尔身边放了几片比较大的玻璃片，然后把碎玻璃刮到床底下。如果到时候情况紧急，或许她可以用玻璃片刺中他的眼睛或者什么的。我也在我的旁边放了一片玻璃。推床时，地板上留下了一些痕迹，希望他不会注意到。啤酒洒在床上，也留下了印迹。我用毯子遮住印迹，想把它掩盖起来。现在，我必须马上关灯了。

我跑到克里斯特尔身旁，吻了一下她的脸颊："我爱你。"

"我也爱你。"她说，"记住，等待时机。"

"我知道。"

我帮她伪装了一下，让她的双手看起来仍被胶带绑着，同时还把切割的痕迹也隐藏了起来，不过在必要时，她的双手还是可以挣脱的。我把堵塞物重新塞回她的嘴里，然后给我自己也塞上，最后熄了灯。

我蹒跚着回到床边，摸索着把绳子缠在床柱和栏杆上。然后我把自己的手腕缠起来，但是我不能确定是否把割断的胶带边缘都藏好了，我祈祷着他不会注意到这些。

我们又一次坐在了黑暗中。我多么希望我们可以说说话，不过这时我心里已经有了一点信心。我们有了自己的计划。我们几乎就要自由了。

大约一个小时后，房门被推开了。房间里的灯被打开，我低下头以免灯光刺眼，然后又斜眼瞄了过去，门口隐约是加文的身影。他跟跟跄跄地走进来，这会儿显然醉得更厉害了。他走到我身旁跪下来，对我笑了一下，身上满是烟酒的臭味。他从兜里拿出一根烟点燃，对着我的脸吐了一口烟雾。这股烟雾直接冲进了我的鼻子——我咳嗽着，一瞬间几乎无法呼吸。

"我今晚看到你妈了。"他说。

我盯着他，他说的是实话吗？发生了什么？

"那两个婊子被吓得屁滚尿流。"他邪恶地笑了起来。我开始胡思乱想。他是否伤害了妈妈和达拉斯？我想挣脱双手，然后勒死他，但我不能莽撞——还不到时候。

他舔了舔嘴唇，看着我的双腿，一只手顺着我的腿摸向我的脚，然后又往回摸到大腿。我又气又怕，尽管我满脑子都是逃跑的想法，但我还是忍不住有种要踢烂那张脸的冲动。

他醉眼蒙眬地斜眼看着我："你以为我今晚喝多了，没办法享受你吗？你错了，现在轮到你了。"他站起身，大声打了个嗝，又看了看克里斯特尔，"别担心，亲爱的。你仍然是我的最爱。"

他跟跄着来到音响前，把音乐声调低："这个该死的东西吵得我头疼。"然后他关掉灯，离开了房间。我能听到他锁门的声音，嘴里还在咒骂着什么，好像是在和钥匙较劲。

我一直等到他的脚步声完全在楼下消失，又继续等了一会儿，心里盼着他醉倒了。最后，我决定动手了。

我挣脱了双手，拔出嘴里的破布，解开床柱上捆着我的绳子。我爬到克里斯特尔身旁，在黑暗中摸索着找到她，取出她嘴里的堵塞物，解开她手腕上的胶带。

"我在你那边的墙角放了几块碎玻璃片。"我边说着边爬到床上开始割捆着她的绳子。

"割断床柱后面的绳子一头，不要在绳子中间割，"她低声说道，"以防我们还需要把绳子系起来。我们不能让他看到绳子有割断的痕迹。"

我们边割绳子边交谈着。

"他是怎么抓到你的？"我问。

"我很蠢。他一开始并没有认出我，是我主动在酒吧勾搭了他，我说我们应当去河边——就是我们那时被那两个混蛋攻击的地方。在他去车上的杂物箱里取大麻时，我掏出了枪。"她沉默了片刻，然后继续说，"我觉得他是通过车窗上的影子看到了我手里的枪，因为他一转过身来，就一把从我手里把枪夺走了，然后击中了我的头部。等我再醒来，我就在这里了。然后——"她的声音沙哑，"我很抱歉，斯凯拉。"

"我来找你是我的选择，我很担心你。"

"你怎么知道我在卡什溪？"

"我闯进了你的房子，看到了你电脑上的浏览记录。"

"我应该清除那些记录的。"她的声音里充满了懊恼和不安。

"妈妈说你永远都不会来这里。她觉得你只是出走了。"

"我真希望你没来这里。"

"但现在，我可以让我们逃出去。"

我们都陷入了沉默，只留下玻璃片割绳子的声音。

"我很担心妈妈和达拉斯。"过了一会儿，我说。

"听起来，似乎达拉斯和你妈妈已经去警局报了失踪。"克里斯特尔说，"布莱恩和加文不会伤害她们的——至少在警方参与进来后就不会。"

"但是，他说她们很害怕。"

"他只是想让我们担心。"

我深深地吸了一口气："好吧，而且，我们也很快就能离开这里了。"

"我要确保你能脱身，"克里斯特尔说，"不管付出什么代价。"

"你是什么意思？我们两个都要逃出去。"

"计划是这样的。"她说，"继续割绳子吧。"

我们用了整整一个晚上的时间，才割断了克里斯特尔身上的绑绳，而此时，我们已经筋疲力尽了。外面的光线透过窗户上的木板缝隙投射到房间里，加文或许很快就要起床了。我们在黑暗中计划着如何逃跑。

"他会来给我们送早餐和水。"克里斯特尔说，"等他俯身喂我时，你看看能不能从后面用绳子勒住他的脖子。然后我会站起身，也用绳子套住他的头。我们可以把绳子缠在床柱上当作杠杆，然后勒死他——这样就不用耗费我们太多力气了。"

我们又一次把嘴堵上，把绳子松松垮垮地缠到床柱上，又把胶带缠到手腕上，然后等待着。

我听到楼下传来一些杂声和冲马桶的声音。随后传来了更大的噪音——他打开了电视机。几分钟后，我似乎听到了卡车启动的声音，不过不确定。有可能只是电视机里的声音。我看着克里斯特尔，她摇摇头。

房间里越来越热，也越来越亮，我开始怀疑他今天早晨是否还会上来。万一他在等布莱恩呢？我们该怎么办？

感觉好像过了好几个小时，电视突然关了，周围静得可怕。我屏住呼吸，盯着门口。我听到靴子磕磕绊绊上楼的声音，然后是开门锁的声音。他推开门，面如死灰，穿着一件T恤，头发向后梳着。

"我要去牧场一会儿，看看那辆拖拉机。如果我不去，布莱恩那个笨蛋自己根本就搞不定。现在，你们要听话。"

他调高了音乐声，然后走出去，随手关上了门。

我望着克里斯特尔。她又摇了摇头，告诉我继续等待。我望着她，等着她给我信号，不过我觉得越来越沮丧了。几分钟后，克里斯特尔用力挣脱手腕上的胶带，拔下嘴里的堵塞物。

"我们要确认一下他是否真的走了。"她说。

"我们没有足够的时间了。"我说，"他可能会和布莱恩一起回来，然后把我们带到仓库去。"

克里斯特尔神情严肃地考虑了片刻，仿佛在想我们该如何选择。

"我们必须冲破房门。"

三十一

昨晚我和衣而睡，醒来的时候感觉嘴里味同嚼蜡。我看了一眼时钟，已经七点三十分了。达拉斯站在窗户边。

"今天会很热。"她说。

她从前台带回了松饼和咖啡。我喝着咖啡，试着用咖啡泡了一些松饼吃，但嘴里还是没有任何味道。九点三十分，我的电话终于响了。是警官打来的。

"你和加文谈过了吗？"我问。

"他今天早上来了，但他不同意让我们搜查牧场。"

"他一定隐瞒了什么。"

"未必。很多人都不喜欢警察。"然后是长时间的沉默。我意识到他可能要告诉我一些我不想听到的事情，我不禁全身紧绷起来。"克里斯特尔的电话在河底路旁找到了。看起来好像是被石头砸烂的。"

我倒吸了一口冷气："在我们十几岁的时候，布莱恩和加文把我们带到了那条河边。他们就是在那里攻击了我们。"

"另外，我们不知道斯凯拉的手机是怎么到了那里的，不过她的最后一次手机信号记录出现在通往弗农的高速路旁一座移动信号塔里。"

"她不会去弗农，她不认识那里的任何人。"

"我们仍需要跟踪这个线索。"

"你不相信我。"

"父母不一定总是知道孩子生活中发生的一切。"

他那种自以为是的语气真的惹怒了我。"你在浪费时间。我告诉你——她绝对没有离开这个小镇。"

"我会把我们的调查结果通知你的。"

我挂断了电话，大声喊道："去他妈的！"

"发生了什么事？"达拉斯问，坐到了另一张床上。

"他们发现克里斯特尔的电话在河边被砸烂了，他们还认为斯凯拉去了弗农——她的手机信号在那里消失了。"

达拉斯看起来很困惑："你认为她可能从他们那里逃脱吗？"

"她们肯定还在这个小镇。我能感觉到。"

"也许跟那个搭便车的人有关。"

我转过身来："该死，她可能偷走了斯凯拉的电话，或者发生了别的什么事情。但是，现在警方打算改变调查方向。"

达拉斯眯着眼睛思考着："如果他们今天去别的地方调查，那我们就去监视那个牧场。"

我们小心翼翼地离开房间，观察了一下加文是否在附近，不过我们什么都没有看到。我们从街边小店买了几瓶水，不一会儿就把车停到了辅道上。从这个位置我们能看到是否有人离开了勒克斯顿牧场。

"我希望那些混蛋没有什么后门可走。"达拉斯说。

"该死，我怎么没想到这一点。"

"我们留意一下出来的人，看看会发生什么。"

我们轮流监视着，一个人打瞌睡，另一个人观察。昨晚的那个不眠之夜仍让我俩感到筋疲力尽。没有人离开牧场，过往的车辆也不多。这条路相当安静。

　　十点三十分，一辆海军蓝卡车从车道上驶了过来。我用肘部碰了一下趴在方向盘上睡着的达拉斯。

　　"快看。"

　　当那辆卡车咆哮着驶过时，我们缩下了身子。我看不到副驾驶位上的人，不过瞥见了驾驶员的侧脸和黑色头发。那是布莱恩。

　　"加文和他在一起吗？"我问。

　　"不知道，挡风玻璃反光。"达拉斯说。

　　"看看他要去哪里。"

　　我们跟着那辆卡车来到公交车站，我们把车停在公交车站后面，从这里我们能看到停车场中的那辆卡车。布莱恩的妻子从副驾驶上下了车，走进了公交车站。她穿着一件漂亮的背心裙。他的女儿从后座上下来，穿着短裤和一件T恤，不过她站在了卡车旁。透过车窗，我们看到他的妻子去了售票处。

　　"你能看到她买了几张车票吗？"达拉斯问。

　　"看不到。"让我担心的是，我们没顾得上监视留在牧场的加文的动静。如果他去仓库伤害她们了，怎么办？然后我提醒自己，也许布莱恩不去，他也不会去的。

　　几分钟后，布莱恩的妻子回到了停车场。布莱恩帮着小女孩从卡车后备箱中取出一个手提箱，然后他把另一个手提箱递给了他的妻子，并且抱了抱她，不过看上去他只是在敷衍了事。他的妻子和女儿朝停着的巴士走去。他的妻子在上车时回头看了看他，满脸焦急。我不知道他跟她说了什么。

布莱恩靠在他的卡车上，看着巴士。巴士启动的时候，他看了一下手表，仿佛迫不及待地要离开一样。他又看了一眼巴士，脸上挂着微笑并挥了挥手。我能看到小女孩瞪着一双乌黑的大眼睛，在车窗后面也挥了挥手。这让我想起了斯凯拉。

当巴士消失不见的时候，布莱恩脸上的微笑也消失了，随后他走进了大楼。

"他这是要去哪儿？"我问。

"也许是去洗手间？"

我们盯着大门，等着他出来。

突然，他的脸出现在驾驶位一侧打开的车窗外。我俩吓得猛地缩回到座位上。

"你们为什么跟踪我？"他冷冷地问，眼睛四下打量着，好像在查看周围是否有人在监视。

"我们知道她们在你们手里。"我说。

"我不明白你在说什么。"

"她们在哪里？"我的声音由于愤怒而有些发抖。旁边路过的一名女子奇怪地看着我们。

"我已经告诉过你了，我不知道。"

"警方今天会和你儿子谈谈，他是最后一个看到斯凯拉的人。如果她有事，你儿子也脱不了干系。"

"你昨天说的事，到现在难道还没有一点线索吗？"他说着，俯下身子朝车里看，"对不起，让你们失望了，不过我现在已经结婚了。"他竖起手指，露出了手指上的戒指，"所以，你们如果想重温旧梦的话……"

达拉斯气得满脸通红，仿佛随时都会爆炸一样。她把手伸到车座底下，那里放着她的那把手枪。

他站直身子，走开了几步。

"你们从哪儿来，就回哪儿去吧，姑娘们。"他走向他的卡车，然后车咆哮着离开了。

在返回汽车旅馆的路上，达拉斯一直沉默着。回到旅馆，她打开房门，把手提包扔到床上，双手放在臀部，嘴巴紧闭着，开始走来走去。"他妈的，"她摇着头说，"原本应该是我。"

"你在说什么？"

她坐在床边，用手抓着头发："我本应该几年前回到这里，然后亲手干掉那两个杂种的。这就是我买枪的原因——只是我一直没有勇气这么做。"

"你不回来是明智的。看看现在都发生了什么吧。"

"是的，他们抓到了克里斯特尔和斯凯拉……"她转过身掩面而泣，然后站起身从烟盒里抽出一支烟。

"这不是你的错。"

"我应该杀了爸爸，应该是我杀了他。我还把事情搞砸了，在我们到卡什溪后，我把事情搞得一团糟。我没有保护好你们。"她坐在床上说。

我不知道该说什么，我从来没有听达拉斯这样说过。

"你一直在照顾我们，"我说，"我们知道你已经尽力了。"

"我只想杀死那两个混蛋，弥补我的过失。"她抽了一口烟，将烟雾喷了出来，像是在喷怒火一样。

"不存在弥补之类的事情。"我说，"事情已经发生了。我们只需要找到她俩，然后带她们离开这个糟糕透顶的小镇。"

达拉斯低头看着手里的香烟，将它在手指之间来回转动，然后眯起眼睛说："我们应该回到牧场，等加文离开后，我们就偷偷溜进去。我们必须弄清楚她俩的汽车是不是在那里。"

"你觉得他们会留着那两辆汽车吗？"

"也许事情对他们而言发展得实在太快，"达拉斯说，"他们根本没时间处理任何事情。"

"带上你的枪。"我说。

我们又开上那条小路，然后盯着车道观察。我头痛欲裂，全身肌肉紧张。据我们推测，布莱恩一家住在较大的房子里，而加文则住在山下面那栋较小的房子里。在加文离开家后，我们可以从田地里穿过去，这样就可以避开车道了。

我们在车里坐了一个小时，非常热，全身是汗，而且抽了太多的烟。我的喉咙十分干燥，头也疼得厉害。我看了一眼手表，现在差不多下午一点了，但并没有出现任何动静。我们带了一些水，就在我们几乎要把水喝干了的时候，我们看到加文的那辆黑色卡车开走。加文离开后去了山上面的主屋，车后扬起一片灰尘。

"他可能只会离开几分钟。"我说。

"这也许是我们唯一的机会。"达拉斯说。

"好的，那我们动手吧。"

我们翻过栅栏，穿过一片较低的田野，尽量沿着牧场边缘往前走，直到看到一栋房子。"那里肯定就是加文的家。"我说。

车库的前门没法滑上去，我们绕着车库转了转，想试试侧门，不过侧门上挂着一把大挂锁。我们看到屋后有一扇窗户。达拉斯把我托起来，我擦了擦窗户上的尘土。

"能看到什么吗？"她问。

"里面很黑，不过看起来好像有两辆小汽车——都盖着防水布，"我环顾左右，"长凳下面还有一些切割工具！该死，我感觉他们肯定是在拆这两辆车。"

达拉斯把我放了下来，我们需要找到进入车库的办法。

"也许我们可以用石头砸开挂锁。"我说。

达拉斯盯着这座房子："你听，里面播放的音乐声很大。"

"我们应该闯进去吗？"

她看了看车道，然后又向牧场的方向看了看。

"这可能是我们唯一的机会。"我说。

她点了点头："动手吧。"

我试了试打开后门，但这扇门也锁上了。

达拉斯抬头望着门廊顶："你听到什么没有？好像有声音被音乐声掩盖了？"

离房子越近，里面传来的音乐声越大。

"是砰砰声吗？"

"是。"

我俩安静下来，但再也听不到那个声音了。

"也许我们应该砸破一扇窗户。"我说。

"我们先看看前面。"达拉斯围着墙角走着，突然她停下了脚步："见鬼！有辆卡车过来了！"

我们跑到车库后面，尽量俯下身子。我们刚藏好，就听到了停车的声音。我们靠着墙壁，身体躲在几只旧木桶后面，相互对望着。卡车熄了火，然后车门打开了。

"等等。"达拉斯从墙角偷偷地往外看。我屏住了呼吸。"好了，我们走。"

正当我们穿过田野，准备躲到树冠下时，身后传来了叫喊声。

"你们他妈的在干什么？"

我回头看见加文跟在我们身后跑下山来。我开始全速往前跑，达拉斯也在我身旁拼命跑着，我们的脚重重地踩在硬硬的地面上。我回头看了一眼，差点被一块石头绊倒。他放慢了速度，然后站在田野中望着我们。

"你们太愚蠢了，婊子们！"他大喊。

我们爬过栅栏，冲过马路，猛地打开车门跳了上去。达拉斯迅速往前驶去。

我看着后视镜，没有人跟着。

"我们现在永远都没办法回去了，"达拉斯说，"他会监视我们的。"

"她们的车在他那里。"我说着，开始哭了起来，"这就是加文拒绝让警方搜查的原因——他肯定是把她们关在了那栋房子里。"

"我们必须告诉警方，"达拉斯说，"他们就可以申请搜查令了。"

等到了有信号的地方，我立刻给麦克菲尔打了电话。"我们找到她们的车子了。"我说。

"在哪里？"他吃惊地问。

"在加文的车库里。我们偷偷溜进了他的房子。车库里的防水布下面有两辆车，而且凳子上还放着一些切割工具。我们还听到房子里传来了巨大的声音。我们觉得他控制了她们。你能申请到搜查令吗？"

"如果你不能确定那是她们的车辆，我就没办法申请搜查令。防水布下放着两辆车？这个证据并不充分。"

我闭上了眼睛。该死、该死！我为什么没有撒个谎？

"我们听到的巨大声响又是怎么回事？实际上，他房子里的乡村音乐根本就是震耳欲聋——他应该是在极力掩盖什么。"

"响声可以是任何东西发出来的，甚至可能是一台失去平衡的洗衣机。而且，如果音乐声那么大，你又怎么确认你听到了声音？"

"我们俩都听到了。"

"你们需要做的是，让我们来调查。"他说，"把自己置于危险之中，这无济于事。你们只会干扰警方的调查。"

"你根本就没他妈的找到任何证据！"

"听着。我们必须采取正确的方法进行调查。如果我们强行进入私人房屋，即使找到了某些证据，那整个案子也可能会被推翻。"

"我不在乎什么法律程序，"我说，"现在，我只想要找回我的女儿。"

"远离勒克斯顿。"他说，"如果你们在私人领地上被抓，他们可以控告你们。我不想再次警告你们。"

回到房间后，透过窗户，我看到莱利正在路边给客户提供帮助。

"我们需要再和莱利谈谈。"我说。

"警方不会喜欢我们那么做的。"达拉斯说。

"我不在乎警方喜不喜欢。莱利应该知道一些事情。"

我不知道诺亚是否碍事。不过在我们走到汽修厂时，我透过办公室玻璃窗看到他正在打电话，并且正背对着我们。我们快步走上前。莱利正在收拾工具。

"我们想和你谈谈。"我说。

他转过身来，手里拿着一把扳手。

我举起双手："哇哦。"

"对不起。"他把扳手放下，拿起一块旧布开始擦手，"你们到这里做什么？"

"我们想问你一些问题。莱利，这真的很重要。"

"我已经把我知道的都告诉了警方。"他看起来有些不安，但并没有敌意。我朝他走近了一点。

"我觉得你并没有伤害斯凯拉，不过我确实觉得你可能知道一些信息，这些信息能帮我们找到她。"

他摇了摇头："我希望我知道她在哪里。"

"很多年前，你的父亲和叔叔伤害了我和我的姐姐们——而且，他们现在正在伤害我的女儿。"我觉得说这些话可能有一些风险，不过我需要看看他的反应，以便判断他是否参与了这件事。

他猛地后退了一步，眼睛瞪得大大的，就跟我给了他一拳一样："这绝对不是真的！"

"在你叔叔的车库里，防水布下面藏着两辆汽车，而且凳子上还放着一些切割工具。那是她们的车，我敢肯定。你只需要去看看就明白了。"

"你们必须离开这里。"他由于生气而涨红了脸。此刻的他和布莱恩太像了，这让我心里有了一丝恐惧。

"你知道这是真的。你爸爸对你妈妈很暴力，是不是？或许还有你妹妹？"

"胡说八道。"

"如果你的妹妹失踪了，你该怎么办？"我一直在想着那个黑头发的小女孩，但我意识到自己讲的是真话。斯凯拉是他的姐姐。"如果她失踪了，而且有人明明知道情况，却不告诉你，你该怎么办？"

他拿起电话。

"如果你知道发生了什么，而你又为你爸爸隐瞒，警方也会把你扔进监狱的。"达拉斯说，"那时你的生活就完蛋了。"

"我正在叫警察。"他边说边拨号。

"我们离开这里吧。"达拉斯抓住我的手臂。

"只要看看车库就好！"达拉斯拉着我出去时，我大声喊道。

莱利使劲拉下了卷帘门，门重重地撞在地上，差点压到我们的脚。我们快速穿过马路。

我们刚刚回到房间十分钟，我的电话就响了。是麦克菲尔警官。我的心提到了嗓子眼，心里有希望也有恐惧。拜托，一定要是好消息。

"我告诉过你们，离勒克斯顿一家远点。"他说，"莱利说你们在汽修厂骚扰他。"

"他知道一些情况。"我说。

"现在是我们在调查。一旦我们——"

"她们是我的家人。我必须尽一切可能找到她们。"

"我知道你很担心，但我们不能让你们参与调查。你们到处找人询问，还偷偷溜到他们的私人地产上，这让我们的工作很难开展。你需要明白——"

"不，需要明白的人是你。他们想杀死我的女儿和姐姐。所以你要尽全力找到她们！"

"听着，"他生气地说，"如果我在牧场附近任何地方再看到你们，或者你们再接近他们两英尺以内，我就当场逮捕你们。"

他挂断了电话。我把手机扔到床上，不停地用拳头捶打着床垫。

"该死！该死！该死！"

三十二

斯凯拉

我停止了踢门："你听到有人在外面大喊吗？"

"我不知道，"克里斯特尔说，"音乐声太吵了，很难听到什么。"克里斯特尔身体太虚弱，没法一直踢门，而且她的肌肉因为脱水而有些痉挛。我踢了一会儿门，希望能把门踢破，但我知道这是徒劳，因为它是实木的。

"也许我们应该回到原来的位置。"我说。

"我们不得不实施第一个计划了。"克里斯特尔说。

我点了点头，把堵塞物重新塞上，再次用胶带把手腕缠在一起，然后把绳子松散地绕在床柱上。

非常及时——几分钟后加文就进来了。他上气不接下气，汗津津的皮肤显出一种灰绿色。他弯下腰，双手扶着膝盖，大口喘着气。然后，他站直身子，轻蔑地看了我一眼。

"你妈妈成了个大麻烦。"

我妈妈来过这里？

现在，他在屋里来回走动着，情绪激动，不停地摘下帽子用手摸头发，脸色看起来很紧张，好像正在考虑着什么事情。他并没有离我们很近，所以我们没办法采取行动，我担心我们可能不会再有机会了。

340

他从口袋里掏出手机，按了几个数字。

"是我，"他说，"我看到那两个婊子在周围偷窥，我觉得她们正在往车库里看……应该没事，车上盖了防水布。我们应该尽快转移这两个……等他走了你就下来。"

我想起了我听到的那声大喊。难道是妈妈在找我们？一想到我们差点就自由了，我就想大哭。

加文看了我们一眼："再等一会儿，姑娘们，我们马上把你们安置到一个更棒的地方去。"他对着克里斯特尔笑了笑，然后离开了房间。

我们坐在地板上，感觉就像过了几个小时。通过房间里的热度判断，现在已经是下午了。如果加文不是一个人回来的，该怎么办？布莱恩曾说过，他们打算下午把我们转移走。我们能打过布莱恩和加文两个人吗？自前天晚上开始，我们就滴水未进了。克里斯特尔很虚弱，而随着时间一秒一秒地过去，我也逐渐失去了信心。

最后，加文带着几瓶水回来了。他给我喝了点水，又给克里斯特尔喝了一点。我注意观察着，全身肌肉绷紧，已经做好了随时摆脱绳索的准备，但是他却突然停了下来，站直身子朝门口望去。

他走到音响前调低了音乐声。我挪动了一下身体，这样我就能看到他在干什么了。

这时，我听到外面传来了嘈杂声。像是一辆轻型摩托车，或是一辆越野机车，也可能是其他什么类似的车。加文斜靠在梳妆台上，点了一根香烟。他看着门口，静静地等着。是布莱恩来了。

"你怎么不接电话？"布莱恩边说边走进房间。

"我讨厌你不停地给我打电话。"

"我他妈的有话要说。"布莱恩说。

"那么在这儿说吧。"加文说。

"我们到楼下去。"

"我就待在这里。"加文吸了一口烟，然后向我们点了点头，"我们没有秘密。"

"好，好，"布莱恩说，"我们得把汽车处理掉。"

"我一直在拆呢。"

"太慢了。我们必须把它们藏到牧场里。可以用反铲挖掘机把它们埋在地势较低的地里。"

"那这两个呢？"加文指了指我们。

"改变计划。"布莱恩用冰冷的眼神看着我们说。

三十三

杰米

我们在汽车旅馆的房间里轮流来回走动着，看着窗外，仿佛能从街道上看出点什么线索。我一直在想那些砰砰的声音。

"我们应该带着枪直接去加文的家，然后强行闯进去。"我说，"等警察抓到我们的时候，我们已经找到她们了。"

"如果他俩都在那儿，我们该怎么办？"达拉斯说，"万一他们都有枪呢？"

她说得有道理。"我知道我们从哪儿还能弄到一把枪。"

"哪里？"

"欧文——他爸爸过去会在瓷器柜下藏一把枪，还记得吗？"

"好，不过他可能不会把枪给我们。"

"也许他会。我们至少要试一试。"

"他有可能举报我们。"

我摇了摇头："我认为他不会。"

她吸了口气，然后站起身："好。"

到了酒吧，我们看到欧文在里面忙碌着。我四下看了看，有几个人正在喝酒。

"嘿，"我说，"有空吗？"

"当然。"

"我们可以私下和你聊聊吗？"

他用毛巾擦了擦手，奇怪地看了我一眼。随后他对吧台那头的女服务员说："替我招呼一会儿。"

我们进了他的办公室，他关上门，从桌子后面拉出椅子，然后坐了下来："发生了什么事？找到她们了吗？"

"我们不确定。听着，"我吸了一口气，"我知道你不了解我们，但我们需要你的帮助。"

"好的。"他缓缓地说。

我看了一眼达拉斯，她也正看着我。然后我转身对欧文说："能借给我们一把枪吗？"

他坐直了身子："什么？"

"加文昨晚去酒店威胁我们了。我们知道她们被关在牧场里，但警方没办法申请搜查令。"

"你们怎么知道她们被关在那里？"他皱起眉头。

"我们在他们的车库里发现了两辆被防水布盖着的汽车，而且我们听到房子里有砰砰声。"

"所以你们需要一把枪，因为……"

我想撒谎，告诉他我们只是需要一把枪来保护自己，不过我觉得他不会相信我的。"我们要去那里，把她们带回来。"

"我们不会说是你给我们的。"达拉斯说，"我们会说是我们偷的。"

他摇了摇头："抱歉，不行。你们会被杀掉的。"

我向前俯下身子："无论你是否帮我们，我们都会去的。不过，如果你借给我们那把枪，我们也许还能活着回来。"

"你爸爸曾帮过我们，"达拉斯说，"还记得吗？"

"我们不知道她们是否还好。我们不——"我的声音沙哑，转过身去，试图控制住自己的情绪。

"该死！"欧文说，"到外面那辆银色卡车旁等我，十分钟后见。"

几分钟后，他拿着一个曲棍球包走出来，朝周围看了看，然后向树荫下我们停车的地方走了过来。他背对着我们，用钥匙打开车门，往车上扔了一个包，然后伸手从后座上取了什么东西出来。"把这个包放到你们的车里。"他说。

达拉斯四下看了看，迅速地把包放到了后座上。

"没有登记过。"他转过身，看着我的眼睛，"祝你们好运。"

三十四

"你到底是什么意思，改变计划？"加文问。

"我们不能转移这些女孩——而且你也不能把她们留在这里。"

"所以你想怎么样？"

"我们必须杀了她们，把她们的尸体埋在牧场，在警察来之前清除一切痕迹。"布莱恩如此轻易就说出了这些话，我惊呆了，我的大脑费了好一会儿劲才明白自己听到了什么。那就拼了！我看了看克里斯特尔，知道她明白了我的意思。

现在就应该动手吗？

她摇了摇头，只是轻微地摇了摇。她想再等等，但我已经感到绝望了，时间在一点一点地流逝。我们必须尽快采取措施。

"警方需要搜查令。"加文说。他抽完最后一口烟，把烟蒂扔到音箱上。

"也许他们能申请到。"布莱恩说，"酒吧里有人看到你和她在一起了，你这个蠢货。而且，我们不知道那两个婊子今天到底看到了什么。"

"我跟你说过，我用防水布盖住了那两辆汽车。"

"你自己屁股上的屎你自己擦。"布莱恩从背后取出一把手枪，递给了加文。血一下子涌上了我的头。

我看着克里斯特尔，她点点头。就是现在——我们必须全力以赴。然而就在我刚要挣脱手腕上的胶带时，加文突然用枪从侧面击中了布莱恩的脑袋，房间里顿时回响着骨头破裂的声音。

布莱恩踉踉跄跄地倒退了几步，用手捂着脑袋。然后他冲上去和加文扭打起来，他把加文重重地撞到身后的衣柜门上。

他们撕扯着对方，摔倒在地板上，到处滚着，用拳头猛击对方。他们滚到了床后边。我能够听到咒骂声、靴子踢到木头上的声音以及他们沉重的呼吸声。我的双手解开了，然后看了一眼克里斯特尔。她正伸手去抓捆着她的绳子。我看了一眼打开的房门。我们能成功吗？

我使劲想从床柱上取下绳子，但是绳子被卡住了。我看了看这两个人，担心会被他们发现。

他们从床后面翻滚出来，布莱恩压在加文身上，用拳头猛击加文的面部，不断地重重打着。突然，传来一声枪响。房间里回荡着枪声，把我的耳朵震得嗡嗡响。我不知道是谁击中了谁。

我又用力拉了一下绳子。这时，克里斯特尔站到了我身旁，帮着我一起用力拉扯。

布莱恩从加文身上滚落下来，斜靠到梳妆台上，用手捂着肚子——他的腹部一片殷红。他满脸震惊，然后身体慢慢向一侧倒去。

"该死！"加文说。

终于，我的绳子脱落了。我朝着门口跑去，克里斯特尔紧跟在后面。我用眼角的余光看见加文站了起来，手里仍拿着枪。

"他妈的想跑?!"他大喊。

我们冲出房门，开始往楼下跑。我听到克里斯特尔踉踉跄跄地跟在我身后，于是我朝身后伸出手，拉着她一起跑。

"我跑不动了，我会拖累你的。"

"快跑！"我大喊，"我们马上就要成功了。"

我们来到了楼梯下面。我听到加文在上面绊倒了，重重地倒在了地上。我祈祷这能给我们争取一点时间。

我们穿过厨房，朝前门跑去。我放开克里斯特尔的手，使劲扳动前门上的把手，门打开了。我回头看了一眼加文离我们还有多远，结果我看到克里斯特尔在往回走。

我去抓她的手："我们走！"

她把手缩了回去，并把我推出门外："快跑，斯凯拉！"

"你在干什么——"她"砰"的一声关上了门。我使劲捶着门，但是听到了上锁的声音。"克里斯特尔！"我尖叫起来。

"离开这里！"她大喊。

我跑到客厅的窗户前，看见她从厨房台子上抓起了一把刀，然后我看到加文出现在楼下，手里仍握着枪。

"克里斯特尔！"我大喊着，用双手猛捶玻璃。我向四周看了看，但是我找不到可以砸窗的东西。

我转回身去，正好看到克里斯特尔冲过去袭击加文。他们争抢着那把刀，加文的手攥住了她的手腕。我必须去帮她。

我跑到房子的后面。

三十五

杰米

达拉斯沿着弯曲的道路急速开着车，几次都没有把控好方向，甚至有一次差点撞了对面车道上一个骑摩托车的人。之后，她才放慢了车速。我一只手撑住副驾驶位前方的挡板，另一只手紧紧地握着那把步枪。

我们的车轰鸣着驶上了前往加文家的车道。我看着前面，做好了跳车并往前冲的准备。达拉斯用一只手从腰带上拔出了手枪。

加文的卡车停在房子门口，旁边还停着一辆越野机车。是布莱恩的？我们踩下刹车，汽车在土路上滑行着。透过摇下的车窗，我听到了尖叫声。

"从哪里传来的？"达拉斯问。

"听起来像是房子后面！"我们跳下车，开始往前跑。达拉斯在前面带路，把手里的手枪握在胸前，我则把步枪紧紧靠在肩膀上。我们来到房子边缘，在窗户底下躬着身体前行。等我们来到房子后侧时，看到斯凯拉正在一扇窗前试图往屋里爬。

"克里斯特尔！"我听到了她的尖叫声。

"斯凯拉！"我大声喊。

她转过身。我气喘吁吁地看着我的女儿。她的脖子上挂着绳子，身上穿着皱巴巴的T恤和拳击短裤，手腕上还粘着胶带。她的脸上满是泪痕，眼里的神色看起来紧张而又疯狂。

"克里斯特尔在里面！"她喊道，然后开始放声大哭起来。

"他们在哪儿？"我问，这时我和达拉斯已经冲到了台阶上。

"加文开枪击中了克里斯特尔！"她大声说，哭得很厉害，我几乎听不清她说的话，"我从窗外看到的，我看到她倒下了。"

我惊呆了："她还好吗？"

"不知道，"她抽泣着说，"她刺中了加文。我觉得他死了。"

达拉斯抓住斯凯拉的肩膀："布莱恩在哪里？"

斯凯拉看起来极度震惊，她的脸色苍白，身体剧烈地发着抖："他在楼上——加文开枪打了他。"

我紧紧地搂着她："会没事的。"

达拉斯跳下门廊抓起一块大石头，然后跑回来砸碎了卫生间的窗户。她伸手进去打开窗闩，向上提起窗户爬了进去。我想把斯凯拉拉回来，但她挣脱了我的手臂，跟着达拉斯爬了进去。我也跟了进去。

然而，我刚踩到卫生间的地板，就听到一声尖叫，随后达拉斯尖叫着说："不，不，不！"

我冲出卫生间，看到厨房里斯凯拉和达拉斯正跪在克里斯特尔身旁。她全身赤裸，一条粗绳子绕在脖子上，身上伤痕累累，胸前全是血。

达拉斯用双臂把她抱在怀里。斯凯拉坐在克里斯特尔的另一边，双手捂着嘴巴，眼睛里满是震惊和伤痛。

"哦，上帝！"我跪在她们身旁，抓住克里斯特尔的手，她的手腕上全是破皮，胶带还粘在肉上。

"克里斯特尔，上帝啊，他们到底对你做了什么？"我呜咽着，绝望地用手指试探她的脉搏，心里祈祷着。

"心肺复苏，我们必须做心肺复苏。"我使着劲，想从达拉斯的怀里拉过克里斯特尔。

我们争抢着，我大哭起来，达拉斯哭喊道："太迟了！"我想起了我们在小镇的每一分钟，想起了我们浪费的每一秒。我们本应当早点来这里的，我们本应当能够救下她。

"我们必须试试！"我尖叫起来，哭得有些喘不过气。我真想勒死他们！我脱掉身上的衬衫，把它盖在克里斯特尔胸前的伤口上，衬衫瞬间变红，我哭得更厉害了。

达拉斯放开了手，我把克里斯特尔放下，让她的头后仰，开始嘴对嘴人工呼吸，然后达拉斯开始按压她的胸部。我知道克里斯特尔走了，我能感觉到她的嘴巴冰冷，但我不想放弃，我不停地为她做着人工呼吸。克里斯特尔，不要走，求求你，回来，我们需要你。

达拉斯停止了按压。她用手臂抱住我，想把我拖开。我反抗着不肯走。

"不！"

我用手按着克里斯特尔的胸膛，对着她的脸尖叫："不！"

"停——"达拉斯痛苦地说，"停下。"

她更加用力地抓住我，把我拉到一边。我向后瘫倒在她的怀里，随着抽泣声，身体一直在发抖。"哦，不！"我说，"不！不！不！不！"

我能感觉到达拉斯的身体也在发抖。我转身看着斯凯拉，伸手去抱她。她也全身发抖，低着头，用双手捂着脸。她的身体倒过来，靠到了我身上。达拉斯用胳膊抱着我们俩，把脸与我们的脸贴在一起，我的泪水打湿了她的面颊。

克里斯特尔躺在我们面前。我不喜欢她的手孤零零地放在地板上。我握起她的手，仿佛这样她就仍然和我们在一起，不会感到孤独。我们永远在一起。我不知道如果没有她，这个世界会怎么样。她是我们的阳光。我朝左面看去，但泪水让我几乎什么也看不见。加文躺在几英尺远的地板上，一把刀从胸前刺出。

"她把我锁在了外面，"斯凯拉说，"她为什么要把我锁在外面？"

我无能为力地解释着，目光始终停在克里斯特尔美丽的脸庞上。这时，我听到有声响，然后转身去看前门，有人踉跄着走了出去。

"达拉斯！"我喊道。

"布莱恩刚刚从前门走出去了！"

她放开我们，站起身，衬衫上还沾着克里斯特尔的鲜血，满脸的愤怒。她手里拿着枪跑向门口。这时，我听到了摩托车的声音和越来越近的微弱的警笛声。

我捡起步枪跟在她身后。她走出了前门，我也跑到了门廊上。布莱恩在车道上，试图爬上他的越野机车。他弯着身子，身后留下一片血迹，看起来他在找车钥匙。这时，一辆摩托车驶上了车道。骑车的人把车停在越野机车旁，他跨下车来，摘下头盔。原来是莱利。他跑向他爸爸。达拉斯朝布莱恩的后背开了一枪，但他在最后一刻躲开了，子弹击中了越野机车。布莱恩抓住他儿子的衣服，把他当作挡箭牌，拖着他朝摩托车挪去。

"爸爸！停下！"莱利大喊着试图脱身。

布莱恩把他的儿子推倒在地，扶起摩托车，点着火，然后在车道上左右摇晃着往前骑。

我瞄准车胎射击，但没有击中。

警笛声越来越近了。达拉斯又开了一枪。摩托车突然转向一边，布莱恩摔倒在地，摩托车的发动机仍在轰鸣着。

　　这时，莱利朝他跑了过去，警车在车道上疾驰而来，猛打方向盘避开了他们。警车停在房子前面，一名警官走下车，在看到我们手里拿着枪时，他把自己的枪拔了出来。

　　"所有人都蹲下！"

三十六

斯凯拉

我的额头靠在冰凉的车窗上，眼睛望着窗外的高速公路和疾驰而过的大卡车。我努力不去想克里斯特尔，但脑海里却总是浮现她的脸、胸膛上的血和歪在一边的头。

妈妈坐在后座上，握着我的一只手。她每过一会儿就会看我一眼，我能感受到她的担忧和对我的所有情感。她的眼神充满了焦虑和忧伤，问我是否想说说话。当她看见我手腕上的绷带时，她的嘴唇颤抖起来，用手轻轻抚摸着我的手，仿佛是在让我相信我还活着。

"现在还不想。"我说。我感觉自己像是在水下游泳，如果我张开嘴巴，水就会灌进来把我淹死。我的脑海里一直在闪现那些画面，但都感觉很模糊，也很离奇。我好像是在做噩梦，一直等着自己从梦中醒来，但它就是不结束。

我记得我跟着一名警察走出了房子，看到妈妈坐在一辆警车后座上，达拉斯在另一辆警车上，警灯闪烁着，警察们拿着对讲机汇报着，表情严肃。莱利仍跪在地上。一名警官蹲下身子，一只手搭在他肩膀上和他说话。

我记得我努力跑向妈妈，透过玻璃窗，我看到了她痛苦的表情。随后，警官把我拉走了，说是要带我去医院看看，并且说我可以晚点再和妈妈说话。

在医院里，他们处理了我的手腕和脖子，问了我各种问题。我集中精力尽力回答着，说我离家出走是不对的，说克里斯特尔的死是我的错。再之后我听到了嗡嗡声，一只苍蝇撞到了窗户上，我开始大声哭喊，他们不得不给我打了一针让我安静下来。最后，我睡着了。

因为脱水严重，我需要在医院住一晚。次日早晨，我想去找妈妈，但一名警官说他们需要先问我一些问题。一名女警官开车把我带到警局，然后把我领进了一个房间。她人很好，身上散发着松针、森林和新鲜空气的味道。

她让我把发生的事情从头到尾讲一遍，就从为什么决定开车卡什溪开始。我不知道他们是否已经向妈妈了解了情况，也不知道这一切是不是还属于秘密，我更分不清哪些是事实，哪些是谎言。

"我不想说话。"我坚持说。

"我们了解了你母亲的情况。"她轻声说道，"我们知道加文和布莱恩伤害过她们。所以你对我说出来没有问题，你不会有麻烦的。"

我看着门口，希望自己能知道她说的是不是真话。我感觉自己不能相信任何人。

"布莱恩和加文在哪里？"

"加文当场死亡，布莱恩在医院，不过他正在恢复。我们要让他为自己的所作所为受到惩罚。这就是我为什么需要你如实相告——这样他就不会再伤害其他任何人了，好吗？"

我深吸了一口气，开始说话。由于我哭得太厉害了，所以谈话不得不中断了几次，不过她人真的很好，每次都会等我平静下来，然后才继续。她给我递来了水，我喝了一杯又一杯。我再也不想像那样口渴了。

"每个人都会知道他是我的父亲吗？"我最后问。

"这不属于警方披露的范畴，这是你的个人隐私。"

她向我介绍了受害者服务部，随后有一位优雅的女士走了进来，这位女士和我聊了聊心理咨询的事，还告诉我回到温哥华后我应该与谁联系。

"等你回家了，你可能会感觉好一些。"她说。

在高速路上，我们路过了一家麦当劳。我记得前几天我还让莱西搭便车，而且那时候我非常肯定我能够找到克里斯特尔并把她带回家。我原以为自己可以做到。想到这儿，我的眼睛发酸，眼泪又流了出来。

"我知道他是我的父亲。"我说，"我知道是布莱恩。"

妈妈在我身旁深吸了一口气："斯凯拉……我很抱歉。"

我转过头看着她："你们为什么要离家出走？克里斯特尔到底做了什么？"

妈妈犹豫了一下。我瞥了一眼后视镜，看到达拉斯也在后视镜中看了一眼妈妈，然后她又回头看向前面的路。

"我们的父亲真的很暴力，"她说，"我们都很怕他，我们不得不离开。"

"绝不仅仅是这样，妈妈。克里斯特尔对某些事情感到愧疚。到底是什么事？"

妈妈眨着眼，好像在努力回想着什么："她……她和一个已婚男人约会。那天我们的爸爸还没从工地回来，不过我们觉得他迟早是要回来的。如果他发现了克里斯特尔的事，他会狠狠揍她的。所以我们必须尽快逃离那里。"

"你们的真实名字是？"

"我们的姓氏是坎贝尔。我的真名叫杰茜，达拉斯叫丹妮尔，不过我们叫她丹妮，克里斯特尔叫考特尼。"

对妈妈的话，我想了几分钟，我努力把这些名字和她们一一对上。它们全是错的，这些名字在我的脑海里分分合合。

"你们真的来自黄金镇？"我问。

妈妈叹了口气："利特菲尔德。"

"你为什么撒谎？"

"我想保护你。"她的眼睛里闪着泪光。

"你所说的一切都是谎言！"我尖叫着喊道。

"宝贝，你不明白。你只是一个孩子——"

"我不想再说话了。"

"宝贝儿……"

我转过身去："我说了，我不想再说话了。"我盯着旁边一辆驶过的大卡车的车轮，肿胀的喉咙费力地吞咽了一下。

在剩下的归途中，我们谁都没有再说话。

我们回来几个星期后，我偶然碰到了亚伦——那个在我们健身房训练并且脸上有个大疤痕的家伙——他正准备离开受害者服务部。我一下想起来克里斯特尔曾说他喜欢我。

"你在这里干什么？"我问。我们站在大楼前台阶下的树荫里。大楼里有些闷热，树荫下的感觉很不错。我没办法待在闷热的房间里，每次在家也都要打开所有的窗户。

"我来看心理医生。"他说。

"你来看心理医生？"我的顾问蒂娜还不错，她是一位亚裔女性，和我妈妈年纪相仿。尽管谈起那段经历对我来说很难，不过现在已经略微好些了。

"是的，因为我爸爸。"

我点了点头，不想过问他的父亲是怎么回事，当然，也绝不愿意想到我的爸爸。我低头看着脚上的凉鞋和脚趾上的晒痕，不知道我那双带有雏菊图案的凉拖最后怎么样了。

"你很久没来健身房了。"亚伦说。

"不去了。"我们回来大约一周后，我曾去过一次，我以为那样会让我感觉好一些，但实际上却很糟糕。那里的人在看我时，要不就刻意表现得毫不惊讶，要不就刻意表现得太过友好。

"你没事吧？"亚伦问。

我吃惊地抬头看他。除了妈妈没有人这么问过我。不过妈妈几乎每天都这么问我，这也让我不胜其烦。每次她问我的时候，我都会尖叫着回答她，然后她就会表现出受伤的神情，而后我又觉得自己像个混蛋。帕特里克没有问过我任何事，所以我喜欢去他那里。我们一起看电影，凯伦忙着做饭，妈妈也在厨房里转来转去。她认为我还没有走出阴影，总是一副要照看我的样子。

"我把事情搞得一团糟。"我说。我惊讶于自己的诚实。但蒂娜告诉我，我应该把自己的真实感受倾诉给别人，那样我会感觉好一些。

"你姨妈的事，我感到很难过。"他说。

"谢谢。"我眯眼看着一辆驶过来的汽车，开车的是一个戴着太阳镜的金发女郎。我感觉到处都是克里斯特尔的影子，不管是在商场，还是在街道上，抑或是在跟别人说话时，我总会突然就想起她。我们还没有举行葬礼——妈妈和达拉斯并不准备和克里斯特尔说永别，我也不想。有时我会去公园，我在那儿抽大麻时，心里总会想着她。有时候我还会对她讲一些事情。我尽量去想那些美好的回忆，比如我之前在吧台后面观察她的时光。她喝酒的速度很快，常常边喝边笑，同时还不忘跟旁边的每个人开玩笑，她还会在吧台不断地走来走去，周围的音乐声总是很大。

"你一会儿打算做什么？"亚伦说，"比如，今天下午？"

"不知道，也许会回家吧。"

"来帮我计时怎么样？我一直都在公园里爬楼梯。"他举起手，摆出拳击的动作，"训练洛基风格。"

我翻了个白眼。

"你是想帮我计时还是想做点别的什么？"

"我该走了。我妈妈在等我。"

妈妈想让我九月份回学校，我同意试一试。她说和朋友们在一起或许对我有好处。不过我对此不太确定。艾米丽和泰勒来过一次，不过很奇怪，我突然不知道该和她们说些什么。我只是觉得疲倦，感觉和她们之间有了距离感。自回来后，我的睡眠就没有以前那么好了。蒂娜说这很正常。我常常做一些乱七八糟的梦，比如克里斯特尔在我的房间里等我，胸膛上全是血，或者，我在加文的房子里，被捆在床上，脖子上的绳子勒得越来越紧。

有时当我醒来，我能听到妈妈四处走动的声音。在我们回来几天后的一个晚上，我半夜起床后发现妈妈坐在沙发上，房间里的灯都关着。

"我吵醒你了？"她问。

"我睡不着。"我坐到她身旁。她看着我欲言又止，最后什么都没说，只是握住了我的手。

我深吸了一口气："我想谈一下那些事。"

我把所发生的每一件事都告诉了她，包括加文是怎么在房子里抓到我的，他在卧室里又对我做了什么，我当时有多么害怕，克里斯特尔有多勇敢以及她是如何尽力保护我的。

我很高兴我们坐在黑暗里，这样我们就看不到彼此哭泣的样子了——我原本想一口气说完——但当我说到我是如何意识到布莱恩是我的父亲时，我听到了妈妈的抽泣声。

"你留下我自己抚养，后悔吗？"我问。

"不！一点都不后悔！在我看到你的那一刻，我就知道你是我的女儿。我不能让其他任何人拥有你。"

"如果你当时放弃我，或许克里斯特尔就不会死了。"

"哦，斯凯拉，你不能这样想。我们不知道未来会发生什么。有时候，人生有其既定的轨迹，这不是任何人的错。"

她说她很抱歉，一直在用谎言欺骗我。我说，我也为自己的谎言感到抱歉。然而，即使我们这么开诚布公地谈了一次，我仍然不知道自己是谁。在知道自己的父亲是个可怕的人后，我就很难认识自己了。

我的人生会有什么样的改变呢？

开学前一周，我和妈妈去了健身房，她去取工资。我需要买几件新衣服，这似乎很重要。我在外面等她，坐在树荫下的汽车引擎盖上。我还是不愿待在健身房里，每次门打开时，我都会不自觉地抬头看，心里在想是不是克里斯特尔走进来了。我也不愿看到达拉斯那忧伤疲惫的表情。这么多年了，她其实一直知道我的父亲是谁，我有些忧虑，不知道她到底是怎么看我的。

亚伦从健身房走了出来。他经过的时候看到了我，然后走过来："你今天来工作？"

我摇了摇头。

"想不想去爬楼梯？我一会儿去公园。"我看了他一眼。

"不想去？"他说，"你愿意的话随时可以来帮我计时，我正在刻苦训练呢。"

"让我猜猜——是训练洛基风格。"我带着嘲讽的口吻说。

他大笑起来，斜靠到车身上。他离我很近，全身是汗，但不知是什么原因，我对此并不介意。

"你最近怎么样？"他问道。我耸了耸肩。他打开一瓶水喝了起来，下巴上的肌肉带着脸上的疤痕一起一伏。我以前并不想问那个疤痕是怎么弄的，我觉得那样太鲁莽。不过现在，我也不在乎他到底会怎么想我了。

"你那个疤是怎么弄的？"我问。

亚伦看起来很惊讶，咽了口唾沫，然后说："我爸爸干的，现在他在监狱里。"

"那让你苦恼吗？"

"在他刚进监狱时，我觉得每个人可能都会觉得我也很坏。"他望着前方，用手将瓶盖盖好，"后来我发现，我真是个傻瓜。我从来没做爸爸做过的那些事，不是吗？"

"是的。"我想起了莱利。他是否像我一样觉得羞耻？在妈妈告诉他我和克里斯特尔的车就在加文的车库里后，他骑着摩托车去了那里。他偷偷溜了进去，发现确实如此——他有一把车库的钥匙。随后，他骑车返回小镇，用手机给警察打了电话。我不知道他是否知道我是他的姐姐，不过我不想和他说话，至少现在不想。有时候我也会想到那个同父异母的妹妹，不过对我来说，她也只是个陌生人。

亚伦转过身看着我："你觉得我是坏人吗？"

"不。你只是经历过一些糟糕的事情而已。"我想起了心理医生对我说的话。我当时并不理解。

他微笑着说："你瞧，好人就是有好报。对于那些不好的，滚一边去吧。"

我勉强地笑了笑："是，滚一边去。"我们四目相对，有一种怪怪的感觉，于是我看向了别处，"星期六，我去公园给你计时——不过得早点，六点半见吧。"

"老天，你太严厉了。"他站起身，"那不见不散喽。"

我望着他走回健身房。或许某一天我会把我的经历告诉他。

三十七

杰米

我在房间里走来走去。我坐到客厅沙发上,关掉电视,听着从斯凯拉房间里传出来的音乐声。我经常会这样尽情享受她制造的噪音。即使她躲进厨房或者对我大嚷大叫,只要她在家,我就感谢上天。她讨厌我对她的保护方式,不过我只是不由自主地想为她打理好一切,如果长时间没有她的消息,我就会很担心。我在给她发短信时总会努力用轻松的语气,她回复的也都很好,但我其实也需要一些时间。她还不知道,我也在看心理医生。我昨天第一次去见了自己的心理医生。

我们从商场回家时,斯凯拉并没有多说话,不过她看起来情绪好一些了。我看到她在健身房外面和亚伦说了会儿话。我没有要窥视的意思,我只是很好奇他们在聊些什么。我知道他曾经有过一段难熬的日子,他和他父亲之间也存在一些问题。我希望他能成为斯凯拉的朋友,或者和斯凯拉的关系更进一步。以前斯凯拉只要和健身房的某个男孩约会,我就会有些担心,而克里斯特尔就对我讲过一番大道理。

你必须让她独自生活,允许她犯错误。说完后,克里斯特尔的脸上就会露出开心的笑容,接着她还会补充道,不要担心,她不会像我一样的。

我感到肋部一阵刺痛，每次一想到克里斯特尔走了，我就会产生这种熟悉的刺痛感，痛得简直无法呼吸。我仍不敢相信我再也见不到她了。我和达拉斯去了一次她的住处，我们把那里打扫干净，把所有物品打包收拾好，然后我们在那儿待了好几个小时，就那样静静地坐在地板上，周围摆放着她的物品。在大多数日子里，我既悲伤又气愤，绞尽脑汁想弄明白这些事到底是怎么发生的。我仍对克里斯特尔去卡什溪这件事感到生气，我气她为什么不和斯凯拉一起跑出来。

无论克里斯特尔在哪儿，我都希望她得到安息。

电话铃响了，我看了一下屏幕。

欧文。

我们回来后，他曾打电话来确认我们是否还好。之后，我们又聊了几次事情的进展。我不知道他这次为什么给我打电话，实际上我也不想说话，不过他或许了解到了什么新情况。

"嗨，欧文。"

"你看新闻了吗？"他说，语气听起来很严肃。

我坐直了身子："什么新闻？"上帝啊，千万别是布莱恩逃脱了。我上次听说布莱恩还在卡什溪，不过已经被保释出来了，好像在等待审判。

"几天前，在利特菲尔德发现了一具尸体。他们认为可能是多年前失踪的那个人……"他停顿了一下，我的心剧烈地跳起来，等着他说下去。"他们有这个人的几个女儿的照片，还询问是否有人曾见过她们。"

也许只是个巧合，或许是别人。

"在哪儿发现的？"

"一个农场里，好像是新的农场主在清理土地或者在做别的什么事情时发现的。我不知道警方是否已经确认了他的身份。"

是真的。他们发现了他。我望着通往斯凯拉房间的黑漆漆的走廊。我要失去我的女儿了，我要失去这一切了。

在我们回来后，我每天都会上网，每晚都要浏览新闻，我担心斯凯拉的身份会暴露，担心有人认出我们是谁，然后再把我们和爸爸的失踪联系起来。但随着时间推移，我开始忙一些其他的事情了。我以为我们是安全的。

"我要给我姐姐打个电话。"

"好的。"他停顿了一下，"坚持住，如果需要我，就打电话。"

"谢谢你，欧文。"

我给达拉斯打了电话，她在家，和特里在一起。他们最近在一起的时间越来越多了。她走到外面，我把欧文打电话来说的事告诉了她。

"有人在利特菲尔德发现了爸爸的尸体。麦克菲尔会知道我们就是那几个失踪的女孩的。"我说，"他知道我们十八年前的经历——那是同一年的夏天。"

"没关系，他们都在谈论此事。只要坚持我们的说法就好，他们找不到任何证据。"

或许他们不需要任何证据。"我有一种不好的感觉，达拉斯。"

"你只是害怕而已。记住——他们根本不了解我们的情况。"

"我必须告诉斯凯拉。她肯定会问一些问题。"

"你想告诉她什么？"

"我不知道。"

我轻轻地敲了敲斯凯拉的房门。她调低音乐，打开了门。

"怎么了？"

"我需要和你谈谈。"我坐到她的床上，并用手轻轻地拍了拍另一侧。

她眉头紧皱，坐到我身旁："出了什么事？你看起来很奇怪。"

我深深地吸了一口气："我接到了欧文的电话。我父亲的尸体已在利特菲尔德被找到了。我还不知道全部细节，但警方可能会找达拉斯和我谈话。"

"是你们当中的某个人做的吗？"

"斯凯拉……"

"你说他很暴力，而克里斯特尔，她脸上的伤疤也很奇怪——难道是自卫的时候弄伤的？那是你们逃跑的原因吗？她杀了他？"

我做不到。我不能再看着女儿的眼睛对她撒谎了。

"是我，斯凯拉。我开枪杀了他。"

她向后坐了坐，我想伸手去抱她，但她把我的手甩开了："为什么？你为什么要那样做？"

"他差点在厕所里淹死克里斯特尔。"我把爸爸那晚到家后发生的事情告诉了她，包括我是怎么在厕所开枪杀死他的，以及我们是如何把他埋起来的，等等。

"我别无选择。"我伸手抚摸她的脸。她必须理解我。

斯凯拉的脸色苍白，乌黑的眼睛瞪得大大的，看起来既震惊又着急："你会被送进监狱吗？"

"不会，他们可能只是有几个问题要问。"

"你必须找一名律师。"斯凯拉顿了一下才说，仿佛正在强忍泪水，"我不想看你进监狱。"

"会没事的。"我握着她的手。

"你怎么能这样说？"她哭了起来，"克里斯特尔死了，现在你又要进监狱。我一个亲人都没有了。"

"他们没有任何证据。"我想着墙壁上留下的弹孔，我们藏起来的垃圾，以及我们可能忽略的任何细节。

"我需要你。"

我紧紧地抱着她。她把头靠在我的肩膀上，尽管她又长高了几英寸。像小时候一样，我轻轻地抚摸着她的头发。

"斯凯拉，会没事的，我向你保证。"

"如果你进了监狱，克里斯特尔的死就毫无意义了！她想用自己的生命为我们做一些好事。她想弥补过去的错。"

"有些事情没办法弥补。"

"是我的错，"她放开我，并站了起来，"如果你不去卡什溪找我，他们就不会知道你在哪儿。"她的脸上流着泪，"我把所有事情都搞砸了。"

我站了起来，握着她的双手："这不是你的错。"

她挣脱了双手，抓起门旁边的外套，然后跑出了房间。我赶紧追过去："你要去哪里？"

"我想出去走走。"

"我和你一起去。"

"我想一个人。"她"砰"的一声关上了门，把我留在突然安静下来的公寓里，我的脑子一片混乱，恐惧感渐渐袭来。

"是我的错。"我对着关上的门喃喃自语。

我给达拉斯打过去电话，那晚我们聊到了很晚。第二天早上，当斯凯拉还在睡觉时，一名警官打来电话，让我们当天下午去温哥华警局，说有重要的事情要向我们了解一下。我敲了敲斯凯拉的房门，告诉她我必须去一趟警局。她没有回答。

警察把我们分别带到了不同的房间。

和我面谈的这位警官自我介绍说他叫帕克，来自利特菲尔德分局。这是一个年轻人，大概三十五岁，一头黑发，头上喷了发胶，梳着大背头，穿着一身得体的海军蓝制服，裤缝笔挺，脚上穿着锃亮的皮鞋，腕上戴着一块闪闪发亮的手表，整个人一脸的严肃。

"首先，我想告诉你，你完全有自由随时离开，你不是一定要和我们谈，你并没有被捕。不过我们需要弄清一些事情，所以希望你能帮助我们。明白吗？"

我点了点头。

"几天前，在利特菲尔德发现了一具尸体。我们还在等待牙科检验报告来最终确认身份，不过在他的口袋里有一个钱包，我们认为他就是罗格·坎贝尔，十八年前曾有人说他失踪了。"

他的钱包。我们已经很小心了，但我们却从没想过要检查他的口袋。我想起了他那个已经被磨得光溜溜的旧皮钱包。

"你认识这个人吗？"

从他的眼神，我已经判断出，他知道我们是谁了。如果我现在撒谎，他就不会再相信我后面说的话了。

"他是我的父亲。"

他点了点头，表情严肃起来："很抱歉地告诉你，他看起来像是被谋杀的。"他接着做了解释。挖掘机在一个旧养猪场作业时，挖到了我爸爸的尸体——他的头部中了一枪。我不想假装掉眼泪，所以尽力表现得目瞪口呆，仿佛这些事让我十分震惊。这做起来并不难。

"你知道他失踪的事情吗？"警官问。

"我们以为他抛弃了我们。"

他看了我一会儿。"在卡什溪调查期间，我们找到了一些属于你们的物品，包括野营设备、衣服之类的，其中有一把没有登记的、口径.22的步枪。布莱恩·勒克斯顿否认知道这把枪，现在，这把枪已经送交弹道部门进行匹配检测。"

步枪。那两个混蛋竟然留着那把步枪。我的脸上一阵发烫。

他盯着我，等着我开口，不过我仍保持着沉默，在想这意味着什么。我应当怎么做？是否应该请一位律师？

"具体怎么回事还不知道。不过当我们找到你父亲的尸体后，我们进行了比对。这把枪的口径和你父亲头部所中的子弹口径相同。"他说。

我依旧保持着沉默。

"我们已经和你们的老邻居谈过了。我们也调阅了当年的警方报告。我们知道你的父亲虐待你们。我们也知道你的姐姐考特尼和一名已婚男子有牵连，你的父亲对他的朋友说，他准备回去把她打得满地找牙。我们知道那天晚上肯定发生了什么，杰米。"

我看着他，双腿在桌子底下开始发抖。就是这样，事情最终还是浮出了水面。我们还是搞砸了。

"我知道这么多年来你一直背负着压力。"他用同情的语气说，不过眼睛仍看着我，"很长时间以来，你可能一直想把你们的故事找个人说说。我就是一个不错的倾听者。"

我知道他在做什么，也知道他想让我说什么。我深吸了一口气，想着昨天我和达拉斯的谈话，想着我们商量好的计划。尽管这看起来并非正确的做法，但这是我们唯一的选择。我也想起了斯凯拉的话："如果你进了监狱，克里斯特尔的死就毫无意义了。"

我想着这些话，想着克里斯特尔的脸，想着她在弹吉他时的笑容，也想着她是多么爱我们。我的眼中涌起了泪水，我强忍着。现在，我不能哭。

"我不知道发生了什么。"我说，"有一天晚上，我和丹妮出门了，当我们再回来时，考特尼跟我们说，她和爸爸因为她男朋友的事吵了一架，但他不会再伤害我们了。"我意识到我不小心用了我们的真实姓名，不过这样感觉更自然。

"你们认为她是什么意思？"

"我们没有问。"

"你们没问？然后他好几天都没回家，你们也没什么想法？"

"每次吵架后，他都会离开几天。我们当时觉得考特尼应该是跟他说了让他别再烦我们，或者还说了什么威胁报警之类的话——她和爸爸总是吵架。"

"那天晚上，你们在家是否还看到了其他人？比如她正在和那个已婚男人见面？"

"不，没有别人。"

"当你回到家时，有没有注意到什么不对劲的地方？有无任何打斗的痕迹？或者你姐姐的衣服上是否有血？"

"没，没有。"

"她从来没有告诉过你什么吗？"

"没有。"我看着他说。

"农场的女主人说，她看到考特尼脸上有烫伤，而且你身上也有瘀青。她说他们听到了枪声。"

"我们一直在打老鼠——那大概是在考特尼和爸爸吵架后的一周。沃尔特还过来看了看。第二天还来了一名警官。"

帕克一直看着我："是谁想到要逃跑的？"

"考特尼。她说，这次爸爸可能不会回来了，我们应该离开这里，否则我们就要被送去寄养了。"

"你没有问这是什么意思？"

"我们不在乎他出了什么事。"我说，"每次他在家的时候都会狠狠地揍我们，特别是考特尼。我们很开心他离开了家。"

"你觉得会是考特尼杀了他吗？"

我想了想那天晚上，想起她的双腿在乱踢，想起了我手中的那把枪以及爸爸眼中的震惊。

"她恨他，恨他对我们的所作所为。"

"我需要和你的姐姐谈谈。"

他出去了很久。我坐得双腿发麻，心里想着丹妮，想着考特尼，想起我们那个时候是多么的稚嫩。

这名警官最后回来并坐下。

"你姐姐证实了你所说的话。她说，你们俩都不知道你们的父亲出了什么事。"

我感到一阵欣慰，并强迫自己保持冷静："那接下来我要怎么做？"

他看起来若有所思，双眼盯着手里的一份档案："我们永远无法真正结案——考特尼已经死了，她无法再陈述整个案件的过程——但是，有足够的证据表明，很可能是她，我们也不想再深究此事了。"他翻了一下手里的档案，从中间取出几份文件看了一眼，然后抬头看着我。

"你们小时候经历得太多了。"

我一直强忍着的泪水从面颊上落了下来。他脸上的同情、理解，彻底摧毁了我的防线。

我想到了我们生活在恐惧中的那些年，想到了我们挨过的无数次的打，想到了我们在卡什溪经历的种种不幸，以及我们远离过去的感觉。

"你想不到我们都经历了什么。"我说。

尾　声

达拉斯

　　自我记事以来，我一直都在生气。即使在母亲去世之前，也是如此。我生父亲的气，也生母亲的气，母亲让我生气的是她不离开父亲，总是给他机会。在母亲的葬礼上，我拉着克里斯特尔和杰米的手放声大哭，我感到她俩的身子在旁边不停地颤抖。然后我就不再哭了。我就这样他妈的一下子停止了哭泣。

　　在那个糟糕的寄养家庭里，他们总让我连续干很长时间的活儿。在我的双手变得粗糙时，我没有哭；在那家的女主人用木勺子劈头盖脸地打我时，我没有哭；在我必须和马匹一起睡在谷仓里，整夜被马踢时，我也没有哭；在爸爸打我们，还差点把我们打死时，我没有哭；在杰米开枪击中他，然后不知所措地睁大眼睛看着我时，我也没有哭。杰米当时看着我，好像是在希望我能做点什么补救一下，但我能做什么呢？我知道我们的生活不会再跟从前一样了。我知道以前的一切都结束了，从父亲额头中枪的那一刻起。我苦心为我们姐妹经营的幸福生活，虽然满是心酸，也随之化为了泡沫。我知道我不可能嫁给科里，不可能给他生儿育女了，也不可能在门廊上听摇滚、大声说笑了。克里斯特尔也绝不可能再去纳什维尔成为一名歌手了。杰米可能也永远没有办法去世界各地旅行摄影了。

当布莱恩和加文强奸我，用他们沾满汗水的双手在我身上摸来摸去，对着我的脸喷出令人作呕的气息时，我他妈的同样没有哭。当他们捆着我，用一种我都想象不到的方式伤害我时，我还是没有哭。我只是更加愤怒。我唯一曾经有过的感受就是愤怒。那种深深的狂怒。我被怒气吞噬着。

在健身房，我努力压制心中的怒火，摆脱身体内的火气，想甩掉我自身这个沉重的包袱，但是我始终做不到。怒火始终盘踞在我的内心深处，翻腾着、咆哮着。

克里斯特尔的死几乎让我彻底怒了。我的意思是，她做过什么呢？她从没伤害过任何人。她想要的无非就是唱歌和快乐，但那个杂种加文杀了她。当妈妈从医院把她抱回家的时候，我用双臂抱着她，而在她临死时，我依旧用双臂抱着她。我没告诉杰米，我其实感觉到了她的最后一口呼吸，我知道她是在那一刻走了。我想大声呼喊让她回来，如果可以，我想和上帝说，让我去死吧，但是，她还是走了，离开了我们。她不应该走的，我们本来就是三姐妹，不是两姐妹。

在我们下车的时候，我看了一眼斯凯拉和杰米。

"准备好了吗？"杰米问。

我点点头，但实际上我并没有准备好。我永远也不可能做好说再见的准备。但是，这是我们不得不做的事情。我们从后备箱里取出了一只盒子。

我们用了将近一周的时间折千纸鹤。我们折了一千只，然后用三条绳子把色彩缤纷的纸鹤串了起来，每条绳子上有三百三十三只。斯凯拉留下了最后的那只。我们花了好几个小时才把纸鹤都穿到绳子上，这些纸鹤首尾相接，颜色相互交错，最后被编排成一道美丽的彩虹。斯凯拉曾说，日本人相信纸鹤的翅膀能把灵魂带到天堂。我希望这是真的。

我们不能在公共场所撒骨灰，所以我们一大早来到了海滩，晨曦中的青草上有很多晶莹的露珠。纸鹤太多了，所以只能放到一个大盒子里，我们把盒子拿到岸边，然后把里面成串的纸鹤小心翼翼地取了出来。我们脱掉凉鞋，站进冰冷的海水里，脚趾间的沙子沙沙作响。我们身后拖着长长的纸鹤，面向大海走了几英尺，然后站成一排，把纸鹤从后面拉到身边。这些纸鹤在海面上漂浮着，然后我们放开了绳子，就让它们跟随大海的波浪漂向远方吧。

我们把手放在眼睛上，以遮挡海面反射的太阳光。我们看着纸鹤浮浮沉沉，它们时而聚在一起，时而分散开来，在海浪的衬托下，逐渐变成了色彩鲜明的线条。

"很漂亮。"杰米说。

纸鹤越漂越远，我想追过去，想潜到水里拼命去追，我想把它们带回来。

"我去拿骨灰。"我说。

我走向岸边的野餐桌，上面放着一个雪松骨灰盒。我将一只手在骨灰盒上放了一会儿，阳光下，木头滑润而温暖。它看起来是如此的小，那么小的它怎么能容纳一个那么伟大的灵魂。

我走回去，站到斯凯拉和杰米身旁。我慢慢打开骨灰盒，骨灰用一个小塑料袋装着。我惊讶地意识到，我的双手在微微颤抖，我摸索了好一会儿才拉开袋子上的绳结。

我打开袋子，向海面倾斜着，让骨灰奔向大海。她的骨灰是那么细腻，呈现出一种柔和的淡灰色，有些沉向了海里，有些浮在水面。波浪把骨灰推到我们身旁，围绕在我们大腿周围。我们静静地站着，又一个波浪打来，将这些骨灰带走了。

杰米和斯凯拉闭上眼睛，朝向太阳，她们的手紧紧地扣在一起，面色平静如水。海风吹着斯凯拉的头发，吹得她的一缕鬓发在脸上晃动。她把那一缕头发拂开，这让我想起了克里斯特尔把头发拂到肩上的样子。

　　整个夏天，斯凯拉只来过健身房几次，我注意到她一直很安静，眼睛下面有着黑眼圈。我有些担心，她让我想起了多年前在逃离卡什溪后，克里斯特尔在最初的日子里的样子，想起了她的抑郁情绪和那些毒品。不过，自返校后，斯凯拉的精神就逐渐恢复了。杰米说她又开始玩音乐了。

　　我从来都没有真正担心过杰米，至少和对克里斯特尔的那种担心不同。杰米内心强大，她是我们三人中最坚强的。

　　我出神地望着远方，望着我们放出去的纸鹤。我感觉有人在看着我。是斯凯拉，她的眼中重现了以前那种认真的神态。

　　"你还好吧？"我问。

　　"你恨我吗？"她说。

　　我吃了一惊："当然不。"

　　她迅速吸了口气，好像是在为接下来的话做准备："我是他的女儿。"

　　"你是我们的孩子，"我动情地说，"你从来都不是他的。"

　　她的下巴开始颤抖，眼里溢出了泪水："很抱歉我没能救她。我真的很抱歉，达拉斯。"她双手捂脸，肩膀颤抖着。杰米想伸手去搂她，但被我抢先了，我用双臂紧紧地抱住了她。

　　"她不想获救的，斯凯拉。"我说。这么说让我很伤心，但这是事实。我的内心深处感到一些奇怪的变化，心头涌起一种释然，这种感觉让我僵硬的骨骼和肌肉些微放松了下来。我的眼睛火辣辣的。我坚持着，想再多抱她一会儿，内心突然有一种怕被冲走的感觉。

"我爱你，达拉斯。"斯凯拉说着，脸颊与我紧贴在一起。

我泪如雨下。它们像是决堤的河水一般从我的身体里涌了出来，顺着我的脸颊横冲直下，里面还混杂着斯凯拉的泪水以及咸咸的空气。我再也无法抑制自己的情绪，我的身体颤抖着，我在抽泣和呜咽中呼吸着。

"会好起来的。"斯凯拉说。

她的声音轻柔又甜美。我抽泣着，那些记忆在我的脑海中模模糊糊地涌现了出来，比如我是如何拉着杰米和克里斯特尔的手埋了我们的父亲，我又是如何向她们保证一切都会变好。照顾好妹妹们并保证她们的安全，这就是我想要的。我们必须在一起。我试图紧紧抓住她们，但克里斯特尔总是在挣扎反抗，她总是要走自己的路，而杰米也经常生我的气。我不能让她们看到我其实也很害怕。我是如此的害怕，甚至害怕一旦我不生气了，那我便什么都没有了。

我擦了擦眼泪，望向远方。越过斯凯拉的肩膀，我看见那串纸鹤消失了。我们来到这里，让克里斯特尔魂归天堂，而且，她也是最终给予了我们自由的那个人。我们生活在恐惧中实在是太久了。但现在，我们可以正大光明地活着了。杰米会回到学校，她会成为一名摄影师。我会有一个自己的农场，我也许还会结婚、生小孩。这些想法几乎美妙得让我窒息。之前的我从来没有想过我还可以实现自己的梦想，我的内心深处又重新燃起了希望的火苗。

我和斯凯拉分开了，我尴尬地擦了擦脸。杰米把手放到我的胳膊上，轻轻拍了拍。

我们转身往回走去，斯凯拉伸出大长腿蹚着海水玩。她在前面慢慢跑着，然后看到海滩上有一位老人的帽子掉了，海风把帽子朝海面吹去。斯凯拉开始帮老人追帽子。

"有时候，我仍然无法相信她是我的女儿。"杰米在我身旁说。

斯凯拉抓到了帽子，还给了老人。她转过身，微笑着看着我们，微风吹乱了她的头发。

"她是我们最大的骄傲。"我说。

杰米面向我，前额皱着，像是在努力琢磨我说的话，然后她想起了什么，眼睛和嘴角瞬间变得柔和起来。看来她也记得我们母亲最常说的话——你们三个是我最大的骄傲。

"是的，她是的。"

斯凯拉在岸边等着我们，然后和我们挽起手来。我们一起回到了汽车旁。我们，还是三个人。

作者注释

　　虽然在不列颠哥伦比亚省有一个叫卡什溪（CacheCreek）的小镇，但是本书中我所说的"卡什溪"却是虚构的，并且它位于另一个地方。利特菲尔德（Littlefield）镇也是虚构的。其他所有地点都是真实的。

致 谢

非常感谢以下人员：

感谢珍·艾德琳，圣马丁出版社杰出的编辑，除了其他工作，她还帮我梳理了本书第二部分的思路。她总是能找到解决问题的方法。感谢圣马丁出版社才华出众的团队：莎莉·理查森、桃瑞丝·魏因特劳布、娜圣莎、南茜·川普克、金姆·拉德拉姆、凯尔西·劳伦斯、安琪莉可·吉马利奥、伊丽莎白·卡塔拉诺、凯特琳·达雷夫、凯蒂·巴塞尔、杰夫·多戴斯、劳拉·克拉克以及整个百老汇和第五大道的销售团队。再次感谢戴夫·科尔和欧文·塞拉诺。此外，非常感谢杰米·布罗德赫斯特、弗勒·马修森和多芬诺地区的优秀团队。

感谢梅尔·伯杰，我优秀的经纪人，他在寿司餐厅展现了出色的品位。我喜欢在纽约市繁华的街道上散步。感谢凯斯林·布罗，感谢她所提供的帮助以及她那些令人愉快的电子邮件。在此，我也要感谢艾希莉·福克斯、艾莉娜·康罗伊、特雷西·费舍尔、劳拉·邦纳、拉法埃拉·安吉利斯、米歇尔·菲恩、詹姆斯·芒罗、凯瑟琳·萨默海斯、安玛丽·布鲁门哈根、科维·克吕斯、玛格丽特·莱利·金，以及纽约和洛杉矶的威廉·莫理斯奋进娱乐公司的其他成员。

感谢卡拉·巴克利，她是这本作品的评价人和知心姐姐。不知她介意给我证明一下吗？

感谢 J·莫法特警官、弗吉尼亚州的赖默尔、伦尼·布朗、香农·罗伯茨、BJ·布朗、马特·恩德林、乔纳森·海斯、布鲁斯·麦克菲尔、墨菲·尤尼斯科斯基、史蒂夫·尤尼斯科斯基、斯蒂芬妮·帕托和肯德拉·哈德利，感谢他们给予我的专业指导。

最后，感谢我的丈夫康奈尔和我的女儿派珀。我对你们的爱无法用言语表达！

图书在版编目（CIP）数据

绝望夏日 /（加）雪薇·史蒂文斯著；杨小平译. — 2版. — 成都：天地出版社, 2021.11

ISBN 978-7-5455-6570-6

Ⅰ.①绝… Ⅱ.①雪… ②杨… Ⅲ.①长篇小说－加拿大－现代 Ⅳ.①I711.45

中国版本图书馆CIP数据核字（2021）第190349号

著作权登记号：图进字　21-2019-510

JUEWANG XIARI

绝望夏日

出 品 人	杨　政	
作　　者	［加］雪薇·史蒂文斯	
译　　者	杨小平	
责任编辑	王筠竹	
封面设计	ONE→ONE & TT Studio	
内文排版	四川最近文化传播有限公司	
责任印制	王学锋	

出版发行　天地出版社
　　　　　（成都市槐树街2号　邮政编码：610014）
　　　　　（北京市方庄芳群园3区3号　邮政编码：100078）
网　　址　http://www.tiandiph.com
电子邮箱　tianditg@163.com
经　　销　新华文轩出版传媒股份有限公司

印　　刷　天津文林印务有限公司
版　　次　2021年11月第2版
印　　次　2021年11月第1次印刷
开　　本　880mm×1230mm　1/32
印　　张　12.25
字　　数　293千
定　　价　48.00元
书　　号　ISBN 978-7-5455-6570-6